Garth Stein

SEELENDIEBE

Garth Stein

SEELENDIEBE

Roman

Deutsch von Sabine Lohmann

GOLDMANN VERLAG

Für die deutsche Übersetzung in
Absprache mit dem Autor durchgesehene
und überarbeitete Ausgabe.

Die amerikanische Originalausgabe erschien 1998
unter dem Titel »Raven Stole the Moon«
bei Pocket Books, New York

Umwelthinweis:
Das Buch und der Schutzumschlag
wurden auf chlorfrei gebleichtem Papier gedruckt.
Die Einschrumpffolie (zum Schutz vor Verschmutzung)
ist aus umweltfreundlicher und recyclingfähiger PE-Folie.

2. Auflage

This edition published by arrangement with the
original publisher, Pocket Books, New York

Satz: Uhl + Massopust, Aalen
Druck und Bindung: Graphischer Großbetrieb Pößneck
Printed in Germany
ISBN 3-442-30816-X

Für meine Mutter

die mich lehrte,
wie man eine Geschichte erzählt

Akákoschi!
(Sieh!)

Sie schloß die Augen und hielt den Kopf unter Wasser. Sie atmete aus, schickte kleine Luftblasen an die Oberfläche. Es tat gut, die verbrauchte Luft auszustoßen, aber dann begann die leere Lunge zu schmerzen. Sie öffnete die Augen und schaute hoch, spielte mit dem Gedanken, einen tiefen Zug Wasser aufzusaugen. Das würde schon reichen. Aber sie tat es nicht. Sie hob den Kopf aus dem Wasser und sog statt dessen Luft ein.

Jenna hatte nicht die Willenskraft, sich zu ertränken. Niemand hatte sie. Es ist unmöglich, hatte ihr einmal jemand erzählt. Der Selbsterhaltungstrieb ist mächtiger. Er mag es zulassen, daß man sich in den Kopf schießt, aber nur, weil er nicht begreift, daß eine Kugel aus dem Lauf kommt, wenn man auf den Auslöser drückt. Wenn der Selbsterhaltungstrieb nicht zu betrügen wäre, würden sich weniger Leute das Leben nehmen.

Jenna stieg aus der Wanne und wickelte sich in ein flauschiges Badetuch. Sie zurrte ihre langen Locken mit einem Gummiband im Nacken fest und fing an, ihr Make-up aufzutragen, besonders sorgfältig dort, wo sich ärgerlicherweise ein Pickel auf der Backe zeigte. Schon fünfunddreißig und immer noch Ärger mit der Haut. Ihre Augen wurden braun schattiert, ihre Lippen mit tiefem Sienarot nachgezogen. Jetzt noch der Konturenstift, um die Oberlippe zu betonen. Bei der Unterlippe war das nicht nötig. Sinnliche Lippen. Mach eine Schnute, Baby. Abtupfen. Kußmund.

Jenna hängte das Handtuch auf und verließ das Bad. Das Schlafzimmer war leer, also ging sie ins Wohnzimmer, schaltete die Anlage ein und schob *Let It Bleed* in den CD-Player. Track 8. Sie drehte die Lautstärke auf und fing an zu tanzen.

Well, I am just a monkey man, I'm glad that you're a monkey woman, too. Sie warf die Hände hoch, wirbelte auf den Zehenspitzen herum und tanzte ins Schlafzimmer zurück. Robert saß auf der Bettkante: schwarzer Anzug, weißes Hemd, buntgemusterter Schlips. Er zog sich die linke Socke an, dann den linken Schuh. Niemals zuerst die Socken und dann die Schuhe. *Schöne* Schuhe, allerdings. Er sah zu Jenna auf. Sie schob die Lippen vor, kickte den Fuß hoch, mit durchgedrücktem Spann, den straffen Schwung der Wade demonstrativ zur Schau gestellt. *Monkey woman, woman, too.*

»Sehr hübsch«, sagte Robert und senkte gleich wieder den Blick. »Aber vielleicht könntest du dir langsam mal was anziehen.«

Jenna tanzte weiter.

»Nun mach schon, Jenna!« Robert fuhr in seine rechte Socke. »Wir müssen doch los. Ich will nicht zu spät kommen.«

Jenna hielt abrupt inne.

»Warum mußt du mir denn immer den Spaß verderben?«

»Warum mußt du immer mit deinem sexy Getue anfangen, wenn wir fünf Minuten später aufbrechen müssen?«

Jenna antwortete nicht.

»Ich meine, ich fände es ja toll, wenn du mal an einem Abend so herumtanzen würdest, an dem ich etwas davon hätte.« Robert zog seinen rechten Schuh an. Er war jetzt richtig ärgerlich. »Aber das tust du nie. Du führst dich nur so auf, wenn du genau weißt, daß Sex gerade nicht in Frage kommt. Wieso eigentlich? Hast du dich das schon mal gefragt?«

Robert sah zu Jenna auf, die regungslos vor ihm stand. Er verbuchte ihr Schweigen als Sieg für sich und ging zur Schlafzimmertür.

»Komm, beeil dich«, sagte er sanfter. »Es ist schon neun. Sonst sind die anderen alle wieder weg, bis wir da endlich aufkreuzen.« Er drehte sich um und verschwand in den Flur.

»Ich wollte mich doch bloß ein bißchen in Schwung bringen, wenn ich schon auf diese dämliche Feier muß«, murmelte Jenna hinter ihm her. Sie riß ihre Schranktür auf.

I saw her today at the reception, a glass of wine in her hand. I knew she was gonna meet her connection, at her feet was a footloose man.

Sie nahm ihren langen schwarzen Rock heraus und schlüpfte hinein. Dann zog sie sich einen ärmellosen Pulli über, der nur knapp bis an den Bauchnabel reichte, und schob die Füße in ihre hohen Stiefel. Am Schluß schnappte sie sich ihre Lederjacke von der Stuhllehne und knipste die Lichter aus.

Jenna ging in die Küche, wo sie Robert auf einem Stuhl stehend vorfand; er kramte in einem der Schränke.

»Ich bin fertig«, sagte sie und räusperte sich.

»Okay. Moment noch.«

Robert machte weiter. Er stieg auf die Küchentheke und streckte den Kopf in das oberste Schrankfach. Er sah aus wie ein Waschbär, der durch eine Mülltonne stöbert.

»Was suchst du da?« fragte Jenna.

»Kerzen. Kannst du dich erinnern, wo wir die Kerzen hingetan haben?«

»Die Kerzen sind im Eßzimmer. Wozu brauchst du sie denn?«

»Nein, nicht solche, ich suche eine Yartzheit-Kerze.«

Ach so. Eine Jahreszeitenkerze. Robert wühlte weiter.

»Ich habe sie!«

Er zog den Kopf aus dem Schrank, dann den Arm, mit einer braunen Papiertüte, in der es leise klirrte. Kleine Gläschen, mit Wachs und Dochten gefüllt. Blaue Aufkleber mit silberner Schrift. Eine Gedenkkerze. Ihr Vater hatte immer eine am Todestag seines Vaters angezündet.

Robert schaute mit mißbilligender Miene auf Jenna hinab.

»Willst du wirklich in dem Aufzug gehen?«

Er stieg von der Theke herunter. Jenna fühlte sich leicht benommen, und während sie ihm zusah, spürte sie auf einmal einen Kloß in der Kehle, eine bleierne Schwere in den Füßen. Robert nahm eine Kerze aus der Tüte, setzte sie auf einen Teller und zündete sie mit einem Streichholz aus einem Briefchen vom Rain City Grill an. Jenna beobachtete ihn stumm.

Als die Kerze brannte, trat Robert neben Jenna und ergriff ihre Hand.

»Heute ist der Jahrestag.«

Der Jahrestag.

Der zweite Jahrestag. Im Jahr des Herrn. Zwei Jahre nach dem Tod. Der Herr wird dich vor allem Übel bewahren. Gesegnet sei die Frucht deines Leibes.

Robert zündete immer am Jahrestag eine Kerze an.

Man kann sogar in einer Pfütze ertrinken. Wie Großmamas Bruder als kleiner Junge. Er bekam die Schaukel an den Kopf, fiel um und ertrank. Wie in einem Ozean. Einem Fluß. Einer Badewanne. Nur *ertränken* kann man sich nicht. Es widerfährt nur denen, die es nicht wollen. Man kann nicht immer kriegen, was man will. Tränen traten ihr in die Augen, rollten heiß über ihre Wangen, tropften auf den Boden. Robert schaute zu, begriff nicht, was er angerichtet hatte. Sie weinte schwarze Tränen. Ihre Unterlippe zitterte. Sie hatte so hübsch ausgesehen, hatte sich so hübsch gemacht für diese beschissene Party an diesem beschissenen Jahrestag. Kleine schwarze Tropfen auf dem Boden. Sie konnte sich nicht rühren. Ihre Arme und Beine waren taub. Gelähmt. Er sah sie an. Er schrie auf, Mami, Mami. Eine Gallone Wasser wiegt neun Pfund. Ein vollgesogener Pullover wiegt im Wasser neunhundert Pfund. Drückt einem die Arme herunter, so daß man sich nicht bewegen kann. Der Selbsterhaltungstrieb ist nicht stark genug, um gegen einen vollgesogenen Pullover und dicke Stiefel anzukommen. Wie einen Stein zieht es einen in die Tiefe. Wenig, weniger, nichts. Nichts mehr, worauf man bauen könnte. Heilige Jungfrau, Mutter Gottes, bete für uns Sünder jetzt und in der Stunde unseres Todes. Amen.

John Ferguson stand auf dem Anlegesteg neben dem Wasserflugzeug und sah zu, wie die kleine Gestalt in dem Walfänger näher kam. Das blaue Boot glitt in schneller Fahrt heran, und das Motorgeknatter zerriß die Stille des Alaskamorgens, scheuchte einen Schwarm Wildgänse zu hastiger Flucht auf.

Ferguson mußte unwillkürlich schmunzeln. Da zahlte er einem Indianer tatsächlich fünf Tausender, nur um diesen Ort hier von bösen Geistern zu befreien. Bei einer Gemeinderatssitzung in der Nachbarstadt Klawock hatte man ihm vorgeschlagen, Dr. David Livingstone herbeizurufen, weil er der beste in seinem Fach sei. »Ich wußte gar nicht, daß Medizinmänner sich auch mit einem Doktortitel schmücken«, hatte Ferguson geflachst, und war damit prompt ins Fettnäpfchen getreten. Offenbar war dieser Livingstone sowohl Schamane als auch promovierter Philologe – woher sollte er das schon wissen?

Das Boot war jetzt nur noch wenige Meter entfernt, und Ferguson stellte überrascht fest, daß Dr. Livingstone ein junger, gutaussehender Mann war, ganz und gar nicht der faltenzerfurchte alte Indianer im Kanu, den er sich vorgestellt hatte. Er winkte ihm zu und bekam ein höfliches Winken zurück. Das Boot legte an, und der junge Mann sprang an Land.

»Ferguson?« fragte der Ankömmling, während er sich bückte, um das Boot am Steg zu vertäuen.

»Dr. Livingstone, nehme ich an.«

Ferguson hatte sich schon die ganze Woche auf diesen Scherz gefreut; er mußte ihn einfach loswerden, auch wenn er zugleich fürchtete, der Mann könnte sich veralbert fühlen. Er sah aber nicht danach aus. Dr. Livingstone lächelte. »Sie können mich ruhig David nennen.«

David langte ins Boot und zog ein paar alte Jutebündel heraus. Er legte sie in einer Reihe auf den Steg. Ferguson wußte nicht recht, ob er ihm dabei zur Hand gehen sollte, oder ob die Bündel vielleicht indianische Kultgegenstände enthielten, die er durch seine Berührung entweihen würde. Unbehaglich trat er von einem Fuß auf den anderen.

»Na, was meinen Sie? Haben Sie sich schon einen ersten Eindruck verschafft?« fragte er hoffnungsvoll. »Könnte es sein, daß hier in der Gegend Geister aus alten Tlingit-Zeiten spuken?« Ferguson versuchte, den indianischen Namen richtig auszusprechen, um nicht wie ein ungebildeter Banause zu klingen. *Klink-it.* Seit er ihn einmal von einem echten Indianer gehört hatte, wußte er, daß er noch viel gutturaler hätte klingen müssen, wie ein herzhafter Biß in einen Apfel.

David lud alle Bündel aus und richtete sich auf. Er war nicht sehr groß, etwa einsfünfundsechzig, mit glatten schwarzen Haaren, die ihm fast bis zur Taille reichten, und einem weichen runden Gesicht. Seine braunen Augen hatten etwas ungeheuer Durchdringendes, als er sich Ferguson zuwandte.

»Wieviel wissen Sie über die Tlingit, Ferguson?«

»Hm, tja, also…« Ferguson zögerte. Er hatte eine solche Frage schon erwartet und vorsichtshalber in einem Lexikon nachgeschlagen. »Ich weiß, daß die Tlingit und die Haida die beiden mächtigsten Indianerstämme in der Gegend waren. Sie lebten hauptsächlich vom Fischen und Fallenstellen und trieben Handel mit den Russen und den Briten. Ende des neunzehnten Jahrhunderts wurden die Sprachen der einheimischen Stämme von Staats wegen verboten, aber das ist jetzt vorbei.«

»Nun, so ganz trifft das nicht zu«, entgegnete Livingstone.

Fergusons Seufzer geriet etwas vernehmlicher, als er beabsichtigt hatte. Er schwieg und blickte über Livingstones Schulter zu den Schneegipfeln der blauen Berge in der Ferne.

»Offiziell hat man die Stammessprachen niemals ausdrücklich *verboten«*, erklärte David. »Doch ein Indianer wurde erst dann als ein zivilisierter Mensch angesehen, wenn er sich von seinen Stammesbrüdern distanzierte. Und die, die sich trotzdem zusammenschlossen, galten als unzivilisiert und wurden in Reservate oder indianische Schulen abgeschoben. Was im Endeffekt, da haben Sie ganz recht, natürlich dazu führte, daß die Stammessprachen von der Bildfläche verschwanden. Aber ein ausdrückliches Gesetz in dem Sinne gab es nicht.«

»Ah so.«

»Der weiße Mann ist viel zu gerissen, um irgendwas zu tun, das nach außen hin nicht korrekt scheinen könnte.«

Ferguson nickte bedächtig. Er hatte Livingstone gerade erst getroffen, und schon war er sich nicht mehr sicher, ob der Mann ihm sympathisch war. Er hatte zwar etwas Anziehendes, aber das war unter einer kühlen Selbstgewißheit und Arroganz verborgen, die Ferguson verstimmte.

David kniete sich hin und wickelte eins der Bündel auf. Es enthielt Perlenschnüre und Tierkrallen.

»Wissen Sie irgend etwas über unseren Glauben?« fragte David. »Unsere Legenden?«

Ferguson beschloß, auf Nummer Sicher zu gehen. Keine dummen Antworten mehr. Er wollte keine Gelegenheit mehr zu peinlichen Belehrungen bieten. Manchmal ist Schweigen die beste Verteidigung. Er schüttelte den Kopf.

»Aha. Aber Sie meinen, diese Gegend hier wird von unseren Geistern heimgesucht?«

Ferguson schluckte. Schon wieder ertappt. Am liebsten hätte er David ehrlich gesagt, was er dachte, nämlich, daß ihm dieser ganze Quatsch hier gewaltig auf die Nerven ging. Daß er nur mitmachte, weil japanische Investoren enorme Summen in das Projekt pumpen wollten, aber darauf bestanden, die Gegend müsse erst »spirituell gereinigt« sein, ehe der Vertrag abgeschlossen würde. Doch selbstverständlich hütete Ferguson sich vor solch unverblümten Geständnissen.

»Hören Sie, Doktor, so gern ich die Kultur der Tlingit auch eingehender studiert hätte, ich hatte alle Hände voll damit zu tun, die Bauarbeiten hier zu überwachen. Tut mir leid, aber für alles übrige hatte ich schlicht und einfach keine Zeit.«

»Sie müssen sich nicht entschuldigen, Ferguson. Es war bloß eine Frage. Ich wollte lediglich wissen, woran ich bin.« Davids aufrichtiger Blick machte Ferguson nur noch befangener. Verzweifelt bemüht, die Kluft zwischen ihnen zu überbrücken, suchte er nach diplomatischen Formulierungen.

»Alle Investoren haben sich zu größtmöglicher Rücksichtnahme verpflichtet, was die Geschichte der Region und die angestammte Kultur der Tlingit betrifft«, erklärte Ferguson. »Wir wollen nicht einfach das Projekt hier durchziehen und dann später Probleme bekommen.«

»Sie meinen ein Gerichtsverfahren zum Beispiel, oder die Rache dämonischer Mächte, wie in *Shining*?«

Ferguson wand sich. Verdammt, der Kerl konnte einen aber wirklich in die Enge treiben.

»Tja, äh, wohl irgendwie in der Richtung, würde ich sagen.«

David lächelte ihn mit seinen großen, warmen Augen an, und Fergie beruhigte sich langsam. Er haßte es, mit diesen Leuten zu reden, weil er es immer schaffte, etwas Verkehrtes zu sagen. Mit Minderheiten kann man eben nicht sprechen, wie einem der Schnabel gewachsen ist. Ständig muß man seine Worte abwägen, man klingt entsprechend verkrampft und zieht ganz schnell den kürzeren.

»Ich will Ihnen mal was sagen, Ferguson«, begann David. »Sie lassen Ihre Anwälte mit *deren* Magie die juristischen Probleme regeln, und ich kümmere mich mit *meiner* Magie um die Geisterprobleme. Na, wie finden Sie das?«

Ferguson seufzte erleichtert auf und grinste. »Alles klar, Doktor.«

David entrollte das nächste Bündel. Ferguson konnte die Enden eines Rehgeweihs sehen.

»Und wie werden Sie die Sache mit den Geistern angehen? Ich frag nur so aus Neugier.«

David blickte auf. »Ich ziehe mir ein buntes Federkleid an, schüttele eine Rassel und werfe ein bißchen Zauberstaub um mich. Oder was erwarten Sie von einem Indianer?«

David lachte. Und Ferguson, verdutzt, aber belustigt, lachte mit.

Jenna hatte sich umgezogen. Sie trug jetzt ein schlichtes schwarzes Kostüm, hatte ihr verlaufenes Make-up erneuert und die Vergangenheit dorthin verbannt, wo sie hingehörte. Ganz tief nach unten, in die dunkelste Ecke ihrer Seele. Wo sie selbst niemals hinschaute, und von der sonst niemand wußte. Stell mir keine Fragen, dann erzähl ich dir keine Lügen.

Sie stand auf der Terrasse der Wohnung gegenüber vom Marktplatz und blickte auf die leere Straße hinab. Hinter ihr servierten junge Männer in weißen Jacken Partysnacks von Silbertabletts. Nobles Ambiente, jede Menge Geld. Nur sechs Wohnungen im ganzen Haus, alle mit Seeblick und riesigen Terrassen. In dieser Liga konnte Robert nicht mithalten. Er hatte auch etwas erreicht, aber kein Vergleich zu dem Luxus hier. Die Wohnung gehörte Ted und Jessica Landis, Grundstücksmaklerin mit Topklientel. Sie hatten zwei Söhne, der eine noch Student, der andere schon in der Firma tätig. Michael. Als Kind hatten sie ihn sicher Mickey genannt.

Es war ein kühler Abend im Juli, und vom Wasser wehte eine Brise herüber. Das ist das Gute an Seattle im Sommer: Nie ist es schwül, und abends kommt angenehme Frische auf.

Jenna sah zu, wie die Fähren vor der schimmernden Lichterkulisse von Alkai Point das Wasser durchpflügten. Sie nippte an ihrem Wein, eine unauffällige Randfigur.

Es standen noch andere Leute draußen, aber sie hatte keine Lust auf Small talk.

Die Jefferies. Die haben zwei Mädchen. Die Thompsons. Sie hat gerade einen Sohn bekommen und müßte etwas für ihre Figur tun. Warum können wir nicht alle wie Demi Moore aussehen?

»Jenna!«

Eine laute Stimme neben ihr schreckte sie auf. Es war Christine Davis, sie wohnte auf Mercer Island, hatte ein Sommerhaus am Hood Canal, und ihr Sohn war genauso alt, wie Bobby jetzt gewesen wäre. David Davis, witziger Name. Und so ein cleverer Junge. Ober er schon aufs College geht? Was seid ihr doch alle für perfekt funktionierende Roboterwesen. Genehmige dir lieber noch ein Glas, du scheinst es zu brauchen.

»Schickes Kostümchen, Jenna. Sag mal, wo treibst du bloß solche Sachen auf? Ich geh immer zu Barney's, und da find ich nie so was. Fabelhaft siehst du aus. Ich wünschte, ich hätte deine Hüften. Hast du abgenommen?«

»Hallo, Christine.« Jenna rang sich ein höfliches Lächeln ab. »Danke. Nein. Wie geht's David?«

»Oh, magst du mir vielleicht eine Schachtel Pfefferminzbonbons abnehmen? David verkauft sie für die Pfadfinderinnen. Natürlich ist er selber nicht dabei, aber Elisabeth, unsere Älteste, soll die Bonbons für ihre Truppe verkaufen. Wenn sie hundert Schachteln loswird, kriegt sie einen Geschenkbon von Nordstrom's. Sie kauft sich so gerne Klamotten, aber verkaufen ist nicht ihre Stärke. Also hilft David ihr, und dafür gibt sie ihm dann die Hälfte von ihrer Prämie ab. Ganz schön clever, was? Er muß jetzt nur noch zwanzig Schachteln an den Mann bringen. Der Junge ist ein echtes Verkaufstalent. Peter meint, aus dem wird bestimmt mal ein großartiger Makler. Diese runden kleinen Pfefferminzpastillen, weißt du?

Nur zwei Dollar die Schachtel. Es ist ja für einen guten Zweck.«

»Und was für einen Zweck?«

»Hmmm?«

»Na, dieser gute Zweck. Worum geht es da genau?«

»Oh, was weiß ich«, sagte Christine, sichtlich überrascht von der Frage. »Für die Behinderten, nehme ich an. Geistig Behinderte, oder so. Ist das nicht egal, solange es für einen guten Zweck ist?«

Christine keuchte ein abgehacktes Lachen heraus, während Jenna versuchte, ihre Grimasse unter einem Lächeln zu verbergen.

»Aber klar, Christine, ich nehme fünf Schachteln.«

»Fünf? Na fein. Aber ich wüßte wirklich gern, wie schaffst du es nur, so schlank zu bleiben, Jenna?«

»Strikte Diät, was sonst? Nichts als Wasser und Pfefferminzpastillen.«

Christine lachte wieder, dann wurde sie plötzlich ernst. Sie legte Jenna die Hand auf den Arm, eine Geste, die Ernsthaftigkeit bekundete. Dabei schwankte Christine leicht in der Brise.

»Nein, jetzt mal im Ernst, Jenna, wie geht's dir?«

»Gut.«

»Ja, aber wie geht's dir *wirklich?* Das muß doch furchtbar hart für dich sein um diese Zeit im Jahr.«

Jenna schaute Christine in die Augen, die vor Beschwipstheit in verschiedene Richtungen zu peilen schienen. Sie hatte ein weißes Spuckebläschen im Mundwinkel, ihre Zähne waren fleckig und ihr Atem roch nach Lachs.

»Es muß so *schwer* für dich sein.«

Jenna stellte sich Christines Hirn wie eine riesige Venusmuschel vor. Ein pulsierender, schwammiger Sack, der Wasser einsog und wieder ausspie, um sich fortzubewegen.

»Um diese Zeit bin ich einfach nur dankbar, daß ich Robert habe.«

Ein Seestern stülpte sich über Christines Kopf. Er knackte ihr die Schädeldecke auf und saugte die saftige Muschel heraus. Erst die eine Seite, dann die andere. Saugte und schlürfte ihre schwabbelige Hirnmasse direkt durchs Ohr.

»O ja, ich weiß. Wo wären wir alle ohne unsere Lieben?«

»Entschuldige, Christine, ich muß nach Robert sehen. Und laß mich bloß nicht ohne die Pfefferminzbonbons weggehen.«

Küßchen, Küßchen.

Jenna kämpfte gegen Brechreiz an, als sie einen Schwall von Christines Atem abbekam. Räucherfisch. Austern und Rührei. Muschelfleisch und Embryo.

Robert gefiel sich gerade als Alleinunterhalter für eine Gruppe von Maklern an der Bar, als Jenna dazukam. Diese Makler haben erstaunliche Trinkgewohnheiten. Wahrscheinlich macht es durstig, wenn man in ständiger Angst lebt, seinen Job zu verlieren. Wie sieht die Marktlage aus? Vierundzwanzig Dollar der Quadratmeter, und keinen Penny weniger.

Sie sah zu, wie Robert den anderen drei irgendeine witzige Anekdote erzählte. Sie waren alle Anfang Dreißig, manche natürlich erfolgreicher als andere. Und alle waren sie früher einmal Sportskanonen am College gewesen. Das kommt gut an in der Geschäftswelt. Sie können alle zusammen pinkeln gehen, und dann heißt es: »Als ich noch bei den Huskies spielte, Mann, was haben wir uns damals nach einem Match immer vollaufen lassen, und dann ging's weiter zu den Nutten an der Western Avenue. Wenn wir *damals* bloß schon Land gekauft hätten... Was würde ich nicht dafür geben, wenn ich so 'ne Zeitmaschine hätte!«

Robert war der erfolgreichste von ihnen. Er fuhr den tollsten Wagen, wohnte in dem feinsten Haus. Er hatte die beste, smarteste, hübscheste Ehefrau. Und bis vor zwei Jahren hatte er auch den besten, smartesten, hübschesten Sohn gehabt. Aber das war nun vorbei. Wie lange braucht man, um über so etwas hinwegzukommen? Ewig. Man findet sich nie damit ab. Ein Kind ist eine Schöpfung. Es ist dein Blut in einem anderen Menschen. Es ist dein Leben. Das Schlimmste, was dir passieren kann, ist, dein Kind zu verlieren.

Robert hatte Jenna bemerkt und winkte sie heran, während die drei betrunkenen Makler sie stumm beäugten.

»Jennaschatz, komm her. Ich hab den Jungs hier gerade die Geschichte erzählt, wie wir damals zu Weihnachten nach Cleveland gefahren sind. Weißt du noch, wie sauer du warst, als es da keinen Christbaum gab?«

»Ich war nicht sauer, bloß enttäuscht.«

Die drei lachten.

»Sie war stinksauer, sag ich euch. Sie hat im Garten einen großen Zweig abgebrochen und ihn in unser Zimmer gestellt. Unseren eigenen kleinen Christbaum!«

Die drei lachten noch lauter. Drei Nichtjuden. Warum muß Robert immer seine jüdische Abstammung hervorkehren? Meint er, es verschafft ihm einen psychologischen Vorteil? Vielleicht hat er damit sogar recht.

»Und dabei hat sie selber jüdische Vorfahren! Das ist ja das Komische. Man sollte doch meinen, eine Menora müßte ihr reichen, aber nein…«

»Was ist denn eine Menora?« legte einer der Makler ihm einen willkommenen Paß vor.

»Eine jüdische Gebäcksorte!« schoß Robert den Ball ins Tor. Er lachte und schlug Jenna wiehernd auf die Schulter. Rasend komisch! Apfeldreidel und Menora. Mein Leibgericht.

»Jenna ist fein raus! Sie hat von allem etwas im Stammbaum, Juden, Indianer und Christen. Denkt bloß mal, was da an Urlaub zusammenkommt, mit all den religiösen Feiertagen! Nächste Woche halten wir ein großes Sippentreffen ab. Das ganze Dorf ist eingeladen!«

Ihre Köpfe barsten fast vor Lachen. Die großporigen Visagen glänzten vor fettigem Schweiß. Diese Leute werden *nicht* mit Anstand altern. Jenna fixierte das volle Glas Scotch in Roberts Hand.

»Der Chauffeur bin dann heute wohl ich, Robert?«

Er hörte abrupt auf zu lachen. Die drei Freunde setzten die tölpelhaften Mienen von Männern auf, die Ärger wittern. Sie hielten sich die Hände vor den Mund, um sich das Lachen zu verbeißen. Robert fuhr zu Jenna herum und funkelte sie an.

»Was soll denn das heißen?«

»Nichts. Nur daß ich nichts mehr trinken werde.«

»Ich hab nur eine kleine Geschichte erzählt...«

»Erzähl ruhig weiter, es war gerade sehr lustig.«

»... und dann kommst du an und machst hier einen auf miesepetrig. Wo bleibt denn dein Sinn für Humor?«

»Ich wollte nur wissen, ob ich noch ein Glas Wein trinken kann.«

»Quatsch. Du trinkst doch nie mehr als ein Glas. Du wolltest mir den Spaß verderben, weiter nichts.«

»Robert.«

»Gib's doch zu.«

Sie sah ihn ungläubig an. Die drei Männer hatten den Rückzug angetreten. Jetzt standen nur noch Robert und Jenna sich mitten im Raum gegenüber und zogen die Blicke auf sich. Alle konnten sehen, daß er sie für ihr Benehmen herunterputzte.

»Robert, hör auf damit«, zischte Jenna. »Sprich hier in aller Öffentlichkeit nicht so mit mir.«

Robert packte Jenna am Arm und schob sie in eine

Zimmerecke. Er klopfte an eine Tür und stieß sie auf. Es war ein Gästeklo. Er zog sie hinein.

»Warum tust du mir so was an?«

»Aber was denn? Ich hab doch gar nichts getan, Robert.«

»Du hast mich vor meinen Kollegen gedemütigt.«

»Das hast du auch schon ohne meine Hilfe geschafft.« Jenna setzte sich auf den Klodeckel und schlug die Beine übereinander, eisern bemüht, die Beherrschung zu wahren.

»Jetzt spiel hier bloß nicht die Zicke«, fuhr er sie an. Jenna zuckte zusammen. Sie haßte das Wort, wie ihm sehr wohl bewußt war. »Wenn dir nicht nach Feiern ist, hättest du zu Hause bleiben sollen.«

Jenna schaute schnell auf.

»Was soll das heißen? Warum sollte mir nicht nach Feiern sein?«

»Na, du bist doch offensichtlich noch ganz durcheinander, weil ich eine Kerze für Bobby angezündet habe, und das läßt du jetzt an mir aus. Das ist mal wieder typisch.«

»Typisch?«

»Jawohl, typisch für dich, weil du mit deinen Schuldgefühlen nicht klarkommst. Als ob *ich* was dafür könnte, daß du dich immer noch schuldig fühlst, nur weil ich das inzwischen verarbeitet habe und du nicht. *Ich* kann mich wie ein normaler Mensch benehmen. Also zünde ich eine Kerze an. Ich tu es gern, stell dir vor – es hilft mir. Und wenn du das nicht aushalten kannst, dann ist das eben dein Pech.«

Jenna biß sich auf die Lippe, um nicht zurückzufauchen. Sie hatte nicht vor, sich angetrunken wie Robert auf ein Gezänk einzulassen, das ohnehin zu nichts führen konnte. Ein Ehekrach im Landisschen Gästeklo, eskalierender Schlagabtausch, Blut auf den Fliesen – nein, danke. Sie stand auf und öffnete die Tür.

»Trink lieber noch ein Glas, Robert. Das macht dich so sympathisch.«

Über die Schulter sah sie zu ihm hoch, und er starrte zurück, blanken Haß in den Augen. Entschlossenen Schrittes kehrte sie wieder zu den anderen Gästen zurück.

Diese drückende Atmosphäre in dem schlauchartigen Raum hatte sie ganz benommen gemacht. Draußen holte sie erst einmal tief Luft. Nur ruhig bleiben. Sie würde nicht zulassen, daß Robert sie zweimal am selben Abend zum Heulen brachte. Die Hand am Geländer, ging sie langsam weiter. Alles in Ordnung. Schüttelte es einfach ab. Er ist betrunken. *Er* ist es, der sich danebenbenimmt. *Er* ist derjenige, der Streit sucht.

Nach ein paar Minuten hatte Jenna sich wieder im Griff. Sie ging an die Bar und goß sich ein Glas Perrier ein. Wein hätte sie ohnehin nicht mehr gewollt. Was das betraf, hatte Robert recht. Sie hatte wirklich nur sein dummes Gerede abblocken wollen. Unter Alkohol wurde Robert immer so laut, und das war Jenna peinlich. Ganz zu schweigen davon, daß er sich ausgerechnet auf einer Party betrank, wo es darauf ankam, einen guten Eindruck zu machen. Das ärgerte sie besonders. Selbst wenn er wütend auf sie war, selbst wenn sie nicht als glückliches Paar auftraten, selbst wenn sie nicht die Rolle der unterstützenden Ehefrau spielte, die von ihr erwartet wurde – na und? Diese Party war schließlich ein Arbeitstermin. Hier wurden Geschäfte ausgeklüngelt, wertvolle Beziehungen gepflegt. Wenn er mit betrunkenen Versagern herumblödelte, erwies er sich damit selber keinen Gefallen.

Normalerweise ragte Robert allein schon durch seine Erscheinung aus der Menge heraus. Er hatte eine gute Statur, wie Jennas Vater es nannte: ein Mann, der etwas darstellt, der nicht zuviel trinkt, nicht zuviel redet, nicht zuviel denkt. Jemand, der zuverlässig seine Arbeit erledigt, wie es einem anständigen Juden eben zukommt.

Dad selbst war auch Jude. Obwohl er von alldem nach außen hin nichts zu erkennen gab, war er im tiefsten Innern immer Jude geblieben, wie Jenna sehr gut wußte. Er war überglücklich gewesen, daß sie Robert gefunden hatte. Er hatte nicht im Traum daran gedacht, daß sie ihre Kinder nach jüdischer Tradition erziehen würden, aber dennoch hatte er es aus tiefster Seele gutgeheißen, daß seine Enkel keine Goys sein würden.

Dad hatte sich ebenso gewundert wie sie, daß Roberts Familie keinen Christbaum hatte. Weihnachten hat nichts mit Religion zu tun, sondern mit westlicher Kultur. Und wer würde Weihnachten nicht feiern wollen? Religiöse Vorurteile lassen sich am besten vermeiden, indem man selber nicht allzu religiös ist, hatte er immer gesagt. Nach seiner Pensionierung war er mit Mom nach New York zurück gezogen. Nach Hause zurück, wie er sagte. Zurück in die Stadt, wo Juden nicht wie Besucher behandelt werden. Und Mom mochte ganz einfach das Essen dort.

Jenna tauchte aus ihrer Träumerei auf und fand sich in dem stillen Flur wieder, der zu den einzelnen Zimmern zu führen schien. Sie blickte um sich. Hier hatten offensichtlich die Familienfotos ihren angestammten Platz. Dutzende von gerahmten Bildern hingen an den Wänden, angefangen von Schwarzweißporträts der Großeltern bis hin zu den neuesten Babyaufnahmen. Jenna überflog die Erinnerungsgalerie mit einem schnellen Blick: Schulabschlußfeiern, Hochzeiten, Weihnachtsfotos mit Nikolaus, Ferienbilder. Sie verweilte vor einem Schnappschuß von Ted Landis mit einem seiner Söhne, damals etwa in Bobbys Alter. Sie standen auf einem Anlegesteg. Der See hinter ihnen schimmerte in der Nachmittagssonne. Der Junge hielt stolz einen frisch geangelten Fisch hoch. Jenna konnte sich gar nicht von dem

Foto losreißen. So eine schlichte Szene. Ein Junge, ein Vater, ein Fisch. Jede Familie hat so ein Foto zu Hause. Jeder Vater ist mit seinem Sohn beim Angeln gewesen. Aber sie gehen nicht alle in Alaska angeln. Sie angeln nicht alle in der Thunder Bay. Und der Sohn ertrinkt normalerweise nicht dabei.

»Jenna?«

Jenna sah auf. Es war Christine.

»Jenna, wir gehen jetzt.«

Christine hakte sie unter und zog sie in eins der Zimmer.

»Ist Robert betrunken?«

»Ich glaube schon.«

»Weil er nämlich... von Bobby geredet hat. Über das, was mit ihm passiert ist.«

Oh, Gott, hört das denn nie auf. Jenna schloß seufzend die Augen.

»Heute ist der Jahrestag von Bobbys Tod.«

Christine erstarrte in dem dunklen Raum. Draußen vor dem Fenster schimmerte das ferne Lichtermeer der Stadt. Eine orangefarbene Straßenlampe warf ihren geisterhaft fahlen Schein über Christines Gesicht. Sie schaute Jenna voller Mitgefühl an. Ein aufrichtiges Mitgefühl, das man ihr niemals zugetraut hätte.

»Ach, Jenna, das tut mir so leid.«

Sie nahm Jenna in die Arme. Jennas Kopf fiel gegen Christines Schulter, und sie überließ sich widerstandslos dieser Frau mit dem Muschelkopf. Sie fing an zu weinen. Tiefe, keuchende Schluchzer. Alles war so furchtbar, so ungerecht. Christine roch nach Schweiß und Parfum. Wohltuend. Ihre Hände strichen über Jennas Haar. Die Schleusen öffneten sich, und eine wahre Sturzflut brach hervor.

Etliche Minuten mußten vergangen sein. Jenna bekam mit, daß andere Leute ins Zimmer kamen und wieder gingen. Christine winkte jemanden weg und streichelte sie weiter. Weil es wirklich weh tut. Wie eine Wunde. Ein gebrochener Arm wird gegipst, eine Schnittverletzung genäht, eine gepeinigte Seele mit Tränen getröstet.

Jenna setzte sich auf dem Bett auf. Christine schaute sie an, dann fiel ihr Blick auf ihre Uhr, verzeihlicherweise. Schließlich war es schon sehr nett von ihr, überhaupt so lange dageblieben zu sein.

»Geht's dir wieder besser? Wir müssen auf die Insel zurück.«

Jenna schniefte und wischte sich über die Nase.

»Entschuldige, Christine. Du hattest recht. Es ist wirklich hart um diese Zeit im Jahr.«

»Oh, Jenna. Aber Peter will jetzt los. Ich muß gehen. Meinst du, du schaffst es allein? Ich könnte auch ein Taxi nehmen. Vielleicht sollte ich lieber noch bei dir bleiben.«

»Nein, nein, keine Sorge, es geht schon, wirklich. Du warst so lieb. Es ist mir furchtbar peinlich. Ach, ehe ich's vergesse, du mußt mir noch die Pfefferminzbonbons geben.«

Jenna rappelte sich schwankend hoch und tastete nach ihrer Handtasche. Sie hatte kein Bargeld im Portemonnaie. Aber da war ja noch eine Brieftasche. Sie gehörte Robert. Er trug sie nicht gern mit sich herum, weil sie seinen Anzug ausbeulte. Sie zog einen Zehndollarschein heraus.

»Gib mir fünf Schachteln.«

Christine lächelte Jenna an.

»Das ist wirklich großzügig von dir, Jenna. Du bist ein guter Mensch, weißt du das, ein wirklich guter Mensch.«

Christine kramte fünf Schachteln aus einem Pappkarton hervor. Sie nahm das Geld, küßte Jenna auf die Wange und ging.

Jenna blieb in dem Zimmer sitzen. Sie schob die Brieftasche in ihre Handtasche zurück. Die Autoschlüssel lagen ebenfalls darin. Sie zögerte kurz, schaute noch mal in die Tasche und fand den Parkschein für die Garage. Sie stand auf und verließ den Raum.

Die Party war noch in vollem Gange, obwohl es fast Mitternacht war. Jenna hielt einen Moment inne, mit ihrer zerlaufenen Wimperntusche und ihren roten Augen, fünf Schachteln Pfefferminzpastillen an die Brust gedrückt. Robert trank immer noch munter mit irgendwelchen Kollegen. Jenna atmete tief aus. Zum Abschied.

Dann drehte sie sich um und ging.

Dr. David Livingstone sah eher wie ein Irrer aus als wie ein Schamane. Er stand auf dem Steg, die Haare oben am Kopf zu einem festen Pferdeschwanz zusammengebunden, und streckte die Hände wie zu einem Gebet aus. Er trug nichts als buntgemusterte Boxershorts und Turnschuhe, und einen kleinen Wildlederbeutel an einer geflochtenen Schnur um den Hals. Vor ihm lagen seine Schamanenutensilien auf den Jutebündeln ausgebreitet. Ferguson erschauerte an Davids Statt; es war nicht gerade warm hier draußen. Aber David schien die Kälte gar nicht zu spüren. Seine Lippen bewegten sich, während er unhörbare Worte vor sich hin murmelte, und nach ein paar Minuten öffnete er die Augen und blickte an seiner knappen Aufmachung herunter.

»Sind Sie eigentlich von hier, Ferguson?« fragte er, bückte sich und hob einen mit Elfenbeinperlen gesäumten Rock aus Rehleder auf.

Ferguson nickte. »Aus Wrangell.«

David band sich den Rock um die Hüfte und zog dann einen Poncho, ebenfalls aus Rehleder, über den Kopf. Beide Gewänder waren mit rotschwarzen Figuren bemalt.

»Darf ich Sie mal was fragen?« erkundigte sich Ferguson.

»Klar.«

»Machen Sie so was oft? Solche Firmenaufträge, meine ich.«

David schmunzelte. »Doch, ja, ziemlich häufig, würde ich sagen. Obwohl es sich dabei normalerweise nicht um Geisteraustreibungen handelt.«

»Ach nein? Was denn sonst?«

»Tja, meistens arbeite ich für Fischereigesellschaften. Ich sage ihnen voraus, wo Fischschwärme sind, oder spreche den Segen über ihre Flotte. Einmal wollte eine Holzfällerfirma, daß ich mich für sie bei den Waldgeistern entschuldige, weil Hunderte von Eulen beim Roden umgekommen waren.«

»Ziemliches Pech.«

»Stimmt. Aber das Traurige daran war, daß sie mich nur aus Sorge um ihr Ansehen in der Öffentlichkeit damit beauftragt haben. Was ich da tat, war ihnen völlig egal. Von denen aus hätte ich auch ›Alle meine Entchen‹ auf tlingit herbeten können, Hauptsache, der Schein blieb gewahrt.«

»Hm«, murmelte Ferguson kopfschüttelnd. Dann konnte er sich die Frage doch nicht verkneifen. »Und haben Sie *tatsächlich* ›Alle meine Entchen‹ auf tlingit aufgesagt?«

David lächelte.

»Das läßt sich ja gar nicht in unsere Sprache übersetzen. Aber Sie verstehen schon, was ich meine.«

»O ja, sicher.«

Ferguson wußte nur zu gut, daß die vertraglichen Abmachungen nicht immer eingehalten wurden. Doch David war seiner Frage ausgewichen: Was hatte er de facto abgeliefert? Für Ferguson spielte die Unterscheidung durchaus eine Rolle, denn selbst wenn er diesen indianischen Mumpitz nicht ernst nahm, glaubten seine Auftraggeber doch daran, und Ferguson fühlte sich verpflichtet, ihren Wünschen Rechnung zu tragen. Sie zahlten schließlich keine fünftausend Dollar, damit hier jemand bloß Kinderverse herunterspulte.

David band sich eine Kette aus Bärenkrallen um, und zum Schluß setzte er sich eine seltsame Krone aus Ziegenhörnern auf, die von Lederbändern zusammengehalten wurden.

»Was wissen Sie denn über die Geschichte dieser Stadt, Ferguson?«

Na endlich eine Frage über die Stadt, dachte Ferguson. Da kannte er sich besser aus.

»Früher war das hier ein altes Fischerdorf, das von den Russen besiedelt wurde. Mikoff Bay nannten die es damals. So um neunzehnhundert herum war es dann schon ein rühriges Handelszentrum mit einer Konservenfabrik. Die Bucht lag geschützt, so daß die Fischerboote hier bei Sturm vor Anker gehen konnten. Aber dann kam die Wirtschaftskrise, und bald darauf der Krieg. In der Fabrik wurden von da an Bomben gebaut, und das war das wirtschaftliche Aus für die Stadt.«

»Ganz genau.«

»Nun, und jetzt investiert die Gesellschaft, für die ich arbeite, in eine Luxusferiensiedlung für betuchte Hobbyfischer, Yachtbesitzer und so weiter. Und um Fortuna gnädig zu stimmen, legen sie sich zugleich einen neuen Ortsnamen zu. Jetzt soll die Bucht hier ›Thunder Bay‹ heißen.«

»Klingt ja auch nicht schlecht, oder? Aber eins haben Sie vergessen, Ferguson. Und vielleicht sogar das Wichtigste.«

»Was denn?«

»Die Russen, die Briten, die Amerikaner – sie alle haben sich an einem Ort niedergelassen, der vorher schon besiedelt war.«

Unter Davids tiefernstem Blick nickte Ferguson bedächtig.

»Verstehe.«

»Und dann kamen natürlich auch noch die Krankheiten dazu, an denen die meisten Indianer starben, so daß zum Schluß nur die weißen Siedler übrigblieben.«

»Stimmt.«

»Und darum haben Ihre Investoren jetzt wohl auch solche Angst, daß der Geist eines toten Indianers wiederauferstehen könnte, um ihre kostbaren Feriengäste zu verscheuchen.«

»Sieht ganz so aus.«

»Na denn«, sagte David und atmete auf, »an die Arbeit.«

Er bückte sich und hob das letzte Utensil von dem Jutebeutel auf. Es war eine merkwürdige Rassel, bei der ein kleiner Tierschädel mit Lederriemen an den beiden Enden eines Geweihs aufgehängt war. Das ganze Ding sah eher aus wie eine Schleuder. Von dem Schädel hingen Perlenschnüre herab, die das rasselnde Geräusch verursachten. David schüttelte die Rassel, wandte sich Richtung Stadt und schritt vor Ferguson her den Anlegesteg hinunter.

Die Stadt war an einen Berghang gebaut, der direkt aus dem Wasser aufragte. Daher war das Straßennetz in Haarnadelkurven angelegt, und die Häuser wirkten wie übereinandergestapelt. Der Strand war von einer hölzernen Uferpromenade gesäumt, von der zahlreiche Anlegestege abgingen; das Wasserflugzeug und das Boot lagen an dem längsten vertäut.

Selbst in ihrer Blütezeit war die Stadt nicht besonders ausgedehnt gewesen, weshalb sie sich nun so gut als Feriensiedlung eignete. Die Konservenfabrik, das größte Gebäude der Stadt, war in ein Gemeindezentrum mit Cafeteria und Freizeiteinrichtungen umgewandelt worden. Der alte Gemischtwarenladen führte inzwischen auch Fischereibedarf und Souvenirs. Die Häuser waren zu Gästeapartments umgebaut worden. Die Bautrupps waren zwar schon monatelang fast rund um die Uhr im Einsatz, aber richtig gewohnt hatte an diesem Ort seit 1948 niemand mehr.

Fergie holte David ein und deutete mit ausladender Geste auf das Uferpanorama.

»Ist ein hübsches Städtchen, nicht? Hat irgendwie einen ganz eigenen Charme.«

»Sicher.«

Fergie konnte nicht recht einschätzen, was David von dem Projekt mit der Feriensiedlung hielt. Alles in allem schien er es eher zu mißbilligen. Bestimmt machte er hier nur des Geldes wegen mit. Da war ja auch nichts weiter daran auszusetzen. Allen anderen ging es genauso.

»Was wissen Sie von Raven, Ferguson?«

Fergie schüttelte den Kopf. »Nichts.«

»Raven ist der Schutzheilige der Tlingit. Er war es, durch den die Sonne und der Mond und das Wasser auf die Erde gebracht wurden und auch sonst fast alles. Wollen Sie ein bißchen mehr darüber erfahren?«

»Aber ja, gern.«

»Raven wurde aus der Verzweiflung geboren. Aber ich muß doch etwas weiter zurückgreifen, um die Geschichte richtig zu erzählen…«

Am Anfang gab es einen mächtigen Häuptling, der sehr stark und sehr stolz war und hochgeachtet bei seinem Volk. Er hatte eine wunderschöne Frau, die er sehr liebte, aber er war ein eifersüchtiger Gatte und traute seiner Frau nicht zu, ihm treu zu bleiben. Er lebte ständig in der Angst, irgendeiner der jungen Männer im Dorf könnte sie verführen und sie ihm wegnehmen. Und so schloß er jedesmal, wenn er auf die Jagd ging, seine Frau vorsichtshalber in eine Kiste ein und hängte die Kiste oben an die Dachbalken seines Hauses, damit keiner sich ihr nähern konnte.

Eines Tages ertappte der Häuptling seine Frau und einen seiner Neffen dabei, wie sie einen Blick wechselten. Wutentbrannt griff er nach seinem Messer mit der Sägezahnschneide und schnitt seinem Neffen die Kehle durch. Und um sicherzugehen, daß er nicht noch von einem der anderen betrogen würde, brachte er alle seine übrigen Neffen ebenfalls um.

Als die Schwester des Häuptlings herausfand, daß der Häuptling alle ihre zehn Söhne ermordet hatte, verfiel sie in tiefe Verzweiflung. Ihr Mann war im Vorjahr auf der Jagd umgekommen, und nun hatte sie keine Familie mehr, die im Alter für sie sorgen konnte. Rasend vor Schmerz lief sie in den Wald, um sich umzubringen.

Während sie so durch den Wald streifte und nach einem Ort suchte, um sich das Leben zu nehmen, begegnete sie einem freundlichen alten Mann. Er fragte sie, warum sie so außer sich sei, und sie klagte dem Alten ihr Leid.

Der alte Mann nickte, als die Schwester des Häuptlings ihm von der Hinterlist und Grausamkeit ihres Bruders erzählte. Das sei nicht recht, stimmte er ihr zu. Der Häuptling habe keine Achtung vor dem Leben gezeigt.

»Geh bei Ebbe an den Strand, und suche einen runden Kieselstein«, sagte der Alte zu der Frau. »Erhitze diesen Stein im Feuer, bis er ganz heiß ist, und dann schluck ihn herunter. Keine Angst, er wird dir nicht weh tun.«

Die Schwester des Häuptlings tat, wie ihr geheißen, und bald, nachdem sie den Kieselstein geschluckt hatte, wurde sie schwanger. Sie baute sich eine Hütte im Wald, nahe am Strand, und lebte dort. Als die Zeit reif war, brachte sie einen Sohn zur Welt, der zu einem schönen Kind heranwuchs. Das war Raven.

Ferguson und der Doktor waren am Gemeindezentrum angekommen und traten ins Haus ein. Fergie hoffte, David würde nun doch ein bißchen beeindruckt sein. Das Gemeindezentrum bestand aus einem riesigen Raum mit einer zehn Meter hohen Balkendecke. Die Wände waren von oben bis unten mit Douglasfichte getäfelt. Der warme Holzfarbton schuf eine anheimelnde Atmosphäre, die Luft war von köstlichem Fichtenduft erfüllt. Mitten im Raum gab es eine große, kreisförmige Feuerstelle mit einer mächtigen Abzugshaube darüber. Ein Spieß, an dem man ein ganzes Wildschwein rösten konnte, unterteilte sie in zwei Hälften, und ringsum waren kleinere Grills für Fleisch angelegt. Lange Holztische standen quer im Raum verteilt, um den Leuten ein Gemeinschaftsgefühl zu vermitteln.

»Sehr hübsch«, sagte David.

Ferguson war zufrieden. Mit diesen beiden Worten hatte David die ganze Feriensiedlung schon so gut wie abgesegnet.

»Ja, bei dem Gemeindezentrum haben wir keine Kosten und Mühen gescheut«, schmunzelte Ferguson. »Die Leute sollen sich hier treffen und wohl fühlen.«

»Und das ist auch richtig so«, sagte David. »Das Gemeindehaus war auch bei den Tlingit der Mittelpunkt des sozialen Lebens gewesen. Was wir heute Gesellschaft nennen, ist ja bloß noch ein Witz. Jeder für sich in seinen vier Wänden, mit Fertigprodukten abgefüllt – Fernsehen, Telefon, Pizzaservice, alles da. Kein Grund mehr, sich unter Leute zu begeben. Wie kann man überhaupt von Gesellschaft reden, wenn keiner mehr weiß, was Geselligkeit ist?«

David ging zur Feuerstelle hinüber.

»Kann man die schon benutzen?«

»Ja, klar.«

»Ich würde hier gern ein Feuer machen, wenn's geht. Wir sollten den Toten ein Speiseopfer bringen.«

Ferguson deutete auf den Holzstapel, der an einer

Wand aufgeschichtet war. Das war seine Idee gewesen. Brennholz drinnen aufzubewahren würde es trocken halten, und außerdem würde es gemütlich wirken – so konnten die Gäste sehen, daß immer genug Holz für das Feuer da war.

»Die Tlingit glauben nicht an ein Jenseits«, erklärte David. »Wir glauben, daß die Seele der Verstorbenen auf eine Reise geht, zur anderen Seite der Insel oder übers Wasser hinüber ins Totenland. Das Totenland ist aber nicht in einer anderen Dimension, sondern einfach irgendwo da draußen.

Und weil die Toten noch in unserer Nähe sind, teilen sie mit den Lebenden Freud und Leid. Wenn das Dorf ein mageres Jahr erleidet, müssen auch die Toten hungern. Ansonsten geben wir ihnen bei jeder Mahlzeit etwas ab. Aber sie können ja nicht herkommen und einem vom Teller essen. Darum werfen wir immer erst ein bißchen was ins Feuer, bevor wir zu essen anfangen. Das Feuer verbrennt die Speisen, und so können die Toten davon essen. Bedenken Sie, Ferguson, der Weg zum Herzen der Toten führt durch den Magen. Geben Sie den Toten etwas zu essen, dann haben Sie Ruhe vor den Geistern.«

Ferguson gefiel die Idee. Das könnte man als pittoreske Einlage in Thunder Bay einführen. Ein Speiseopfer vor jeder Mahlzeit. So konnte man gleich zwei Fliegen mit einer Klappe schlagen: die Toten zufriedenstellen und die Gäste unterhalten. Die Leute würden staunen, was Fergie alles über die Tlingit zu erzählen wußte. Er half David, Holz zur Feuerstelle hinüberzutragen.

Ravens Mutter legte ihm einen Kiesel unter die Zunge, was ihn unverwundbar machte. Und sie badete Raven zweimal am Tag in der Lagune, damit er schnell groß und stark wurde.

Als Raven groß genug war, um durch die Wälder zu

laufen und im Ozean zu schwimmen, schnitzte seine Mutter ihm einen Bogen und Pfeile, mit denen er Vögel, Hasen, Füchse und Wölfe jagte. Raven zeigte stets gebührende Achtung vor den Tieren, die er jagte, wie seine Mutter es ihn gelehrt hatte.

Ravens Mutter machte Decken aus den Häuten der Tiere, die Raven erlegte. Raven war ein geschickter Jäger, und so wuchs seine Deckensammlung immer mehr an. Eines Nachmittags erlegte der Junge einen großen weißen Vogel. Er legte sich das Federkleid um die Schultern und verspürte sogleich ein brennendes Verlangen zu fliegen.

Der mächtige Häuptling hörte im Dorf die Kunde von seiner Schwester und ihrem Sohn, dem fabelhaften Jäger. Er schickte einen seiner Sklaven los, um diesen Jungen, seinen Neffen, zu Besuch zu laden. Ravens Mutter warnte Raven davor, der Einladung zu folgen. Sie erzählte ihm von den furchtbaren Untaten, die ihr Bruder begangen hatte. Trotzdem erklärte Raven, er würde seinen Onkel besuchen, und seine Mutter sollte sich keine Sorgen machen.

Als Raven im Haus seines Onkels eintraf, versuchte der, ihn mit demselben Sägezahnmesser zu töten, mit dem er schon seine Brüder getötet hatte. Doch als er Raven das Messer an die Kehle setzte, brachen die Sägezähne ab und Raven blieb unverletzt.

Dann forderte der Häuptling Raven auf, mit ihm sein Kanu zu Wasser zu lassen. Als Raven unter das Kanu kroch, ließ der Häuptling los, so daß das Boot zu Boden fiel und Raven in der Falle saß. Der Häuptling dachte, Raven könnte nicht entkommen und würde bei auflaufender Flut unter dem Kanu ertrinken. Aber Raven zerbrach das Kanu mühelos in zwei Teile und kehrte schnell ins Haus seines Onkels zurück, wo er ihm die Teile vor die Füße warf.

Als nächstes befahl der Onkel seinem Neffen, mit ihm Tintenfische fangen zu gehen. Raven versteckte heimlich ein kleines zusammengefaltetes Kanu unter seiner Decke. Draußen auf dem Meer stieß der Onkel ihn aus dem Boot und paddelte eilig davon, um Raven ertrinken zu lassen. Aber Raven entfaltete sein Kanu und war noch vor seinem Onkel zu dessen Haus zurückgekehrt.

Raven wartete auf dem Dach, als sein Onkel nach Hause kam, im Glauben, Raven endlich losgeworden zu sein. Raven sperrte die Tür von außen zu und beschwor eine Springflut herauf, die seinen bösartigen Onkel mit sich riß.

Das Wasser stieg und stieg, und Raven schwang sich auf seinen weißen Flügeln in den Himmel empor. Er flog so hoch, daß sein Schnabel in den Wolken steckenblieb, und dort verharrte er zehn Tage lang. Als die Wassermassen wieder abgeflossen waren, ließ Raven los und fiel auf die Erde zurück. Alle Menschen im Dorf und auch seine Mutter im Wald waren auf Nimmerwiedersehen vom Wasser fortgespült worden. Raven war traurig, daß die Flut, die ihm half, seine Brüder zu rächen, ihm selber ebenfalls Unglück gebracht hatte.

Jenna fuhr die Nobelkarosse aus der Landisschen Garage auf die First Avenue hinaus. Ein großer schwarzer BMW mit sagenhaft vielen Zylindern, alles vollautomatisch. Einmal hatte Robert die Alarmanlage eingeschaltet, worauf alle Fenster und das Schiebedach aufgingen und nicht mehr zuzukriegen waren. Die Elektronik funktionierte irgendwie nicht richtig. Er hatte den Wagen extra in die Werkstatt fahren müssen. Am Ende kostete die Reparatur zwölfhundert Dollar. Nun ja, wenn man siebzigtausend für ein Auto hinblättern konnte, dann mußte man wohl auch damit rechnen, zwölfhundert für eine kleine Reparatur auszugeben. Jenna hatte einen VW Jetta, Baujahr '87. Keine Frage, welcher von beiden Wagen öfter kaputt war.

Jenna bog nach links in die Union Street ein, die den Hügel hinauf zum Broadway führte. Noch eine Linksabzweigung und sie wäre zu Hause. Robert und Jenna hatten ein schönes altes Haus am Capitol Hill, mit bleigefaßten Kästchenfenstern. Es besaß einen ganz besonderen Charme, etwas Gemütliches, was Jenna sehr mochte.

Während sie durch die Stadt fuhr, versuchte sie sich vorzustellen, was Robert wohl sagen würde, wenn er merkte, daß sein Auto weg war. Was würde ihm zuerst auffallen, daß Jenna nicht mehr da war oder der Wagen? Sie hatte seine Brieftasche. Er würde sich Geld borgen müssen, um mit dem Taxi heimzufahren. Vielleicht würde er so tun, als ob nichts vorgefallen sei. Als hätte Jenna einfach nach Hause ins Bett gewollt und aus Versehen seine Brieftasche mitgenommen. Das wäre noch das beste. So wahrt man wenigstens das Gesicht. Aber vielleicht war Robert zu betrunken, um auf diese Lösung zu verfallen. Er könnte auch glatt einen Wutanfall kriegen. Nein. Selbst im alkoholisierten Zustand würde er sich nie dazu hinreißen lassen, auf einer Party so eine Szene zu machen. Irgend jemand Wichtiges könnte es ja mitkriegen.

Jenna erinnerte sich an die fünf Pfefferminzschachteln auf dem Beifahrersitz. Sie langte nach rechts, um die Zellophanhülle von einer der Schachteln abzureißen, und als sie wieder aufschaute, war sie unabsichtlich auf der Abbiegespur zur Autobahnauffahrt gelandet. Mist. Wenn sie die Einbahnstraße nicht im Rückwärtsgang zurückfuhr, gab es keine Möglichkeit zur Umkehr. Hinter sich sah sie Scheinwerfer herankommen, also mußte sie weiter. Sie würde erst bei der Ausfahrt Montlake wieder von der Autobahn runterkönnen.

Als Jenna sich in den Verkehrsfluß auf der Schnellstraße eingefädelt hatte, ließ ein plötzliches Piepsgeräusch am Armaturenbrett sie zusammenschrecken. Es klang wie Laserbeschuß zwischen feindlichen Raumschiffen in einem Videospiel. Der Radardetektor. Sie blickte in den Rückspiegel. Nichts. Sie fuhr nicht mal mit überhöhter Geschwindigkeit. Dieser ganze elektronische Schnickschnack in den Autos war doch nur Spielzeug für die Männer, mehr nicht. Sie wechselte auf die rechte Spur.

Autofahren ist doch eine der letzten Freuden im Leben, die man noch hat. Einfach das Autotelefon abstellen, die Musik aufdrehen und los geht's. Das entspannt kolossal. Alle Probleme werden auf einmal klein und unbedeutend. Eine gute Therapie, das Fahren. Besser als

Yoga, weil es nicht so weh tut. Gute Nacht, du böse Welt. Gute Nacht, ihr ganzen Nervensägen. Jenna stellte das Radio ab und fuhr an ihrer Ausfahrt vorbei in Richtung Norden.

Jenna hatte die Schachtel Pfefferminz halb leer gegessen und hatte jetzt allmählich das Bedürfnis, sich die Zähne zu putzen. Sie fuhr schon eine Stunde auf der Autobahn, der Wagen schnurrte mit hundertvierzig dahin. Und sie fühlte sich schon viel besser, entspannt und kein bißchen müde, obwohl es fast zwei Uhr morgens war. Kein einziges Mal hatte sie an Robert gedacht, und sie fragte sich, ob er wohl an sie gedacht hatte.

Der Radardetektor trillerte wieder los. Jenna ging vom Gas und sah sich um. Plötzlich blitzte Blaulicht hinter ihr auf. Ihr Herz tat einen Satz. Das Gerät piepste jetzt wie wild. Sie bremste und hielt auf der Standspur.

Mist. Ein Polizist mit Taschenlampe kam auf den Wagen zu, die Hand am Pistolenhalfter. Jenna öffnete die Tür.

Der Polizist machte einen Satz nach vorne, riß die Pistole aus dem Halfter und knallte Jenna die Tür vor der Nase zu. Er zielte durch das Wagenfenster direkt auf Jennas Kopf. Jennas Augen wurden weit vor Schreck. Sie hob die Hände. Er fuchtelte mit dem Pistolenlauf herum und bedeutete ihr, die Scheibe herunterzulassen. Jenna sah sich hektisch nach dem passenden Schalter um. Es schien endlos zu dauern, bis sie ihn gefunden hatte. Das Fenster surrte hinab.

»Die richtige Vorgehensweise bei einer Verkehrskontrolle, Madam, ist, das Fenster runterzulassen, die Innenbeleuchtung anzumachen und die Hände aufs Lenkrad zu legen.«

Jenna nickte eilig.

»Würden Sie jetzt bitte das Licht anmachen, Madam?«

Jenna schaute ängstlich zu ihm auf. Sie wußte nicht, wo das Licht anging. Ihr Blick wanderte durch das Wageninnere. Der Radardetektor piepste immer noch wie wild vor sich hin.

»Würden Sie bitte den Radardetektor abstellen, Madam?«

»Das ist der Wagen von meinem Mann. Ich weiß nicht genau…«

»Über dem Rückspiegel, Madam.«

Jenna hob die Augen, entdeckte den Lichtschalter und knipste ihn an.

»Der Detektor ist neben dem Schalthebel, Madam.«

Sie langte hinüber und stellte das Piepsen ab.

»Ist Ihnen nicht klar, daß Sie zu schnell gefahren sind?«

»Doch, schon, aber wissen Sie, ich bin halt nicht an den Wagen gewöhnt. Meiner ist viel lauter, wenn er über hundert fährt. Aber dieser hier macht keinen Mucks.«

Der Polizist lächelte. Er steckte die Pistole weg. Das war immerhin eine Erleichterung.

»Tut mir leid, wenn ich Sie erschreckt habe, Madam. Aber hier auf dem Highway sind schon öfter mal Polizeibeamte erschossen worden. Man kann nicht vorsichtig genug sein, wenn man bei Nacht auf einen Wagen zugeht.«

Jenna nickte.

»Wohin fahren Sie, Madam?«

»Nach Hause.«

»Und wo ist das?«

»In Seattle.«

»Dann fahren Sie aber in die falsche Richtung. Seattle liegt südlich von hier.«

Ertappt.

»Haben Sie etwas getrunken, Madam?«

»Nein. Mein Mann und ich… Na ja, wir hatten Krach, und ich wollte bloß noch weg.«

»Hat er Sie geschlagen?«

»Das nicht, aber…«

»Hatten Sie denn Angst, daß er Sie schlagen würde?«

»Nein, nein, das ist es nicht«, versuchte Jenna zu erklären. »Es ist alles schrecklich vertrackt. Ich wollte einfach nur weg und fertig.«

»Madam, Sie haben Schokolade im Gesicht.«

Jenna sah ihn verwirrt an. Sie spähte in den Rückspiegel und wischte sich mit dem Handrücken die Spuren aus den Mundwinkeln. Hatte der Polizist sie erröten sehen? Peinlich, peinlich. Jenna lachte verlegen. Der Polizist grinste.

»Pfefferminzpastillen. Möchten Sie eine?«

»Nein danke, Madam. Nicht, wenn ich im Dienst bin.«

Sie lachte wieder. Er war eigentlich ein ganz netter Bursche. Haben Frauen nicht so ihre Phantasien über Männer in Uniform?

Das Telefon klingelte. Das hatte gerade noch gefehlt. Jenna sah den Polizisten an und zuckte hilflos die Achseln. Es klingelte und klingelte.

»Wollen Sie nicht drangehen?«

»Das wird sicher mein Mann sein, der sich Sorgen macht, wo sein Wagen ist.«

»Kann ich mir vorstellen. Warum nehmen Sie nicht einfach ab und sagen ihm, daß alles in Ordnung ist?«

Jenna nickte ergeben und nahm den Apparat von der Konsole. Natürlich war es Robert, und wie.

»Jenna, wo zum Teufel steckst du denn?« brüllte er ins Telefon.

»Im Auto.«

»Ach, was du nicht sagst. Ich werd wohl noch wissen, welche Nummer ich anrufe. *Wo* steckst du?«

»Hör zu, es ist alles in Ordnung. Ich wollte nur ein bißchen Abstand kriegen. Bin bald wieder zu Hause.« Jenna schaute mit einem schuldbewußten Lächeln zu dem Polizisten hoch.

»Und wieso hast du mich hier auf der Party sitzenlassen? Was ist los mit dir?«

»Keine Angst, mir fehlt nichts. Ich komm jetzt dann heim.«

Sie legte mitten in der nächsten Frage auf und blickte wieder zu dem Polizisten hin. Nachts auf dem Highway mit einem Polizisten. Eine Szene wie aus einem Sexfilm. Ich würde *alles* tun, um keinen Strafzettel zu kriegen. Wirklich *alles*.

»Also, ich will es mal bei einer Verwarnung belassen, Madam. Aber von jetzt an achten Sie bitte mehr auf den Tacho und weniger auf die Geräusche Ihres Wagens, o. k.? Und schauen Sie, daß Sie nach Hause kommen oder in ein Motel, wenn Ihnen nicht wohl dabei ist, den ganzen Weg in der Nacht alleine zurückzufahren, verstehen Sie?«

Er trat vom Fenster zurück.

»Ja, danke.«

Er machte kehrt und ging zu seinem Wagen zurück. Jenna streckte den Kopf aus dem Fenster.

»Wollen Sie nicht vielleicht doch eine Schachtel Pfefferminzpastillen? Die sind gut.«

Er blieb stehen und drehte sich um. Ein nettes Profil und ein nettes Lächeln. Sein Name war McMillian. Das stand auf seinem Ansteckschildchen. Er schüttelte den Kopf.

»Nein, Madam, aber danke für das Angebot.«

Er stieg in seinen Wagen und stellte das blitzende Blaulicht ab. Jenna startete den Motor und schwenkte wieder auf die Schnellstraße ein. Das Telefon klingelte noch einmal. Sie nahm nicht ab, aber als es aufhörte, stellte sie sich vor, wie eine Computerstimme in die Leitung säuselte.

»Leider ist der angewählte Teilnehmer im Moment nicht erreichbar. Sie können aber gerne eine Nachricht hinterlassen. Drücken Sie bitte auf eins …«

An der Ausfahrt Bellingham fuhr sie von der Autobahn ab. Müde und hungrig hielt sie an einer Tankstelle an, um zu tanken und sich eine Cola und etwas zum Knabbern zu holen. Es kam ihr so vor, als würde sie ewig durch die Nacht fahren. Als hörte die Dunkelheit nie auf. Der gleißende Baldachin aus Neonleuchten war wie künstliches Sonnenlicht. Elektrifizierte Realität. Alle würden längst schlafen, wenn es keine Stromleitung gäbe.

Jenna atmete die benebelnden Benzindünste ein, während sie zusah, wie der Zähler immer weiter tickte. Irgendwie hatte der Benzingeruch etwas Tröstliches. Vielleicht deshalb, weil er überall immer gleich war.

Es war halb drei morgens, und Jenna fuhr nach Bellingham hinein, ohne recht zu wissen, wohin sie nun eigentlich wollte. Nach Hause oder lieber ins nächstbeste Motel? Wie ganz von selbst leiteten die Wegweiser sie in Richtung Küste. Brandneue blaue Schilder, die andauernd versprachen, daß man alles, was man sich nur wünschen konnte, dort an der Küste finden würde. Also folgte Jenna den Schildern. An der Harris Avenue, etwa einen Häuserblock vor dem angepriesenen Ziel, hielt sie an. Sie konnte sehen, daß auf den Piers noch einiges los war. Boote legten an und liefen aus, wurden beladen oder entladen. Aber so sehr es sie auch reizte, das alles zu erkunden, wagte sie sich im Dunkeln nicht allein aus dem Auto. Sie wollte bis zum Morgen warten.

Jenna klappte die Rückenlehne weiter nach hinten, machte es sich bequem und nippte schmunzelnd an ihrer Cola. Kleine Fluchten. Normalerweise macht man so etwas in der Collegezeit. Einfach ohne Ziel davonfahren, im Auto schlafen, sich von Cola und Chips ernähren. Obwohl Jenna sich eigentlich noch ein bißchen zu jung vorkam, um ihre verlorene Jugend wieder heraufzubeschwören.

Die Lider wurden ihr schwer, und sie gähnte. Ein Wegweiser direkt vor dem Wagen zeigte geradeaus zum Alaska State Marine Highway, der Fährtenroute, die Alaska mit dem Rest des Landes verband. Jenna hatte vergessen, daß der Anlegehafen jetzt in Bellingham war. Grandma hatte die Fähre nach Alaska damals immer von Seattle aus genommen. Drei Tage dauerte die Überfahrt, und wie hatte Grandma es immer genossen, mit den Mitreisenden zu schwatzen, sich die Lebensgeschichten anderer Leute anzuhören, neue Freundschaften zu schließen. Sie hatte nie ein Flugzeug bestiegen, bis sie zum letzten Mal nach Wrangell reiste, und da mußten sie die Rücklehnen von den Sitzen schrauben, weil sie auf einer Bahre lag. Jenna war nicht dabeigewesen, aber sie konnte es sich vorstellen.

Man hatte Grandma den Fuß amputiert, weil er nicht mehr durchblutet wurde, und außerdem hatte sie überall Krebs, wie der Doktor sagte. Sie hatte lange mit grausamen Schmerzen gelebt. Jenna stellte sich ihre ganzen Organe voller Löcher vor. Sie hatte sie im Rollstuhl durch die Krankenhausflure geschoben, nur so zur Ablenkung.

Grandma wollte heim nach Alaska. Alle außer Jennas Mutter fanden das verrückt. Sie sagte, Grandma weiß, daß sie sterben wird, und dafür möchte sie nach Hause. Das ist doch ganz normal. Die Frau hat sechsundneunzig Jahre im selben Haus gelebt. All ihre elf Kinder wurden in dem Haus geboren. Ihr Mann ist in dem Haus gestorben. Warum zum Teufel sollte sie dort nicht auch sterben dürfen?

Also packten sie Grandma ins Flugzeug, und sie überstand die Reise gut. Sie starb etwa neun Monate später. Zu Hause.

Als Jenna aufwachte, war es sechs Uhr, und die Sonne schien durch das Heckfenster in den Wagen. Sie stellte den Sitz wieder hoch und stieg aus.

Ihr Rücken war steif; sie reckte und streckte sich und atmete die frische Morgenluft ein. Viel war noch nicht los auf der Straße, aber für die frühe Stunde waren doch schon eine Menge Leute unterwegs, die ins Büro eilten. Jenna entdeckte einen Coffeeshop an der nächsten Straßenecke und lief hinüber.

Bald hockte sie an dem langen Tresen mit Blick zur Straße und aß ein ofenfrisches Rosinenbrötchen zum Kaffee. Die Kunden standen Schlange, um ihre Bestellungen aufzugeben. Neben ihr hatte ein junges Hippiepärchen Platz genommen, mit Birkenstocksandalen und Rucksäcken ausgestattet und kaum achtzehn Jahre alt, so wie die beiden aussahen. Der Junge kramte hektisch im Rucksack seiner Begleiterin.

»Nein, da ist es auch nicht drin.«

»Aber irgendwo muß es doch sein!«

»Ich hab alles durchgesucht. Es ist weg. Was machen wir jetzt bloß?«

Der Hippiejunge kratzte sich die Mähne.

»So ein Mist, Debbie, das kann doch nicht wahr sein!«

»Ich sag's dir, es ist weg. Ich muß es verloren haben!«

Debbie fing an zu weinen. Der Junge versuchte, sie zu trösten.

»Dann müssen wir jetzt halt trampen. Irgendwie kommen wir schon nach Skagway.«

Jenna merkte, daß sie die beiden neugierig anstarrte.

Willie hielt ihrem Blick stand, und statt ihr mit einer kurzen Grimasse zu bedeuten, daß sie sich um ihren eigenen Kram kümmern sollte, verzog er keine Miene.

»Was kostet ein Ticket?« hörte sie sich plötzlich fragen.

Willie zuckte zusammen. Er hatte gar nicht zu ihr hingeschaut. Er hatte sie nicht einmal wahrgenommen.

»Was?«

»Wieviel braucht ihr für die Überfahrt?«

Willie sah Debbie an, dann wieder Jenna.

»Zweihundertsechsundvierzig Dollar.«

»Ich bezahl euch das Ticket.«

Debbie blickte durch ihren Haarvorhang auf. Willie runzelte die Stirn und schüttelte den Kopf.

»Aber warum?«

Jenna zuckte die Achseln.

»Warum nicht? Wenn ihr jetzt diese Fähre verpaßt, wird euer Leben vielleicht eine völlig andere Bahn einschlagen. Und das möchte ich nicht auf dem Gewissen haben.«

Debbie lachte auf und schniefte laut. Sie strahlte Jenna an wie ein Rauschgoldengel. Kinder waren es, richtige Kinder. Bobby hätte das eines Tages auch gemacht, mit einem Mädchen auf gut Glück die Fähre genommen, von einem trostlosen Hafenstädtchen zum nächsten, zwei Monate bei Wind und Wetter gezeltet, und immer nur der Fraß aus den Imbißstuben. Alles ein Riesenspaß in dem Alter.

Zu dritt verließen sie den Coffeeshop und gingen hinunter zum Fährhafen. Die Sonne wärmte schon, es versprach wieder ein herrlicher Tag zu werden. Der Küstenstreifen leuchtete frisch und farbenfroh, die Wellen glitzerten in der Sonne. Jenna lächelte still in sich hinein, als ihr bewußt wurde, daß sie wohl ein bißchen verrückt wirken mußte – in ihrem verknitterten schwarzen Kostüm, die Schminke zerlaufen –, wie sie sich da so grundlos erbot, einem wildfremden Pärchen das Schiffsticket zu bezahlen.

Willie vorneweg, betraten sie die Wartehalle, einen großen, hell gestrichenen Raum mit einem Kassenschalter an der hinteren Wand. Über dem Schalter prangte das Logo der Fährlinie, die übrigen Wände waren mit Fresken von indianischen Totemmotiven dekoriert. Es herrschte kaum Betrieb – jemand schlief zusammengesunken auf einem Stuhl, eine Familie hockte zwischen Koffern und Taschen auf dem Boden, ein Raumpfleger schob gemächlich seinen Mop vor sich her.

Willie blieb stehen und warf Jenna einen skeptischen Blick zu. Debbie hängte sich abwartend bei ihm ein.

»Wollen Sie das wirklich machen?«

Jenna nickte.

Willie sah sie lange wortlos an. Schließlich nickte er, drehte sich um und ging auf die Frau am Kassenschalter zu. Jenna und Debbie schauten zu, während er gestikulierend auf sie einredete. Die Frau nahm ein Ticketheft aus der Schublade und begann es auszufüllen, tippte zwischendurch ein paar Zahlen in den Taschenrechner, schrieb weiter. Willie winkte Jenna herüber.

»Es kostet zweihundertfünfundsechzig mit Mehrwertsteuer.«

Jenna lächelte der Frau am Schalter zu. Sie reichte ihr ihre Visa-Karte, die Frau schob die Karte durch das Lesegerät und ließ Jenna die Rechnung unterschreiben. Das war's dann auch schon. Willie nahm das Ticket an sich, und die drei gingen wieder hinaus.

»Vielen, vielen Dank. Wenn Sie mir Ihren Namen und Ihre Adresse geben, zahlen wir's Ihnen zurück, sobald wir das Geld haben.«

Jenna lächelte.

»Ach was, das ist schon in Ordnung.«

Willie trat verlegen von einem Fuß auf den anderen.

Er streckte ihr ruckhaft die Hand hin, und Jenna ergriff sie.

»Tja, also dann, danke noch mal für Ihre Großzügigkeit.«

Debbie blickte zu Jenna auf. Sie wirkte entspannt, erleichtert, daß alles gut ausgegangen war. Jenna streichelte ihr sanft über die Wange.

»Gute Reise, ihr beiden.«

Willie und Debbie liefen Hand in Hand den Anlegesteg hinunter auf das große blau-weiße Schiff zu, wo bereits eine Gruppe Jugendlicher am Fuß der Gangway auf ihren Rucksäcken saß und darauf wartete, an Bord gelassen zu werden.

Jenna schlenderte zur Straße zurück. Am Ende des Piers schaute sie sich noch einmal um. Hoch ragte der Bug der Fähre dort hinten aus dem Wasser auf. Die *Columbia.* Dasselbe Boot, das ihre Großmutter immer genommen hatte. Dasselbe Boot, auf dem Jenna einst gereist war, als sie noch zur Schule ging und zusammen mit ihrer Freundin Patty zu Besuch zu Grandma fuhr.

Jenna fragte sich, was wohl aus Grandmas Haus in Wrangell geworden war. Wahrscheinlich wohnte jetzt niemand mehr dort. Es war so uralt, vielleicht auch schon längst eingestürzt. Ein großer, zweistöckiger alter Kasten an der Front Street, direkt an der Küste, wundervoller weiter Blick. Das obere Stockwerk blieb unbenutzt, es war alles zu morsch, und Grandma kam eh nicht mehr die Treppe hoch. Aber seitdem hatte Jenna es nie mehr gesehen. Siebzehn Jahre war das jetzt her. Sie hatten einen Zwischenstop in Wrangell geplant, auf dieser unheilvollen Reise zur Thunder Bay mit Robert und Bobby vor zwei Jahren. Aber dann war alles anders gekommen.

Jenna sah auf die Uhr. Halb acht. Ganz plötzlich überkam sie der Impuls, jetzt und hier diese Fähre zu nehmen und nach Alaska hochzufahren. Wrangell endlich wiederzusehen. Mal schauen, was daraus geworden war. Warum sich nicht eine kleine Urlaubsreise zum Geburtsort ihrer Mutter und Großmutter gönnen? Sie konnte Robert ja sagen, sie hätte einfach mal ein paar Tage weg müssen. Er würde es schon verstehen. Na ja, vielleicht auch nicht, aber das war jetzt sowieso egal. Es war ihr Leben, nicht seins, und sie wollte jetzt diese Reise machen.

Eine Weile nagte Jenna noch unschlüssig an der Lippe, sah aufs Meer hinaus, schaute den drohend kreisenden Möwen zu. Dann drehte sie sich auf dem Absatz um und ging zurück in die Schalterhalle.

»Ja, und wie funktioniert das nun eigentlich?« Ferguson hatte sich am Rand der Feuerstelle niedergelassen. Die Flammen wärmten ihm angenehm den Rücken.

David schritt langsam die andere Seite des Gemeinderaums ab und schüttelte hin und wieder seine Rassel, während er die Wände, Deckenbalken und Fenster untersuchte.

»Was denn?«

»Dieser Schamanenzauber.«

»Soll ich Ihnen etwa einen Vortrag über die Grundlagen schamanischer Techniken halten?«

Ferguson zuckte die Achseln. »Keine Ahnung. Was machen Sie denn zum Beispiel jetzt gerade?«

»Jetzt? Schau ich mir ganz einfach die Bauweise von dem Haus hier an. Saubere Zimmermannsarbeit, diese Dachbalken, das muß ich schon sagen.«

»Kapier ich nicht. Wollen Sie nicht wenigstens einen Beschwörungsspruch loslassen?«

David lachte. Durch einen Irrgarten aus Kneipentischen und hochgestellten Stühlen kam er auf David zugeschlendert.

»Das hat Zeit. Vielleicht ist es auch gar nicht nötig. Wir wissen ja noch nicht, womit wir's hier zu tun haben.«

Er griff sich einen Stuhl vom Tisch und setzte sich Ferguson gegenüber.

»Na gut, ich versuch mal, es zu erklären. Die Welt ist voll von Menschen und Geistern, die alle eine bestimmte

Energie abstrahlen, obwohl es bei den meisten nicht gerade viel ist und nur wenige das so direkt spüren können. Als Schamane strahle ich eine Menge Energie aus und spüre auch die der anderen. Was ich jetzt also mache, ist, Energiewellen auszusenden wie ein Sonar, und wenn meine Wellen von einem Geist aufgefangen werden, der spürt, daß ich in seinen Bereich eindringe, dann läßt er es mich wissen.

Sie dagegen haben nicht soviel Energie wie ich, weshalb derselbe Geist Sie vielleicht gar nicht bemerkt. Aber wenn viele Leute wie Sie zusammenkommen, sagen wir, eine ganze Stadt, dann macht sich das insgesamt doch bemerkbar, und das könnte dann eventuell ein Problem geben. Soweit schon mal alles klar?«

»Sicher«, nickte Ferguson, auch wenn ihm das alles eher ungereimt vorkam. »Aber wie kommt es, daß Sie so viel mehr Energie ausstrahlen?«

»Weil ich ein Schamane bin. In meiner Lehrzeit bin ich mit vielen Geistern in Kontakt gekommen und hab ihnen ihre Energie abgenommen. Sie, die Yeks, sind meine spirituellen Helfer. Und ihre Energie bewahre ich hier in meinem Medizinbeutel auf.«

David hob den kleinen Lederbeutel hoch, den er um den Hals trug.

»Was ist da drin?«

»Zungen. Keine ganzen Zungen, nur Stücke davon. Genug, um zu beweisen, daß ich ihre Macht besitze. Falls ich meinen Beutel je abnehme, verliere ich meine Macht.«

»Kann ich ihn einmal umbinden? Ich hätte auch gern so viel Macht.«

David lachte.

»Wenn irgendwer, der kein Schamane ist, diesen Beutel trägt, dann wird er verrückt.«

»Tatsächlich? Und wie wäre ich dann?«

»Richtig wildwütig. Sie würden splitternackt mit struppigem Haar durch den Wald rennen und Frösche verschlingen. Die Leute aus dem Dorf würden sich am Lagerfeuer Geschichten über Sie erzählen. Die Kinder würden sich vor Ihnen fürchten.«

»Also gut, vergessen wir das. Ich will den Kindern keine Angst einjagen. Aber was passiert, wenn so ein Geist Ihre Sonarwellen auffängt? Legen Sie *dann* mit dem Geisterbeschwören los?«

»Darum geht's eigentlich gar nicht.« David verkniff das Gesicht, als koste es ihn besondere Konzentration, die Sache zu erklären. »Es gibt natürlich Beschwörungsformeln, aber die sind mehr für Geister mit schwächerer Energie, das heißt solche, denen man als Schamane sowieso überlegen ist. Doch hier sieht die Sache wohl etwas anders aus.

Nehmen wir einmal an, ein Geist bewohnt dieses Gebiet und beansprucht es für sich. Dann kann er einem das Leben ganz schön schwermachen, indem er die Tiere verscheucht, so daß man nichts mehr zu essen hat, kurz, er spukt herum und gibt keine Ruhe. In dem Fall versuche ich, eine friedliche Lösung auszuhandeln, den Geist durch Huldigung zu besänftigen. So eine Art Vereinbarung, wissen Sie, daß die Feriensiedlung ihm jedes Jahr etwas Bestimmtes zum Opfer bringen muß.«

»Und wenn das nicht klappt?«

»Tja, dann müssen wir uns entscheiden. Entweder, wir ziehen das Projekt zurück, oder ich muß den Kampf antreten. Im letzteren Fall rufe ich die Geister in meiner Macht auf, mir zu Hilfe zu kommen, und wir fechten die Sache aus, und dann kann ich nur noch hoffen, daß ich die Oberhand behalte.«

»Verstehe.« Im stillen fragte sich Ferguson, ob David ihm da nicht einen Bären aufband. Vielleicht war das alles ja nur Erfindung. Obwohl es irgendwo auch ganz interessant klang. Indianische Geister waren viel greifbarer als die dämonischen Kräfte in der christlichen Vorstellungswelt. Er konnte sich keinen Pfarrer vorstellen, der so brachial mit dem Teufel rang. Außer im *Exorzisten*. Vielleicht lief es also doch auf das gleiche hinaus.

»Und wie ging das zum Beispiel mit dieser Holzfällerfirma aus? Die Sache mit den Eulen? Haben Sie sich damals auch bei den Geistern entschuldigt?«

»Ja.«

»Und hat das funktioniert?«

»Nein. Die Firma wollte damit ja bloß Schlagzeilen in der Presse machen. Sie haben sich nicht an die Vereinbarung gehalten und keine Sühneopfer gebracht.«

»Und was ist dann passiert?«

»Ein Erdrutsch hat das ganze Projekt begraben.«

»Is' ja 'n Ding!« staunte Ferguson. »Und das haben die Geister bewirkt?«

»Genau.«

»Es waren also böse Geister?«

»Nein.«

»Aber sie haben doch alles zerstört.«

David seufzte. Es gab so viele Fragen, und jede Antwort warf nur wieder neue Fragen auf. Trotzdem, sagte er sich, Aufklärung ist immer noch das beste Mittel gegen Unwissenheit. Immerhin wollte Ferguson wenigstens etwas davon wissen.

»Die Tlingit kennen kein Gut und Böse«, erklärte David. Er stand auf und warf ein paar Scheite ins Feuer. »Lassen Sie mich dazu noch eine Geschichte erzählen …«

Es gab einst einen sehr mächtigen Häuptling, der hielt Sonne, Mond und Sterne in drei Kisten verschlossen, die niemand je berühren durfte. Raven hatte viele Geschichten über diese Kisten gehört, und da er sie für sich begehrte, ersann er einen Plan, um sie in seinen Besitz zu bringen.

Raven wußte, daß der Häuptling seine Familie über alles liebte. Der Häuptling hatte eine Tochter, die er sorgsam hütete. Und Raven begriff, daß er an die Kisten kommen könnte, wenn er zum Enkel des Häuptlings würde.

Da Raven jegliche Gestalt annehmen konnte, verwandelte er sich in einen Grashalm. Er ließ sich am Rand einer Schale nieder, aus der die Häuptlingstochter gerade trank, und so schluckte sie Raven herunter. Die Tochter merkte zwar, daß sie da etwas geschluckt hatte, aber es war schon zu spät. Sie wurde schwanger, und als die Zeit gekommen war, brachte sie einen Jungen zur Welt. Niemand kam auf die Idee, daß dieser Junge Raven war.

Der Großvater freute sich sehr über seinen Enkel und liebte ihn mehr als alles andere. Und als Raven verzweifelt nach einer der Schatzkisten schrie, konnte der Großvater sie ihm nicht verwehren. Raven nahm sie zum Spielen mit nach draußen, und als er sie öffnete, sprangen alle Sterne an den Himmel hinauf, und die Kiste war leer. Der Großvater war traurig, seinen Schatz verloren zu haben, doch seinen kleinen Enkel mochte er deswegen nicht schelten.

Raven schrie wieder, diesmal nach der zweiten Kiste. Der Großvater gab sie ihm widerstrebend, warnte ihn aber, sie nicht zu öffnen wie die erste. Raven nahm die Kiste wieder mit nach draußen, machte sie auf und entließ den Mond an den Himmel.

Lange weigerte der Großvater sich, Raven die dritte Kiste zu geben, seinen wertvollsten Besitz, weil sie die Sonne enthielt. Alles Bitten und Betteln fruchtete nichts. Doch als Raven dann Speis und Trank verschmähte und krank wurde, konnte der Großvater es nicht mehr mit ansehen. Er gab seinem Enkel die Kiste und verwarnte ihn zugleich streng, daß er bestraft werden würde, wenn er sie öffnete.

Raven ging nach draußen, und nun, da er die Kiste besaß, verwandelte er sich in einen Vogel und flog fort zur Erde. Im Flug rief Raven nach den Menschen auf der Erde, aber da es keine Sonne gab, konnte er sie nicht sehen. Als er die Menschen nach ihm rufen hörte, öffnete Raven die Kiste, und die Sonne brach hervor und erleuchtete alle Länder. Von jener Zeit an hatte die Erde Licht.

»Verstehen Sie, Ferguson? Raven hat uns nicht einfach nur Sonne, Mond und Sterne gegeben. Er mußte sie erst von jemand anderem stehlen.«

»Ich glaube, da folge ich Ihnen nicht ganz.«

»Stehlen ist böse. Aber Geben ist gut. Was meinen Sie, war Raven nun gut oder böse?«

Ferguson war es ein bißchen peinlich, so mit der Nase auf die Antwort gestoßen zu werden.

»Beides.«

»Eben. Und damit haben Sie die Religion der Tlingit vollkommen begriffen.«

Ferguson nickte.

»Die Geister der Tlingit müssen geachtet werden, Ferguson. Man muß sie fair behandeln. Wenn man sie mißachtet, können sie gnadenlos und rachsüchtig sein. Geht man aber fair mit ihnen um, dann sind sie freundlich und großzügig.«

»Verstehe«, nickte Ferguson wieder, wenn auch etwas hilflos. Das alles wurde ihm langsam zu tiefschürfend. Er wollte es einfach nur hinter sich bringen. Schluß mit den Belehrungen.

»Ich bin hier, weil Sie mich gerufen haben«, fuhr David fort. »Und ich hoffe, Sie wollen uns nicht auf den Arm nehmen.«

»Nein, nein«, sagte Ferguson schnell, drehte David den Rücken zu und wärmte sich die Hände am Feuer. »Ganz bestimmt nicht.«

Das Mädchen zählte Jennas Probierteile und schloß eine weiße Tür auf. Jenna trat in die kleine Kabine, zog sich aus und blickte dann versonnen auf den Haufen neuer Kleider vor ihr auf der Ablage. Jeans, Unterwäsche, Socken, Pullis und ein hübsches knöchellanges Kleid, das sie dort, wo sie hinfuhr, niemals brauchen würde, aber eben so gern wollte. Was zum Teufel machte sie da eigentlich? Deckte sich doch glatt mit einer kompletten neuen Ausstattung von der billigen, strapazierfähigen Sorte ein. Etwas, das nur jemand tat, der auf der Flucht war. Jemand, der Angst hatte.

Sie hatte wirklich Angst. Und wie. Weil ihr plötzlich aufgegangen war, daß sie schon ihre Fahrkarte in der Tasche hatte und fest entschlossen war, die Fähre nach Wrangell, Alaska, zu nehmen. Zurück zu dem Ort, wo der Unfall passierte. Na ja, nicht direkt. Jene Unglücksstelle lag ein paar Seemeilen südwestlich von Wrangell, in Thunder Bay. Es war wie ein Sog, der sie hilflos mitriß. Sie mußte sich dem, was damals geschehen war, stellen, endlich einen Schlußstrich ziehen.

Jenna hatte sich geschworen, nie wieder einen Fuß auf den Boden Alaskas zu setzen. Vor zwei Jahren, auf dem Rückflug von dem Ort, wo ihr das Herz aus dem Leib gerissen worden war. Wo ihre Seele zugleich mit ihrem Kind ertrunken war. Nie, nie, schwor sie sich damals, würde sie dort wieder hinfahren. Und jetzt, während dieses Ladenmädchen sie ständig wegen der Menge der

Kleidungsstücke nervte, die sie zum Anprobieren mitgenommen hatte, mußte Jenna sich eingestehen, daß sie im Begriff war, ihren Schwur zu brechen. Falls sie nicht in letzter Sekunde noch ganz schnell eine Kehrtwendung machte, würde sie an Bord gehen und genau dahin fahren, wo sie sich doch nie wieder hatte blicken lassen wollen.

Daher die Angst.

Aber die Angst konnte sie nicht zurückhalten.

In Jeans, T-Shirt, Pulli, Lederjacke und Stiefeln kam sie aus der Kabine, mit einem zweiten Paar Jeans, Kakishorts, Hemden, Socken, Wäsche zum Wechseln – und dem Kleid! – im Rucksack. Ihr schwarzes Kostüm, das Christine so gut gefallen hatte, wanderte draußen in den nächstbesten Mülleimer.

In der Drogerie nebenan besorgte sie sich schnell noch die notwendigsten Toilettenartikel für die Reise. Zum Glück war die Verkäuferin so nett, sie den Waschraum hinten im Laden benutzen zu lassen, wo sie sich endlich die Zähne putzen konnte, um den pappigen Nachgeschmack von Kaffee und Gebäck aus der Frühstücksbar loszuwerden.

Gegen halb zehn schlenderte Jenna zum Bootssteg zurück. Die Autos fuhren bereits auf die Fähre, und Jenna spürte, wie das Reisefieber in ihr zu kribbeln begann. Aber wenigstens, dachte sie, sollte sie Robert noch mitteilen, daß sie eine Weile wegbleiben würde. Sie trat in eine Telefonzelle und rief zu Hause an. Nach viermal läuten schaltete sich der Anrufbeantworter an. Merkwürdig. Wo konnte Robert um diese Zeit sein? Hoffentlich war er nicht losgefahren, um sie zu suchen. Jenna hinterließ eine kurze Nachricht und hängte ein. Dann stellte sie sich erleichtert in die Schlange an der Gangway.

Das Autodeck unten war düster, nur von matten grünlichen Lämpchen beleuchtet. Von den Abgasen wurde es

Jenna etwas übel. Benzin roch ja noch ganz gut, aber dieser Auspuffqualm stank widerlich. Die Passagiere folgten den gelben Markierungslinien zu den zwei Aufzügen, wo sich schon wieder alles staute. Jenna wartete geduldig in der Menge.

Schließlich quetschte sie sich mit zwanzig anderen in den Lift, der ans Oberdeck führte. Alle anderen drängelten mit rudernden Ellbogen zum Außendeck. Jetzt erst erinnerte sich Jenna, was es mit der ganzen Hektik auf sich hatte. An Bord der Fähre gab es nur wenige Kabinen, und ansonsten die Großraumlounge mit den Sesselreihen, wo ihre Großmutter sich immer aufgehalten hatte. Aber die meisten Passagiere zogen das Sonnendeck vor, wo auch Heizkörper standen, so daß man nachts nicht erfror. Verdammt, dachte Jenna, ich hätte eine Decke mitbringen sollen.

Sie ließ sich mit der Menge aufs Sonnendeck hinaustreiben. Es war mit dünnen Gummimatten ausgelegt und zum Heck hin offen. Das vordere Drittel war mit gelben Scheiben verglast, wie ein riesiges Gewächshaus, und schützte so vor Wind und Regen. Natürlich war hier schon alles vollgepackt mit Reisenden, die besitzergreifend ihre Schlafsäcke ausrollten. Die wenigen Liegestühle waren auch längst besetzt. Auf dem unteren, offenen Deck schlugen wackere Camper ihre Zelte auf.

Jenna seufzte. Das hatte sie nun von ihrem spontanen Entschluß. Keinen Schlafsack, keine Decke, nichts. Unter der Lederjacke auf dem harten Boden schlafen war alles andere als verlockend. Vielleicht fand sich drinnen noch ein Platz. Sie hastete die Treppe hinunter.

In der Lounge war es nicht auszuhalten. Sie war zum Bersten voll und so verraucht, daß Jenna kaum noch Luft bekam. Obendrein plärrten Fernseher aus sämtlichen Ecken.

Entmutigt verzog sie sich in die Cafeteria, kaufte sich

eine Tasse Kaffee und eine Banane und nahm an einem Tisch Platz. Die Vorfreude auf die Reise war erst einmal verflogen. Jenna sah auf die Uhr. Viertel vor elf. Noch nicht zu spät, die Fähre einfach wieder zu verlassen und nach Hause zu fahren. Vielleicht war das Ganze nur eine Schnapsidee. Solche spontanen Impulse stellten sich doch immer als Fehler heraus. Gräßliche Vorstellung, drei Tage auf der Fähre ohne Schlafplatz durchzustehen.

»Hey!«

Jenna blickte auf. Willie und Debbie standen vor ihr.

»Sie haben ja gar nichts davon gesagt, daß Sie auch auf die Fähre wollen.«

Jenna lächelte.

»Es war auch mehr so eine plötzliche Eingebung.«

»Cool.«

»Hm. Vielleicht doch etwas überstürzt. Ich hab keinen Schlafsack dabei, und drinnen ist nirgendwo mehr Platz.«

Willie grinste und warf Debbie einen Blick zu.

»Kommen Sie doch zu uns. Wir sind oben auf dem Sonnendeck.«

»Ich weiß nicht, ich dachte gerade, ich steig lieber wieder aus und vertage die Reise auf ein andermal.«

»Ach was, kommt nicht in Frage. Sie können meinen Liegestuhl haben.«

»Willie ist schon mal mit der Fähre gefahren«, erklärte Debbie. »Er kennt einen Geheimaufgang über die Treppe, und da hat er uns gleich zwei prima Liegestühle an Deck gesichert.«

»Wirklich, ich trete Ihnen meinen gerne ab. Ich schlaf genausogern auf dem Boden.«

»Oh, das kann ich aber wirklich nicht annehmen.«

»Natürlich können Sie das. Ich hab eine Isomatte und schlaf eh lieber ausgestreckt am Boden, den Liegestuhl hab ich doch nur wegen Debbie genommen. Kommen

Sie einfach zu uns rauf, wenn Sie ihren Kaffee getrunken haben. Die Fähre legt eh gleich ab, Sie können jetzt nicht mehr von Bord. Also, einverstanden?«

Die beiden sahen Jenna erwartungsvoll an.

»Na gut«, lächelte sie.

Gerührt schaute sie den beiden nach, während sie ihre Banane pellte. So würde es wenigstens keine einsame Reise werden.

Als sie dann auf das Deck hinaustrat, legte das Boot gerade ab. Es ist doch immer wieder ein eigenartiges Gefühl, aus dem schützenden Hafen auszulaufen. Vielleicht, weil man sich unwillkürlich an die schicksalhafte Jungfernfahrt der *Titanic* erinnert. Oder ganz einfach, weil die gemächliche Art der Fortbewegung auf See ohnehin zum Nachdenken anregt? Flugzeuge sind dafür zu schnell, und im Auto muß man zu sehr auf die Straße achten. Aber auf einem Schiff hat man Zeit, in aller Ruhe zu überlegen, was man gerade hinter sich gelassen hat, und was einen am Ziel wohl erwartet.

Jenna hatte Seattle verlassen. Robert verlassen. Ihr Haus und ihr gewohntes Leben verlassen. Ihre Kameras zurückgelassen. Aber das war nichts Neues. Mit ihrer Fotografenkarriere war es seit langem vorbei. Ihre letzten Aufnahmen hatte sie vor zwei Jahren in Alaska gemacht. Nach Bobbys Tod hatte sie sich noch gezwungen, die Filme zu entwickeln und ein paar Bilder abzuziehen, aber das war's dann auch. Seitdem verstaubte die ganze teure Fotoausrüstung im Schrank, weil Jenna sich nicht mehr überwinden konnte, sie anzurühren.

Die Fähre hatte sich schon an die fünfzig Meter vom Kai entfernt, und Jenna spürte plötzlich ein leises Bedauern. Es gab kein Zurück mehr. Der nächste Hafen war Prince Rupert in Kanada, und dort würden sie erst in zwei Tagen anlegen. Danach in Ketchikan, dann in Wrangell. Wenn sie das Haus ihrer Großmutter aufgesucht hatte, würde sie vielleicht auf die Fähre zurückkehren und bis Skagway weiterfahren, um das Ticket auszunutzen, das sie gekauft hatte. Vielleicht aber auch nicht. Mal sehen, wie die Sache sich so anließ. Wenn sie nicht mal imstande war, sich ihre letzten Bilder aus Alaska anzuschauen, konnte sie nun wirklich noch nicht wissen, wie es ihr dann zumute sein würde.

Sie ging über das Sonnendeck. Willie räumte sofort seinen Liegestuhl und legte sich auf den Boden zwischen Jenna und Debbie. Das Deck war jetzt voller Leute und Schlafsäcke. Überall hockten Grüppchen um Kühltaschen, Radios und Kartenspiele herum. Manche dösten schon, manche lasen, aßen und tranken. Ein farbenfrohes Völkchen, all diese Alaskatouristen. Die eleganten Sommerfrischler in Nylonanoraks, lila Fleecehemden und brandneuen Wanderstiefeln, die alten Freaks in Wollpullis, Flanellhemden und abgewetzten Jeans.

Dankbar ließ Jenna sich in ihren Stuhl sinken. Nicht gerade gemütlich, dieses klebrige Plastikgeflecht, aber so müde wie sie war, schlief sie unter dem wärmenden Sonnendach fast augenblicklich ein.

Als Jenna aufwachte, ging die Sonne bereits unter. Der Himmel wurde diesig, und ein orangefarbener Streifen glomm am westlichen Horizont. Willie lag auf seinem Schlafsack und las. Debbie war nirgends zu sehen. Auf dem Deck herrschte schläfrige Stille, und der Boden vibrierte von dem monotonen Brummen der Motoren.

Jenna fühlte sich flau, beinah ein bißchen seekrank. Diese Nickerchen mitten am Tag waren ihr noch nie bekommen. Sie war gerade dabei, sich seufzend aufzurappeln, als sie Debbie mit einer Tüte Brezeln herankommen sah.

»Sie haben lange geschlafen«, sagte Debbie und lächelte.

Jenna nickte. Willie legte sein Buch hin und setzte sich ebenfalls auf.

»Debbie und ich haben etwas für Sie«, sagte Willie und zupfte an Debbies Hosenbein. Debbie holte ein kleines, in Seidenpapier gewickeltes Bündel aus der Tasche.

»Oh, das wär aber nicht nötig gewesen.«

»Doch, wir wollten Ihnen gern was schenken«, sagte Debbie. »Sie waren so nett zu uns.«

Sie wickelte das Seidenpapier auf, und zum Vorschein kam ein silbernes Amulett an einer schwarzen Lederschnur. Sie legte es Jenna in die Hand. Es war sehr schön, mit einer feinen, aufwendig gearbeiteten Gravierung versehen.

»Ich habe es von einer alten Indianerin in der Cafeteria«, strahlte Debbie.

»Echt Silber«, setzte Willie stolz hinzu.

»Es ist wundervoll. Was ist da drauf? Ein Fisch?«

Es sah aus wie ein Fisch, aber doch nicht ganz. Ein Fisch mit kleinen Ärmchen. Man konnte zwei Gesichter erkennen, fast so, als ob ein größeres Tier ein kleineres geschluckt hätte.

»Nein, sie hat gesagt, es ist eine Art Otter. Hier, ich hab es aufgeschrieben.« Debbie kramte einen Zettel aus der Tasche. »*Kushtaka*, so heißt es.«

»Ein Kushtaka? Und was ist das? Schön jedenfalls.«

»Das ist ein indianischer Geist. Ich hab es ausgesucht, weil es am besten zu Ihnen paßte.«

Jenna blickte lächelnd auf.

»Hilf mir, es umzubinden.«

Debbie verknotete die Lederschnur um Jennas Hals, und sie bewunderten alle, wie gut es an ihr aussah.

»Ein Kushtaka«, murmelte Jenna. »Klingt ja geheimnisvoll.«

»Die alte Frau hat mir noch eine Geschichte dazu erzählt, aber ich hab sie wieder vergessen. Irgendwas über gestohlene Seelen. Sie war ganz schön schwer zu verstehen. Echt nett, aber wohl ein bißchen seltsam.«

»Na, auf jeden Fall ist das richtig lieb von euch. Ich danke euch sehr.«

Jenna küßte sie beide auf die Wangen. Was das schöne Stück wohl gekostet haben mochte? Sie schloß die Finger um das Amulett. Kushtaka. Ein indianischer Geist, aber was für einer? Vielleicht würde sie die alte Frau einmal aufsuchen und sie fragen, was das zu bedeuten hatte. Kushtaka.

»Einen fürchterlichen Kohldampf kriegt man hier allmählich«, knurrte Ferguson und steckte sich noch eine Zigarette an. Es war halb elf und schon fast ganz dunkel draußen, und er hatte seit Mittag nichts gegessen. Er konnte sich kaum mehr wach halten, und seine Füße waren klamm und kalt. Eine schöne Schüssel Chili, das wär jetzt genau das richtige. Dampfend heiß und scharf, mit viel Zwiebeln und Käse und dicken roten Bohnen.

Livingstone ließ ihn nicht einmal Licht machen. Das Feuer im offenen Herd war die einzige Licht- und Wärmequelle. Aber es war Livingstones Feuer. Er hielt es in Gang und ließ es nicht zu, daß Ferguson sich ihm näherte. Den ganzen langen Tag hatte Livingstone einen Kult um dieses Feuer betrieben. Stundenlang hatte er davorgehockt und hineingestarrt, nur um zwischendurch immer wieder seine rituellen Kreise drum herum zu drehen. Manchmal murmelte er dabei ein seltsames Kauderwelsch vor sich hin. Und nur ein einziges Mal hatte er Ferguson kurz mit dem Blick gestreift, als Ferguson versucht hatte, einen Scheit ins Feuer zu werfen, und Livingstone es ihm verwehrt hatte. Das war noch ziemlich gegen Anfang der Séance gewesen, aber da hatte Ferguson schon gemerkt, daß David ganz schön weggetreten war.

David Livingstone zog immer noch seine unermüdlichen Kreise ums Feuer, mit einer Decke über dem Kopf, und alle paar Schritte tat er einen seltsamen kleinen

Hüpfer. Wohl so eine Art indianischer Tanz. Ferguson hatte schon eine Menge indianischer Tänze gesehen und war nicht beeindruckt. Mit Ballett oder exakten Tanzschritten hatte das nichts zu tun. Es waren immer nur irgendwelche dickbäuchigen Männer, die chaotisch im Kreis herumsprangen und sich gegenseitig anrempelten.

»Ich hab Hunger«, wiederholte er, diesmal lauter.

Jetzt hatte David ihn gehört. Er blieb stehen und sah zu Fergie hinüber.

»Diese Dinger da bringen Sie um«, sagte er und zeigte auf Fergusons Zigarette. Er lächelte schief, und sein Blick wirkte fern und leer, ganz anders, als Ferguson ihn vom Morgen her in Erinnerung hatte.

»Verhungern, das bringt mich um.«

»Haben Sie Ihren Schlafsack mitgebracht, wie ich's Ihnen gesagt hatte?«

»Den hab ich im Flieger«, antwortete Ferguson.

»Aber Proviant haben Sie keinen dabei?«

»Ich hatte ja keine Ahnung, daß das hier die ganze Nacht dauert.«

»Aber ich habe Ihnen doch gesagt, daß Sie den Schlafsack mitnehmen sollen.«

David grinste Ferguson breit an. Komisch, dachte Ferguson, jetzt wirkt er völlig locker und entspannt. Heute morgen war er doch noch so unzugänglich.

»Wie lange geht das denn noch?«

»So lange, wie es eben braucht.«

»Na ja, am Morgen kommen die Arbeiter, bis dahin sollten Sie hier wohl raus sein.«

»Aber nein«, entgegnete David und ließ sich plötzlich in die Hocke sinken. Er rieb sich mit beiden Händen übers Gesicht, knetete die Backen wie Gummi und starrte blicklos in die Ferne. »Nein, nein, nein. Keine Arbeiter. Das ist unser Ort. Das ist unser Feuer. Sonst darf hier keiner rein.«

»Aber sie haben hier doch zu tun.«

»Nein.« David kippte nach hinten über, und sein Kopf schlug dumpf auf dem Boden auf. Ferguson zuckte erschrocken zusammen, aber David schien nichts gespürt zu haben. »Wir sind hier. Sie wissen, daß wir hier sind. Sie werden zu uns kommen, wenn sie soweit sind. Das ist unser Haus!« Es klang fast wie ein Bellen. Seine Stimme wurde immer heiserer und tierhafter. »Ich werde nicht essen und nicht schlafen, bis sie kommen.«

»Und wann werden sie kommen?«

»Wenn sie soweit sind.«

David schloß die Augen und verfiel in ein schauriges, kehliges Krächzen, als schnürte ihm etwas die Luft ab. Ferguson drückte seine Zigarette aus und stand auf, einigermaßen hilflos und frustriert.

»Dann geh ich mal meinen Schlafsack holen«, sagte er in den Raum, drehte sich um und trat in die Nacht hinaus.

Draußen nieselte es leicht. Fergusons Füße waren schon fast taub vor Kälte. Am Flugzeug angekommen, griff er sich seinen Schlafsack und schaute zur Stadt hoch. Alles dunkel, bis auf einen orangefarbenen Lichtschein aus dem Gemeindehaus. Der Himmel war schiefergrau, die Wolken nur noch schwach vom letzten Abendrot durchglüht. Die Luft roch nach Zimt, und aus irgendeinem Grund mußte Ferguson plötzlich an seinen Vater denken, einen hageren Mann mit schwarzen Haaren und grünen Augen. Irische Abstammung. Bösartiger Charakter.

Jeden Oktober war sein Vater mit ein paar Kumpels auf Elchjagd gegangen und hatte einen oder zwei Böcke für den Winter heimgebracht. Ferguson hatte immer mitgewollt, aber er war noch zu jung, er hätte nicht Schritt halten können. Und dann, als er elf war, erlaubte sein Vater ihm mitzukommen. Der Junge war so aufgeregt, daß er drei Tage lang nicht schlafen konnte. Das Zelten mit den Männern war aber eine feuchtkalte Angelegenheit im herbstlichen Nebel und Dauernieseln. Seine Füße wurden überhaupt nicht mehr warm. Sein Vater schrie ihn an, gefälligst nicht so müde hinterherzuzockeln. Sie machten Rast auf einem gefällten Baumstamm, und ein Reh mit einem Kitz tauchte direkt vor ihnen auf. Ferguson wollte auf sie schießen, aber sein Vater sagte nein, das seien hilflose Tiere. Nur Rehböcke würden geschossen, die Weibchen und die Jungen müsse man laufenlassen. Und dann erlegten sie einen Rehbock, aber es war kein Blattschuß, nicht ins Herz, sondern in die Lunge. Das Tier rannte und rannte, bis es verblutet war. Und sein Vater hängte es mit dem Kopf nach unten an einen Ast, schnitt ihm die Kehle durch und ließ das restliche Blut herauslaufen. Danach schlitzte er ihm die Bauchdecke auf, so daß die ganzen Innereien in einem Haufen auf den Boden klatschten. Und der schöne Zimtduft war verschwunden, vom Gestank heißer Eingeweide überdeckt. Ferguson wurde es übel, und er mußte sich abwenden, während sein Vater mit blutschwarzen Händen in der klaffenden Bauchhöhle wühlte. Er übergab sich, und sein Vater lachte ihn aus. Handvoll um Handvoll schaufelte er die glitschigen Organe heraus, hackte durch die Knochen. Der Bursche hier wiegt gut und gerne seine zwei Zentner. Schwitzend und schnaufend packte er sich den Kadaver auf den Buckel. Ferguson sollte ihm die Taschenlampe halten. Die Dämmerung brach herein, und sie mußten noch zurück zum Wagen. Fergie ließ die Lampe fallen, die prompt kaputtging. Sie hatten kein Licht mehr. Sein Vater schlug ihm mit voller Wucht ins Gesicht, seine Nase fing an zu bluten, und als er sich wegdrehte, schlug sein Vater ihm auf den Hinterkopf. Und dreh mir gefälligst nicht den Rücken zu, du kleiner Mistkerl, sagte er. Wenn ich das verdammte Vieh hier absetzen muß, dann gnade dir Gott, Junge. Also hielt Ferguson die Tränen zurück und schaffte es, zitternd vor Angst und Wut, seinen schwergebeugten Vater aus dem Wald herauszuführen. Du flennst doch nicht etwa, du kleine Memme? Am Ende müssen wir dir wohl noch ein rosa Kleidchen kaufen. Ist deine Mama nicht da, um dich zu trösten? Na los, dann heul uns doch was vor.

Das scharfe Kläffen eines Kojoten riß Ferguson aus seinen Gedanken. Er blickte auf in den dunklen Wald. Irgendwas bewegte sich, Zweige raschelten, ein kurzes Aufblinken von Tieraugen. Aber es war gleich wieder verschwunden. Ferguson schauderte und machte sich auf den Weg zurück zum Gemeindehaus. Er freute sich schon darauf, nach Hause zu kommen und tief und fest in einem richtigen Bett zu schlafen. Er hatte einige Opfer für Thunder Bay gebracht; die ganze Nacht mit einem Schamanen auf Geisterjagd zu gehen war nur eins von vielen. Aber die Mühe würde sich lohnen. Ferguson wußte, daß eine stolze Prämie fällig war, wenn die Feriensiedlung bis zum ersten Juli fertig wurde. Mit dem Geld konnte er seiner Frau dann die neue Küche finanzieren, die sie sich so wünschte – und die er ihr schon vor fünfzehn Jahren versprochen hatte, als sie das Haus kauften. Die Traumküche mit den breiten Holzdielen und der Insel in der Mitte, obwohl er keine Ahnung hatte, wozu eine Insel in der Küche gut sein sollte. Tja, und nach der Renovierung könnten sie dann vielleicht diesen Livingstone einmal zum Essen einladen. Einen Indianer zum Freund zu haben war nie verkehrt. Und er schien soweit ja auch ganz nett zu sein. Bald würden sie alle zusammensitzen und Bier trinken und über die verrückte Nacht lachen, als sie die bösen Geister aus Thunder Bay vertrieben.

Robert fuhr Jennas Wagen zum Reality Café am Broadway, wie jeden Sonntag. Automatisch bestellte er zwei Kaffee und zwei Muffins, obwohl Jenna immer noch nicht aufgetaucht war und ihres nicht essen würde. Aber vielleicht würde sie ja heute heimkommen.

Gleich in der Früh hatte er ihre Eltern angerufen, aber sie hatten auch keine Ahnung, wo sie geblieben sein konnte. Sally fragte, ob er sie irgendwie verärgert hätte. Typisch, sie glaubten natürlich sofort, es müßte seine Schuld sein. Nein, hatte er gesagt, er habe gar nichts getan. Sie nehme sich das mit Bobby halt immer noch sehr zu Herzen. Ja, nach all der Zeit.

Wenn jemand stirbt, den man liebt, macht man verschiedene Stadien der Trauer durch. Wut, Verdrängung, Verzweiflung, in welcher Reihenfolge auch immer. Robert hielt nicht viel von solchen Differenzierungen. Trauer ist Trauer. Manche werden allein damit fertig, andere brauchen Hilfe. Was Therapeuten tun, ist das Ganze in Einzelteile aufzudröseln. Stück für Stück. So kann man besser damit umgehen. Wenn man sich jedes Stück einzeln vorgenommen hat, ist das Ganze verarbeitet. Jenna brauchte einen Therapeuten, Robert nicht.

Die Verdrängungsphase war die schwierigste. Jenna wachte immer wieder mitten in der Nacht auf und ging nach Bobby sehen. Erst, wenn sie das Licht in seinem Zimmer anmachte, wurde ihr klar, daß er tot war. Robert fand sie dann auf dem Boden hockend, wie sie mit glasigem Blick vor sich hin starrte. Das war das schlimmste, diese Hilflosigkeit. Er konnte es nicht wiedergutmachen. Er konnte überhaupt nichts tun.

Dann folgte die nächste Phase. Tag und Nacht lief der Fernseher, anders konnte sie nicht mehr schlafen. Robert mußte schließlich ins Gästezimmer umziehen. Er war ja ein ziemlich anpassungsfähiger Typ, aber nachts brauchte er seine Ruhe.

Darauf kam dann die Phase mit der Eheberatung. Er wußte selbst nicht, wie er sich die hatte aufschwatzen lassen. Der Therapeut brachte es fertig, daß sie sich heftiger stritten als je zuvor. Na bitte, jetzt lassen Sie Ihre Aggressionen endlich heraus, freute sich der Idiot auch noch.

Und irgend so ein verfluchter Psychiater hatte Jenna schließlich Valium verschrieben. Erst hatte sie nicht ohne Fernsehen schlafen können, und als Robert deswegen auszog, nicht ohne Robert. Sie schluckte das Valium mit einem schönen Glas Wein. Regelrecht süchtig hatte man sie gemacht, und um sie von dem Valium wieder herunterzukriegen, hatten sie *noch* einen Psychiater gebraucht. Und einen weiteren Spezialisten, um ihr die Entzugserscheinungen zu erleichtern. Nicht etwa die vom Valium, wohlgemerkt, sondern von dem ersten Therapeuten! Es mußte also ein neuer Psychiater her, der Jenna half, sich von ihrem alten Seelenarzt zu lösen. Was selbstverständlich nicht von der Kasse getragen wurde. Und das frechste war, daß sie Robert auch noch zum Psychiater schicken wollten, damit er mit Jennas Problemen besser klarkam. Dabei waren einzig und allein die verdammten Psychiater das Problem, nicht Jenna.

Der alte VW ruckelte, als Robert herunterschaltete und in die Einfahrt einbog. Er schob die Tür mit der Hüfte zu und stieg die Backsteinstufen zur Hintertür hinauf, die Tüte mit den Kaffeebechern in der einen Hand, die mit den Muffins zwischen den Zähnen. Er wollte gerade aufsperren, als er drinnen das Telefon hörte, und dann das Klicken des Anrufbeantworters.

Robert rannte ins Schlafzimmer und drückte die Wiedergabetaste. Die Stimme auf dem Band klang übertrieben munter und aufgekratzt. Es war Jenna.

»Hallo, ich bin's. Wo bist du? Hör zu, es tut mir leid wegen gestern abend, aber ich… ich muß jetzt mal für ein paar Tage weg. Bißchen Abstand gewinnen. Mach dir keine Sorgen. Ich ruf dich wieder an, sobald es geht. Bis dann, alles Liebe.«

Robert spürte sein Herz in der Brust klopfen; er konnte es förmlich hören. Er spielte die Nachricht noch einmal ab.

Sie sprach irgendwoher im Freien, klang hektisch, verwirrt. Tut mir leid. Ich muß für ein paar Tage weg. Das war doch nicht logisch. Wenn es ihr leid tat, hätte sie zurückkommen sollen. Abstand gewinnen. Von wem? Von mir? Und wohin wollte sie? Rief sie vom Flugplatz an? Nein, dann hätte sie nicht draußen gestanden. Aber er hatte deutlich Vogelpiepsen im Hintergrund gehört. Mach dir keine Sorgen. Ich ruf dich wieder an, sobald es geht. Was sollte das heißen? War es nicht das Grundprinzip jeder Eheberatung, die Konflikte verbal auszutragen? Man konnte nicht einfach abhauen. Das war doch sinnlos. Ausgerechnet Jenna, die so gern über Probleme redete. Tagelang konnte sie sich über ihre Beziehung auslassen. Sie konnte nicht alleine schlafen. Die Frau hatte solche Angst davor, allein zu sein, daß sie nicht einmal allein im Bett liegen konnte. Sie war letzte Nacht nicht nach Hause gekommen, also hatte sie keine Kleider und nichts dabei, wo konnte sie dann hin?

Zu ihren Eltern, was sonst? Die hielten sie versteckt, die alten Heuchler. Sie war nach New York geflogen und bei Mom und Dad untergekrochen.

Nein, Moment, das ergab keinen Sinn. Wenn sie die Morgenmaschine genommen hätte, würde sie noch im Flieger sitzen, und von dort konnte sie unmöglich telefonieren. Geschweige denn mit Vogelstimmen im Hintergrund.

Robert griff nach dem Hörer und rief Jennas Eltern an. Ihre Mutter hob ab.

»Hallo, Robert. Hast du was von ihr gehört?«

»Sie hat eben eine Nachricht hinterlassen.«

»Eine Nachricht? Warst du denn nicht da?«

»Ich muß auch mal etwas essen, weißt du?«

»Hättest du dir nicht etwas bringen lassen können?«

Wieder mal typisch New Yorker Arroganz.

»Hör zu, Sally, sie hat aufs Band gesprochen, und was sie sagte, klang ziemlich seltsam. Angeblich wollte sie für ein paar Tage weg, mal ausspannen, oder so. Aber wohin? Sie hatte gar nichts dabei. Sag mir die Wahrheit, ist sie auf dem Weg zu euch?«

»Also wenn, dann hat sie uns jedenfalls nichts davon gesagt. Aber ich kann es mir eigentlich nicht vorstellen. Wozu sollte sie sich extra den langen Flug zumuten? Ist irgendwas zwischen euch nicht in Ordnung?«

»Nein, ich schwör's dir, sie ist gestern abend ganz plötzlich ausgeflippt, ohne jeden Grund. Wahrscheinlich ein Rückfall in ihre psychotischen Zustände. Wie in der guten alten Zeit.«

»Robert.« Eine Männerstimme. Myron. Dad.

»Myron, ich wußte gar nicht, daß du auch in der Leitung bist.«

»Ich habe mitgehört. Soll das etwa heißen, daß sie wieder diese schrecklichen Tabletten nimmt?«

»Das soll nichts weiter heißen, als was ich gesagt habe, Myron. Ursache und Wirkung kannst du dir dann vielleicht selbst zusammenreimen.«

»Robert, bitte«, mischte Sally sich ein, »du weißt doch

genau, daß sie jetzt schon ein ganzes Jahr von diesen Pillen runter ist, oder?«

»Also, um ehrlich zu sein, Sally, ich weiß inzwischen auch nicht mehr recht, was Jenna tut oder läßt.«

»Bist du sicher, daß sie nicht entführt worden ist?« fragte Myron nach einer Pause. »Ich meine, du hast doch gesagt, die Nachricht klang irgendwie seltsam.«

»Na ja, *so* seltsam auch wieder nicht. Wieso würde jemand sie entführen und sie dann zu Hause anrufen lassen?«

Hilfloses Schweigen allerseits. Entführt. Was für eine absurde Vorstellung. Wer würde sie denn entführen? Und wozu?

»Robert, am besten, du rufst jetzt erst mal die Polizei an und meldest sie als vermißt, meinst du nicht?«

»Aber sie ist doch nicht verschwunden. Sie hat immerhin selber angerufen und sich sozusagen abgemeldet. Offensichtlich will sie jetzt einfach nur eine Weile ihre Ruhe haben.«

Schweigen. Dann ließ Myron sich wieder vernehmen.

»Robert, benachrichtige zur Sicherheit aber trotzdem die Polizei.«

Robert legte auf. Entführt? Unsinn. Doch jede andere Erklärung klang genauso unsinnig, also, warum eigentlich nicht? Seufzend griff er zum Hörer und rief die Polizei an.

»Dienststelle Ost, Officer McCartney am Apparat.«

Es war ein ganz normaler Tag in einer ganz normalen Stadt gewesen, bis er unversehens in diese Geschichte geriet...

Als Ferguson aufwachte, war es immer noch dunkel, und das Feuer war bis auf die letzten Glutreste heruntergebrannt. Livingstone war nirgends zu sehen. Ferguson fand es seltsam, daß David gegangen war, ohne ihm etwas zu sagen. Vielleicht hatte er nur kurz Luft schnappen wollen.

Draußen goß es in Strömen. Ferguson stand unschlüssig im Türrahmen und hörte zu, wie der Regen auf die Blätter prasselte. Er versuchte, durch die Dunkelheit zum Wasser hinüberzuspähen, aber er konnte nicht erkennen, ob Davids Boot noch da war. Fluchend zog er seinen Anorak über, schnappte sich die Taschenlampe und ging nachsehen, ob Livingstone tatsächlich abgereist war.

Das Boot dümpelte noch am Steg; er war also nicht endgültig weg. Wahrscheinlich streifte er nur gerade wieder auf Geistersuche im Wald herum. Mit dem unbehaglichen Gefühl, als ob irgendwer oder irgendwas ihn aus dem Gebüsch beobachtete, machte er sich auf den Rückweg den Hügel hinauf. Es war stockfinster im Regen, und die schwachen Batterien seiner Taschenlampe gaben auch nicht mehr viel her. Fergie war von klein auf an die Wildnis gewöhnt und hatte sich nie vor der Dunkelheit gefürchtet. Aber jetzt beschlich ihn doch ein leises Gruseln. David war verschwunden und hatte ihn ganz allein zurückgelassen, meilenweit von der nächsten Stadt entfernt, ohne Proviant, ohne Telefon. Er erwog, einen der Generatoren anzuwerfen, um etwas mehr Licht zu haben, aber dann erinnerte er sich, wie vehement David gegen elektrischen Strom gewesen war. Nur Feuer, sonst nichts. Also hastete Ferguson zum Gemeindehaus zurück und verriegelte die Tür hinter sich. Er stapelte neue Scheite auf die Glut und beschloß, für alle Fälle den Rest der Nacht wach zu bleiben.

Am Morgen rückte der Bautrupp zur Arbeit an, und wie gewohnt wollten sie gleich als erstes ins Gemeindehaus, wo sich die Männer immer umzogen, Pause machten oder sich bei Regen unterstellten. Doch Ferguson trat ihnen mit der Erklärung entgegen, daß sie heute nicht hereinkönnten, weil ein spezieller Fachmann wichtige Nachbesserungen in dem Saal ausführen müsse. Die Arbeiter waren nicht gerade begeistert, aber da Ferguson hier als Bauunternehmer das Sagen hatte, blieb ihnen nichts anderes übrig, als auf den Polier zu warten, um das Tagespensum umzudisponieren.

Den restlichen Tag über kümmerte Ferguson sich pflichtbewußt um das Feuer und wartete auf Davids Rückkehr. Er hatte sich vorgenommen, ihm genau vierundzwanzig Stunden zu geben. Wenn David am nächsten Morgen immer noch nicht aufgetaucht war, würde er einen Suchtrupp ausschicken lassen. Während er sich die x-te Zigarette ansteckte, gratulierte er sich zu der weisen Voraussicht, immer eine Stange Kent im Flugzeug vorrätig zu haben. So würde ihm auch bei der nächsten ungemütlichen Nachtwache wenigstens nicht der Tabak ausgehen. Er hatte von einem der Arbeiter ein Thunfischsandwich ergattert, so daß der schlimmste Hunger vorerst gebannt war, aber er wußte nicht, wie lange er ohne eine anständige Mahlzeit noch durchhalten würde.

Obwohl er wenig Kontakt zu den Arbeitern hatte, fühlte er sich durch ihre bloße Anwesenheit schon etwas besser. Er hatte nicht die geringste Lust, noch eine einsame Nacht am Feuer zu verbringen, und entsprechend trübsinnig wurde ihm zumute, als er die Sirene das Ende des Arbeitstages ankündigen hörte.

Wieder wurde es Abend, wieder saß er still und stumm am Feuer, während es draußen unentwegt weiterregnete. Als die Nacht kam, schien der Himmel nicht dunkler, sondern nur kompakter zu werden, und Ferguson fragte sich, ob er vor Hunger etwa schon anfing zu halluzinieren. Gegen Mitternacht kam es ihm vor, als ob sich Schatten vor den Fenstern bewegten. Undeutliche Gestalten schienen in den Wäldern herumzugeistern. Einmal war er sich sogar sicher, daß ihn ein Augenpaar fixierte. Er fühlte sich belauert und versuchte, seine Angst zu verscheuchen, indem er dasselbe tat, was er David hatte tun sehen: Wortfetzen und sinnlose Halbsätze vor sich hin brummelnd, umkreiste er die Feuerstelle und schürte die Glut, als könnten die Flammen ihn irgendwie vor der namenlosen Gefahr draußen beschützen. Alles Blödsinn, sagte er sich immer wieder, da war niemand, das waren doch nur seine Hirngespinste. Aber man konnte ja nie wissen. Etwas kratzte am Fenster, wahrscheinlich ein Zweig im Wind, dann ein paar eilig tappende Schritte, sicher nur ein Tier, ein Kojote, auf jeden Fall etwas Größeres als ein Eichhörnchen. Warum fielen ihm all diese Nachtgeräusche erst jetzt auf? Er wußte ja, daß sie immer da waren, ob er sie nun bemerkte oder nicht, und er konnte nur annehmen, daß sein Erschöpfungszustand ihm irgendwie die Sinne geschärft hatte, und daß das Alleinsein ihn allmählich fertigmachte. Das viele Nikotin half da vermutlich auch nicht gerade weiter. Er konnte sich soviel einreden, wie er wollte, es brachte nichts. Das Herz rutschte ihm in die Hose, als er draußen ein Wummern hörte, wie von einem Riesenvieh, das gegen die Hausmauer gerannt war.

Er wußte, daß er keine andere Wahl hatte als nachschauen zu gehen. Sonst würde er überhaupt keine Ruhe mehr finden. Ob er wollte oder nicht, er mußte in die kalte Dunkelheit hinaus. Man muß sich seinen Ängsten stellen, um herauszufinden, was daran Wirklichkeit ist und was Einbildung. Anders kommt man im Leben nicht klar. Also schnappte er sich die Taschenlampe, riß die Tür auf und trat in die Nacht hinaus.

Regenrauschen, Windgeheul, nichts zu sehen, kein Tier, kein Schatten, nichts. Nachdem er das Haus einmal umrundet hatte, war er überzeugt, daß wohl doch nur die Müdigkeit ihm einen Streich gespielt hatte. Aber um ganz sicherzugehen, beschloß er, noch eine zweite Runde zu drehen. An der Rückseite des Hauses versank er bis zu den Knöcheln im Schlamm, und diesmal nahm er doch eine Bewegung wahr. Ein Tier, das ganz in der Nähe am Boden lag. Was für eins, konnte er nicht genau erkennen, er sah nur einen pelzigen Rücken und ziemlich lange Beine. Die Taschenlampe war zu schwach, in dem diffusen gelben Lichtschein sah er nur, wie das kurze, ölige Fell schimmerte, als das Tier sich ein wenig aufrichtete und ihn anknurrte. Es war also am Leben, anscheinend aber verletzt. Ferguson bückte sich und klaubte einen Stock vom Boden auf. Ein längerer wäre ihm zwar lieber gewesen, doch er nahm seinen ganzen Mut zusammen und stupste das Tier mit der Stockspitze an. Es bellte und schnappte nach dem Stock. Entsetzt wich Ferguson zurück. Selbst in dieser Finsternis konnte er erkennen, daß es kein Tier war, was er da gefunden hatte. Sondern David Livingstone.

Ferguson starrte ungläubig auf das Wesen hinab, das weder Mensch noch Tier war, und auch keine Halluzination, wie es dort vor ihm schnaufend auf der Flanke lag. Er ging in die Hocke, um es besser in Augenschein zu nehmen. Konnte es wirklich David sein? Er hatte das

Gefühl, Davids Gesicht erkannt zu haben, aber nun war er sich schon nicht mehr sicher. Auf jeden Fall aber war das unheimliche Wesen verletzt und völlig entkräftet. Ferguson streckte die Hand aus, in der Absicht, das seltsame Wesen auf den Rücken zu rollen, um es besser zu sehen. Er griff in weiches Fell. Aber schlagartig warf sich das Tier herum und streifte mit gefletschten Reißzähnen Fergusons Arm. Ferguson fuhr aufschreiend zurück. Jedenfalls war das Biest noch am Leben und alles andere als friedlich. Er hörte es kreischen, als es erneut auf ihn losging, und im Reflex hieb er ihm mit der Taschenlampe über den Schädel. Das Tier wich zurück, und Ferguson schlug noch einmal zu, und noch ein drittes Mal, bis es schließlich reglos zusammenbrach.

Es rührte sich nicht mehr, als er es mit dem Fuß antippte. Er wälzte es auf den Rücken und leuchtete es mit der Taschenlampe an. Jetzt konnte er deutlich sehen, daß es Davids Gesicht war, mit eigenartig abgeflachten Zügen, aber dennoch unverkennbar seines. Das Wesen hatte merkwürdig dünne Arme, die ihm vorn aus der Brust wuchsen. Sein Körper war mit einem kurzen, dichten Fell überzogen. Ferguson konnte sich beim besten Willen keinen Reim auf die Gestalt machen, die da zu seinen Füßen lag, doch er beschloß, sie ins Gemeindehaus zu schleppen, für den Fall, daß es tatsächlich David war. Er fesselte das Ungetüm an Händen und Füßen, band es an einem Stuhl fest und rückte den Stuhl ans Feuer. Dann setzte er sich hin und wartete.

Kreischend erwachte das Wesen aus der Ohnmacht, ein schauerliches Gezeter aus nackter Angst erfüllte den Raum. Ferguson war einer Panik nah. Es sah genau wie David aus, also wollte er ihm spontan zu Hilfe kommen, aber gleichzeitig fürchtete er sich vor ihm. Unentschlossen stand er da und wußte nicht, ob er die Gestalt losbinden oder lieber noch einmal außer Gefecht setzen sollte. Dann ließ das Geschrei allmählich nach, und der Blick, mit dem das Wesen ihn ansah, jagte Ferguson einen kalten Schauder über den Rücken.

»Bind mich los, John«, sagte das Wesen ruhig.

Ferguson starrte gebannt in die großen schwarzen Tieraugen.

»Bind mich los, John«, wiederholte das Wesen, und Ferguson spürte, wie alles in ihm danach drängte, dem Gebot Folge zu leisten. Er konnte gar nicht anders. Und als er auf das Wesen zutrat, lächelte es plötzlich und sagte: »Braver Junge«, und Ferguson blieb fast das Herz stehen. Das war nicht mehr Davids Stimme. Das war die Stimme von Fergusons Vater.

Verblüfft spähte Ferguson durch das Halbdunkel, und tatsächlich, da sah er es vor sich, das lange Gesicht mit der krummen Nase und dem Schnauzbart. Der Mund ein schmaler Strich, lippenlos. Die eingesunkenen Augen seines Vaters, schwarz wie Kohle. Und die Stimme mit diesem typischen verächtlichen Unterton. »Braver Junge«, sagte er, genau wie sein Vater immer, wenn er irgendwas machte, was jeder Idiot hingekriegt hätte. »Braver Junge.« Mit aller Kraft versuchte Ferguson, dem Zwang zu widerstehen, aber er schaffte es nicht. Er fühlte sich von dem dünnen, pelzigen Körper mit dem Gesicht und der Stimme seines Vaters magnetisch angezogen.

Ferguson zog sein Taschenmesser hervor und begann, den dicken Hanfstrick zu durchschneiden. Es ging schwer, das Messer rutschte ab, und prompt schnitt er sich in den Daumen. Blut quoll aus der Wunde, und er steckte den Daumen in den Mund. Das Blut schmeckte süß und warm. Heiß. Und plötzlich wurde sein Kopf wieder klar, plötzlich war er erlöst von dem Gefühl, nicht mehr Herr seiner selbst zu sein. Er stand auf, und das Wesen sah ihn zornig an. »Bind mich los, du Dummkopf.

Bist du denn sogar zu blöd, das zu tun, was ich sage?« Ferguson stand hoch aufgerichtet vor diesem bösartigen Etwas, und all die Wut auf seinen Vater, der vor Jahren schon gestorben war, und dessen Begräbnis er aus Protest gemieden hatte, all die Wut auf diesen häßlichen Alten, der seiner Mutter und ihm das Leben vergällt hatte, kam mit einemmal hoch, und er holte mit der Taschenlampe aus. Wer auch immer dieses Wesen sein mochte, das da an den Stuhl gebunden war, er wußte, daß es ihn und die tote Seele seines Vaters benutzte, um ihn zu manipulieren, und mit heller, lodernder Wut sagte er: »Tut mir leid, David«, ehe er die schwere Stablampe auf den Kopf des Wesens niedersausen ließ.

Und als die Sonne wieder am Himmel stand, war es nicht mehr die unsägliche Kreatur, die aus der Ohnmacht erwachte, sondern David Livingstone, eine Mensch, ein Schamane, der mit einer Macht gerungen hatte, die viel stärker war als er. Er hatte den Kampf verloren, und das kostete seinen Preis. Aber das schlimmste Los war ihm wenigstens erspart geblieben: für alle Zeit in einen bösen Geist verwandelt zu werden, einen der ruhelosen Untoten, einen Kushtaka.

Ferguson fragte kein Wort. Er wollte nichts wissen. Was ihn betraf, hatten die Ereignisse der letzten Nacht gar nicht stattgefunden. Es war alles nur ein Traum, eine Halluzination. Was sollte es denn sonst sein. Menschen verwandeln sich nicht einfach in Tiere. So etwas gibt es nicht.

Keiner von beiden sprach die Sache an, während sie zum Steg hinuntergingen. David schien es auch ganz recht, die Sache auf sich beruhen zu lassen. Er wirkte benommen, ein wenig abwesend, zerschlagen. An der Schläfe hatte er zwei dicke Beulen, und das Gehen fiel ihm offensichtlich schwer. Er kletterte in sein Boot und ließ den Motor an.

»Sie schicken mir dann Ihr Gutachten und die Rechnung?« fragte Ferguson.

David blickte kurz auf und nickte, ehe er das Boot in die Bucht hinauslenkte.

Ferguson machte sein Flugzeug los und stieg ein. Er warf den Motor an, und als der Propeller anfing, sich zu drehen, nahm er sich vor, nicht weiter über die letzten beiden Tage nachzudenken. Später, dachte er, würde er gewiß herausfinden wollen, was mit David Livingstone in jener Nacht passiert war. Aber ganz verstehen würde er es ohnehin wohl nie.

Das Wasser war still und glatt wie ein See. Ferguson beschleunigte und hob ab. Aus der Luft schaute er hinab und sah Davids Boot Kurs nach Norden nehmen. Als er seinen Blick dann wieder auf das richtete, was unmittelbar vor ihm lag, hatte er den ganzen Vorfall schon verdrängt. Er dachte nur noch an eine heiße Dusche und ein kühles Bier und eine schöne Portion Chili. Drei wohlbekannte Dinge, die ihm wenigstens kein Kopfzerbrechen bereiten konnten.

Der zweite Tag auf See ging seinem Ende zu, und Jenna stand an Deck der *Columbia,* ganz gebannt von der Klarheit des Sternenhimmels. Der Wind hatte aufgefrischt, aber statt nach drinnen zu gehen, zog sie lieber den Reißverschluß an ihrer Jacke zu und verschränkte die Arme gegen die Kälte. Sie hatte endlich ein stilles dunkles Eckchen gefunden, der einzige Platz auf dem Boot, wo sie einen Moment ganz für sich sein konnte.

Jenna sah zu den Sternen empor, atmete die kalte Seeluft ein und wußte, daß ihre Entscheidung, einfach alles stehen- und liegenzulassen, richtig gewesen war. Jetzt fehlte ihr nur noch jemand, der bei ihr wäre, der sie liebte und den sie liebte.

Wie Robert damals, vorletzten Sommer. Sie hatten sich geküßt, die Sterne betrachtet, Wein getrunken. Wenn Steve Miller sie an jenem Abend nicht gestört hätte, wäre Bobby jetzt vielleicht noch am Leben. Nein, das ist nicht wahr. So darf man nicht denken. Schicksalsschlägen kann man nicht ausweichen. Das lernt man ja schon von Kindesbeinen an.

Es hatte alles auf einem Bootsausflug vor der Küste von Seattle angefangen. Jenna und Robert hatten an Deck gestanden, ganz in ihre eigene Welt versunken. Es war eine warme Juninacht, und andere Leute hatten sich zugetuschelt, was für ein wunderbares Paar die beiden abgaben. Dann war Steve Miller plötzlich vor ihnen aufgetaucht und hatte sie aus ihren Träumereien gerissen.

Jenna hatte ihn nie besonders leiden können. Er war Mitte Dreißig, geschieden, und stolz auf seine weise Voraussicht, auf einen Ehevertrag bestanden zu haben, so daß seine Exfrau jetzt nicht an sein Geld herankam. Steve fuhr Porsche, war von kleiner Statur, aber dafür um so haariger, und man munkelte, er hätte sich die Brust- und Wadenmuskeln mit Implantaten aufpolstern lassen. Robert mochte ihn ganz gern, obwohl er mit Steves affigem Auftreten wenig anfangen konnte.

Steve legte ihm betont jovial den Arm um die Schultern.

»Paß auf, Bob, ich müßte dich mal einen Augenblick sprechen. Es geht um etwas Geschäftliches, aber mit einem netten Freizeitwert.«

Ohne loszulassen, schwang Steve im Halbkreis herum, so daß er nun zwischen Jenna und Robert stand.

»Ich hab da neulich eine sehr erfolgreiche Investorengruppe für ein paar lukrative Projekte gewinnen können. Jeder in Seattle würde da gerne mit einsteigen, aber wie man so sagt, viele sind berufen, doch nur wenige sind auserwählt. Und als dein alter Freund habe ich dich, Bob, selbstverständlich wärmstens empfohlen, so daß du hiermit eingeladen bist, bei unserem nächsten Projekt mitzumachen.«

Steve hielt inne und schaute Robert mit schiefgelegtem Kopf an.

»Sieht aus, als hättest du Lippenstift am Mund, Robert.«

Jenna wischte die Spuren an Roberts Unterlippe weg.

»Es geht um eine verlassene Stadt in Alaska. Auf einer Insel im Südosten, dem Prince of Wales Island.«

»Jennas Familie stammt aus Alaska. Sie haben ein Haus in Wrangell.«

»Tatsächlich? Das ist ja gleich nebenan.«

»Ja, sie ist zu einem Viertel Tlingit-Indianerin.«

Steve hob die Hand zu einem pseudoindianischen Gruß.

»Hugh. Also, jedenfalls handelt es sich da um einen alten Fischerort, seit Jahren schon nicht mehr bewohnt, und wir funktionieren den zu einem erstklassigen Ferienparadies um, zusammen mit einer japanischen Investorengemeinschaft, um das Projekt als GmbH zu finanzieren. Wir nennen es Thunder Bay. Die Parzellen sind für hunderttausend pro Stück zu haben.«

Robert zog die Augenbrauen hoch.

»Hör mal, Bobby, bevor du jetzt gleich einwendest, du hättest aber keine hunderttausend übrig, laß mich noch zwei Dinge sagen. Erstens, wir können dich gern auch mit anderen Investoren zusammenbringen, die weniger anlegen wollen, fünfzig-, fünfundzwanzigtausend, so um den Dreh. Zweitens, und hier kommt der unmittelbare Freizeitwert ins Spiel, du brauchst nur zu sagen, daß du an der Sache interessiert bist, und schon kriegst du dort einen Gratisurlaub. Da es hier ja um ziemliche Summen geht, hat unser Team beschlossen, eine richtig aufwendige Werbekampagne aufzuziehen. Wir eröffnen die neue Siedlung im Juli und laden potentielle Investoren für eine Woche als unsere Gäste ein. Auf die Weise können die Leute sich einen ersten Eindruck davon verschaffen, was für ein phantastischer Ferienort das sein könnte. Ein völlig kostenloser Urlaub für dich und deine Familie, na, ist das was? Komm schon. Jenna und Bobby werden begeistert sein.«

Robert sah Jenna mit leuchtenden Augen an, aber er blieb bei seiner vorsichtigen Zurückhaltung.

»Und wenn wir dann lieber doch nichts investieren? Selbst fünfundzwanzigtausend kommt mir im Moment noch ganz schön viel vor, muß ich sagen.«

»Hör mal, betrachte das doch einfach als kleine Zusatzgratifikation, o. k.? Dieses Investorenteam hätte dich gern mit dabei. Es reicht schon, wenn du ganz unverbindlich Interesse anmeldest. Klappt es nicht mit diesem Projekt, dann vielleicht irgendwann später. Tatsache ist, daß sie jetzt erst mal in *dich* investieren. Du bist auf der Gästeliste. Nimm es als Kompliment.«

Jenna wußte, daß Robert angebissen hatte. Und Prince of Wales Island klang ja wirklich ganz reizvoll. Sie hatte noch nie von Thunder Bay gehört, wußte aber, daß Robert im Geiste schon dort war und so schnell nicht wieder zurückkehren würde.

Ihr Blick schweifte zum glitzernden Scherenschnitt der Skyline von Seattle hinüber. Es war eine schöne Stadt, besonders hier vom Wasser aus. Romantisch. Aber so ein bißchen verträumte Romantik kann natürlich nicht mit Jagdgewehren und Angelruten mithalten, und mit dem Spaß, tagsüber jede Menge Wild zur Strecke zu bringen und abends Schlemmermähler und feinste Weine zu genießen – und das alles auch noch gratis.

Der Brief traf vier Tage später ein. Er war kurz und bündig:

Lieber Mr. Ferguson,
meine Untersuchung hat ergeben, daß in der Feriensiedlung Geister aktiv sind, auf die kein Einfluß zu nehmen ist. Ich rate Ihnen daher, das Projekt Thunder Bay unverzüglich aufzugeben.

David Livingstone

Ferguson ließ den Brief auf den Schreibtisch fallen und vergrub den Kopf in den Händen. Verdammt, das hatte gerade noch gefehlt. Bis zum ersten Juli waren es nur noch acht Wochen, und wenn er keine positive Rückmeldung von Livingstone beibringen konnte, würden die Geldquellen versiegen. So auf gut Glück aber weiteren Kredit von den Bauherren zu verlangen war ausgeschlossen. Mit Freunden kann man hie und da einmal ein Geschäft per Handschlag tätigen, mit ausländischen Investoren sieht man sich besser vor.

Es war zu spät, um einen anderen Schamanen zu suchen. Und selbst wenn sich noch einer auftreiben ließe, wie standen die Chancen, daß der nicht zu dem gleichen Schluß kommen würde? Ferguson griff zum Hörer und wählte Davids Nummer. Dem Mann mußte man einfach Druck machen, damit er seine Meinung änderte.

David hob ab.

»Hören Sie mal, David, was soll denn dieser Schreckschuß da mit dem Brief?«

»Das ist mein Gutachten.«

»Aber das sagt doch gar nichts aus.«

»Das sagt genug aus.«

»Ich kann meinen Geldgebern doch nicht Knall auf Fall mit der roten Karte kommen, nur weil irgendein Schamane meint, wir sollen das Projekt stoppen.«

»Ich dachte, dafür hätten Sie mich angeheuert«, entgegnete David mit einem bitteren Lachen.

»Nein, ich habe Sie angeheuert, um das Problem zu beseitigen, falls es eins gibt. Nicht *uns,* sondern die Geister sollten Sie vertreiben.«

Langes Schweigen am anderen Ende.

»Das kann ich nicht«, sagte David schließlich.

»Aber wo liegt denn das Problem?« drängte er. »Wollen Sie mehr Geld, ist es das? Raus mit der Sprache, David, reden Sie offen mit mir.«

»Wo das Problem liegt, das fragen Sie noch?« rief David ungläubig. »Sie waren doch selbst dabei!«

Ferguson antwortete nicht.

»Mein Gott«, sagte David und lachte. »Dann erklär ich es Ihnen halt noch mal. Ihre Stadt ist auf besetztem Grund und Boden gebaut. Darum ist es eine Geisterstadt. Und die Geister sind sehr mächtig. Sie dulden keine Feriensiedlung auf ihrem Gebiet. Soll ich das für Ihre Geldgeber noch einmal schwarz auf weiß festhalten?«

Ferguson stöhnte. Das Projekt war wirklich vom Pech verfolgt. Jetzt mußte er sich auch noch mit einem aufmüpfigen Hexenmeister herumzanken.

»Es muß doch eine Möglichkeit geben, sie zum Weggehen zu bewegen.«

»Die gehen nicht weg. *Sie* gehen weg. Wollen Sie meinen Rat? Dann nehmen Sie Ihre ganzen Häuser und versetzen Sie sie zwei Meilen weiter die Küste hinunter. Da sind Sie einigermaßen sicher, es sei denn, jemand verläuft sich im Wald.«

»Das ist doch Wahnsinn.«

»Was Sie nicht sagen. Ich hab so was noch nie im Leben mitgemacht.«

»Aber Sie sind hier der Schamane. Kennen Sie denn keine Beschwörungsformeln?«

»*Beschwörungsformeln?* Wissen Sie was, Ferguson, ich bin einzig und allein heil aus der Sache herausgekommen, weil die Geister Mitleid mit mir hatten.«

Ferguson stöhnte wieder. Wieso war die ganze Angelegenheit so schwierig? Warum konnte man diese Geister nicht einfach vertreiben? Wieso mußte das solch ein Riesentheater geben?

»Sie haben mir doch bestätigt, daß Sie das alles nicht bloß aus Rücksicht auf die indianische Kultur tun«, sagte David.

»Stimmt.«

»Aber warum dann?«

Ferguson zögerte kurz.

»Weil die Geldgeber es so wollten.«

»Also glauben Sie selbst gar nicht dran, oder?«

Ferguson schwieg.

»Hören Sie, Ferguson«, sagte David schließlich. »Sie haben für meinen Rat als Experte bezahlt. Hier ist er. Schließen Sie die Feriensiedlung noch heute und schauen Sie, daß Sie fortkommen. Sonst wird etwas Schlimmes geschehen. Es hat übrigens schon Unheil gegeben, aber Sie betrifft das nicht.«

»Was denn?« wollte Ferguson wissen.

David antwortete nicht. Das ging den anderen nichts an.

»Wenn Sie es mir nicht sagen, wie kann ich Ihnen dann glauben?«

David seufzte. Nun gut, sein Unglück sollte anderen wenigstens als Warnung dienen.

»Meine Frau hatte heute morgen eine Fehlgeburt«, sagte er. »Oder genauer, einen Abgang, wie man es in dem Stadium noch nennt.«

Ferguson räusperte sich verlegen.

»Ähm, das tut mir leid, aber was hat das mit…«

»Nehmen Sie es als ein Zeichen, Ferguson.«

Tja, das war dann wohl das Ende. Ferguson sah alle seine Hoffnungen in Rauch aufgehen. Dieser Job hier hätte die Krönung seiner Karriere werden sollen. Er hätte die Bauarbeiten bis zum Ende überwacht, die Feriensiedlung dann noch zwei Jahre verwaltet, und dann wäre er mit einer soliden Rücklage in Rente gegangen. Mehr Geld hätte er nirgends verdienen können. Er hatte ein schweres Leben voller Entbehrungen hinter sich. Jetzt wollte er auch mal absahnen. Das hatte er sich sauer genug verdient. Urlaub in Mexiko. Ein Bett, das nicht in der Mitte durchhing. Eine neue Küche für seine Frau. Alle anderen hatten so viel Geld. Und jetzt, wo er es endlich auch mal zu etwas gebracht hatte, wollten sie es ihm alle wieder wegnehmen. Das war einfach unfair.

Zum Teufel mit diesen Tlingit – die waren ja eh so gut wie ausgestorben. Und zum Teufel mit den Japanern – die hatten ihr ganzes Geld auch nur mit krummen Touren verdient. Die Fehlgeburt von Livingstones Frau hatte nichts mit Thunder Bay zu tun. Er nahm sich noch mal den Brief vor, den Livingstone ihm geschickt hatte: *… in der Feriensiedlung sind Geister aktiv, auf die kein Einfluß zu nehmen ist.* Zum Teufel damit! Zwischen Livingstones Briefkopf und Unterschrift ließ sich mit Hilfe von Klebstoff und Fotokopie auch ein ganz anderer Text hinzaubern. Und wenn er erst durch das Faxgerät ging, würde keiner je den Unterschied bemerken. Ohne weiteres Zögern machte Ferguson sich daran, den neuen Brief zu tippen.

Lieber John,
ich freue mich, Ihnen mitteilen zu können, daß die Umgebung von Thunder Bay vollkommen frei von Geistern ist. Meine Untersuchung hat nichts in irgendeiner Weise Auffälliges ergeben, und so können Sie, so schnell Sie wollen, mit Ihrem Projekt fortfahren; meinen Segen haben Sie. Ich kann es kaum erwarten, daß die Feriensiedlung ihre Tore öffnet, und ich dann endlich die Wildnis mit allem modernen Komfort und stilvollem Ambiente genießen kann. Alles Gute!

Die Zeiten sind schwer, sagte sich Ferguson, und schwere Zeiten verlangen entschiedene Maßnahmen.

Das Telefon riß Robert aus dem Schlaf. Er drehte sich auf die Seite und sah auf die Uhr. Punkt sechs.

»Könnte ich bitte mit Mr. Rosen sprechen«, schnarrte eine tiefe Stimme.

»Wer ist am Apparat?«

»Sergeant Wald von der Polizeistation Bellingham.«

Robert war schlagartig wach und setzte sich im Bett auf.

»Robert Rosen hier.«

»Mr. Rosen, wir haben einen schwarzen BMW 850i sichergestellt, der auf Ihren Namen zugelassen ist.«

»Ja, das ist mein Wagen. Ist meine Frau drin?«

»Wie bitte?«

»Ich hatte gehofft, meine Frau wäre noch im Auto.«

»Nicht daß ich wüßte. Das Fahrzeug ist gestern morgen abgeschleppt worden. Wir haben die Daten gerade in den Computer eingegeben, und dabei hat sich herausgestellt, daß es als vermißt gemeldet ist. Ist es Ihnen gestohlen worden?«

»Nein. Aber die Polizei von Seattle hat den Wagen wohl als gesucht registriert. Meine Frau ist letzten Samstagabend damit verschwunden, und seitdem habe ich nichts mehr von ihr gehört.«

»Ach so. Nun, zumindest weist das Fahrzeug keinerlei Beschädigungen auf, die auf Gewalteinwirkung schließen lassen. Es war nur im Parkverbot abgestellt.«

»Und wie lange hat es da schon gestanden?«

»Wie ich schon sagte, es ist uns gestern morgen um fünf nach sieben aufgefallen, und zwar an der Harris Avenue, einer stark befahrenen Hauptverkehrsstraße.«

»Und von meiner Frau gibt es keine Spur?«

»Leider nein.«

»Okay. Na, danke jedenfalls für die Nachricht.«

Robert wollte schon auflegen.

»Moment noch, Sir! Werden Sie den Wagen heute abholen?«

»Heute?«

»Abgesehen von der Abschleppgebühr kostet Sie der Standplatz immerhin fünfundzwanzig Dollar pro Tag.«

»Tja, ich weiß nicht. Heute werde ich's kaum schaffen. Vielleicht morgen.«

»Das kostet Sie dann aber noch mal fünfundzwanzig Dollar.«

»Da kann man nichts machen, was?«

Robert grinste in sich hinein. Fünfundzwanzig Dollar. Immer noch billiger als im Parkhaus.

»Wir nehmen Visa und Mastercard.«

»Alles klar.«

Robert legte verärgert auf. Der Wagen war wiederaufgetaucht, aber von Jenna fehlte weiter jede Spur. Kein Anruf, nichts. Vielleicht ist sie entführt worden. Und die Polizei ist da auch keine Hilfe. »Wenn sie über achtzehn ist, kann sie Sie jederzeit verlassen. Die Polizei ist nicht verpflichtet, sie für Sie wiederzufinden.« Solange es keine Lösegeldforderung gibt, deutet nichts auf eine Entführung hin. Also ist sie freiwillig auf und davon, was ihr gutes Recht ist. Jeder kann machen, was er will.

Robert ging in die Küche, Kaffee aufsetzen. Konnte es etwas Frustrierenderes geben als diese Hilflosigkeit? Sonst war er es gewohnt, die Fäden in der Hand zu halten, und nun konnte er nichts weiter tun, als auf den ersehnten Anruf zu warten. Zur Arbeit zu gehen und so tun zu müssen, als sei alles in bester Ordnung. Zwar konnte er im Büro wenigstens ein wenig abschalten, aber danach plagte ihn die Ungewißheit um so mehr. Wo war sie? Was machte sie? Und warum das Ganze, *warum?* Er hatte doch nichts falsch gemacht, oder? Das ärgerte ihn am meisten – all diese Fragen, die er nicht beantworten konnte. Ausgerechnet er, der sonst auf alles eine Antwort hatte.

Robert holte die Zeitung von der Türschwelle und überflog die Schlagzeilen beim Kaffeetrinken. Frontalzusammenstoß: drei Studenten tot. Schlimmste Dürreperiode seit zehn Jahren. Militante Sekte vom FBI ausgehoben …

Plötzlich verspürte er einen Ruck. Das war es. Warum einfach abwarten, wenn man auch aktiv werden kann? Robert holte sein elektronisches Adreßbuch aus der Aktentasche und tippte W. John Wilson ein. Er wählte die Nummer. Eine verschlafene Stimme meldete sich.

»John? Robert Rosen hier. Entschuldigen Sie, daß ich so früh am Tag anrufe, aber ich habe ein Problem und brauche Ihre Hilfe.«

Robert erzählte Wilson alles, so klar es eben ging.

»Also, Robert, der Mann, den ich da losgeschickt hatte, das war ein Vollprofi. Er hat Cathy in kürzester Zeit gefunden und sich fabelhaft um alles gekümmert. Sie ist jetzt wieder ganz normal, schläft in ihrem alten Zimmer, kein Grund mehr zur Sorge. Der Mann versteht sein Handwerk.«

»Aber wie hat er das hingekriegt?«

»Er meinte nur, ich solle lieber keine Fragen stellen. In solchen Fällen, hat er gesagt, rechtfertigt der Zweck die Mittel. Und, ganz ehrlich, ich glaube, da hat er recht. Manchmal kann man das Feuer nur mit Feuer bekämpfen, nicht wahr?«

»Ja. Genau den Mann brauche ich.«

»Er ist aber nicht billig, wissen Sie?«

»Geld spielt keine Rolle. Ich will bloß meine Frau zurück.«

»Augenblick, ich geb Ihnen seine Nummer.«

Robert trommelte nervös mit den Fingern auf den Tisch, während er wartete. Er fühlte sich jetzt schon viel besser. Die Initiative ergreifen, das war von jeher seine Stärke. Jenna mußte ja schließlich irgendwo stecken. Kein Mensch kann sich einfach in Luft auflösen. Und dieser Profi würde sie aufspüren. Wenn sie nur das Weite gesucht hatte, um eine Weile allein zu sein, wie sie behauptete, dann würde er es herausfinden, und Robert konnte aufatmen. Wenn sie aber entführt worden war – oder schlimmeres –, nun, dann hatte er wenigstens etwas unternommen. Was ein Mann wert ist, erkennt man an dem, was er *tut,* sagte sich Robert. So sah er sich am liebsten, so fühlte er sich in seinem Element. Als Macher.

Es war gegen zwei Uhr morgens, und Jenna wartete auf dem Autodeck, daß die Fähre endlich am Hafenkai andockte. Sie hatte sich gar nicht klargemacht, daß sie erst so spät in Wrangell ankommen würden. Aber jetzt war ihr schon alles egal. Sie wollte nur noch an die frische Luft hinaus, festen Boden unter den Füßen spüren. Von Debbie und Willie hatte sie sich schon verabschiedet. Sie hatten ganz betrübt geschaut, als sie ihnen sagte, daß sie mitten in der Nacht fortmüßte.

Ein Hund jaulte, andere stimmten ein. Verblüfft bemerkte Jenna die Reihe aufgestapelter Hundeboxen an der Schiffswand. Sie trat an eine der Gittertüren und streckte einem Beagle die Hand hin. Er leckte ihr begeistert die Finger.

Dann ließ ein lautes Knirschen Jenna plötzlich herumfahren. Die riesige Eisentür am Bug schob sich in ihren Schienen zur Seite, und das metallische Kreischen spornte die Hunde nun erst recht zu ohrenbetäubendem Gejaule und Gekläff an.

In dem langsam sich weitenden Türspalt konnte Jenna die nahe Küste draußen vorbeiziehen sehen. Sie fühlte das Deck unter sich vibrieren, als die Schiffsschraube rumpelnd die Drehrichtung änderte. Unter heftigem Schuckern und Maschinengetöse manövrierte die Fähre sich Meter um Meter an die Landungsbrücke heran.

Eine alte Frau, anscheinend der einzige andere Passagier, der hier aussteigen wollte, stand einige Schritte von

Jenna entfernt. Sie war klein und rundlich, mit langen, strähnigen grauen Haaren. Ihr Gesicht war braun und wettergegerbt, wie ein abgewetzter Lederbeutel. Helle, wache Äuglein unter dichten Augenbrauen. Zu ihren Füßen standen zwei pralle Reisetaschen. Sie trug einen großen Rucksack und dazu noch ein rechteckiges Holzkästchen unter dem Arm. Jenna wunderte sich über diese Unmengen Gepäck.

Plötzlich blinzelte die Frau zu Jenna hinauf. Jenna nickte lächelnd, aber die Frau verzog keine Miene. Sie blickte Jenna kurz an und wandte sich dann wieder der dunklen Türöffnung zu.

Das Dock war jetzt in Sicht, ein dickes Seil spannte sich über einer Klampe am Kai, und das Boot kam mit einem letzten, scheppernden Beben zum Halten. Eine breite Rampe wurde zum Autodeck herabgelassen. Einer von der Mannschaft winkte Jenna und der alten Frau mit einem Pfiff, sich in Bewegung zu setzen. Jenna schulterte ihren Rucksack und lief schnell über die Rampe zum Kai.

Es war, als träte man in eine andere Welt ein. Der frische Seewind sprang Jenna von allen Seiten an, als sie den Kai entlangging, und ihre Augen mußten sich erst an diese neue Dunkelheit gewöhnen. Der Wald vor ihr war seltsam still, von geradezu hypnotischer Lautlosigkeit nach dem Lärm der Fähre.

An der Straße angekommen, sah sie zur Rechten ein paar Häuser und weiter hinten den Ortsanfang von Wrangell, der sich hinter der Biegung der Küste aus dem Blick verlor. Sie erinnerte sich, daß es dort am Stadtrand ein Hotel gab, und schickte ein kurzes Stoßgebet zum Himmel, daß es um die Zeit noch offen sein möge.

Unter einem fahlen Silbermond wanderte Jenna an den schlafenden Häusern vorbei, die immer dichter zusammen standen, je näher sie der Stadt kam. Alle sahen mehr oder weniger gleich aus: einstöckig, holzgetäfelt, mit geteerten Ziegeln und überdachter Veranda. Und fast alle wirkten ziemlich verwahrlost, besonders eins, das schon ganz windschief dastand, die Fenster verrammelt, die Farbe vollkommen abgeblättert. Jenna erkannte es sofort. Es war das Haus ihrer Großmutter.

Sie blieb davor stehen und betrachtete es in der Dunkelheit. Es war seit vielen Jahren schon verlassen; man sah ihm sein Alter an. Trotzdem bewahrte es noch einen eigenen Charakter. Jenna erinnerte sich, wie sie früher als Schulmädchen immer mit der späten Fähre angekommen war. Ihre Großmutter hatte dann im Nachthemd auf der Veranda gesessen und sie erwartet. Wie gruselig war das immer gewesen, so auf das Haus zuzukommen und dieses weißhaarige Nachtgespenst leise vor sich hin murmelnd im Schaukelstuhl zu sehen. Und nun war dieses Gruseln ohne jeden vernünftigen Grund wieder da.

Die alte Frau von der Fähre hatte Jenna inzwischen eingeholt. Mit ihrem vielen Gepäck kam sie nicht so schnell voran. Die beiden Reisetaschen hatte sie geschickt an den Tragriemen zusammengehakt und schleifte sie hinter sich her. Dennoch schnaufte sie schwer unter der Last, und Jenna fühlte sich verpflichtet, ihre Hilfe anzubieten.

»Haben Sie's noch weit?« rief sie der Alten zu. »Ich kann Ihnen gerne was tragen helfen.«

Die Alte blieb stehen und schaute auf. Sie schien kurz zu überlegen und zeigte dann mit zitterndem Finger geradeaus.

»Nur bis zum nächsten Anlegesteg«, krächzte sie.

Jenna packte die Reisetaschen bei den Henkeln und versuchte sie anzuheben, aber sie merkte schnell, wieso die Frau sie im Schlepptau gehabt hatte. Sie waren unglaublich schwer. Also griff sie nach den Riemen und begann, sie ebenfalls hinter sich herzuziehen.

Schweigend stapften sie die Straße hinauf. Bald kamen

sie an einen kleinen Platz, von dem links die Hauptstraße mit den Läden abging. Gleich rechts, auf Pflöcken übers Wasser gebaut, stand ein großes, dunkles Haus, und im Vorbeigehen sah Jenna ein Schild über der Tür: Stikine Inn. Zu ihrer Erleichterung schien das Gasthaus tatsächlich noch offen zu sein. Sie setzten ihren Weg die letzten zwanzig Meter bis zum nächsten Bootssteg, der in die Bucht hinausragte, fort. Dort blieb die alte Frau stehen.

»Hier warte ich auf meinen Sohn.«

Jenna ließ den Riemen los. Ihr Arm fühlte sich plötzlich federleicht an, und sie war froh, die Plackerei hinter sich zu haben. Sie lehnte sich ans Geländer.

»Danke für Ihre Hilfe«, sagte die alte Frau.

»Ist das alles, was ich für Sie tun kann?«

Die Alte nickte. Jenna versuchte, ihr ins Gesicht zu schauen, aber in der Dunkelheit konnte sie nicht viel erkennen.

»Also dann, gern geschehen.« Jenna richtete sich auf. »Ich werde jetzt mal versuchen, ein Zimmer zu kriegen.«

»Drüben im Hotel?« fragte die Alte schnell.

»Hoffentlich.«

»Das ist ein nettes Hotel. Sie müssen aber klingeln, um Earl zu wecken. Es ist spät.«

»Ich brauche nur zu klingeln?«

Die Alte nickte.

»Frühstück im Preis inbegriffen. Eier kosten extra.«

»Wie bitte?«

»Ich esse nämlich immer Eier zum Frühstück.«

»Ah so«, sagte Jenna. Die Alte schien ein bißchen wirr im Kopf zu sein.

»Und Sie, wollen Sie denn nicht noch weiter?« erkundigte sich Jenna. Vielleicht hatte die Alte ja vergessen, wo sie hin sollte, während sich anderswo vielleicht schon jemand um sie Sorgen machte.

»Mein Sohn holt mich am Morgen ab. Ich warte hier.«

»Verstehe«, sagte Jenna. »Na, dann gute Nacht.«

Sie wandte sich schon zum Gehen, als die Alte sie noch einmal ansprach.

»Wo haben Sie die Kette her?«

Unwillkürlich legte Jenna die Hand auf das Silberamulett an ihrem Hals.

»Ich hab sie von Freunden geschenkt bekommen.«

Die gesichtslose Frau nickte.

»Mein Sohn hat sie gemacht.«

Aber natürlich, sagte sich Jenna, das mußte die seltsame Alte sein, der Willie und Debbie die Kette abgekauft hatten.

»Sie ist sehr schön«, lächelte Jenna. »Können Sie mir sagen, was das für ein Anhänger ist?«

Die Alte langte nach dem Amulett und hielt es einen Moment zwischen ihren dicken Fingern fest.

»Der Kushtaka.«

»Ja, das haben meine Freunde auch gesagt. Aber was ist ein Kushtaka? Eine Tlingit-Legende?«

Die Alte schob ihre Taschen zu einer Art Sitz zusammen, ließ sich darauf fallen und streckte die Beine vor sich aus.

»Eine Legende, ja, so ähnlich. Eine Geschichte, um Kinder das Fürchten zu lehren, damit sie nicht zu weit von zu Hause fortlaufen. Haben Sie eine Zigarette?«

»Tut mir leid, ich rauche nicht.« Jenna zuckte die Schultern. »Aber was hat es denn nun mit diesen Kushtaka auf sich?«

»Was soll ich sagen? Das sind Geister.«

»Was für Geister?«

»Otterwesen. Sie sind sehr mächtig. Das heißt, wenn man an sie glaubt. Sie wachen über das Wasser und die Wälder und retten verlorene Seelen. Glauben *Sie* daran?«

»Ich weiß nicht. Hab noch nie davon gehört.«

Jenna hatte so manche Tlingit-Legende von ihrer

Großmutter erzählt bekommen, aber an einen Kushtaka konnte sie sich nicht erinnern. Nur an einen Mann, der einen Bären heiratete, und einen Jungen, der ein Ungeheuer tötete und den Leichnam verbrannte, und da kamen dann die Moskitos her.

»Sie nehmen die Seelen in ihre Kushtaka-Dörfer mit und verwandeln sie in Kushtaka. Es sind Seelendiebe.«

»Tatsächlich? Gibt es davon auch Geschichten?«

»Sicher. Jede Menge.«

»Können Sie mir eine erzählen?«

»Welche? Wie sie entstanden sind?«

»Ja. Wie sie entstanden sind.«

»Also gut. Es war nach dem großen Regen. Raven hatte eine Überschwemmung über das Land kommen lassen, um alle bösen Menschen zu töten. Er wollte die Welt von allem Übel befreien. Aber er konnte die bösen Menschen nicht töten, ohne auch die guten umzubringen. Also starben alle, selbst Ravens Mutter, und das machte Raven sehr traurig. Denn er liebte seine Mutter.«

Die Alte zog den Reißverschluß an einer ihrer Taschen auf, holte eine Schachtel Zigaretten heraus und steckte sich eine an. Jenna schmunzelte. Geschnorrte Zigaretten schmecken immer besser als selbstgekaufte.

»Eines Tages, nachdem die Überschwemmung vorbei war, ging Raven am Strand entlang und sammelte Steine, als er jemanden seinen Namen rufen hörte. Er folgte der Stimme, bis er ein paar Otter fand, die im Sand spielten.

›Wer hat mich gerufen?‹ fragte Raven.

›Setz dich auf meinen Rücken‹, sagte einer der Otter, ›und ich bringe dich dahin, wo man dich ruft.‹

›Aber dann wirst du mich ja ertränken‹, sagte Raven. Er hatte große Angst vor dem Wasser, weil er nicht schwimmen konnte.

›Fürchte dich nicht‹, sagte der Otter, ›bei mir bist du sicher aufgehoben.‹

Also setzte Raven sich auf den Otter, und obwohl er versuchte, sich den Weg zu merken, wurde er sehr schläfrig und nickte ein. Als er aufwachte, fand er sich in einem Dorf voller Leute wieder.

Raven wanderte an der Küste dieses fremden Landes entlang, bis er auf seine Mutter traf. Er war sehr froh, sie zu sehen, weil er gedacht hatte, sie sei mit allen anderen in den Fluten der großen Überschwemmung umgekommen. Raven fragte seine Mutter, wie sie in dieses Land gekommen war, und sie sagte ihm, daß die Otter sie vor dem Ertrinken bewahrt und an diesen Ort mitgenommen hätten, wo man sie sehr gut behandelte.

Und Raven war so froh, daß die Otter seine Mutter gerettet hatten, daß er ihnen ein Geschenk machte. Von nun an konnten sie sich in jede gewünschte Gestalt verwandeln, genau wie Raven selbst. Sie konnten Mensch oder Otter oder Fisch sein, ganz wie es ihnen beliebte. Doch mit dem Geschenk war auch eine Aufgabe verbunden. Raven trug den Ottern auf, über die Wälder und die See zu wachen, und jeden zu retten, der am Ertrinken oder Erfrieren war. Und von da an hießen sie *Kushtaka.*«

Die Alte lächelte zu Jenna auf, und Jenna sah, daß sie nur vier Zähne im Mund hatte.

»Das ist eine hübsche Geschichte«, sagte Jenna. »Aber so besonders schaurig kommt sie mir nicht vor.«

»Sie macht Ihnen keine angst?«

»Nein.«

»Das liegt daran, daß Sie noch keinem Kushtaka begegnet sind.«

»Wie sehen sie denn aus?«

Die Alte zuckte die Schultern.

»Wie Sie und ich. Ich könnte ein Kushtaka sein, und Sie könnten schon unter meinem Bann stehen. Ich könnte Sie zu meinem Bau führen, und dann säßen Sie für immer in der Falle.«

Die Alte kicherte boshaft, und Jenna lachte.

»Was, *Sie* sind ein Kushtaka?«

»Wollen Sie mit mir kommen?«

»Wie bitte?«

»Mein Sohn holt mich mit seinem Boot ab. Sie könnten mit uns kommen.«

»Nein, wirklich, vielen Dank.«

»Sehen Sie?« schnaubte die Alte. »Wenn ich ein Kushtaka wäre, könnten Sie nicht nein sagen.«

»Aha.« Jenna gähnte. »Ich glaube, dann geh ich jetzt wohl mal.«

»Was geben Sie mir dafür?«

Jenna zuckte zusammen. »Was? Wieso?«

»Na, ich habe Ihnen die Geschichte erzählt, die Sie hören wollten. Das kostet Sie etwas.«

So verdutzt sie über diese plötzliche Wendung der Dinge war, wollte Jenna sich doch auf keine Streiterei einlassen. Sicherlich brauchte die Alte weit nötiger Geld als sie. Und außerdem wollte sie nur noch baldmöglichst schlafen gehen. Sie holte einen Fünfdollarschein aus ihrer Brieftasche und reichte ihn der Frau.

»Wollen Sie noch eine hören?«

»Nein, nein. Ich muß jetzt ins Bett. Aber vielen Dank auch.«

»Verlaufen Sie sich nicht im Wald, sonst wird ein Kushtaka Ihre Seele stehlen.«

Die Alte lachte grimmig, und Jenna wurde es nun doch etwas unheimlich.

»Ich werde schon aufpassen«, sagte sie und warf den Rucksack über die Schulter.

»Aber Sie wissen ja nicht, auf was«, gab die Alte zu bedenken.

Jenna lächelte beherrscht.

»Ich werd mir Mühe geben. Nochmals danke für Ihre Geschichte.« Im Fortgehen hatte sie das Gefühl, den

Blick der verrückten Alten im Rücken zu spüren. Ihr schauderte. Und prompt hörte sie die Frau ihr etwas nachrufen. Wider Willen drehte sie sich um.

»Die Augen«, rief die Alte und zeigte auf ihre eigenen Augen. »Die ändern sich nie.« Sie keckerte wieder los, schrill und hexenhaft, und Jenna bekam es nun ernstlich mit der Angst zu tun. Nur schnell weg von hier, nur sehen, daß sie ein Zimmer im Stikine Inn bekam.

Außer Atem hastete sie kurz darauf die fünf Stufen zur Veranda hoch und drückte auf die Türklinke. Es war nicht abgeschlossen. Dankbar schlüpfte sie in die schummerige Eingangshalle und zog die Tür hinter sich zu.

Die Halle war nur von einer kleinen Stehlampe auf dem Empfangstresen beleuchtet. Jenna entdeckte eine Klingel auf dem Tresen und drückte darauf. Nichts rührte sich. Jenna fing wieder an, sich zu fürchten. Die Alte draußen hatte ihr einen ordentlichen Schrecken eingejagt. Nicht mit ihrer Geschichte, aber mit ihrem Verhalten. Jenna klingelte noch mal. Wieder keine Antwort.

Sie blickte sich nach einem Sessel um, in dem sie notfalls die Nacht verbringen könnte. Neben der Treppe stand eine Bank. Und eine alte hölzerne Telefonkabine. Am anderen Ende des Raumes, zum Wasser hin, lag das Speisezimmer. Sehr komfortabel sah das alles nicht aus. Hinter dem Tresen hing ein Schlüsselbord. Sollte sie sich nicht vielleicht den erstbesten Zimmerschlüssel schnappen und das Einchecken dann am Morgen nachholen? Aber vorher drückte sie zur Sicherheit noch mal auf die Klingel.

Diesmal regte sich etwas. Unwilliges Gegrummel, schlurfende Schritte, und tatsächlich tauchte nun ein verschlafener, zerzauster Graukopf im blauen Pyjama auf.

»Tut mir leid, daß es so spät ist«, entschuldigte sich Jenna.

»Gerade mit der Fähre gekommen, was?«

»Ja.«

Der Mann schob ihr eine Anmeldekarte und einen Kuli zu.

»Füllen Sie das aus.«

Jenna tat, wie ihr geheißen. Name, Adresse, Dauer des Aufenthalts. Etwa eine Woche. Während sie schrieb, nahm der Mann einen Schlüssel vom Bord und schnippte ihn über den Tresen. Dann studierte er blinzelnd ihre ausgefüllte Karte.

»Haben Sie Ihr Gepäck am Fährhafen gelassen?«

»Nein, das ist alles, was ich dabeihabe.«

Der Mann hob leicht die Augenlider.

»Wie, für eine ganze Woche?«

»Ich reise lieber mit wenig Gepäck.«

Der Mann zuckte die Schultern mit einer Miene, als wären genau solche gepäcklosen Exemplare wie Jenna am Zustand der heutigen Welt schuld. Er fixierte immer noch ihre Karte.

»Sie machen hier wohl Urlaub?«

»Ja, das heißt, meine Mutter stammt von hier, wissen Sie, und ich wollte mir mal wieder ansehen, was so aus dem alten Städtchen geworden ist. Ich bin seit meiner Schulzeit nicht mehr hiergewesen.«

»Wie heißt Ihre Mutter?«

»Sally Ellis.«

Der Mann nickte bedächtig.

»Wie geht's ihr?«

»Gut. Sie lebt in New York.«

»New York? Na, dann bestellen Sie ihr mal Grüße von Earl, wenn Sie das nächste Mal mit ihr telefonieren.«

»Mach ich.«

»Zimmer Nummer neun«, sagte Earl, drehte sich um und schlurfte davon. Kurz bevor er hinten im dunklen Flur verschwand, zeigte er noch auf den Speiseraum, der aufs Meer hinausging.

»Das hier ist das Totem-Restaurant. Frühstück bis elf. Ist im Zimmerpreis inbegriffen, Eier werden extra berechnet.«

Und damit war er fort.

Jenna stieg die Treppe hinauf und schloß die Tür zu Nummer neun auf. Es war ganz so, wie sie es erwartet hatte, ein altertümliches, gemütliches, billiges Hotelzimmer. Sie ließ den Rucksack auf den nächstbesten Stuhl fallen und schaltete den alten Farbfernseher ein. Die Fernbedienung war auf dem Nachttisch festgeschraubt. Die zwei Fenster am Bett schauten nach Süden, zum Hafen hin, zwei weitere nach Osten, in Richtung Stadt.

Jenna trat an eins der Fenster und spähte unter der flachen Hand hervor zum Anlegesteg hinunter. Die Alte saß immer noch da, eine unheimliche Schattengestalt. Und prompt, als wüßte sie, daß sie beobachtet wurde, wandte sie sich zu Jenna um und winkte. Jenna fuhr zurück und ließ eilig das Rollo herab. Sie ging zur Tür zurück und legte die Sicherheitskette vor. Nicht, daß die Alte irgendeine reale Bedrohung darstellte. Nur so, für alle Fälle.

Sie schlüpfte aus ihrer Jacke und warf sie über die Stuhllehne, öffnete den Reißverschluß ihrer Jeans und zog den Pulli über den Kopf. Als sie den BH aufhakte, lachte sie plötzlich laut auf. Die Bettdecke war fürsorglich umgeschlagen, und auf dem Kopfkissen lag ein Schokoplätzchen, in Goldfolie verpackt.

Endlich daheim.

Jenna und Robert hatten sich auf einer Party kennengelernt. Einer Salsaparty mit mexikanischem Buffet, zu der Jenna eigentlich gar nicht hatte gehen wollen. Ihre Freunde Henry und Susan, ein demonstrativ glückliches Pärchen, hatten ansonsten nur Paare eingeladen, und sie dazu.

Gut, vielleicht war sie damals wirklich ein bißchen überempfindlich gewesen. Sie war allein, und sie fühlte sich oft einsam. Nicht nur, weil sie keinen Partner hatte. Sie mochte das Singledasein nicht, so ohne jede physische Nähe zu einem anderen Menschen. Auch wenn der andere gar nichts sagte, egal, sie brauchte einfach das Gefühl, daß *ein* Mensch auf der Welt jederzeit für sie da war. Es war schon ziemlich seltsam, aber sie hatte selbst Angst, allein zu duschen. Dann mußte sie immer an die schaurige Szene in *Psycho* denken. Ihre Angst vor dem Alleinsein beherrschte ihr ganzes Leben, aber irgendwie kam sie damit zu Rande, wie mit allem anderen auch. Und natürlich ging sie dann doch zu der Party, obwohl sie dort der einzige Single sein würde. Versprochen war versprochen.

Unverhofft fand sich dort ein sympathischer Mann, der auch allein gekommen war. Einer der Gäste hatte ihn auf die Feier mitgebracht. Er war gerade nach Seattle gezogen, hatte einen Lehrgang als Grundstücksmakler an der Universität von Michigan absolviert und sah obendrein blendend aus.

Robert war jung und smart. Er liebte das Maklergeschäft, weil er es als ständige Herausforderung an seine Fähigkeit sah, Leute zu durchschauen. Er wollte sich häuslich niederlassen und drei Kinder in die Welt setzen. Seine Mutter hatte ihm beigebracht, mit einer Geschirrspülmaschine umzugehen und gußeiserne Pfannen auf der Herdplatte zu trocknen, damit sie nicht rosten. Er konnte Knöpfe annähen, waschen und bügeln, aber kochen konnte er nicht. Er bewegte sich gerne an der frischen Luft, aber Sport konnte er nicht leiden, das war ihm alles zu ehrgeizig. Er ging auch nicht gern einkaufen, beobachtete aber um so lieber andere Leute dabei. Sein einziges Hobby war essen zu gehen und guten Wein zum Essen zu trinken. Außerdem konnte er Walzer und Foxtrott tanzen. Er lebte allein in einer überteuerten Wohnung am Queen Anne Hill, die er nur der Aussicht wegen gemietet hatte. Und er fand, daß Jenna die schönsten Augen der Welt hatte, und wollte sich unbedingt mit ihr verabreden.

Jenna fand ihn erst zu glatt, zu konventionell. Aber die Künstlertypen, mit denen sie zuletzt ausgegangen war, hatten alle so was Überhebliches, Selbstbeweihräucherndes an sich gehabt. Vielleicht war dieser hier anders.

Also erzählte sie Robert, daß sie nächste Woche nach Europa reisen würde und sich dann nach ihrer Rückkehr vielleicht einmal mit ihm treffen könnte. Sie hatte vor, eine alte Freundin in Carimate zu besuchen, einem Städtchen südlich vom Comer See, und dort mit ihrer Kamera loszuziehen, um Türen zu fotografieren, diese herrlich pittoresken italienischen Türen. Das war ihre Chance, sich ein künstlerisches Profil zu geben, endlich wegzukommen von diesen ewigen, öden Hochzeitsfotos. Sie würde ihr Türenbuch herausbringen und reich werden. Oder wenn schon nicht reich, dann wenigstens erfolgreicher als bisher. Man mußte sich hochgesteckte

Ziele setzen, um überhaupt etwas im Leben zu erreichen.

»Ich ruf dich an, wenn ich zurück bin.«

»Und wenn wir uns einfach da treffen?«

»Wo?«

»Wo fliegst du denn hin?«

»Nach Mailand. Dann nehm ich mir einen Mietwagen, mach einen Abstecher nach Venedig und fahr von da aus zum Comer See rauf, und unterwegs schau ich mir noch ein paar Städte an, wo es sicher jede Menge Türen für meine Fotoserie gibt.«

»Was für Städte?«

»Ich weiß noch nicht genau, Vicenza, Padua, Verona...«

»Wann bist du denn dann in Verona?«

»Da müßte ich erst in meinem Terminplan nachsehen.«

»O. k., sag mir, wann du da sein wirst, und ich treffe dich dort. Ich war früher schon mal da. Auf der Piazza im Stadtzentrum gibt es einen Brunnen, und da werde ich um ein Uhr mittags an dem verabredeten Tag auf dich warten. Wir laufen ein bißchen rum, gehen schön zusammen essen, und wenn's dir gefallen hat, können wir uns vielleicht sogar noch mal treffen, wo wir dann schon beide zur selben Zeit in Italien sind.«

Nach der Party hatte Jenna ihn nur kurz angerufen, um ihm mitzuteilen, daß sie am sechzehnten Juni in Verona sein werde. Und tatsächlich fand sie ihn an dem Tag pünktlich um eins am Brunnenrand vor, mit einem breiten Grinsen im Gesicht.

»Da ist sie ja«, sagte er.

Da ist sie ja. Gewiß keine denkwürdigen Worte, und doch hatten sie Jenna tief angerührt. Als ob er sein ganzes Leben lang an dem Brunnen auf sie gewartet hätte.

Zusammen gingen sie in sein Hotel zurück, dem Due Torri. Es war ein teures Hotel, das schönste in Verona, viel feiner als Jennas bescheidene kleine Pension. Er bestellte eine Früchteplatte und eine Flasche Spumante. Eine riesige Obstschale wurde ihnen aufs Zimmer gebracht, voller Äpfel, Trauben, Pflaumen und Kiwis mit kleinen Aufklebern aus Neuseeland. Sie aßen und tranken und gingen ins Bett. Jenna ließ ihr Hemd an, weil sie sich unsicher war, ob ihr Busen ihm gefallen würde. Sie hatten die hohen Fensterläden geschlossen, und die Sonnenstrahlen stachen wie Lichtschwerter durch die Ritzen. An der Decke surrte ein altmodischer Ventilator.

Danach gingen sie zu dem Haus, wo Shakespeares Julia gewohnt haben sollte, und Jenna gab einem wildfremden Passanten ihre Kamera, damit er sie und Robert in dem graffitibekritzelten Torbogen fotografierte. Das Foto hatte sie immer noch. Es fing an zu regnen, und sie kauften einen blauen Schirm von einem Straßenhändler.

Arm in Arm stellten sie sich in einem Innenhof unter, und vor lauter Schmusen kam Jenna gar nicht dazu, auch nur ein einziges Foto zu schießen, obwohl der Hof voller Türen war. Dann suchten sie sich eine kleine Trattoria, bestellten Salat und Muschelrisotto und noch eine Flasche Wein, und Robert meinte, das sei das beste Risotto, das er je gegessen hätte. Als sie ins Hotel zurückgekehrt waren, liebten sie sich wieder.

Jenna rief noch am selben Abend ihre Mutter an und sagte ihr, mit der Türenserie komme sie nicht so gut voran, aber dafür habe sie den Mann ihres Lebens getroffen.

Jenna erwachte erst gegen halb elf, streckte sich genüßlich unter der Decke und spähte zu den Fenstern in Richtung Stadt hinaus. Der Himmel war mit einer hohen, dichten Wolkendecke überzogen, die wie ein aufgespanntes weißes Laken aussah.

Es war warm im Hotelzimmer, und Jenna fühlte sich behaglich in ihrem Kokon. Die kühlen Leintücher streichelten ihr angenehm über die nackte Haut. Sonst schlief sie immer im Nachthemd, aber nach den letzten drei Nächten, die sie angezogen im Liegestuhl hatte verbringen müssen, genoß sie es, alle Kleidungsstücke ablegen zu können. Jetzt noch ein Frühstück ans Bett, und das Glück wäre vollkommen gewesen.

Sie ließ das warme Wasser über ihren Kopf rinnen, öffnete die kleine Shampooflasche, die in der Dusche stand, und goß sich etwas davon in die Hand. Es roch nach Kokosnuß, was sie immer an den Duft des Sonnenöls damals in Hawaii erinnerte, als sie und Robert noch jung verliebt waren. Im Hotel dort hatte Jenna gewitzelt, der Wasserstrahl des Jacuzzi sei gut zum Masturbieren geeignet. Robert hatte sie herausgefordert, es zu beweisen, also hatte sie es vor seinen Augen getan. Sie hatte es noch nie vor jemandem getan, und es gefiel ihr. Auch ihn hatte sie dazu gebracht, es für sie zu tun, und obwohl er es eigentlich nicht wollte, machte es Spaß, dabei zuzusehen. *Das Buch des Lachens und Vergessens.* Alle Frauen sind Exhibitionisten und alle Männer Voyeure. Oder andersrum, ist ja auch egal. Sie spülte sich die Haare aus, und als sie nach der Seife langte, streifte sie mit der Innenseite des Oberarms ihre aufgerichtete Brustwarze. Ach, zum Teufel mit dem Frühstück, das konnte warten.

Sie ließ ihre Hand den Bauch hinuntergleiten. Unter der warmen Wasserkaskade krümmte sie wohlig die Schultern und überließ sich der Bewegung ihrer Hand, während sie sich mit der anderen an der Kachelwand abstützte. In langsam kribbelnden Wellen strahlte das Lustgefühl in ihren Bauch aus und heizte ihr Blut auf. Ihr Atem ging schneller, sie schloß die Augen und stellte sich vor, wie sie zu Hause auf dem Bett lag und Robert zwischen ihren Beinen saß, ihr zusah und ihr sanft über die Schenkel streichelte. Sie schaute zu ihm hinab und begegnete seinem lächelnden Blick, sah ihn gespannt beobachten, wie sie allmählich die Kontrolle verlor. Robert beugte sich vor und steckte ihr die Zunge in den Bauchnabel, seine Hand auf der ihren, seine Hand, die ihre Hand ablöst, während sie sich am Kopfende des Bettes festklammert. Die Wärme, die Wellen, die wachsende Lust unter der rhythmischen Bewegung seiner Hand, er schwingt das Bein herüber und hockt sich rittlings auf ihren Bauch, mit dem Rücken zu ihr, und schiebt ihr tief den Finger hinein. Mit beiden Händen jetzt. Sie stöhnt und bäumt sich gegen sein Gewicht, wird starr, schreit auf, als die Wärme sie übermannt. Sie versucht, das Gefühl so lange wie möglich zu halten, bis es in Überreizung umkippt. Dann läßt sie los und lacht.

Gelöst, entspannt hielt Jenna ihr Gesicht in die sprühenden Wasserstrahlen. Sie strich sich die Haare zurück. Da hörte sie plötzlich etwas. Eine knarrende Bodendiele. Sie riß den Kopf herum. Jemand stand in der Tür, duckte sich aber sofort außer Sichtweite. Ein eiskalter Schauer lief ihr über den Rücken. Um Gottes willen. Jemand ist in meinem Zimmer, beobachtet mich in der Dusche. Ihr

Herz klopfte so heftig, als wollte es ihr aus der Brust springen. Sie stand wie gelähmt. Ein Mann hatte sich in ihr Zimmer geschlichen. Hatte sie beobachtet. Wie lange? Wer? War er immer noch im Zimmer? Wollte er sie umbringen? Hatte er eine Waffe?

Das Adrenalin, das ihr durch die Adern schoß, hatte ihre Sinne aufs äußerste geschärft. Sehen, hören, riechen, alles konzentrierte sich nur noch darauf, den Eindringling zu entdecken. In der Duschkabine war sie eine zu leichte Beute. Besser die Initiative ergreifen, sich in den Kampf stürzen. Nur keine Angst zeigen, hatte ihr Vater sie gelehrt. Greif an. Als Frau erwartet so ein Kerl von dir, daß du schwach und wehrlos bist, also geh direkt auf ihn los und tritt ihn so fest du kannst in die Eier. Jenna riß den Duschvorhang auf und rannte brüllend ins Schlafzimmer, die Zähne gebleckt, die Fäuste geballt, wild entschlossen, den Mistkerl zur Strecke zu bringen.

Aber das Zimmer war leer. Jenna sah sich schnell nach allen Seiten um. Die Tür war noch mit der Sicherheitskette verschlossen. Die Fenster waren alle zu. Niemand im Schrank. Niemand unterm Bett. Das Herz klopfte ihr immer noch zum Zerspringen. Da war ganz ohne Zweifel jemand im Zimmer gewesen. Aber wo war er hin?

Langsam löste sich die Anspannung, während sie so dastand und umherblickte. Also gut, es war nichts. Nur ein kleiner Schreck in der Morgenstunde. Vielleicht ein Vogel, der im Vorbeifliegen einen Schatten durchs Fenster geworfen hatte. Vielleicht war gleichzeitig jemand durch den Flur gegangen und hatte die Dielen zum Knarren gebracht. Solche Zufälle gab es doch immer wieder. Nicht sehr wahrscheinlich, aber eine einfache Erklärung. Sie ging zur Türschwelle des Badezimmers und verlagerte ihr Gewicht auf den einen Fuß, in der Hoffnung, der Boden würde nicht knarren. Aber er knarrte. Und wie. Genau das Geräusch, das sie gehört hatte. Aber das konnte auch ein Zufall sein. Es war ein altes Hotel mit alten Holzböden, und die knarrten natürlich.

Jenna widerstand der Versuchung, jede einzelne Bodendiele im Zimmer zu testen. Hastig trocknete sie sich ab, schlang einen Handtuchturban um die Haare und fuhr in ihre Kleider.

Als nächstes stellte sich jetzt das Problem mit dem Telefon. Auf der Fähre hatte es keins gegeben, also brauchte man auch keine Entscheidungen zu treffen. Aber selbst in einem gottverlassenen Fleck wie Wrangell wimmelte es nur so von Telefonen, und Jenna konnte sich der Verpflichtung, ein Lebenszeichen zu geben, nun wirklich nicht länger entziehen.

Sie ging hinunter in die Halle, wo die nächste Telefonzelle stand. Als sie die Tür zumachte und sich hinsetzte, ging ein Licht an, und ein kleiner Ventilator begann über ihrem Kopf zu surren. Kaum hatte sie die Nummer gewählt, hob ihre Mutter ab.

»Hallo, Mom.«

Schweigen am anderen Ende.

»Jenna?«

»Ja, Mom, ich bin's.«

»Wo bist du?«

»Ich mußte einfach mal eine Weile weg.«

»Jenna, *wo bist du?* Ist alles o. k. mit dir? Wir dachten schon, du wärst entführt worden. Die Polizei hat Roberts Auto gefunden, aber von dir weit und breit keine Spur. Und dann diese seltsame Nachricht auf dem Anrufbeantworter. Aber sag, geht's dir gut? Was ist passiert? Hat es Ärger mit Robert gegeben? Willst du ihn verlassen? Jenna, wo bist du denn jetzt? Etwa in Seattle?«

Das Sperrfeuer mütterlicher Fragen stimmte Jenna traurig. Mit ihrem strategischen Rückzug hatte sie nichts als Chaos und Verwirrung hinterlassen. Ihre Eltern konnten sich ihr Verhalten nicht erklären, und so machten sie sich eben ihren eigenen Reim darauf.

Sicher, es war enorm egoistisch, einfach so abzuhauen, aber das war ja sonst nicht ihre Art. Hatte sie sich nicht immer nach den Wünschen der anderen gerichtet, immer Rücksicht genommen, immer die anderen entscheiden lassen?

Und Jenna dachte gar nicht daran, ihre Reise ausgerechnet jetzt abzubrechen, wo sie schon so weit gekommen war. Ihr Verschwinden war ein Akt der Selbstbehauptung. Sie hatte sich in eine Situation manövriert, in der sie allein bestimmte, wo es langging, und das mußte sie jetzt durchziehen.

»Paß auf, Mom, ich bin im Urlaub, mir geht's gut. Wenn der Urlaub vorbei ist, erzähl ich dir alles, o. k.?«

»Was soll das? Sag mir sofort, wo du bist.«

»Nein, Mom, sorry. Ich ruf dich wieder an.«

»Jenna! Jetzt hör mir mal zu. Du hast deinem Vater und mir einen Riesenschrecken eingejagt, und ich bestehe darauf, daß du meine Fragen beantwortest.«

»Mom, bestell Daddy liebe Grüße von mir. Küßchen. Bis bald.«

»Jenna!«

»Mach's gut, Mom.«

Sie legte auf. Was für ein Theater. Kein Wunder, daß sich so viele Leute sang- und klanglos von ihrer Familie absetzten.

Jennas Hand krampfte sich um den Hörer. Sollte sie auch noch Robert anrufen? *Sollte* sie? Ja. Aber *wollte* sie? Nein. Ach was, ruf halt an. Aber laß dich bloß nicht belabern.

»Robert, ich bin's.«

»Jenna …«

»Robert, hör zu, es tut mir leid, daß ich einfach so verschwunden bin, es ging nicht anders. Alles ist o. k., ich brauch nur noch etwas Zeit für mich, weißt du, um die Dinge auf die Reihe zu kriegen.«

»Und dir geht's wirklich gut?«

»Ja klar. Schau, ich weiß, es war nicht so gut, wie ich mich davongemacht habe, aber für *mich* war's gut, verstehst du? Es ging nicht anders.«

»Verstehe.« Es klang resigniert.

»Wann kommst du wieder?« fragte er nach einer Pause.

»Ich weiß noch nicht.«

»Ähm … und wo bist du?«

Jenna nagte an ihrer Unterlippe.

»Das kann ich dir nicht sagen.«

»Na gut. Dir fehlt also nichts, und du weißt nicht, wann du wieder heimkommst. Ist das alles, was du mir sagen wolltest?«

Ist das alles ist das alles ist das alles? Jawohl. Darum hab ich angerufen. Das war's. Und tschüß.

»Gib mir wenigstens deine Nummer, damit ich dich erreichen kann.«

»Nein.«

»Ich ruf wirklich nur im Notfall an. Bitte.«

»Ich kann nicht. Ich kann nicht.«

»Jenna, bitte. Nur, damit ich dich zurückrufen kann. Damit ich auch weiß …«

»Damit du *was* weißt?«

Pause.

»Damit ich weiß, daß du zu mir zurückkommst.«

Robert nahm sich schwer zusammen, aber seine Stimme verriet, daß er den Tränen nah war. Jenna wollte ihn so gern trösten, aber die Telefonnummer, nein, das war zuviel verlangt. Das wäre das Ende ihres Höhenflugs, dann hätte sie den ganzen Ballast wieder am Hals. Wer etwas für sich tun wollte, mußte zuerst einmal an sich selbst denken. Und nicht vor lauter Mitgefühl gleich wieder nachgeben. Sie mußte hart bleiben.

»Ich rufe dich morgen wieder an. Mehr kann ich nicht tun.«

»Ach, Jenna.« Es klang wie ein unterdrückter Schluchzer. Armer Kerl. »Das macht mich völlig fertig.«

»Tut mir leid, Robert. Aber für mich ist es die Rettung.«

Jenna legte den Hörer auf und fragte sich, während der Ventilator wie eine wütende Wespe über ihr summte, wo sie jetzt wohl wäre, und wie anders alles gekommen wäre, wenn sie nur nicht an Bobbys Todestag auf diese dumme Party gemußt hätten.

Der Tag ließ sich gut an. Ganz Wrangell stand ihr für Entdeckungen offen. Sie konnte tun und lassen, was sie wollte. Warum nur fürchtete sie sich dann so?

Sie ging den Weg der vorigen Nacht noch einmal zurück, die Front Street hinab zur Anlegestelle, bis sie wieder vor dem Haus ihrer Großmutter stand. Im Tageslicht sah das windschiefe Haus wie ein Haufen Feuerholz aus. Mürbe, leblos, ein wackeliger Bau, der niemandem mehr Geborgenheit bot.

Einsam und verrostet stand auf der Veranda der alte gelbe Schaukelstuhl, an den Jenna sich aus ihrer Kindheit erinnerte. Sie stieg die zwei Stufen hinauf und setzte sich in den Stuhl, der unter ihrem Gewicht ächzte. Der Ausblick auf die See war ziemlich trübe unter dem bewölkten Himmel: farblos die Straße, grau das Wasser, schwarz die Insel am Horizont. Sie saß da und wartete auf irgendeine Gefühlsregung, Wehmut, Nostalgie, wenigstens einen Anflug von Rührung, aber nein, nichts.

Enttäuscht stand sie auf und wandte sich dem Haus zu. Die Fenster waren mit rissigen Sperrholzplatten vernagelt. Eine alte Fliegengittertür lehnte nutzlos neben der Haustür, die mit einem dicken Vorhängeschloß versperrt war. Jenna stieg von der Veranda und ging um das Haus herum. Die Seitenfenster waren ebenfalls zugenagelt, aber die Gittertür zum Wintergarten an der Rückseite gab überraschend nach. Zögernd stieg Jenna die morschen Stufen hoch und schaute sich um. Der Wintergarten war vollgestopft mit Sperrmüll. Ein altes Spülbecken umgestürzt in der Ecke, ein paar brüchige Kisten, ein aufgeschlitztes Sofa, aus dem die Füllung quoll. An der einen Wand lehnte ein Fahrrad ohne Lenker und Hinterrad, und die Tür zum Haus war mit einer Kühlschranktür verstellt.

Jenna schob die Kühlschranktür beiseite. Seltsamerweise war die Tür dahinter nicht weiter verbarrikadiert, weder zugenagelt noch mit einem Schloß verriegelt. Jemand mußte sich irgendwann dort Zutritt verschafft haben. Die Tür klemmte erst etwas im Rahmen, ließ sich aber öffnen, als Jenna mit der Schulter dagegen stieß.

Drinnen war es kalt und dunkel und muffig. Jenna stand in einem langen, schmalen Flur, der bis zur Vorderseite des Hauses durchlief. Hinter der Tür zu ihrer Rechten, erinnerte sich Jenna, lag der Stiegenaufgang, und links gegenüber das Bad.

Die Dielen im Flur knarzten unter jedem Schritt, und das ganze Haus schien von einer Seite zur anderen zu schwanken. Von draußen hatte das Haus tot ausgesehen; drinnen schien es auf gruselige Weise lebendig, fast als ob es atmete. Jenna schaute ins Schlafzimmer ihrer Großmutter, wo nur noch ein kahles Bettgestell stand. Ein zersplitterter Spiegel reflektierte einen harschen Lichtstrahl vom Fenster an die Decke.

Vorne mündete der Flur ins Wohnzimmer mit Küchenecke. Der ganze Raum war gähnend leer, selbst die Türen fehlten an den Einbauschränken. Auf dem staubigen Linoleum zeichneten sich kleine Pfotenspuren ab, doch selbst Mäuse konnten hier nicht mehr genug zum Überleben gefunden haben.

Jenna ging zurück zum Stiegenaufgang, aber die Tür war abgeschlossen. Sie sah sich nach irgendeinem Werkzeug um, und da sie nichts fand, trat sie einen Schritt zurück und rammte den Schuhabsatz direkt neben die Klinke. Die Tür sprang auf. Jenna lächelte. Genau wie im Film.

Sie spähte die schmale Stiege hinauf. Von einem kleinen Fenster oben fiel diffuses Licht auf die Stufen; so faßte sie sich ein Herz und begann hinaufzusteigen.

Auf halbem Wege bereute sie ihren Entschluß schon wieder. Sie hatte wirklich nicht vorgehabt, hier wie ein Dieb durch die alte Bruchbude zu schleichen, die ohnehin schon völlig ausgeräumt war. Was hoffte sie denn hier noch zu finden? Damals, vor siebzehn Jahren, hatte sie nie ins obere Stockwerk gedurft. Die Stiegentür war stets verschlossen gewesen. Was wollte sie also hier? Sie wußte es nicht, aber sie ging trotzdem weiter.

Die Treppe war steil, ohne Geländer, die Wände feucht und voller Schimmelflecken. Oben angekommen, tastete sich sich ins erste Zimmer vor, das vom Flur abging, und zerrte an einem der Bretter vor dem Fenster. Es löste sich sofort und fiel ihr mit einem dumpfen Aufprall, der das ganze Haus erzittern ließ, vor die Füße.

Jenna japste erschrocken auf. Sie hatte Angst, das ganze Haus würde über ihr zusammenkrachen und sie unter einem Berg von Schutt begraben. Aber es knirschte nur im Gebälk, die Staubwolke legte sich, und es kehrte wieder Ruhe ein. Erleichtert spähte sie aus dem Fenster. Unten ging ein Mann vorbei, der einen roten Leiterwagen hinter sich her zog. Sie beobachtete ihn einen Moment. Er war ziemlich zerlumpt, mit einem langen grauen Bart wie ein Einsiedler, der vielleicht irgendwo am Rande der Zivilisation in einer ärmlichen Holzhütte hauste.

Der Mann blieb stehen. Merkwürdig, jetzt drehte er sich um und schaute zu ihr hoch. Ihre Blicke trafen sich, und Jenna wurde es plötzlich sehr unbehaglich zumute. Sie hatte kein Recht, hier einfach so einzudringen. Wenn er das herumerzählte, konnte sie Ärger kriegen. Das

Haus war sicherlich einsturzgefährdet, und wenn man sie erwischte, konnte man sie zur Rechenschaft ziehen. Also duckte sie sich hastig.

Aber dann mußte sie doch über ihr eigenes Versteckspielen lachen. Was dachte sie sich denn? Der Mann da unten würde höchstens meinen, er hätte ein Gespenst gesehen. An seiner Stelle würde sie machen, daß sie wegkäme, und bestimmt keinem etwas davon sagen.

Nach einer Weile streckte sie den Kopf vor und riskierte einen schnellen Blick. Der Mann war tatsächlich weg.

Sie sah sich im Zimmer um. Es war keineswegs leer wie die unteren Räume, sondern im Gegenteil vollgestopft mit altem Kram. Ein Haufen alter Kleider in der einen Ecke. Ein abgeschabter Sessel, ein Bücherregal, ein Bett. Alles Sachen, die keiner mehr brauchte.

Sie hockte sich vor das Bücherregal. Lauter alte Schulbücher, zerfledderte Abenteuerromane, ein schmaler Gedichtband. Sie zog ihn hervor und schlug ihn auf. Kaum noch lesbar, aber doch zu erkennen, stand der Name ihrer Mutter da, Sally Ellis, mit ihrer College-Adresse in Washington. Jenna blätterte weiter, bis sie auf ein Lesezeichen stieß. Es steckte zwischen zwei Seiten mit Gedichten von Blake. Jenna lächelte gerührt. Allein schon dieser Fund gab dem ganzen Ausflug einen Sinn.

Doch plötzlich hörte sie ein Poltern von oben und erstarrte. Es konnte nur vom Dachboden kommen. Sie hielt die Luft an. Was war das? Irgendwas mußte da umgefallen sein, vielleicht eine verzögerte Reaktion auf das Beben der Wände vorhin. Doch bei aller Logik konnte sie nicht verhindern, daß ihr das Herz wie wild im Halse pochte.

Da war es wieder. Was zum Teufel ging da vor? Langsam richtete sie sich auf. Die Dielen knarrten unter ihren Füßen. Kleine Funken tanzten ihr vor den Augen, weil sie so lange am Boden gekauert hatte. Und wieder vernahm sie Geräusche von oben. Ein Schlurfen, oder war es mehr ein Scharren? Ein Tier?

Sie spürte, wie sie eine Gänsehaut bekam, und versuchte, tief durchzuatmen. Nur immer mit der Ruhe. Es war sicher bloß irgendein aufgestörtes Tier, ein Siebenschläfer oder eine Ratte. Huschte da oben hin und her und warf irgendwas um. Aber der Gedanke beruhigte sie auch nicht sonderlich.

Sie spähte um den Türrahmen herum in den Flur, konnte in dem Halbdunkel aber nichts sehen. Es war doch lachhaft, schalt sie sich, so in Panik zu geraten wegen nichts und wieder nichts. Aber trotzdem wollte sie jetzt nur noch weg.

Sie rannte wie gejagt die steile Stiege hinunter, stolperte in ihrer Hast über die Stufen, und das Buch ihrer Mutter flog ihr aus der Hand. Aber es blieb jetzt keine Zeit, im Dunkeln danach zu suchen. Sie rannte weiter, zur Hintertür hinaus und um das Haus herum.

Hier draußen wirkte alles wieder ganz harmlos. Sie erwog kurz, ob sie nicht doch noch einmal hineingehen und das Buch holen sollte. Aber schließlich, sagte sie sich, konnte sie ja jederzeit mit einer Taschenlampe wiederkommen. Oder auch nicht. Vielleicht hatte das Buch im Haus bleiben wollen, und es stand ihr nicht zu, es einfach mitzunehmen. Manche Dinge befinden sich aus gutem Grund dort, wo sie sind, und es wäre vermessen, etwas daran zu ändern. Ganz schön abergläubisch, schmunzelte Jenna in sich hinein, während sie sich auf den Rückweg machte.

Der rote Leiterwagen war vor dem Gemischtwarenladen abgestellt, aber Jenna traute sich trotzdem hinein. Der Graubärtige bezahlte gerade seinen Einkauf, der im wesentlichen aus Kartoffelchips und Coladosen zu bestehen schien. Jenna schlüpfte schnell nach hinten durch, nahm sich eine Flasche Mineralwasser aus dem Kühlregal und wartete, bis der andere den Laden verlassen hatte.

Auch der Kassierer, der ihr Mineralwasser eintippte, kam ihr merkwürdig vor. Er bekam die Augen irgendwie nicht richtig auf. Und war außerdem heftigst gepierct. Augenbrauen, Nase und Unterlippe, alles voller Silberringe.

»Ich mach hier gerade Urlaub, wissen Sie?« schwatzte sie drauflos, um sich ihren Widerwillen nicht anmerken zu lassen. »Was gibt es denn so an Sehenswürdigkeiten in der Gegend?«

Der Junge drehte sich auf seinem Stuhl um und nahm eine Touristenbroschüre aus dem Regal hinter ihm. Sein Nacken war ebenfalls gepierct, mit einem spitzen Knochen direkt unter dem Haaransatz. Er ließ die Broschüre vor Jenna auf die Ablage fallen. Zum Glück blickte er nicht auf, so daß er ihren Gesichtsausdruck nicht mitbekam.

Während er ihr das Wechselgeld heraussuchte, schlug Jenna die Broschüre auf. Drinnen fand sie einen Stadtplan mit den numerierten Sehenswürdigkeiten. Nummer eins: Mount Dewey.

»Ist es hübsch am Mount Dewey?« fragte sie.

Der Junge blickte irritiert auf.

»Kommt drauf an, was Sie unter hübsch verstehen.«

»Na ja, Bäume, Blumen, Natur halt.«

»Ach, so was«, brummelte der Gepiercte. »Na, wenn Sie das meinen, dann ist es schon ganz hübsch, schätz ich.«

»Wie weit ist der Weg bis dahin?«

Er zuckte die Schultern. »Viertelstunde.«

»Und wo muß ich da langgehen?«

Er zeigte auf den Plan.

»Hier, gleich die erste links, und dann immer den Hügel rauf. Ist alles ausgeschildert.«

»Würden Sie mir den Ausflug empfehlen?«

Der Junge grinste.

»Ihnen? Immer.«

Jenna griff sich die Wasserflasche und die Karte.

»Also, dann vielen Dank auch.«

Sie trat aus dem Laden und wandte sich nach links. Sollte sie sich nun der Mühe dieses Ausflugs unterziehen, oder die Körperertüchtigung auf später verschieben? Oder vielleicht ganz bleibenlassen? Genausogut konnte sie auch einfach die nächste Fähre zurück nehmen. Das Haus ihrer Großmutter hatte sie ja schon besichtigt. Was hatte sie hier also noch verloren? So eine Wandertour würde sie auf schmerzliche Weise an Bobby erinnern. Es war ihr sowieso nicht wohl bei dem Gedanken, so nah an Thunder Bay zu sein.

»Sie waren in dem Haus von den Ellis'?«

Jenna sah auf und schrak zusammen. Der Graubärtige stand vor ihr und starrte sie unverwandt an.

»Ach du liebe Zeit«, lachte Jenna, bemüht, ihre Angst zu überspielen. »Sie haben mir aber einen schönen Schrecken eingejagt.«

»Sie waren in dem Haus von den Ellis'?« wiederholte der Mann, ohne eine Miene zu verziehen.

Jenna lächelte noch immer, obwohl sie anfing, sich zu ärgern. Was ging das den Kerl an, wo sie sich aufhielt? Aber für alle Fälle versuchte sie erst einmal einzulenken.

»Ja, das stimmt. Ich glaube, ich habe Sie auch gesehen …«

»Was haben Sie da gemacht?«

»Ich, ähm …« Sollte sie sich eine Lüge ausdenken? Ach, wozu. »Ich bin die Enkelin von Mary Ellis. Ich wollte mich dort nur mal umschauen.«

Der Mann nickte bedächtig.

»Werden Sie das Haus wieder bewohnen?«

»Wie bitte?«

»Werden Sie das Haus wieder bewohnen?« wiederholte er lauter, als ob sie taub wäre.

»O nein, absolut nicht. Ich bin bloß auf der Durchreise. Ich wollte es nur mal sehen, zur Erinnerung sozusagen.«

Der Mann schubste seinen Leiterwagen vom Bordstein runter auf die Straße.

»Die alte Bude ist nämlich schon so baufällig, da würd ich lieber nicht so auf gut Glück drin herumklettern. Die kann einen ganz plötzlich unter sich begraben, und das war's dann.«

Der Mann spannte sich vor seinen Karren und schlurfte los.

»Danke für Ihre Anteilnahme«, rief Jenna ihm hinterher. »Aber ich geh sowieso nicht mehr dahin zurück.« Er entfernte sich Schritt für Schritt. »Ich hab schon genug gesehen, vielen Dank.« Doch er schien sie gar nicht mehr zu hören.

Sie drehte sich um und marschierte in die Gegenrichtung los. Vielleicht war ein kleiner Ausflug zum Mount Dewey jetzt genau das richtige, um ihre Nerven zu beruhigen. Sie konnte sich doch von dieser Stadt nicht so einfach ins Bockshorn jagen lassen. Immerhin hatte es sie einige Mühe gekostet, überhaupt hierherzukommen. Sie blickte zum Himmel empor. Die Wolken verzogen sich langsam, es sah aus, als würde doch noch die Sonne durchkommen. Ein Spaziergang würde ihr jetzt sicher guttun. Frische Luft, Bewegung in der freien Natur, was konnte es Erholsameres geben?

Von dem Felsen, auf dem sie saß, überblickte Jenna die ganze Stadt und einen Großteil von Wrangell Island. In der Ferne lag eine Berggruppe wie aneinandergeduckte, schneebedeckte Riesen. Und für einen Augenblick gab Jenna sich ganz der überwältigenden Aussicht hin, dem Genuß der Stille, wofür sie ja schließlich hergekommen war. Sie hatte einmal richtig ausspannen wollen, alles hinter sich lassen wollen, um herauszufinden, was eigentlich mit ihr los war. Das war auch dringend nötig, aber sie wußte, daß sich noch mehr dahinter verbarg. Es konnte kein Zufall sein, daß sie ausgerechnet jetzt zum ersten Mal seit Bobbys Tod nach Alaska gefahren war. Aber mit dem Warum wollte sie sich jetzt nicht befassen, vielleicht später einmal, in der schützenden Enklave von Judiths Praxis.

Jenna lachte in sich hinein. Mochte sie auch noch so weit weglaufen, an ihrer Therapeutin führte kein Weg vorbei. Was Judith wohl zu allem sagen würde? Daß sie von heute auf morgen ihren Mann verlassen hatte, nach Alaska zurückgekehrt war und dabei doch von ständiger Angst begleitet wurde – Angst vor Geräuschen in fremden Häusern, Panikanfälle in der Dusche. Irgend etwas würde Judith schon dazu einfallen, wie immer. Es entsprach ihrer Arbeitsweise, Lösungen anzubieten, die Ärmel aufzukrempeln und richtig mit anzupacken. Allerdings hatten ihre Vorschläge häufig einen Haken. Aber vielleicht war sie gerade deshalb die einzige Analytikerin, mit der Jenna es aushielt. Daß sie sich auch irrte, machte sie menschlich. Ihr Vorgänger, dieser Fassbinder, hatte Jenna mit seiner verbogenen Logik so verwirrt, daß sie sich beinah freiwillig in eine Nervenheilanstalt begeben hätte. Dafür war er um so großzügiger mit Rezepten gewesen.

An Fassbinder war Jenna auf Empfehlung ihrer Freundin Kim geraten, der sie ihr Leid geklagt hatte, daß sie keinen verschreibungsfreudigen Psychiater aufzutreiben vermochte. Einen, der wirklich Verständnis für ihre Probleme hatte.

Und dieser Fassbinder hatte sich prompt als Volltreffer erwiesen. Nach zwei Minuten fragte er sie bereits, ob sie an Schlafstörungen leide. Und ohne sich lange bitten zu lassen, verschrieb er ihr eine Riesenpackung Valium.

Bei der Erinnerung an so ein wohltuendes, mit prikkelndem Chardonnay heruntergespültes Valium lief ihr heute noch das Wasser im Munde zusammen. Nie wieder würde sich das Bedürfnis nach innerem Abstand und Seelenruhe so leicht befriedigen lassen. Fassbinder gab ihr genau das, was sie wollte. Er stellte ihr die Rezepte aus wie eine wohlverdiente Belohnung. Jenna wußte, daß er ein anzüglicher Kerl war, aber sie profitierten voneinander. Sie brauchte seine Medikamente, und er brauchte jemanden, der seine sexuellen Phantasien entzündete. Natürlich war sich Jenna über seine Gewissenlosigkeit klar. Sie war in echter Not. Sie hatte gerade ihr einziges Kind verloren, und es ging ihr miserabel. Sie brauchte dringend therapeutische Hilfe, nicht irgendwelche Phantasiespielchen mit einem lüsternen Seelendoktor. Aber da hatte sie den Glauben an die Macht der Psychotherapie bereits verloren. Sie glaubte an gar nichts mehr.

Ein plötzliches Rascheln im Wald riß sie aus ihrer Gedankenverlorenheit. Sie drehte sich um. War da jemand?

Mit zusammengekniffenen Augen spähte sie ins Unterholz. Sie fürchtete sich, von ihrem Felsen herunterzuklettern und der Sache nachzugehen. Sicher war es nur ein Waschbär oder ein Vogel. Aber in dem dunklen Wald hatte sie sich furchtbar erschreckt.

Sie drehte sich wieder um und blickte auf die Stadt zu ihren Füßen hinab. Eine Dreiviertelstunde hatte sie gebraucht, um den Mount Dewey zu erklimmen, nicht etwa nur fünfzehn Minuten, wie der Gepiercte im Laden behauptet hatte. Die Blasen an ihren Füßen brannten in den allzu neuen Wanderschuhen, aber zur Not würde sie den Rückweg bergab auch im Laufschritt bewältigen, und dann ziemlich bald in Sicherheit sein.

Ein Zweig knackte laut hinter ihr auf dem Waldboden. Das konnte kein Tier gewesen sein. Es mußte ein Mensch sein, ein Mörder, der einen Schritt zur Seite getreten war, um besser durch die Büsche schauen zu können. Jenna sah ihn im Geiste schon vor sich, Timberland Boots, rotkariertes Flanellhemd, dicht gekräuseltes Brusthaar im Kragenausschnitt, dreckige Jeans mit Hosenträgern. Und ein großes Jagdmesser mit scharfer Klinge. Doch hier auf dem Felsen, mitten in der Lichtung, konnte er ihr nichts antun. Die Lichtung schien ihr wie ein Kraftfeld, ein Schutzschild gegen die Finsternis des Waldes. Allerdings konnte sie hier nicht sitzen bleiben.

Ohne weiter zu zaudern, sprang Jenna von ihrem Felsen und rannte auf den Waldweg zu, den sie heraufgekommen war. Nur durchhalten. In zwölf bis fünfzehn Minuten würde sie zurück in der Stadt sein.

Im Prinzip kein schlechter Plan. Aber da sie zu lange stillgesessen hatte, wurde ihr beim Losrennen urplötzlich schwindlig, alles drehte sich vor ihren Augen, sie stolperte und schlug der Länge nach hin. Keuchend rappelte sie sich auf und hastete weiter.

Im Rennen schaute sie sich um und sah keinen Verfolger. Aber sie hörte ganz eindeutig zwei Paar Sohlen, und nur eins davon gehörte ihr. Sie fing tatsächlich an zu glauben, sie hätte Wahnvorstellungen. Doch wenn diese Wahnvorstellungen sich am Ende als Wirklichkeit entpuppten? Lieber zusehen, daß man Boden gewinnt, war auf jeden Fall die richtige Devise.

Der Weg bergan war mühelos zu finden gewesen, aber jetzt in ihrer Todesangst kam ihr alles plötzlich fremd vor. Sie verlangsamte ihr Tempo und lauschte angespannt nach hinten. Da sie nichts mehr hörte, blieb sie stehen. Ihre Schienbeine brannten höllisch, von langen, blutigen Kratzern gestriemt. Sie blickte sich um. Der Hügel hinter ihr lag in tiefem Frieden da. Die Baumkronen waren zu einem hohen grünen Blätterdach zusammengewachsen. Es roch würzig, und Vögel zwitscherten. Der sonnengesprenkelte Moosboden gab weich unter den Füßen nach.

Auf einmal sah sie es. Klein wie ein Kind, dunkel und pelzig, stand es hinter dem Baum und starrte sie an. Sie hatte keine Ahnung, was für ein Tier es war. Es stand auf zwei Beinen und hatte fast etwas Menschliches, bis auf den Pelz.

Plötzlich kletterte es wieselflink am Baum hoch und schien dabei immer kleiner zu werden. Es lag wohl an der Perspektive, aber Jenna dachte wirklich, das Pelztier schrumpfe zusehends. In zehn Metern Höhe hielt es inne und lugte herab. Dann stieß es sich ebenso plötzlich von dem Baumstamm ab, flog wie ein Eichhörnchen durch die Luft und landete zielsicher in der Baumkrone direkt über Jennas Kopf. Sie rannte Hals über Kopf wieder los.

Jedesmal wenn sie aufblickte, sah sie das Tier über ihr in den Bäumen mit ihr Schritt halten, und jedesmal bog sie in eine neue Richtung ab, bis sie sich so verlaufen hatte, daß sie nicht einmal mehr wußte, ob sie bergauf oder bergab lief.

Ratlos blieb sie stehen. Wieder war alles ruhig. Das Tier schien verschwunden zu sein, und sie wollte schon aufatmen, als sie es plötzlich ein Stück weiter vorn von Baum zu Baum hechten sah. Jetzt begann sie ernstlich zu verzweifeln. Was für eine Hoffnung hatte sie, zu entkommen, wenn das kleine Mistvieh offensichtlich soviel schneller war als sie? Es konnte ihr ja jederzeit von oben in den Nacken springen, sobald es der Verfolgungsjagd überdrüssig war.

Schweißüberströmt und mit zitternden Knien drehte sie sich um und lief in die Richtung zurück, aus der sie gekommen war. Ein umgestürzter Baumstamm versperrte ihr den Weg, und sie dachte, sie könnte ihn überspringen, doch sie hatte keine Kraft mehr, blieb mit der Schuhspitze hängen und fiel direkt aufs Gesicht, nicht einmal mehr fähig, sich rechtzeitig mit den Händen abzufangen.

Sie war wohl mit dem Kopf auf einem Stein aufgeschlagen, denn sie sah nur noch grelle Funken vor den Augen, und dann nichts mehr. Vielleicht war sie sogar kurz ohnmächtig geworden. Als sie sich endlich wieder aufzurappeln vermochte, fühlte sie sich fröstelig und zerschunden und benommen. Schmutzig und blutbeschmiert hockte sie auf dem feuchten Waldboden, völlig am Ende, und wäre am liebsten in Tränen ausgebrochen.

Da hörte sie Schritte näher kommen. Langsame, gemessene Schritte, wie von einem friedlichen Spaziergänger, so daß sie nicht gleich wieder von Panik ergriffen wurde. Ein Mann kam vorne auf dem Weg in Sicht und winkte ihr zu. »Alles in Ordnung mit Ihnen?« rief er. O Gott, endlich gerettet. Jemand hatte sie schreien hören und war gekommen, um ihr zu helfen. Er würde sie ins Hotel zurückbringen, und der Alptraum hätte ein Ende.

Er kam näher, hochgewachsen, schlank und dunkelhaarig, angenehme weiche Gesichtszüge, alterslos. »Alles in Ordnung?« fragte er noch einmal.

»Ein ... ein Tier hat mich verfolgt«, stammelte Jenna.

»Ein Bär?«

»Nein, es war kleiner, aber unheimlich schnell. Können Bärenjunge schnell rennen?«

»Manchmal schon«, meinte er.

Aber Jenna wußte, daß es kein Bärenjunges gewesen war, weil Bärenjunge nicht von Baum zu Baum springen. Der Mann half ihr auf die Beine, er roch eigenartig, ein bißchen nach nassem Hund. Seine Arme waren knabenhaft dünn, aber sehr stark, und seine Augen so schwarz, als bestünden sie nur aus riesigen Pupillen.

»Kommen Sie, ich begleite Sie ein Stück«, sagte er.

Als sie losgingen, hörte Jenna einen Hund in der Ferne anschlagen, ein wütendes, heiseres Gebell, wie von einem Wachhund, der jemanden stellt. Und so seltsam das Geräusch in dem stillen Wald klang, noch seltsamer war die Reakton ihres Begleiters. Er blieb stockstarr stehen, wandte den Kopf in die Richtung, aus der das Bellen kam, und schien witternd die Nase zu heben.

»Ist das Ihr Hund?« fragte Jenna. Er antwortete nicht.

»Alles in Ordnung?« versuchte sie es noch einmal.

Er drehte sich zu ihr um und starrte sie wortlos an. Sein schmaler Mund verzog sich zu einem schiefen Grinsen, das verfärbte, unebene Zähne entblößte. Er wirkte so groß neben ihr, so bedrohlich nah. Jenna schauderte. Der Mann nickte langsam, und sein Gesicht schien sich eigenartig zu verändern, flächiger und dunkler zu werden. Jenna war es, als trübte die Angst ihr die Sinne, und sie wich unwillkürlich einen Schritt zurück. Sie wollte sich ihre Furcht nicht anmerken lassen, aber sie wußte, er konnte sie wittern. Sie fror, sie schlotterte, sie schwitzte vor Angst. Sie wollte nicht sterben.

»Kommen Sie mit«, sagte er.

Seine Stimme klang so vertraut, und doch seltsam. Er streckte seine Hand mit den langen Fingern nach ihr aus, und die Finger erschienen ihr wie Klauen. Fast hätte sie aufgeschrien. Ihr graute vor dem Mann, sie wollte seine Hilfe nicht. Egal, ob er Mensch oder Monster war, egal, ob sie sich das alles nur einbildete, sie wollte nur noch weg von ihm, weg von hier, nach Hause.

Aber sie war starr vor Angst. Er trat einen Schritt auf sie zu, seine Teufelsaugen bohrten sich in die ihren, doch sie blieb wie angewurzelt stehen. Irgend etwas hielt sie in Bann, sie konnte sich nicht vom Fleck rühren. Der Mann faßte sie am Arm, und Jenna kniff die Augen zu und fing vor Hilflosigkeit an zu weinen. Sie stand wie gelähmt da, unerklärlich gefangen, umgeben von seinem Tiergestank.

Doch in dem Moment, als sie glaubte sterben zu müssen, zögerte er. Das Bellen hatte wieder begonnen, und als sie die Augen öffnete, sah sie ihn mit dieser merkwürdig witternden Kopfhaltung in Richtung Hund lauschen. Plötzlich spürte sie, daß sie die Glieder wieder rühren konnte. Das war ihre Chance. Sie rannte blitzschnell los, auf das Gebell zu. Wo ein Hund war, gab es auch ein Haus, sagte sie sich, und in dem Haus eine Waffe. Sie hörte den Unhold hinter sich herkommen, und sie rannte schneller als je zuvor in ihrem Leben. Auf keinen Fall würde sie sich von einem Verrückten im Wald umbringen lassen. Alles, nur das nicht. Sie schlängelte sich durch die Bäume, schlug Haken, sprang über querliegende Stämme, duckte sich unter Ästen durch. Und als sie vor Erschöpfung zusammenzubrechen meinte, biß sie die Zähne zusammen und legte noch an Tempo zu.

Weiter vorne lichtete sich der Wald. Der Hund bellte unentwegt, als wollte er sie zum Durchhalten ermutigen.

Der merkwürdige Verfolger hetzte immer noch hinter ihr her, holte aber nicht auf. Endlich erreichte sie den Waldrand. Sie brach durch die letzten Zweige und lief auf die Lichtung hinaus. Schweifwedelnd kam der Hund auf sie zugesprungen, während sie sich, am Ende ihrer Kräfte, ins Gras fallen ließ. Immer weiter bellend, stand er über ihr, reckte die geifergefleckte Schnauze drohend zum Wald hin. Der Verrückte schien sich nicht auf die Lichtung hinauszutrauen. Sie war in Sicherheit. Das Blut pochte ihr an den Schläfen, sie war klitschnaß und bekam kaum noch Luft. Alles flimmerte und drehte sich um sie. Das letzte, was sie sah, ehe ihr die Sinne schwanden, war ein Hund, ein wunderschöner großer Hund, der den Wald anbellte.

Ein kühler Luftzug strich über das hohe Gras. Als Jenna wieder zu sich kam, fühlte sie sich schon viel besser, abgesehen davon, daß ihre Beine voller blutiger Kratzer waren, daß sie hämmernde Kopfschmerzen hatte und vor Durst kaum noch schlucken konnte. Sie drehte sich auf den Rücken und bekam einen Schreck, als sie über sich die große, schwarze Hundeschnauze sah. Jenna setzte sich auf, blickte sich um. Sie hatte erwartet, irgendwo am Stadtrand gelandet zu sein, aber hier gab es keinerlei Anzeichen einer menschlichen Behausung.

Nur eine Wiese mitten im Nirgendwo. Offenbar war sie auf der entgegengesetzten Seite der Stadt von dem bewaldeten Hügel herabgekommen. Aber was war dort im Wald nun eigentlich passiert? Irgendein Kerl hatte ihr Angst eingejagt, und sie war in heller Panik geflohen. Jetzt bereute sie ihre überstürzte Reaktion fast schon wieder. Warum war sie bloß dermaßen ausgeflippt? Der Mann war vielleicht nur ein armer, einsamer Waldschrat, der versucht hatte, ihr zu helfen, und sie war so taktlos gewesen, einfach vor ihm davonzulaufen. Sicher hatte sie ihn schrecklich gekränkt. Unfaßbar, daß sie so hysterisch sein konnte.

Sie stand auf und ging langsam weiter in die Richtung, die von dem Wald wegführte. Der Hund schloß sich ihr an. Er wirkte reichlich verwahrlost, ein magerer Schäferhund mit struppigem, verfilztem Fell und eingerissenem Ohr. Offenbar ein streunender Köter, aber gutartig und zutraulich. Zusammen liefen sie durch das hohe Gras, bis sie an einen kleinen Wildbach kamen.

Jenna blickte in das klare, murmelnde Wasser und wagte es kaum, ihrem Glück zu trauen. Welch ein Gottesgeschenk!

Hastig schlüpfte sie aus Schuhen und Strümpfen und stieg in das kühle Naß. Die Steine unter ihren Füßen waren rundgeschliffen und glitschig. Sie kniete sich hin, trank gierig, benetzte sich Gesicht und Hals. Dann watete sie auf die andere Seite, zog die Schuhe wieder an und setzte ihren ungewissen Weg fort, den Hund immer auf den Fersen.

Schließlich gelangte sie an ein verwittertes Pferdegatter. Der Hund robbte darunter durch, sie kletterte hinüber. Der Zaun grenzte an eine Baumreihe, und nach wenigen Schritten stellte Jenna fest, daß sie einen Friedhof vor sich hatte.

Von leiser Befangenheit ergriffen, blieb sie stehen. Hier also lag ihre Großmutter begraben. Jenna war nicht bei der Beerdigung gewesen, denn ihre Mutter hatte sie dafür nicht extra aus der Schule nehmen wollen, zumal es von New York aus so eine lange Reise nach Wrangell war.

Aber jetzt wollte sie den Grabstein ihrer Großmutter sehen. Sie wußte, daß er neben einem Grabstein mit einem eingemeißelten Lamm stand, wo zwei von Grandmas elf Kindern begraben waren. Jennas Mutter hatte beide Steine nach Grandmas Tod anfertigen lassen. Der

Friedhof war nicht groß, und bald hatte Jenna den Grabstein mit dem Lamm gefunden.

Was mußte es wohl für ihre Großmutter bedeutet haben, sann sie vor sich hin, als Indianerin mit einem Weißen verheiratet zu sein? Ein Mann, der ihr immer versprochen hatte, sie aus diesem gottverlassenen Fischerdorf wegzubringen, und es doch nie getan hatte. So hatte sie denn Jahr um Jahr in dem Holzhaus an der Küste gelebt und ihre vielen Kinder aufgezogen. Nicht auszudenken, was für eine Kraft, was für ein seelisches Format diese Frau besessen haben mußte, um hier am Rande der Zivilisation eine so große Familie zu versorgen. Jenna schüttelte den Kopf. Sie selbst hatte es ja nicht mal fertiggebracht, *ein* Kind großzuziehen.

Vom Wegrand her tönte ein kurzes, fragendes Blaffen herüber. Vielleicht spürte der Hund die Atmosphäre des Ortes und scheute sich, über die Gräber zu laufen? Der Friedhof grenzte an die Straße, die in die Stadt zurückführte. Als Jenna den Weg zum Hotel einschlug, blieb der Hund dicht an ihrer Seite. Sie hatte keine Ahnung, was sie mit ihm machen sollte. Sie konnte ihn doch unmöglich behalten, wahrscheinlich gehörte er ja auch irgendwem. Aber wenn sie erst in der Stadt waren, würde sich wohl jemand finden, der ihn nach Haus brachte. Im Augenblick ging es ihr nur darum, endlich wieder unter Menschen zu sein, wo sie sich in Sicherheit fühlen konnte.

Hoppla, jetzt komm ich! Den Spruch hätte Sam sich zum Motto nehmen können, nur drückte er sich gerne kernig aus: »Aus dem Weg, ihr Idioten, sonst mach ich euch platt«, oder so in dem Stil, und dazu hakte er dann lässig den Daumen unter das Holster mit der Polizeipistole, das er stets umgeschnallt trug.

Sam überflog noch einmal die Vermerke auf der Kundenkarteikarte für Robert Rosen, während er darauf wartete, daß sein Anruf zur Kreditzentrale durchgestellt wurde. Gut betucht schien dieser Typ ja zu sein, und zwei satte Tagessätze würden bei dem Job allemal herausspringen. Sam wunderte sich immer wieder, was die Leute freiwillig an Informationen über sich preisgaben. Mit den Daten auf dieser Kundenkarte konnte er alles über die Rosens herausfinden, aber so etwas Skrupelloses würde er niemals tun. Eine Detektei arbeitet schließlich auf Vertrauensbasis, und das kommt den Kunden teuer genug zu stehen.

»Mr. Rosen?« meldete sich eine Frau am anderen Ende. »Was kann ich für Sie tun?«

Sam grinste in sich hinein und versuchte so zu klingen, wie er sich Mr. Rosen vorstellte.

»Ja, also meine Frau vermißt seit ein paar Tagen ihre Kreditkarte, und da wollte ich mal fragen, was letzthin so abgebucht worden ist, um sicherzugehen, daß niemand anders damit unterwegs ist.«

»Gut, Sir, dann bräuchte ich noch Ihre Kontonummer.«

Er las sie von dem Zettel ab, der vor ihm lag.

»Danke, einen Moment, ich seh gleich nach.«

Sam lehnte sich behaglich in seinem Bürostuhl zurück. Hundert Mäuse in der Stunde, nur um ein bißchen herumzutelefonieren. Was für ein Witz. Neunzig Prozent seiner sogenannten Fälle ließen sich mühelos vom Schreibtisch aus erledigen. Den ganzen Vormittag hatte er in Reiseprospekten von Griechenland geschmökert. Irgendwie suchte ihn in letzter Zeit mal wieder das Fernweh heim.

»Mr. Rosen, ich habe hier die fraglichen Posten für Sie. Drei Abbuchungen aus Bellingham, Washington… hm, das ist aber merkwürdig.«

»Was?« Sam machte flüchtige Notizen.

»Die letzten zwei Abbuchungen sind für den Alaska State Marine Highway, beide am selben Tag getätigt, und beide belaufen sich auf zweihundertfünfzig Dollar und sechsundfünfzig Cent.«

»Tja, meine Frau hat am Sonntag ein Ticket für die Fähre nach Alaska gekauft, aber nur eins, soweit ich weiß. Es sei denn…«

»Möchten Sie überprüfen lassen, ob es sich um eine versehentliche Doppelbuchung handelt?«

»Ich weiß nicht, kommt so was denn öfters vor?«

»Aber sicher, Mr. Rosen, das passiert andauernd, da würde ich mir an Ihrer Stelle erst mal keine Sorgen machen.«

»Na gut, wenn Sie das überprüfen könnten, wäre ich Ihnen natürlich sehr dankbar.«

Sam legte auf und dachte einen Moment nach. Der Wagen war auch in Bellingham gefunden worden. Da paßte die Sache mit dem Fährenticket ja genau ins Bild. Er wählte eine Nummer.

Wenn die Leute nur wüßten, wieviel sie mit ein paar simplen Anrufen selber herauskriegen könnten, wäre er längst arbeitslos. Aber die Leute *wollen* eben nichts selber machen. Seine Auftraggeber waren es gewohnt, daß andere ihnen die Dreckarbeit abnahmen. Fanden es obendrein noch schick, einen Detektiv zu engagieren. Dieser Rosen hatte Sam sogar ein spezielles Paßwort gegeben, mit dem er ihn aus jedem Meeting holen konnte.

Diesmal meldete sich am anderen Ende eine joviale Männerstimme.

»Ich hätte gerne eine Auskunft«, begann Sam. »Wenn ich in Bellingham ein Fährenticket kaufe, wie weit komme ich dann mit zweihundertfünfzig Dollar?«

»Also, die einfache Fahrt nach Skagway kostet zweihundertsechsundvierzig Dollar, plus Mehrwertsteuer natürlich. Wenn Sie für das Geld aber eine Rückfahrkarte wollen, dann würden Sie nur bis Prince Rupert kommen, was ja noch in Kanada liegt.«

»Und wie lange dauert die Reise bis nach Skagway?«

»Fünf Tage.«

»Und wenn ich vorher aussteige?«

»Wenn Sie zwischendurch von Bord gehen und die Reise später fortsetzen wollen, müßten Sie den entsprechenden Betrag nachzahlen. Sagen wir, Sie haben ein Ticket nach Skagway gelöst und steigen aber schon in Sitka aus, dann kostet Sie das zusätzlich …«

»Ja, ja, schon kapiert. Danke.«

Sam knallte den Hörer auf. Mist, sie konnte also überall aussteigen. Da half nur noch warten, bis weitere Abbuchungen von der Kreditkarte auftauchten. Sie schien ja keine Hemmungen zu haben, das Ding zu benutzen. Kam wohl nicht auf die Idee, daß jemand ihre Spur verfolgte. Aber warum *zwei* Tickets? Offenbar war sie mit ihrem Liebhaber nach Alaska gefahren. Wie romantisch. Als nächstes rief er Robert an.

»Hallo, hier ist die Trattoria Grotta Azzura. Verbinden Sie mich bitte mit Mr. Robert Rosen.«

Eine verdatterte Dame am anderen Ende. »Grotta Az… einen Moment.«

Was zum Teufel war diese Grotta Azzura? Wie kamen die Leute nur auf solchen Quatsch?

Robert meldete sich, ganz außer Atem. »Haben Sie sie gefunden?«

»Noch nicht, aber ich habe eine Spur. Kennt sie jemanden in Alaska?«

»In Alaska? Ja. Sie hat mich heut morgen angerufen.«

»Was? Wieso haben Sie mir nicht gleich Bescheid gegeben?«

»Ich hatte zu tun.«

»Okay. Vielleicht könnten Sie mir mitteilen, was sie gesagt hat.«

»Sie hat gesagt, daß ich keine Fragen stellen darf, daß sie nicht weiß, wann sie wiederkommt, und daß ich ihre Telefonnummer nicht kriege. Übrigens, ihre Familie stammt aus Alaska.«

Sam grunzte. »Danke für den Hinweis.«

»Wie kommen Sie denn plötzlich auf Alaska?«

»Sie hat am Sonntag ein Fährenticket gekauft.«

»Na, dann ist ja wohl alles in Ordnung. Sie wird einfach zu ihrer Kusine gefahren sein, nehme ich an.«

»So?« Sam legte eine dramatische Pause ein, ehe er die Bombe platzen ließ. »Und warum hat sie dann *zwei* Tickets gekauft?«

Sam konnte Robert am anderen Ende schlucken hören.

»Zwei«?

»Jawohl, zwei. Hören Sie, Mr. Rosen, bei jeder Ermittlung kommt mal der Moment, wo der Kunde sich die Frage stellen muß, wieviel will ich wirklich wissen?«

»Also, sie schläft mit keinem anderen. Das wüßte ich.«

»Mr. Rosen, ich kann in einer Stunde in Bellingham sein und herausfinden, wer was gesehen hat. Wenn wir ihre Spur bis zu einem Ort in Alaska verfolgen können, kann ich einen Mann dorthin schicken, und mit etwas Glück haben wir am Tag drauf schon die Fotos. Die Frage ist nur, *wieviel wollen Sie wirklich wissen?*

Schweigen am anderen Ende. So lief es meistens. Die Typen waren ja so überzeugt, alles im Griff zu haben. Erlaubten sich selber weiß Gott was und wunderten sich dann, wenn die Frau den Spieß umdrehte.

»Hören Sie, Mr. Rosen, ich warte auch gern, bis Sie sich in Ruhe überlegt haben, was Sie wollen. Sie können mich jederzeit zurückrufen. Wir starten erst, wenn Sie los sagen.«

»Los.«

Das ging ja schnell.

»Los? Sind Sie sicher?«

»Ich sagte, los. Machen Sie, daß Sie nach Bellingham kommen.«

Sam wählte noch eine Nummer, bevor er das Büro verließ. Er erreichte nur den Anrufbeantworter.

»Wach auf und pack deinen Koffer, Mann. Es geht ab in die Wildnis, und wenn alles hinhaut, sitzt du heute abend schon auf der Fähre nach Alaska.«

Jenna war etwas verwundert, daß sie so früh aufgewacht war. Es war erst halb sieben, aber schon hell, und von draußen auf der Straße drang irgendein Lärm, Stimmengemurmel und Gepolter, herein. Earl und ein Mann in Polizeiuniform räumten ein paar umgekippte Mülltonnen auf, stopften den verstreuten Abfall in Plastiksäcke. Zwischendurch fuchtelte Earl immer wieder mit aufgebrachten Gesten zu Jennas Fenster hin. Dann sah Jenna plötzlich ihren Freund, den Hund, mit einem Strick an die Stoßstange des Polizeiautos angebunden. Der Hund stand mit hängendem Kopf da und sah aus wie ein armer Sünder.

Jenna fuhr schnell in die Kleider und rannte nach unten. Als sie aus der Tür trat, drehten Earl und der Sheriff sich mit säuerlichen Mienen zu ihr um.

»Was ist passiert?« fragte Jenna.

Earl und der Sheriff wechselten einen Blick.

»Der Köter hat heute nacht die ganzen Mülltonnen verwüstet, eine Sauerei ist das«, knurrte Earl. »Hier, sehen Sie mal, wie der die Tonnen zugerichtet hat, die Bißspuren, das ist doch eine reißende Bestie!«

Jenna ging auf den Hund zu, der sie schweifwedelnd begrüßte und vor freudigem Eifer auf der Stelle tänzelte. Sie beugte sich hinab und streichelte ihn; er leckte ihr übers Gesicht.

»Na, du Dummer, was hast du denn angestellt?« murmelte sie zärtlich.

Der Sheriff trat neben sie. »Ist das Ihrer?«

Sie schüttelte den Kopf. »Nein. Er ist mir gestern im Wald zugelaufen.«

»Sag ich doch«, raunzte Earl, »bestimmt eine Promenadenmischung aus Wolf und Schäferhund, die sind gefährlich, die reinsten Killer. Das Vieh gehört abgeknallt.«

»Also, jetzt machen Sie mal einen Punkt«, entgegnete Jenna. »Er hat doch bloß ein paar Mülltonnen durchstöbert, weiter nichts.«

»Weiter nichts?« Earl starrte Jenna sprachlos vor Empörung an, dann bückte er sich wieder über seinen Müll.

»Wenn der Hund keinem gehört und eine Gefahr darstellt, dann muß er beseitigt werden.« Der Sheriff beugte sich vor und tätschelte dem Hund den Kopf. »Schade, so ein hübsches Tier.«

»Aber, Sheriff, haben Sie denn hier kein Tierheim? Vielleicht meldet sich sein Besitzer ja noch.«

»Tut mir leid, Madam, so etwas gibt es hier nicht.«

Jenna sah dem Hund in die Augen. Sicher hatte er das mit den Mülltonnen nicht absichtlich gemacht. Er war doch so friedlich, und gestern hatte er sie aus höchster Not gerettet. Earl moserte beim Herumräumen immer noch vor sich hin.

»Und wenn ich ihn nun adoptiere«, wandte Jenna sich wieder an den Sheriff, »dann müssen Sie ihn doch nicht töten lassen, oder?«

Der Sheriff nickte. »Dann nicht. Aber der Besitzer muß für den Schaden aufkommen. In dem Fall also Sie.«

Die Entscheidung fiel Jenna nicht schwer. Alles, was dieser Hund brauchte, war ein gründliches Bad und ein bißchen liebevolle Zuwendung. Vielleicht war sein Besitzer gestorben oder aus der Stadt weggezogen, und seitdem streunte das arme Tier herum und mußte zusehen, wo es etwas zu fressen ergatterte. Unter ihrer Obhut, sagte sich Jenna, würde er sicher so zahm und häuslich werden, daß sie ihn dann problemlos in irgendeiner netten Familie unterbringen könnte, wenn sie wieder heimfuhr.

»Gut, ich zahle.«

Earl fuhr erbost auf. »Was soll das heißen, Sie zahlen? So einfach geht das nicht! Das Vieh ist gemeingefährlich!«

»Reden Sie keinen Unsin. Der Hund hatte nur Hunger.«

»Aber… aber… was der da mit meinen Tonnen…« Earl verschlug es vor Wut die Sprache.

Der Sheriff band den Strick von seiner Stoßstange los und gab ihn Jenna in die Hand.

»Bitte, da haben Sie ihn. Aber Sie müssen ihn an der Leine halten. Die gibt's drüben im Laden.«

Jenna drehte sich zu Earl um. »Setzen Sie den Betrag für die neuen Mülltonnen auf meine Rechnung, und von mir aus auch, was Sie sonst noch als Aufwandsentschädigung für angemessen halten.«

Sie faßte den Strick kürzer und schickte sich an, den Hund ins Hotel mitzunehmen.

»He, junge Frau, wo wollen Sie denn hin?« ließ Earl sich aalglatt hinter ihr vernehmen.

»In mein Zimmer.«

»Tja, ich muß Sie leider darauf hinweisen, daß in unserem Haus striktes Hundeverbot herrscht. Und das gilt ganz besonders für räudige Streuner.«

Jenna warf dem Sheriff einen hilfesuchenden Blick zu, doch der zuckte bedauernd die Schultern.

»Also, Earl«, begann er, »von dem Verbot hab ich aber noch nie…«

»Sheriff«, unterbrach ihn Earl, »das hier ist ein anständiges Hotel, und wir sind verpflichtet, unsere Gäste vor herumstreunenden Hunden zu schützen, die obendrein noch die ganze Nacht bellen, wie dieser Köter hier gestern.«

Keine Frage, Earl hatte beschlossen, Jenna hinauszuwerfen. Und Jenna hatte wirklich keine Lust, noch lange mit ihm herumzustreiten.

»Wenn ich ihn hier kurz am Geländer festbinden kann, dann gehe ich sofort hinauf, packe meine Sachen, zahle die Rechnung und suche mir eine andere Bleibe.«

»Nein«, sagte Earl mit einem gehässigen Grinsen.

»Nein? Wie soll ich denn dann meine Sachen holen?«

»Sie können Ihre Sachen holen, aber Sie können den Hund da nicht anbinden.«

Wieder warf Jenna dem Sheriff einen beschwörenden Blick zu, dem Irrsinn irgendwie ein Ende zu setzen.

Der Sheriff seufzte. »Nun komm schon, Earl. Du hast die Dame schon rausgeschmissen, und den Schaden ersetzt sie dir auch, also laß es doch gut sein.«

»Nein«, knurrte Earl stur und bückte sich wieder über seinen Müll.

Jenna schaute den Sheriff ratlos an. Er nahm ihr den Strick ab und führte den Hund zu seinem Wagen.

»Wissen Sie was, ich sperre ihn so lange bei uns in eine Zelle, und Sie holen ihn dann, wenn Sie fertig sind.«

»Danke, Sheriff.«

Er nickte ihr zu und fuhr davon. Jenna ging packen.

Nachdem Jenna das Lösegeld für den Hund bezahlt hatte, schaute sie in dem Laden vorbei, um ihm eine Leine und ein Halsband auszusuchen. Und einen Namen brauchte er auch. Sie überlegte hin und her, und entschied sich schließlich für Oscar, nach dem Oscar aus der Sesamstraße, der in der Mülltonne wohnt.

An der Kasse fragte sie den wie immer verpennt dreinschauenden Gepiercten, ob er nicht eine Übernachtungsmöglichkeit für sie wüßte, wo Hunde zugelassen seien. Er verfiel in tiefes Grübeln und fragte schließlich: »Im Stikine Inn ist es verboten?«

Jenna erzählte ihm, daß Earl sie hinausgeworfen hatte.

»Hm, sonst gibt's eigentlich nur noch das Sunrise Motel, stadtauswärts am Highway, Richtung Flughafen.«

Jenna dankte ihm und wandte sich gerade zum Gehen, als eine ältere Frau aus dem Hinterzimmer kam. Offensichtlich die Mutter des Gepiercten, auch wenn sie selbst nirgendwo durchstochen war, nicht einmal Ohrringe trug. Er fragte sie sofort, ob sie nicht eine Unterkunft für jemand mit Hund wüßte, und nun war es an ihr, lange und angestrengt nachzudenken.

»Wissen Sie«, sagte sie zu Jenna, »im Sunrise wären Sie nicht so gut aufgehoben. Es ist... na ja, nicht ganz das Richtige für eine Dame.« Sie überlegte noch eine Weile. »Gehen Sie doch mal die Hafenstraße lang, bis Sie an ein Haus mit blauen Fensterrahmen kommen. Da wohnt ein gewisser Ed Fleming, und ich glaube, der hat ein Zimmer zu vermieten. Gegen Hunde hat er auch nichts. Fragen Sie da lieber erst einmal nach, bevor Sie ins Sunrise gehen.«

»Danke für den Tip, das ist wirklich nett von Ihnen.«

Das Haus mit den blauen Fensterläden war das zwölfte Haus auf der rechten Straßenseite. Das Haus von Jennas Großmutter war das elfte.

Jenna klopfte an die Tür, und nach einer Minute öffnete ihr ein junger, strubbeliger Mann, etwa um die Dreißig, mit halblangem, sandfarbenem Haar, Dreitagebart und leuchtendblauen Augen. Er trug kein Hemd, und sein Oberkörper wirkte sehnig, fast hager. Sein linker Arm lag in einer Verbandschlinge, fest über dem Magen angewinkelt.

Er strahlte Jenna erwartungsvoll an, als wäre er auf ein bekanntes Gesicht gefaßt gewesen.

»Entschuldigung«, sagte er, »ich dachte, Sie wären Field.«

»Field?« fragte Jenna.

»Ja, ein Freund von mir. Er wollte mir helfen, den verstopften Ausguß am Spülbecken zu beheben, da ich mich zur Zeit etwas schwertue mit nur einem Arm.«

Jenna lächelte. »Sind Sie Ed?«

»Jawohl, ich bin Eddie. Und wo ist Ihr Hund?«

Jenna war baff. Woher wußte er denn das? »Sie haben eine Leine in der Hand. Leider passiert es immer wieder, daß Hunde direkt vor meinem Haus überfahren werden, wenn so ein Irrer wie Gilly Woods mit seinem Pick-up um die Kurve gerast kommt. An Ihrer Stelle würde ich den Hund in der Stadt lieber nicht von der Leine lassen. Es ist schrecklich, so ein Tier sinnlos sterben zu sehen.«

Eddie drehte sich um und ging ins Haus zurück, ohne Jenna zum Eintreten aufzufordern. Sie folgte ihm zögernd, während er auf dem Weg zur Küche unbekümmert weiterplauderte.

»Gilly macht es ja nicht absichtlich, er schluckt nur zuviel Jägermeister, wissen Sie? Das Zeug führt mit der Zeit zu Gehirnerweichung. Da verwechselt er die Hafenstrecke dann gern mit der Rennbahn in Indianapolis.«

Eddie ging vor dem Spülbecken in die Knie und begann mit seinem gesunden Arm, an dem Syphon herumzuschrauben.

»Mein Hund läuft nicht frei herum«, erklärte Jenna. »Der Sheriff hat ihn für mich in Verwahrung genommen.«

»Um so besser, da passiert ihm wenigstens nichts.« Eddie stand auf und wandte sich zu Jenna um. »Entschuldigen Sie den ungastlichen Empfang. Aber diese Spüle raubt mir noch den letzten Nerv, und Field läßt mich wieder einmal hängen.«

Jenna trat unsicher von einem Fuß auf den anderen.

»Ähm… die Frau im Laden drüben hat gemeint, Sie würden Zimmer vermieten und hätten nichts gegen Hunde.«

»Zimmer *vermieten*?« Eddie kratzte sich am Kopf. »Also, ein Zimmer hätte ich schon frei, und im Sommer laß ich da meistens jemanden wohnen, aber…«

Jenna begriff, daß die Frau im Laden es wahrscheinlich zu gut gemeint hatte.

»Ach so, entschuldigen Sie«, sagte sie schnell. »Ich hatte gedacht…«

»Haben Sie's schon im Stikine Inn probiert?«

»Da haben sie mich hinausgeschmissen.«

»Und ins Sunrise möchten Sie wohl nicht so gern.«

»Doch, doch, es war nur, weil die Frau im Laden meinte…«

»Sie können ruhig hierbleiben. Ich mag Hunde.«

»Ich will Ihnen aber keine Ungelegenheiten machen. Ich dachte, Sie hätten eine Art Pension oder so…«

»Nein, nein, das macht nichts. Wie heißen Sie denn?«

»Jenna… Ellis.«

Sie hatte keine Ahnung, wieso sie plötzlich den Mädchennamen ihrer Mutter benutzte. Nein, das stimmte nicht ganz. Sie wollte sehen, wie Eddie reagieren würde. Sie wußte nicht, ob er ihre Großmutter noch gekannt hatte oder neu in Wrangell war, sie war nur gespannt, ob der Name etwas sagte.

»Jenna Ellis?« Er musterte sie aufmerksam. »Die alte Dame, die früher hier nebenan gewohnt hat, hieß auch Ellis.«

»Das war meine Großmutter.«

»*Ihre* Großmutter?«

Eddie starrte Jenna einen Moment lang wortlos in die Augen, wie um herauszufinden, ob sie die Wahrheit sagte.

»Also gut, Miss Ellis«, lächelte er schließlich. »Ich nehme zwar keine Untermieter, sondern nur gelegentlich einmal einen Mitbewohner auf, weil ich mehr Platz habe, als ich für mich allein brauche; aber da Sie hier in

Wrangell kaum etwas anderes mehr finden werden, sollen Sie mir willkommen sein. Also holen Sie Ihren Hund beim Sheriff ab, und ziehen Sie in mein Gästezimmer. Wenn es Ihnen nichts ausmacht, könnten Sie mir dafür vielleicht ein bißchen im Haushalt helfen, ansonsten ist das Zimmer gratis.«

»Ich weiß nicht, ob ich das annehmen kann...«

»Warum nicht?«

»Wissen Sie«, fuhr er fort, »mein Vater hat bei Ihrer Großmutter immer die Klempnerarbeiten gemacht.«

Unter normalen Bedingungen hätte Jenna es bei weitem vorgezogen, ganz unverfänglich in einem Motel zu wohnen, statt aufs Geratewohl bei einem Fremden unterzukriechen. Aber sie hatte die letzten vier Tage doch ziemlich allein verbracht, und langsam sehnte sie sich nach etwas Gesellschaft. Seufzend setzte sie ihren Rucksack auf einem Stuhl ab.

»Also gut. Wenn es Ihnen wirklich recht ist... Aber irgendwas zahlen muß ich Ihnen auf jeden Fall.«

Er zuckte die Schultern. »Von mir aus. Was Sie wollen.«

Jenna machte sich auf den Weg, um Oscar abzuholen, und mußte auf einmal lachen, während sie die Hafenstraße entlangging. Unglaublich, wie sehr sich ihr Leben nach nur zwei Tagen in Alaska schon gewandelt hatte!

Als Jenna mit Oscar zurückkehrte, war Eddie gerade damit beschäftigt, etwa ein Dutzend Einkaufstüten auszupacken. Unter der Spüle ragten zwei Beine in Bluejeans hervor. Oscar zog ungestüm an der Leine, und kaum hatte Jenna ihn losgelassen, lief er schweifwedelnd auf Eddie zu und leckte ihm die Hand.

»Na, jetzt bin ich aber platt«, sagte Eddie.

»Wieso?«

»Er ist ja ein netter Kerl, aber so einen großen Hund hätte ich Ihnen irgendwie nicht zugetraut.«

»Was für ein Exemplar hatten Sie denn erwartet?«

»Ich weiß nicht, kleiner eben, properer, was Reinrassiges jedenfalls.«

Jenna lachte. »Tja, ich hatte nicht viel Auswahl. Der hier war der einzige, der herrenlos im Wald herumlief.«

»Sie haben ihn im Wald gefunden? Wo denn?«

»Eigentlich hat er mich gefunden. Am Mount Dewey.«

»Ein Wildhund«, tönte es gedämpft unter der Spüle hervor.

Eddie hockte sich hin und kraulte Oscars Nackenfell. Oscar schleckte ihm quer übers Gesicht.

»Also, wild kommt der mir aber nicht vor, Field, im Gegenteil, der Bursche ist ja richtig verschmust.«

Jenna zeigte auf die Spüle. »Das ist Field?«

»Allerdings. Der säumige Field. Ich habe ihn angerufen und gedroht, ihn selbst mit meinem Arm in der Schlinge bis hierher zu prügeln, wenn er nicht sofort die

Spüle reparieren kommt, jetzt, wo ich Gäste im Haus habe. Und um sich die öffentliche Schande zu ersparen, ist er dann auch gleich angerückt.«

»Ich hab keine Angst vor dir, Fleming«, meldete die Stimme sich wieder.

Field kam grinsend unter der Spüle hervor und klopfte sich den Staub vom Hosenboden. Er war ein älterer Mann, untersetzt und wettergegerbt, mit krausen weißen Haaren. Freundschaftlich legte er Eddie den Arm um die Schulter.

»So, mein Bester, deine Spüle ist wie neu.«

Dann musterte er Jenna augenzwinkernd von Kopf bis Fuß.

»Ich weiß nicht, was du hast, Eddie. So zimperlich sieht sie doch gar nicht aus.«

Eddie wurde rot und versetzte Field einen Ellbogenstoß.

»Das hab ich auch nie gesagt, du alter Mistkerl.« Verlegen wandte er sich an Jenna. »Er will mich nur vor Ihnen bloßstellen.«

Field packte Jenna am Arm und drückte fest zu.

»Ganz hübsch kräftig, die Dame. Die kann schon was aushalten.«

»Kümmern Sie sich nicht um ihn«, rief Eddie über die Schulter, während er Field zur Tür bugsierte. »Er ist halt ein alter Schluckspecht, der nicht mehr weiß, was er redet. Kommt sich maßlos charmant vor, auch wenn er sich nur mal wieder völlig danebenbenimmt.«

Eddie versuchte, ihn hinauszuschubsen, aber Field hielt sich am Türrahmen fest, und beide prusteten wie Halbstarke, die sich vor der holden Weiblichkeit produzieren müssen.

»Wenn er Ihnen zu dicht auf die Pelle rückt, dann rufen Sie mich einfach an, und ich komm her und knöpf ihn mir vor, den Lauser. Alles klar, junges Fräulein?«

»Alles klar«, rief Jenna, just als Eddie den Alten mit Brachialgewalt hinausschob und die Tür hinter ihm zuschlug.

Eddie drehte sich kopfschüttelnd zu Jenna um. Sie lachten.

»Tut mir leid. Er denkt immer, er muß sich wie im Western aufführen.«

»Ach, das macht doch nichts.«

Sie standen sich einen Moment lang befangen gegenüber. Eddie hatte irgend etwas an sich, das Jenna eigenartig rührte. Vielleicht seine Jungenhaftigkeit. Wie er da mit seinem strahlenden Lächeln stand, mit diesen fast zu blauen Augen, diesem verbundenen Arm, in Schlabberjeans und T-Shirt. Unwillkürlich versuchte Jenna, sich Robert in diesem Aufzug vorzustellen, aber das paßte einfach nicht. Robert konnte keine Jeans so tief auf den Hüften tragen. Wenn überhaupt, trug er gutsitzende, gleichmäßig ausgebleichte Designerjeans, aber so verbeulte, zerschlissene alte Dinger, wie Eddie sie anhatte – undenkbar.

Eddie langte hinunter und löste Oscars Leine. Zum ersten Mal bemerkte Jenna seine Hände. Sie waren nicht sehr groß, aber wohlgeformt, kraftvoll und ein bißchen schwielig, gut proportioniert. Verläßliche, zupackende Hände, auch wenn die eine nutzlos aus der Schlinge baumelte.

»Ist er stubenrein?« fragte Eddie.

Jenna zuckte die Schultern. »Keine Ahnung.«

»Dann lassen wir ihn zur Sicherheit erst einmal draußen auf der Veranda schlafen, was meinen Sie?«

»Das wird ihm schon nichts ausmachen.«

»Sie sollten ihn vielleicht auch mal baden. Er riecht ziemlich… streng, würd ich sagen? Kommen Sie, ich zeige Ihnen Ihr Zimmer.«

Eddie führte sie in das erste Zimmer, das vom Flur abging. Es war klein, mit einem Doppelbett, einem Nachttisch und einer Kommode möbliert. Jenna warf ihren Rucksack auf das Bett und trat ans Fenster. Es blickte auf das Haus ihrer Großmutter hinaus. Sie fragte sich, ob es dort spukte, und wenn ja, ob das Gespenst wohl auf die Idee käme, ihr in Eddies Haus nachzustellen. Kaum anzunehmen.

»Gemütlich«, sagte sie.

Eddie nickte und klopfte mit seinem heilen Arm auf das Fußende.

»Es hat eine gute Matratze, wie allgemein gesagt wird.«

Wieder befangenes Schweigen zwischen ihnen. Dann tauchte Oscar in der Tür auf. Dankbar ergriff Jenna die Gelegenheit.

»Hey, Oscar, wie wär's mit einem Bad?«

Auch Eddie schien erleichtert zu sein. Er führte Jenna und Oscar zu einem Wasserhahn im Garten, gab ihr ein Stück Seife und ein paar alte Handtücher und überließ sie ihrer Säuberungsaktion.

Als sie fertig waren, ließ sich nicht mehr erkennen, wer wen gebadet hatte, so pitschnaß wie sie beide dastanden. Nur brauchte Oscar sich lediglich zu schütteln, während Jenna sich völlig umziehen mußte.

Nachdem sie in ihr neues Kleid geschlüpft war (das ihr so unnötig erschien, als sie es kaufte), präsentierte sie sich und Oscar frisch und sauber bei Eddie in der Küche.

»Wow«, sagte er mit hochgezogenen Brauen. »Ihr beide seht ja schon viel besser aus.«

Jenna lächelte. »Kann ich irgend etwas tun?«

»Sie können sich schon mal ins Wohnzimmer setzen. Ich komme gleich nach.«

Jenna tat, wie ihr geheißen, und setzte sich auf die Couch, mit Ausblick auf die Straße. Von hier aus konnte sie wieder die Insel am Horizont sehen, die ihr schon aufgefallen war, als sie das Haus ihrer Großmutter besichtigte. Seltsam, sagte sie sich jetzt, wie schräg die Insel aus dem Wasser ragt. Irgendwie gekippt.

Eddie stellte ein Brettchen mit Käsewürfeln und Crakkern auf den Couchtisch.

»Oh, das wär aber nicht nötig gewesen«, protestierte Jenna.

»Ach was, das ist gar nichts. Möchten Sie etwas trinken? Bier, Wein, Sangria?«

»Sangria?«

»Ich hab eigentlich keine Sangria, das hab ich nur so gesagt. Aber Bier und Wein sind da.«

»Nein, danke, im Augenblick nicht.«

Eddie verschwand wieder in der Küche und kam mit einem Bier für sich zurück. Er setzte sich neben Jenna. Sie schwiegen einen Moment.

»Also«, begann Jenna, »dann erzählen Sie doch mal, was mit Ihrem Arm passiert ist.«

»Ach, nicht weiter tragisch.« Eddie griff nach einem Cracker. »Nur ein kleiner Unfall beim Fischen.«

»Sieht aber nach einer ziemlichen Verletzung aus.«

»Na ja, eine Weile braucht das noch zum Ausheilen«, seufzte Eddie.

»Wie ist das denn passiert?«

»Ähm … da red ich eigentlich nicht so gern drüber.«

»Ich versteh nicht ganz. Ist es was Persönliches?«

»Wieso?«

»Ich weiß nicht, vielleicht ist es Ihnen ja peinlich.«

Er lachte. »Nein, nein, es ist nur ziemlich scheußlich, weiter nichts.«

»Ich kann schon was aushalten, wie Field ganz richtig sagte«, lächelte Jenna. Sie hatte das Gefühl, daß er die Geschichte recht gern erzählt hätte und sich nur ein bißchen bitten lassen wollte.

»Also gut, wenn Sie drauf bestehen.«

Eddie lehnte sich vor und setzte sein Bier auf dem Couchtisch ab.

»Es war beim Heilbuttfischen. Da läßt man eine sehr lange Angelschnur mit vielen Haken und einem Bleigewicht daran über Bord ab bis auf den Grund, und beim Runterlassen saust die Schnur ziemlich schnell über den Bootsrand, die Haken fliegen nur so vorbei. Tja, und dabei hat einer der Haken sich verdreht und mich hier am Arm erwischt.«

Er deutete mit dem rechten Zeigefinger auf einen Punkt knapp unterhalb seiner Achselhöhle und ließ dann die Fingerspitze bis zum Ellbogen hinabgleiten.

»Hat mir hier innen den ganzen Oberarm aufgeschlitzt.«

»Autsch«, sagte Jenna schaudernd.

»Genau. Ich mußte mich am Bootsrand festkrallen, sonst wäre ich glatt bis runter auf den Grund mitgerissen worden. Um ein Haar wär ich nur noch Krabbenfutter gewesen.«

»Und was war dann mit Ihrem Arm?«

»Na ja, der Haken hatte die Sehne durchgerissen, so daß mir der halbe Bizepsmuskel plötzlich lose um die Schulter flatterte.«

»Hat das nicht furchtbar weh getan?« fragte Jenna und lachte etwas betreten. »Blöde Frage, wie?«

»Nein, gar nicht«, sagte er ganz ernst. »Zunächst hab ich überhaupt nichts gespürt, nur so einen Ruck. Es war, als hätte mein Körper einen Moment gebraucht, um zu kapieren, was passiert war. Und dann schoß auf einmal das Blut heraus und ich dachte bloß, herrje, das sieht übel aus. Dann fing ich an zu brüllen, aber nicht vor Schmerz, sondern weil ich Angst hatte, ich würde an Ort und Stelle sterben und könnte nicht das geringste dagegen tun. Die Arterie hier innen war zerfetzt, wissen Sie.«

»Und sind Sie dann ohnmächtig geworden?«

Er lachte. »Nein, nein, dann ging alles ganz schnell, die Jungs haben mir einen Druckverband an der Schulter angelegt und den Blutstrom gestoppt. Sie meinten, besser ich verliere den Arm als mein Leben. Zum Glück kreuzte ein Hubschrauber von der Küstenwache gerade ganz in der Nähe, und so kam ich noch rechtzeitig genug in die Klinik, um sogar den Arm zu retten.«

»Ende gut, alles gut, was?«

»Ja, aber die Hand ist seitdem völlig gefühllos. Durchtrennte Nervenbahnen, nehme ich an. Der Arzt meinte, ein paar regenerieren sich mit der Zeit von allein, aber es wird nie mehr dasselbe sein wie vorher.«

»Ach, ich bin sicher, Sie spüren irgendwann wieder einmal etwas«, sagte Jenna tröstend, und merkte auf einmal, wie sie errötete. Es hatte so etwas merkwürdig Intimes, hier zu sitzen und über Eddies Gefühle zu reden.

Eddie lächelte sie an, und sie lächelte zurück. Jenna wurde es ganz wirr und warm zumute. Sie kam sich vor wie damals als Teenager, wenn sie es endlich geschafft hatte, mit einem angehimmelten Jungen allein zu sein, und sich dann doch nicht traute, die Gunst der Stunde zu nutzen. Sie lachte nervös, Eddie ebenso. Sie wußte, daß er genau das gleiche dachte wie sie. In ihrer Verlegenheit stand sie auf und ging ans Fenster.

»Was ist das für eine Insel da drüben?«

»Woronkofsky. Unbewohnt.«

Eddie folgte ihr ans Fenster, stellte sich direkt hinter sie. Sehr nah. Zu nah. Nicht, daß es Jenna unangenehm gewesen wäre, im Gegenteil. Sie wollte seine Wärme spüren. Sein linker Arm, der verwundete, berührte fast ihren Rücken. Er streckte den anderen Arm neben ihre Schulter vor und zeigte auf die Insel.

»Im Volksmund heißt sie Elefantennase.«

Tatsächlich sah die Insel wie ein riesiger Elefant aus, der bis zu den Achseln im Wasser stand. Jenna mußte sofort wieder an Eddies verletzte Achselhöhle denken. Sie wollte seine Wunde sehen. Die lange rote Narbe. Sie berühren.

»Elefantenrücken würde ja eigentlich besser passen«, sagte er. »Eine Elefantennase ist ein Rüssel, und ein Rüssel sieht doch wohl anders aus.«

Jenna drehte sich impulsiv zu ihm um, und für einen Augenblick standen sie sich so dicht gegenüber, daß sie sich ohne ein weiteres Wort in die Arme hätten sinken können. Es wäre das leichteste, das natürlichste von der Welt gewesen, sich zu umschlingen und ihrer Sehnsucht, ihrer Leidenschaft freien Lauf zu lassen. Aber sie hielten sich zurück. Es lag etwas seltsam Lustvolles darin, der Spannung nicht nachzugeben. Die Zeit war noch nicht reif, sie kannten sich nicht, sie durften es nicht tun, auch wenn es fast unerträglich war, das Prickeln auszuhalten, sich gegen diese starke Anziehung zu wehren. Irgendwie genossen sie die Erregung alle beide; sie rührten sich nicht, sahen einander nur in die Augen und hofften, der andere würde den Bann nicht brechen. Sie schwankten ein wenig, ihre Lippen waren kurz davor aufeinanderzutreffen. Aber es sollte nicht sein. Vielleicht eines Tages, bald. Vielleicht niemals. Aber ganz bestimmt nicht jetzt.

Jenna drehte sich wieder zu dem Elefanten um.

»Schön, die Aussicht, nicht?«

»Ja.«

Sie taten beide, als merkten sie nicht, wie heftig ihr Atem ging.

Jenna versuchte, auf ein unverfängliches Thema abzulenken. »Ich bin fast am Verhungern.«

»Ich auch.«

»Soll ich uns etwas kochen? Es ist ja genug zu essen im Haus.«

Sie drehte sich fragend zu Eddie um. Ihr Herz tat einen Sprung, wie um sie an die Gefahr zu erinnern.

»Aber gern«, sagte er. »Das wär nett von Ihnen.«

Auf dem Weg in die Küche dachte Jenna über dieses unvermittelte Herzstolpern nach. Sie war ja nicht dumm. Sie wußte nur zu gut, was es bedeutete. Und sie wußte, daß sie jetzt dringend etwas zu trinken brauchte.

Jenna war seit mindestens einem Jahr nicht mehr betrunken gewesen. Es war gegen die Spielregeln. Ein Glas Wein pro Tag war erlaubt, mehr nicht. Und niemals etwas Hochprozentiges. Mit diesem System kam sie klar, es half ihr, Unbedachtheiten zu vermeiden.

Doch an dem ersten Abend mit Eddie warf Jenna ihre langgehegten Spielregeln über Bord. Sie aßen Steaks und Spaghetti, betranken sich mit billigem Weißwein, und Jenna fühlte sich so wohl wie schon lange nicht mehr.

Viel erfuhr sie nicht über Eddie. Weder, wie alt er war, noch, wo er herstammte oder wie lange er schon auf Fischfang ging. *Was* ihr jedoch rasch klarwurde, war die Tatsache, daß sie beide lieber dem anderen zuhören wollten als selber erzählen. So war ihre Unterhaltung mit langem, beredtem Schweigen angefüllt. Ein Schweigen so voller Gefühl, daß es mehr sagte als alle Worte. Und dennoch floß der Wein in Strömen, vielleicht, um das vergangene Leben fortzuschwemmen und dem gegenwärtigen Moment in seiner Dichte, seiner Überfülle einen Hauch von Ewigkeit zu geben.

Dann war der Wein alle, und das Gefühl, im Hier und Jetzt vor der harschen Wirklichkeit geschützt zu sein, drohte zu schwinden. Worauf sich wie von selbst die Lösung anbot, in Eddies alten blauen Dodge zu steigen und Nachschub zu holen. Bis zum Getränkemarkt an der Straßenecke waren es kaum zwei Minuten.

Es war elf Uhr, und es kam Jenna seltsam vor, daß es

gerade erst dunkel wurde. Da saß sie nun in Alaska, ziemlich betrunken, und wartete in einem Pick-up auf einen mehr oder weniger Unbekannten, der Wein kaufen gegangen war. Sie sah zu, wie der tiefblaue Himmel sich langsam lila färbte, und erschaudernd stellte sie sich vor, wie Eddie wieder zu ihr in den Wagen steigen, ihr die warme Hand auf den Nacken legen und sie küssen würde, sanft und sicher und wie selbstverständlich. Sie blickte auf das schwarze Wasser und die noch schwärzeren Hügel der Elefanteninsel hinaus und den hohen, weiten Himmel, und sie schloß die Augen, atmete tief die Abendluft ein, die herbstlich nach Holzrauch roch, und zum ersten Mal seit Bobbys Tod hatte sie das Gefühl, daß es sich vielleicht trotzdem noch lohnte weiterzuleben.

Eddie trat aus der Ladentür und kam auf den Wagen zu, und Jenna wünschte sich mit der ganzen Kraft ihrer Seele, das Gefühl, das sie erfüllte, möge andauern.

Er stieg in den Wagen, eine braune Papiertüte mit zwei Flaschen Chardonnay und einer Schachtel Camel lights unterm Arm. Und tatsächlich lehnte er sich zu ihr herüber, schob ihr die Hand unters Haar und küßte sie leicht auf die Lippen.

Eddie zuckte fast erschrocken zurück. »Sorry.«

Sie hätte gern gefragt, wieso, aber sie wußte, es war noch zu früh, sie durfte ihn nicht ermuntern, sie hatte kein Recht…

»Ich konnte nicht widerstehen«, sagte er im Anfahren. »Sie haben so schön ausgesehen, wie Sie da saßen und aufs Wasser blickten.«

Sie sah zu ihm hin und lächelte.

»Ich habe Sie durch das Schaufenster beobachtet. Ich wußte, ich mußte Sie küssen. Aber das ist nicht richtig.«

»Wieso?« fragte Jenna nun doch.

»Weil Sie verheiratet sind«, sagte er. Jenna senkte die Augen auf ihren Ehering und begann unwillkürlich, ihn hin und her zu drehen. Dann schaute sie wortlos zu Eddie hoch und zuckte die Schultern.

Sie bogen in die Einfahrt neben dem Haus ein, und er stellte den Motor ab. Eine Weile blieben sie in der Stille sitzen und blickten vor sich hin auf den dunklen Wald. Eddie nahm die Zigaretten aus der Tüte und schnippte eine heraus. Jenna hielt die Hand auf, und er gab ihr eine.

»Ich wußte gar nicht, daß Sie rauchen«, sagte Eddie.

»Ist eigentlich auch schon länger her«, lächelte Jenna.

Eddie zündete die Camels an, und sie rauchten einträchtig vor sich hin.

»Wenn ich einen Korkenzieher im Wagen hätte, würde ich eine von den Flaschen aufmachen, dann könnten wir die ganze Nacht hier sitzen«, meinte er.

»Wir können ja trotzdem hier sitzen bleiben.«

Er sah sie von der Seite an.

»Irgendwann würden wir aber frieren.«

»Ja«, nickte Jenna, »und außerdem muß ich mal auf die Toilette.«

Eddie lachte.

»Sehen Sie? Manchmal kommt man sich vor wie im Film, und das könnte ewig so weitergehen, aber dann muß einer aufs Klo und schon ist die Illusion dahin.«

Jenna lächelte. »Wenn Sie kein Popcorn im Haus haben, dann gnade Ihnen Gott.« Sie öffnete die Tür und sprang aus dem Wagen.

Kichernd wie zwei alberne Teenager stolperten Jenna und Eddie durch die Haustür. Oscar, der auf der Couch geschlafen hatte, spitzte die Ohren und legte erwartungsvoll den Kopf schief. Jenna blieb mitten im Raum stehen, während Eddie die Flaschen auf dem Küchentisch abstellte. Sie sah den Anrufbeantworter blinken, und plötzlich fiel ihr siedendheiß ein, daß sie Robert noch nicht angerufen hatte.

Wie hypnotisiert starrte sie auf den rotblinkenden Lichtpunkt, als wäre er ein Mahnsignal aus ihrem früheren Leben. Ihr früheres Leben, das ihr gerade noch so versunken, so unendlich fern erschien. Eddie kramte geschäftig in der Küche herum. Jenna hörte ihn eine Schachtel aufreißen und etwas herausschütteln, eine Schublade aufziehen, die Mikrowelle anschalten, mit der Papiertüte rascheln. Der Korken ploppte aus der Flasche, es roch nach Wein, und auf einmal wurde Jenna von Erinnerungen überfallen. Eine Flasche Champagner, ein Kaminfeuer, Jenna auf dem Schaffellteppich, in die Kissen zurückgelehnt, mit frisch lackierten Zehennägeln. Robert, der nackt auf sie zugetappt kommt, zwei Gläser Champagner in den Händen. Trinken, lachen, feuchte, prickelnde Küsse. Robert, der Jenna gebieterisch herumdreht. Auf allen vieren, mit dem Blick in die züngelnden Flammen. Robert, der hinter ihr kniet und ihr über die Hüfte streicht. Wenn man einen Jungen will, muß man es spät im Zyklus tun, am besten von hinten. Es hatte geklappt. Sie hatten ihren Sohn Robert genannt.

»Alles in Ordnung?« Eddie stand mit zwei Gläsern Wein vor ihr. Jenna schreckte zusammen.

»Ihr Anrufbeantworter blinkt.«

Er schaute sich um. »Ach, das tut er immer, er hat irgendeine Macke.« Nun aber bemerkte er Jennas Verwirrung. »Was ist denn los?«

Sie fühlte sich schwindlig und matt. Sie schloß die Augen und rieb sich die Schläfen.

»Ich glaube, ich möchte jetzt keinen Wein mehr.«

Eddie nickte und stellte die Gläser auf dem Tisch ab.

»Ja, vielleicht gehen Sie besser schlafen.«

Er legte ihr den Arm um die Schultern und führte sie zu ihrem Zimmer. Kurz vor der Tür blieb sie plötzlich stehen.

»Ich muß unbedingt noch telefonieren. Darf ich kurz Ihr Telefon benutzen?«

»Aber sicher.«

Sie standen sich schweigend im Flur gegenüber. Jenna lehnte den Kopf an Eddies Brust.

»Ich *muß* anrufen.«

Er tätschelte ihr freundschaftlich den Arm.

»Ich weiß.«

»Wissen Sie, *wen* ich anrufen muß?«

»Ich kann es mir denken.«

Sie nickte, die Stirn immer noch an seine Brust gedrückt.

»Mein Leben ist ein einziger Schlamassel.«

»Aber nein, bestimmt nicht.« Er klang beruhigend, zuversichtlich.

Sie lachte. »Doch ... wirklich. Wenn Sie mich erst besser kennen, werden Sie schon selbst merken, wie kaputt ich bin.«

Er legte ihr den Finger unters Kinn und hob ihr sanft den Kopf. Sie sahen sich in die Augen, und Eddie lächelte.

»Wenigstens haben Sie noch zwei Arme.«

»Ja, stimmt. Die sind wenigstens heil.«

Sie setzte sich auf die Couch und wählte die ellenlange Zahlenfolge, bis das Telefon am anderen Ende klingelte. Eddie brachte ihr eine Tüte frisch geröstetes Popcorn und ein Glas Mineralwasser. Beides nahm sie dankbar und winkte ihm gute Nacht zu, als er sich diskret verzog.

»Hallo?«

»Hallo, Robert.«

Und schon ging ihr der Text aus. Sie konnte hören, daß Robert mitten aus dem Tiefschlaf kam. In Seattle war es schon eine Stunde später, also ein Uhr morgens. Eddies Schritte verklangen im Flur. Eine Tür klappte zu.

»Tut mir leid, daß es so spät ist. Habe ich dich geweckt?«

»Nein, das heißt, ja, aber das macht nichts. Du kannst mich jederzeit wecken.«

Schweigen in der Leitung. Robert fragte sich sicher, worauf das Gespräch diesmal hinauslaufen würde. Er wagte nichts zu sagen, bevor Jenna ihn nicht ermutigte. Sie gab jetzt den Ton an.

»Entschuldige, daß ich nicht früher angerufen habe.«

»Schon gut.«

»Mir tut das überhaupt alles sehr leid.«

»Jenna, ich muß dir sagen, das hat mich wirklich wie ein Blitz aus heiterem Himmel getroffen. Ich meine, ich weiß, es gab ein paar Schwierigkeiten, aber ich hätte nie gedacht, daß du einfach so abhaust.«

»Ich auch nicht.«

»Aber *warum* denn bloß?«

Sie trank einen Schluck Wasser.

»Ich suche nach Antworten.«

»Auf was denn? Du weißt doch, daß ich dich liebe.«

»Und wie stark ist diese Liebe?«

»Was soll das nun wieder heißen?«

»Das soll gar nichts heißen. Es ist eine Frage.«

»Aber wozu Gefühle bemessen? Du bist meine Frau. Ich habe mich seinerzeit dazu entschieden, den Rest meines Lebens mit dir zu verbringen. In guten wie in schlechten Tagen, weißt du noch? Du bist es, die ich mir erwählt habe. Ich liebe dich.«

»Gut, aber wie *stark* ist diese Liebe, Robert? Was bist du bereit, dafür zu opfern? Wie weit bist du bereit zu gehen? Oder willst du einfach aufgeben, wenn es zu schwierig wird?«

»Was redest du da? *Du* bist doch weggegangen. Und ich weiß nicht mal, warum. Du willst mir ja nicht sagen, wo das Problem liegt. Was soll *ich* denn machen? Soll ich hier alles hinschmeißen und zu dir kommen? Gern. Sag mir, wo du bist, und ich steige ins nächste Flugzeug. Aber das willst du ja gar nicht. Du willst mich nur mit deinen komischen Fragen provozieren. Mein Gott, wie du mich hassen mußt.«

»Nein, Robert, ich …«

»Ehrlich, das verletzt mich zutiefst. *Ich* habe nicht alles aufgegeben. *Zwei Jahre* sind es jetzt seit Bobbys Tod, und du bist immer noch völlig durcheinander. Aber *ich* habe zu dir gehalten. *Ich* habe mich in Geduld gefaßt. Also komm mir jetzt nicht mit Vorwürfen. *Du* hast aufgegeben. *Du* bist weggelaufen, nicht ich.«

»Robert …«

»Ich war immer da. Ich hab zu dir gestanden.«

Schweigen. Dann Jenna, mit leicht gereiztem Unterton: »Ja, Robert, du hast immer zu mir gestanden. Fabelhaft.«

»Was soll das wieder heißen?«

Weiteres Schweigen. Kaltes, unversöhnliches Schweigen. Jenna ließ seine Frage einfach in der Luft hängen. Sie schob sich Popcorn in den Mund.

»Du ißt gerade?«

»Bloß Popcorn.«

Robert stöhnte auf.

»Gott, das nervt vielleicht, dieses Telefonieren bringt uns doch keinen Schritt weiter. Hör zu, Jenna, wenn du zurückkommen willst, um dich mit mir auszusprechen, dann verspreche ich dir, daß ich alles tue, was ich nur kann, wir stehen das gemeinsam durch, ich zahle dir auch den teuersten Psychoanalytiker, den ich auftreiben kann …«

»Ich will keinen verdammten Psychoanalytiker mehr!«

Robert lachte. »Das sind ja ganz neue Töne.«

Jenna war vor hilflosem Zorn den Tränen nah. »Was bist du doch für ein Scheißkerl!«

Roberts Stimme wurde schneidend. »Das will ich nicht gehört haben.«

»So? Dann überhör es gleich noch mal. Scheißkerl!«

»Das ist ja kindisch.« Robert zwang sich zu einem Lachen. »Du hast mir immer noch nicht gesagt, weshalb du weg bist.«

»Ich bin weg, weil ich mich selbst hasse, und weil *du* mich haßt. Meinen Selbsthaß kann ich vielleicht eines Tages überwinden, aber nicht, wenn ich dich mit deinem Haß auf mich andauernd neben mir habe. Den Streß halte ich nicht aus. Immer wenn ich dich ansehe, sehe ich den Haß in deinen Augen.«

»Aber das ist doch Wahnsinn! Wieso soll ich dich hassen?«

»Red nicht drum herum, Robert! Ich *fühle* es doch! Ich bin doch nicht blöd! Wahrscheinlich wäre es besser gewesen, wenn wir uns gleich nach der Katastrophe getrennt hätten. So sind wir nur zusammengeblieben, um uns zur Strafe für Bobbys Tod zu quälen.«

»Jenna, hör auf«, sagte er in scharfem Kommandoton, wie man einen Hund zum Kuschen bringt.

»Nein, Robert, nein. Es ist eine Quälerei. Das wissen wir beide. Ich kann so nicht mehr weitermachen.«

Robert seufzte.

»Du kannst so nicht mehr weitermachen? Heißt das, daß du nicht mehr zurückkommst?«

Jenna rieb sich mit dem Handrücken über die Nase.

»Das heißt, daß ich versuchen will, mich nicht mehr selber zu hassen. Wenn ich das geschafft habe, komme ich zurück. Und wenn du auch aufhören kannst, mich zu hassen, können wir ein neues Leben zusammen beginnen. Ansonsten trennen sich unsere Wege.«

»Das klingt so, als ob du mir ein Ultimatum stellst.«

»Ich kann dir nur raten, Robert, geh in dich, schau ganz tief in dein Herz, ob da noch Liebe für mich übrig ist. Und wenn du nichts finden kannst, dann machen wir besser Schluß.«

Robert schwieg, so lange, daß Jenna inzwischen ihr ganzes Mineralwasser austrank. Schließlich räusperte er sich.

»Ruf mich bald wieder an.«

Jenna legte auf und holte ein paarmal tief Luft. Sie schaute auf Oscar hinunter, der neben ihr vor der Couch döste. Sie streichelte ihm über den Kopf, kuschelte sich in die Polster, knipste automatisch den Fernseher an und hoffte, der Schlaf würde nicht allzulang auf sich warten lassen.

Oscar weckte Jenna durch heftiges Türkratzen. Sie hatte keine Ahnung, wie spät es war, aber das Licht war aus, und sie war mit einer Decke zugedeckt. Eddie hatte wohl noch einmal nach ihr gesehen, als sie schon eingeschlafen war. Der Fernseher lief noch, aber ganz leise, und füllte den Raum mit seinem bläulichen Widerschein.

Jenna stand auf und ging zur Tür. Draußen war es stockdunkel. Oscar scharrte unentwegt knurrend an der Tür, und Jenna klopfte ihm beruhigend die Flanke, drückte ihr Gesicht an die Scheibe, um zu sehen, was ihn so aufregte, konnte aber nichts erkennen.

»Was ist denn los, alter Junge?«

Oscar antwortete mit einem kurzen Blaffen und kratzte weiter. Jenna machte die Tür auf, und der Hund schoß wie ein Pfeil auf die Straße und verschwand mit einem Hechtsprung über die Kaimauer auf den Strand hinab. Jenna trat auf die Veranda, spähte angestrengt hinter ihm her in die Dunkelheit, sah aber immer noch nichts, hörte nur den Wind in den Bäumen rauschen. Sie rief ein paarmal nach Oscar, doch er kam nicht zurück.

Schließlich ging sie wieder hinein, ließ sich auf die Couch fallen und starrte blicklos in den Fernseher. Was war nur in den Hund gefahren? Sie konnte ihn doch unmöglich jetzt im Finstern suchen gehen?

Nach einer Weile, vielleicht war sie inzwischen auch wieder eingenickt, hörte sie es draußen knurren. Es klang ziemlich weit weg. Wie eine Balgerei zwischen zwei Hunden. Aber sie war noch zu benommen, um sich zu irgendeiner Reaktion aufzuraffen. Sie träumte wirres Zeug, Grandma im Rollstuhl, Eddie und Oscar am Strand, Bobby winkend in den Wellen, sie selbst voller Panik auf einer hohen Klippe, entsetzliche Angst um Bobby, entsetzliche Angst hinterherzuspringen, Bobby am Ertrinken, plötzlich wieder Eddie, vor Grandmas Rollstuhl kniend, sie stirbt. Die alte Frau, die sich schwarz und drohend vor ihr aufrichtet, schrecklich verbrannt, verkohlt mit ihrer schwarzen Kralle nach ihr greift. Laß ihn doch ertrinken, ruft sie, es ist nicht mehr dein Junge. Jenna, die abwehrend rückwärts stolpert, den Halt verliert, die Klippe hinabstürzt ins Leere, keine Rettung, zu spät, hinabstürzt in totenähnlichen Schlaf. Bis die Sonne am Morgen über den Berg steigt und die Vögel uns verkünden, daß wir leben, auch wenn wir im Schlaf gestorben sind; daß wir leben und dankbar sein sollten, noch einen Tag auf der Erde zu verbringen, und daß wir unserer Toten gedenken sollten, die nicht mehr leiblich, aber im Geiste bei uns sind. Bis dann Eddie das Licht anmachte und Jenna sich die Augen rieb und augenblicklich den Traum vergaß, der ihr gezeigt hatte, was sie tun mußte.

Damals in Thunder Bay war Bobby jeden Abend nach dem Essen noch mit den Kindern zur Mole hinuntergegangen, um seine Angel auszuwerfen. Er hoffte so sehr, einen Fisch zu fangen, aber er war noch zu klein für eine Angelrute, er konnte den Köder nicht weit genug hinausschleudern, und so blieb er immer erfolglos.

Doch an dem Abend, bevor sie abreisen sollten, hatte Bobby zum ersten Mal Glück. Ein älterer Junge half ihm, einen silbernen Blinker an seiner Angelschnur zu befestigen; das Flirren, meinte er, würde die Fische anlokken. Und tatsächlich biß auch prompt einer an, aber er war zu stark, Bobby konnte ihn nicht an Land ziehen. Der ältere Junge mußte ihm zu Hilfe kommen und zog unter dem Beifall der Umstehenden eine mächtige Flunder an Land.

Sämtliche Eltern kamen aus dem Gemeindehaus angelaufen. Bobby war der strahlende Held des Tages, und Jenna machte ein Foto von ihm, wie er mühsam den riesigen Fisch in beiden Armen hielt. Der Chefkoch persönlich versprach, ihm die Flunder am folgenden Abend zu braten. Und als es dunkel geworden war, als die Urlauber langsam in ihre Hütten zurückgingen und die Flunder in die Kühltruhe gewandert war, obwohl Bobby sie am liebsten die ganze Nacht an sich gedrückt hätte, durfte er auf Roberts Schultern heimreiten, den ganzen Hügel hinauf. Völlig überdreht, plapperte er ununterbrochen auf Robert ein.

»Wenn ich eine richtige Angelrute hätte, hätte ich einen doppelt so großen gefangen.«

»Aber sicher, Champion«, antwortete Robert.

»Nächstes Jahr krieg ich aber eine Angelrute, ja?«

»Ich denke, das läßt sich machen, mein Junge.«

»Hey, Dad, können wir morgen nicht zusammen zum Angeln fahren? Vom Boot aus kann ich bestimmt einen größeren Fisch fangen.«

»Machen wir, Junge, machen wir.«

»Wirklich? Im Boot?«

»Klar.«

Bis sie an der Hütte ankamen, war Bobby eingeschlafen. Schlapp wie ein kleiner Rucksack hing er an Roberts Schulter. Robert ließ ihn sanft aufs Bett plumpsen, und Jenna zog ihn aus und deckte ihn zu. Dann setzten sie sich noch ein bißchen auf die Veranda und blickten in die Sterne.

»Bist du nicht froh, daß wir hierhergefahren sind?« fragte Robert.

Jenna nickte.

»Bobby wird gar nicht mehr weg wollen«, sagte sie.

Robert streckte sich gähnend. Er legte den Arm um sie und küßte sie auf die Schläfe.

»Oh, Mist«, fuhr er plötzlich auf.

»Was ist denn?«

»Ich gehe ja morgen zum Jagen.«

Robert hatte sich in die Liste für die Jagdexpedition eingetragen. Nur für Erwachsene. Schwere Munition. Großwild. Er hatte sich schon die ganze Woche darauf gefreut.

»Da wird Bobby aber enttäuscht sein.«

»Verdammt, ich will die Jagd auf keinen Fall verpassen.«

Robert stand auf und begann, nervös hin und her zu gehen. Ab und zu blickte er zu Jenna hin, als hoffte er, sie würde ihn aus dem Dilemma erlösen, ihn seiner Verpflichtung entbinden. Doch sie dachte gar nicht dran.

»Weißt du, eigentlich könnte ich ruhig zur Jagd gehen, hinterher ist bestimmt noch Zeit genug, um eine Runde mit Bobby zu angeln«, sagte Robert schließlich. »Abends beißen sie sowieso am besten an.«

Jenna zog eine zweifelnde Grimasse. Sie sah voraus, daß sein Plan nur Ärger heraufbeschwören würde. Und natürlich würde sie es sein, die Bobbys Enttäuschung dann auszubaden hätte.

»Du bist dagegen, was?« interpretierte Robert ihr Schweigen.

»Na ja, ich weiß eben, daß er nicht gerade erbaut davon sein wird, den Tag statt dessen mit mir zu verbringen. *Ich* kann jedenfalls nicht mit ihm zum Angeln rausfahren.«

»Aber Jenna, ich bin mir sicher, das kriegen wir schon alles hin. Falls es zu spät wird, setz ich mich einfach von der Gruppe ab und komm allein zurück. Bitte sag ja. Ich möchte so gerne jagen gehen.«

»Wieso brauchst du dann meine Erlaubnis dazu?«

»Weil ich nicht will, daß du wütend auf mich bist. Wenn du nichts dagegen hast, mach ich den Ausflug mit.«

»Mach, was du willst. Er ist dein Sohn, und du hast ihm versprochen, mit ihm angeln zu fahren. Wenn du beides an einem Tag schaffen kannst …«

»Das schaff ich schon, keine Bange.«

Und dabei blieb es dann. Als Jenna am nächsten Morgen aufwachte, war Robert schon fort.

Genau, wie sie geahnt hatte, traf die Enttäuschung Bobby hart. Er war voller Unternehmungslust aus dem Bett gesprungen und konnte es nicht fassen, daß sein Vater ohne ihn aufgebrochen war. Jenna sah, wie er mit den Tränen kämpfte. Also versuchte sie den ganzen Vormittag lang, ihm Alternativen anzubieten. Sie schlug ihm vor, mit ihr an den Strand zu gehen, oder mit seinen Freunden zu spielen, oder dem Koch beim Kartoffelschälen zu helfen, was ihm aus irgendeinem Grund bisher immer Spaß gemacht hatte. Aber heute war ihm gar nichts recht. Er wollte nur in der Hütte sitzen und auf seinen Daddy warten.

Nach endlosen Partien Halma und Dame wurde ihm die Langeweile dann doch zuviel. Als er gegen drei die Stimmen der anderen Kinder am Strand hörte, fragte er Jenna, ob er nach draußen dürfte, und sie war so erleichtert, daß sie gar nicht schnell genug ja sagen konnte.

Aber um fünf war er wieder zurück, und noch immer kein Daddy in Sicht. Diesmal konnte er die Tränen nicht mehr zurückhalten. Er weinte und weinte. Wie unfair die Welt manchmal war. Jenna tat es weh, ihren kleinen Jungen weinen zu sehen. Er wollte doch nur ein bißchen in die Bucht hinausfahren. Am Steg war ein Ruderboot angebunden, das jeder benutzen konnte. Und so beschloß Jenna, es zu wagen, ihrem Jungen zuliebe – aber auch, weil sie es gemein von Robert fand, Bobby so hängenzulassen; wenn er so ein selbstsüchtiger Idiot war, sollte Bobby wenigstens nicht darunter leiden müssen.

Sie nahmen Bobbys Angelschnur und gingen zum Steg hinunter. Jenna zog sich und Bobby die Schwimmwesten über, und obwohl der Junge in seiner Weste förmlich ertrank, weil es keine Kindergrößen gab, dachte sie sich, es würde schon irgendwie gehen. Sie hakte die Ruder ein, machte das Boot los, und war nach wenigen Ruderschlägen schon mitten in der Bucht. Bobby lachte wieder, und das war das wichtigste. Er ließ seine Angel an der Seite hinab.

»Wetten, daß wir jetzt einen ganz großen fangen?« rief er aufgeregt.

Eine Weile dümpelten sie friedlich auf dem Wasser

herum. Die Wellen platschten leise an die Bootswand, ansonsten lag tiefe Stille über der Bucht. Eigentlich hatte sie die Zeit hier doch ziemlich genossen, dachte Jenna, auch wenn sie nicht sicher war, ob sie noch einmal herkommen wollte; aber die vergangene Woche war gar nicht so schlecht gewesen.

Etwa nach einer halben Stunde begann sie sich allmählich Sorgen zu machen, weil das kleine Boot immer mehr abtrieb, fast schon aus dem Schutz der Bucht hinaus ins rauhere Gewässer der offenen See. Jenna hatte nicht bedacht, wie stark die Störmung bei Ebbe war; nun legte sie sich gewaltig ins Zeug, um wieder landeinwärts zu rudern. Aber eine der Halterungen war kaputt, und das Ruder sprang mit jedem Schlag heraus, wie zum Hohn für ihre Anstrengung. Langsam wurde Jenna nervös.

»Bobby, ich brauch deine Hilfe«, sagte sie so ruhig wie möglich, damit er nichts von ihrer Angst mitbekam.

Sie wollte, daß er ihr das lockere Ruder festhielt, da sie sonst fast nicht gegen die Strömung ankam. Aber Bobbys ganze Aufmerksamkeit galt seiner Angelschnur und den großen Fischen tief drunten, die jeden Augenblick anbeißen mußten.

»Bobby!« wiederholte Jenna in schärferem Ton. Bobby sah sich unwillig nach ihr um, und im gleichen Moment entglitt ihm die Angelschnur.

Blitzschnell, wie Kinder in ihren Reflexen sind, beugte er sich über den Bootsrand und versuchte, die Schnur zu fassen, die gerade außerhalb seiner Reichweite auf dem Wasser trieb. Und als er merkte, daß es nur die dicke Schwimmweste war, die ihn hinderte, an die Schnur heranzureichen, war er auch schon herausgeschlüpft und beugte sich noch einmal so hastig vor, daß sein eigener Schwung ihn über Bord riß.

Jetzt war er im kalten Wasser und wußte, daß er sich

in Not befand. Starr vor Schreck sah er seine Mutter an. Jenna schrie auf und streckte die Hand nach ihm aus, aber er schaffte es nicht, sie zu ergreifen. Sein niedlicher irischer Wollpullover, in dem er so süß aussah, zog ihn wie ein Bleigewicht hinab.

Jenna schrie zum Ufer hin um Hilfe. Sie sah Leute auf dem Steg, aber die würden auf jeden Fall zu spät kommen. Es blieb ihr nichts anderes übrig, als selber hineinzuspringen.

Doch seltsam, sie brachte es nicht fertig. Gelähmt vor Panik blieb sie hocken, wie von Geisterhand festgehalten. Je mehr sie sich innerlich dagegen aufbäumte, desto regloser, hilfloser saß sie da, unfähig, sich zu rühren. Sie sah Bobby fünf Meter vom Boot entfernt wieder auftauchen, mit weit offenem Mund, hustend und spuckend, wie wild um sich schlagend, und konnte doch nur zusehen, gefangen in ihrem Körper, der ihr nicht mehr gehorchte.

Mit letzter Kraft gelang es ihr schließlich, den Bann von sich abzuwerfen. Sie riß sich die Schwimmweste herunter und stürzte ins Wasser, holte tief Luft und tauchte nach Bobby, doch die See war tief und dunkel und gab nichts von ihrem Sohn zu erkennen. Sie kam wieder nach oben, holte noch einmal Luft und tauchte blindlings weiter und weiter, versuchte, immer tiefer hinab zu gelangen, bis die Atemnot sie zwang, wieder aufzutauchen. Irgend etwas packte sie von oben. Sie wehrte sich, aber der Griff war stärker, ein Mann, zwei Männer, die sie über einen Bootsrand hinaufzogen, so sehr sie sich auch dagegen anstemmte. Sie mußte doch nach Bobby tauchen, wieso ließ man sie denn nicht ihren Sohn retten?

»Mein Junge, mein Junge«, rief sie verzweifelt.

»Bleiben Sie hier, wir sehen, was wir machen können«, sagte einer von den Männern.

Abwechselnd tauchten sie in das dunkle Wasser, nur um jedesmal kopfschüttelnd wieder hochzukommen. Jenna stand zitternd in der Kälte und wartete, wartete, daß sie ihr endlich ihren Jungen heraufbrächten und ihn mit Mund-zu-Mund-Beatmung wieder zum Leben erweckten, so daß alles doch noch gut ausginge und sie mit dem Schrecken davonkämen, denn wie konnte es anders sein? Und die Männer tauchten und tauchten, kamen prustend wie Walrösser hoch, schnappten nach Luft und tauchten weiter, bis sie selbst erschöpft und unterkühlt waren, aber jedesmal, wenn sie an die Oberfläche kamen und Jennas Gesicht sahen, rangen sie sich doch noch einen weiteren Versuch ab.

Dann kamen andere Boote heran. Sie brachten Jenna ans Ufer, weil sie draußen auf dem Wasser sowieso nicht helfen konnte. Sie packten sie in Wolldecken und setzten sie ans Feuer und versicherten, es würde alles wieder gut werden. Robert kam vom Jagen zurück, und sie führten ihn zu ihr, und da saßen sie dann dicht beieinander, Mann und Frau, und er legte wortlos den Arm um sie. Endlich brach sie an seiner Schulter zusammen und weinte, und er hielt sie seltsam hölzern und unbeholfen, als würde er sie kaum kennen.

So eine Tragödie spornt die Leute zu ungeahnter Hilfsbereitschaft an, vielleicht, weil sie heimlich erleichtert sind, daß ihnen das Unglück nicht selbst zugestoßen ist.

Am Tag darauf rückten mehr als zwanzig Männer aus der nahe gelegenen Stadt an, um die ganze Bucht von Fischerbooten aus bis auf den Grund zu durchkämmen. Sie benutzten dazu große, dreizackige Eisenkrallen, die sie immer wieder über Bord abseilten, in der Hoffnung, irgendwo auf Bobbys Leiche zu stoßen. Wie grauenhaft, daß Bobbby jetzt der Fisch war, den alle fangen wollten.

Doch die Suchaktion blieb erfolglos, und am übernächsten Tag wurde von offizieller Stelle aus beschlossen, sie abzubrechen. Die Sache wurde als Unfalltod durch Ertrinken zu den Akten gelegt. Kurz und schmerzlos, wie alle sagten. Am besten, man schleppt das Ganze nicht zu lange hin. Die Mutter ist mit den Nerven am Ende. Ziehen wir einen Schlußstrich.

Ein Mann mit einem Wasserflugzeug, Ferguson hieß er, brachte Jenna und Robert nach Ketchikan, von wo aus sie per Linienflug nach Seattle zurückreisten.

Wieder zu Hause, schlossen sie die Tür auf und knipsten das Licht an. Alles war unverändert, und doch war nichts mehr wie vorher. Etwas war passiert, das denkbar schlimmste, und alles war aus den Fugen geraten.

»Wir müssen irgendwie damit fertig werden«, sagte Robert in der Tür zum Badezimmer. Jenna lag auf dem Bett und starrte an die Decke. »Ich meine, das braucht natürlich seine Zeit. Aber trotzdem müssen wir versuchen, damit fertig zu werden, denn das Leben geht weiter.«

Das Telefon klingelte, laut und schrill, und mit klopfendem Herzen schaute Jenna auf den Apparat. Rief da vielleicht jemand an, um ihr mitzuteilen, daß es alles ein Irrtum gewesen war? Daß sie einen anderen Jungen herausgefischt hatten, und Bobby wohlbehalten auf dem Heimweg war?

Sie hob den Hörer ab.

»Hallo?« fragte sie atemlos.

Aber es kam keine Antwort.

»Hallo?« fragte sie noch einmal.

Totenstille in der Leitung.

»Hallo? Ist da jemand?«

Ein Kreuzfahrtdampfer war gegen Morgen unweit der Insel vor Anker gegangen, und den ganzen Vormittag lang schipperten orangeweiße Anlegerboote die Touristen vom Schiff zum Ufersteg hinüber und wieder zurück. Jenna kam auf ihrem Weg zum Yachthafen an einer Reihe von Kindern vorbei, die an improvisierten Verkaufsständen Krabbenchips mit Lachsdip feilboten, und mußte sich in Schlangenlinien durch das bunte Gewimmel hindurchdrängeln.

Eddie erwartete sie am Yachthafen. Der Fischkutter, auf dem er sonst arbeitete, war für zwei Wochen aus Chignik herunter nach Wrangell gekommen, bevor die nächste Heilbuttsaison anfing, und Eddie wollte seinen Kumpels ein bißchen zur Hand gehen, auch wenn er eigentlich noch im Genesungsurlaub war. Jenna erkannte das Boot ohne Mühe an seinem aufgemalten Namen, *Sapphire Moon*, und war überrascht, wie klein es wirkte. Die Männer tranken Bier, Eddie hatte sein Unterhemd ausgezogen, und Jenna sah, daß er einen Sonnenbrand bekommen hatte. Sie ging auf das Boot zu und sagte hallo.

Eddie sprang auf und reichte ihr die Hand, um ihr heraufzuhelfen. Die anderen, fünf an der Zahl, lebten bei ihrem Anblick sichtlich auf und stellten sich einer nach dem anderen vor. Marc, Chuck, Joel, Rolfe, Jamie. Jamie war der Jüngste und auch der einzige, der sein T-Shirt überzog, als er Jenna sah. Die anderen genierten sich überhaupt nicht, ihre haarigen Bäuche über den Hosenbund quellen zu lassen.

»Ein Bierchen?« bot einer von ihnen an.

»Nein, danke.«

Sie rückten alle etwas unbeholfen hin und her. Eddie schob eine ausgebeulte Plastiktüte zur Seite und winkte Jenna, sich neben ihn zu setzen.

»Hast du Oscar wiedergefunden?« fragte er mit plötzlich ganz selbstverständlicher Vertrautheit.

Jenna schüttelte den Kopf. »Nein. Ich hab ihn überall gesucht. Wenn ihn bloß der Sheriff nicht gefunden und erschossen hat.«

»Keine Angst, der Sheriff trifft nicht mal einen alten Stiefel, höchstens seinen eigenen«, sagte einer der Männer. Alles lachte.

»Er wird schon wieder auftauchen«, meinte Eddie optimistisch. »Und wenn nicht, dann bleibt eben noch mehr vom Heilbutt für uns übrig.«

»Es gibt Heilbutt zum Abendessen?« Jenna lief beim Gedanken an den zarten, in Butter und Wein gedünsteten Fisch schon das Wasser im Munde zusammen.

Eddie nickte. »Marc hat ein paar Pfund für die Mannschaft abgezweigt.«

Marc, der mit dem Dauergrinsen, war ein stämmiger Kerl mit einem roten Seemannsbart und einem feisten Schmerbauch. Er lehnte sich zurück und klopfte sich den Wanst.

»Man muß ja schließlich für seine Leute sorgen, nicht? Die schmecken ja eh nur gut, wenn sie fangfrisch sind. Zwei hab ich gleich draußen auf See verdrückt.«

»Roh?« fragte Jenna.

»Klar, roh. So sind sie am besten. Stimmt's, Rolfe?«

Rolfe nickte, mit einem noch breiteren Grinsen als Marc. Zwischen die Lippen hatte er einen fetten Joint geklemmt.

Jenna blickte sich auf dem gemütlichen alten Boot um. Es roch nach Öl und Seetang, und das Deck war von Wind und Wetter glattgeschmirgelt. Doch trotz seines Alters machte der Kutter einen guterhaltenen, vertrauenerweckenden Eindruck. Die Männer schienen sich darauf richtig zu Hause zu fühlen, geborgen in der Gemeinschaft, wo sich einer auf den anderen verlassen konnte.

»Was ist denn mit Ihren Beinen passiert?« fragte Jamie, der Junge mit dem T-Shirt. Er hatte es noch vor Jenna selbst bemerkt, daß sie sich ständig die Schienbeine kratzte. Jenna schaute hinunter: tatsächlich, die Kratzer sahen schlimm aus.

»Ich habe mich im Wald verlaufen, und dann habe ich Angst gekriegt, weil ich mich verfolgt fühlte, und bin querbeet durch Dornensträucher gerannt.«

»Das passiert andauernd. Wenn man allein im Wald ist, hört man immer Schritte hinter sich.«

Alle nickten zustimmend.

»Vielleicht war es ein Kushtaka.«

Jenna schreckte zusammen. Wieder dieses Wort. Kushtaka. Rolfe hatte es ausgesprochen, der mit dem Joint, der ihm jetzt schon fast die Lippen verbrannte. Er saß auf einer Werkzeugkiste, lässig gegen den Mast zurückgelehnt, und blinzelte in die Sonne. Das eine Bein hatte er untergeschlagen, und die Bierdose balancierte schräg auf seinem angewinkelten Knie. Aus dem anderen salzgebleichten Jeansbein ragte ein langer, knochiger, nackter Fuß.

»Ein Kushtaka?« fragte Jenna.

Er kniff die Augen noch mehr zusammen, nahm die Kippe aus dem Mund und schnippte sie ins Wasser.

»Der Herrgott erlöse uns von Gespenstern und Untoten und Poltergeistern, Amen!«

Rolfe langte in die Kühlbox neben ihm und holte noch

ein Bier hervor. Als er die Dose aufriß, traf eine Sprühfontäne auf Marc, der nur lachte.

»Was ist ein Kushtaka?« beharrte Jenna. Sie wollte sehen, ob die Schauergeschichten der alten Frau sich bestätigen würden. Immerhin war sie fünf Dollar dafür losgeworden.

»Irgend so eine indianische Legende«, brummelte Rolfe. »Werwölfe, so was in der Art.«

»Aber wie sehen sie aus?«

»Halb Mensch, halb Otter. Sie können sich in alles mögliche verwandeln. Darum sollte man nie einem Unbekannten in den Wald folgen. Er könnte ein Kushtaka sein, der einem die Seele stehlen will.«

Aha, dachte Jenna, das paßt ja alles. Sehr gut. Genau, was die Alte erzählt hat. Genau wie der Typ am Mount Dewey. Die Leute gehen hier alle mit der gleichen Geschichte hausieren.

»Mann, Rolfe, jetzt hör aber auf. Siehst du nicht, daß du ihr angst machst?« Eddie legte schützend den Arm um Jennas Schulter.

Rolfe zuckte unbeeindruckt die Achseln und zündete sich einen neuen Joint an. »Ist doch besser, wenn sie gewarnt ist, oder?«

»Quatsch, es gibt überhaupt keine Kushtaka«, schnaubte Eddie. »Ich hab mich schon hundertmal im Wald verlaufen, dann müßte ich doch wohl schon einem begegnet sein. Das ist bloß eine dumme Schauergeschichte, weiter nichts.«

»Ach ja? Dann frag doch mal Whitey Jorgenson«, entgegnete Rolfe.

»Und wer ist Whitey Jorgenson?« wollte Jenna wissen.

»Sein Vater, der alte Nils, der ist von einem Kushtaka verschleppt worden.«

»Mann, Rolfe«, stöhnte Eddie genervt und lehnte sich an die Reling, »du immer mit deinen Geschichten.«

»Ich erzähl keine Geschichten.«

»Doch, bitte! Erzählen Sie«, sagte Jenna.«

»Tja, also …« Rolfe räusperte sich. »Wenn Sie's hören wollen, gern, aber wenn Eddie dann sauer auf mich ist …«

»Na gut, erzähl schon«, knurrte Eddie.

»Okay.« Rolfe blickte sich zustimmungheischend in der Runde um. »Der alte Nils hielt ein paar Milchkühe, und die Milch verkaufte er in der Stadt. Er wohnte draußen beim Institut auf einer kleinen Farm, er und seine Frau und Whitey, der damals noch ein Baby war. Kennen Sie das Institut?«

Jenna schüttelte den Kopf.

»Das ist die frühere Indianerschule, so zwei, drei Meilen vor der Stadt. Also, die hatten da diesen urigen Hof, so richtig noch ohne Strom und alles. Und eines Morgens geht Nils zum Melken raus, und zwei von den Kühen sind weg. Einfach verschwunden. Und wo sie gestanden haben, waren nur noch zwei Blutlachen.

Nils dachte gleich an Viehdiebe, und darum hat er sich in der nächsten Nacht mit seiner Flinte auf die Lauer gelegt. Aber irgendwann ist er dann doch eingenickt, und als er am Morgen aufwachte, waren wieder zwei Kühe weg. Wieder genau das gleiche, bloß noch zwei Blutlachen übrig.

Na, da hat ihn aber der Zorn gepackt. In der nächsten Nacht stellt er also einen Schemel auf eine hohe Kiste, klettert rauf und wartet, und wie er dann wieder einschläft, fällt er runter und wacht auf. Und was sieht er da? Vier oder fünf Männer, die sich über eine von den Kühen hermachen und ihr die Kehle durchbeißen. Und als die Kuh dann schließlich verendet ist, schleifen sie sie weg und fangen mit der nächsten an.

Der alte Nils springt auf und hält einem von ihnen den Gewehrlauf an den Hinterkopf. ›Jetzt bist du fällig, du

Schwein‹, brüllt er, und wie er gerade abdrücken will, dreht der Kerl sich um, und es ist Nils' Bruder. Der war zwei Jahre vorher beim Fischen ertrunken. Fragen Sie Eddie, der kann bezeugen, daß das stimmt.«

Rolfe sah zu Eddie hinüber, der nur die Augen verdrehte und die Achseln zuckte. Rolfe fuhr fort:

»Also sagt Nils zu seinem Bruder: ›Ich dachte, du bist ertrunken.‹

›Nein‹, sagt der Bruder. ›Diese netten Leute hier haben mich gerettet. Komm mit, dann zeig ich dir, wo ich wohne.‹

Und so ist der alte Nils mit seinem Bruder mitgegangen.

Am nächsten Morgen dreht Nils' Frau schier durch. Alle Kühe sind weg, und ihr Mann dazu. Sie hat Angst, daß die Räuber als nächstes *sie* holen kommen, und am Abend geht sie mit einem Fleischermesser bewaffnet ins Bett.

Mitten in der Nacht wacht sie auf, weil sie irgendein Geräusch im Hof hört. Jemand ist eingebrochen, und sie ängstigt sich fast zu Tode. Aber dann hört sie die Stimme ihres Mannes. Der alte Nils ist zurück.

›Liebes‹, sagt er, ›ich bin wieder da. Ich hab meinen Bruder gefunden, der ist nämlich gar nicht ertrunken. Er hat mir sein Haus gezeigt, und es ist wunderschön. Jetzt bin ich gekommen, um dich dahin mitzunehmen.‹

Die Frau war ja so froh, sie wollte gleich die Lampe anzünden.

›Wir brauchen keine Lampe‹, sagt Nils.

›Aber ich werde stolpern und hinfallen im Dunkeln, wenn ich nichts sehen kann‹, sagt sie und zündet die Lampe trotzdem an. Und als das Licht auf ihren Mann fällt, sieht sie, was mit ihm los ist. Er sieht aus wie ein Mann, aber er hat kleine schwarze Augen und spitze Tierzähne und strahlt so etwas Teuflisches aus, daß ihr fast das Herz stehenbleibt. Denn sie hatte die Indianer von den Kushtaka erzählen hören. Sie weiß, daß es Otter sind, die sich in jede beliebige Gestalt verwandeln können. Nur ihre Augen und Zähne, die lassen sich nicht verwandeln.

In ihrer panischen Angst nimmt die Frau das Messer, das sie bei sich im Bett hat, und rammt es ihrem Mann mitten ins Herz. Tötet ihn auf der Stelle. Dann packt sie Klein Whitey und rennt Zeter und Mordio schreiend den ganzen Weg bis in die Stadt.

Den Leuten sagt sie, daß sie ihren Mann umgebracht hat, weil er ein Kushtaka war. Aber die Leute lachen sie nur aus. Wie Eddie hier glaubten sie nicht an die Kushtaka. Also sind sie alle mit ihr zu dem Bauernhof zurück, um herauszufinden, was wirklich passiert war. Und als sie dort ankamen, war vom alten Nils nichts mehr zu sehen, weder tot noch lebendig. Aber raten Sie mal, was sie statt dessen fanden?«

Rolfe beugte sich zu Jenna vor und fixierte sie mit starrem Blick.

»Sie fanden einen puschligen kleinen Otter neben dem Bett. Und ich will verdammt sein, wenn dieser Otter nicht ein großes altes Fleischermesser mitten im Herz stecken hatte.«

Rolfe lehnte sich zurück, knautschte seine Bierdose in der Faust zusammen und schmiß sie ins Wasser.

»Noch in derselben Nacht hat Nils' Frau dann den Otter verbrannt. Nur so läßt sich verhindern, daß die Kushtaka eine Seele rauben. Darum verbrennen die Tlingit auch immer ihre Toten.«

Einen Moment lang herrschte Schweigen auf dem Boot. Jenna blickte in die Runde und spürte, daß die anderen ebenso gebannt waren wie sie von der sonderbaren Geschichte.

»Hey, Eddie«, rief Marc plötzlich. »Zeig ihr mal deine

Zähne, sonst glaubt sie am Ende noch, du bist auch einer von ihnen.«

Der Bann war gebrochen, alle lachten. Selbst Eddie grinste und bleckte gutmütig die Zähne. Aber Jenna konnte sich nicht so schnell aus der Anspannung lösen. Sie wußte etwas, das die anderen nicht wußten. In ihrem Kopf überstürzten sich die Bilder. Otterzähne und Otteraugen. Verwandlungen, schneller als ein Wimpernschlag. Ein huschendes Eichhörnchen, ein Bärenjunges, ein Mann. Es kann jede Gestalt annehmen. Aber seine schwarzen Knopfaugen und seine spitzen Zähne kann es nicht verändern. Sie versuchte, das Grauen von sich abzuschütteln. Eddie legte ihr die Hand auf den Arm.

»Alles in Ordnung?«

Sie lächelte ihn an. »Ja ja. Ich grusele mich nur so leicht bei solchen Geschichten.«

Alle lachten. Rolfe lehnte sich wieder träge an den Mast, und Jamie nahm sich noch ein Bier. Jenna wandte sich zu Eddie.

»Ich geh jetzt dann noch mal nach Oscar suchen.«

Jenna kletterte auf den Steg hinunter und winkte zum Abschied. Hinter dem Boot konnte sie eine kleine Insel mitten in der Bucht sehen. Es wimmelte dort von Touristen vom Kreuzfahrtschiff, die wie bunte Ameisen um ein Holzhaus und ein paar Totempfähle herumliefen.

»Was ist denn das für eine Insel?« rief Jenna zu Eddie hinauf.

»Shakes Island. Chief Shakes war hier der große Tlingit-Häuptling, daher der Name. Wrangells wichtigste Touristenattraktion.«

Jenna nickte. »Vielleicht fahr ich auch mal rüber. Bis dann. Danke für die Geschichte, Rolfe.«

Rolfe hob lässig die Hand zu einem Indianergruß, während Jenna sich umdrehte und den Steg entlag in Richtung Stadt zurückging.

Ihr leerer Magen ließ sie gleich das nächstbeste Imbißlokal auf der Hauptstraße ansteuern. Es war voll von rauchenden, kaffeetrinkenden Frauen. Jenna setzte sich an den Tresen. Sie bestellte eine Schüssel Erbsensuppe, die erstaunlich gut schmeckte, auch wenn die Croutons etwas zu fett waren.

Sie war noch am Essen, als ein junger Mann sich auf den Barhocker neben ihr setzte und einen Cheeseburger bestellte. Er hatte einen Backpack mit Schlafsack und einen Gitarrenkasten dabei. Er sah nicht schlecht aus, dunkelhaarig und unrasiert, wie ein Student, der versuchte, Jack Kerouac nachzueifern.

Seinen Cheeseburger verdrückte er schweigend, obwohl er hin und wieder einen Seitenblick zu Jenna hin riskierte. Solche gezwungene Nähe zu Fremden war Jenna immer lästig. Wie im Flugzeug, wo man so eng nebeneinander saß, daß man sich notgedrungen zu sinnlosen Gesprächen verpflichtet fühlte.

»Entschuldigen Sie«, begann der junge Mann denn auch prompt.

Jenna blickte von ihren matschigen Croutons auf und zwang sich zu einem Lächeln.

»Ich bin gerade erst angekommen. Ist das da drüben das einzige Hotel hier?« Er zeigte auf das Stikine Inn.

»Nein, es gibt noch eins draußen beim Flughafen, aber ich weiß nicht, ob das zu empfehlen ist.«

Er nickte und schob eine Handvoll Pommes in den Mund.

»Sie wissen nicht zufällig, ob ich mein Zelt da hinten im Park aufstellen kann, oder?«

»Keine Ahnung. Ich bin selbst nicht von hier. Vielleicht fragen Sie lieber jemand anderen.«

Er nickte wieder und trank einen Schluck Cola. Jenna hoffte, daß er es dabei belassen würde, und hätte sich am liebsten in die hinterste Nische verkrümeln wollen.

»Kommen Sie von dem Kreuzfahrtschiff?« fragte er.

»Nein.« Sie versuchte, nicht allzu genervt zu klingen.

»Wohnen Sie im Hotel?«

»Nein.« Immer schön einsilbig bleiben. Wo sie denn dann wohne? »Bei Freunden.«

»O ja, das ist immer das Beste. Viel netter, und vor allem billiger.«

Er lachte und stopfte weitere Pommes nach. Jenna beeilte sich, ihre Suppe aufzuessen, um endlich gehen zu können.

»Entschuldigen Sie, daß ich so viel rede«, fing er wieder an. »Ich bin schon so lange allein gereist, da fehlt einem das richtig. Ich unterhalte mich einfach gern mit Leuten.«

Der Junge tat Jenna leid. Er schien doch ganz nett zu sein. Aber seine Lebensgeschichte interessierte sie nicht im geringsten. Sie hatte schon genug mit ihren eigenen Problemen zu tun. Andererseits war sie es von jeher gewohnt, höflich zu Fremden zu sein. Also gut, sollte er seine Gegenfrage haben.

»Wo sind Sie her?«

Er strahlte über die unerwartete Aufmerksamkeit, verschluckte sich vor lauter Hast an seinen Pommes und mußte erst einmal Cola nachtrinken.

»Aus Oklahoma. Hab den ganzen Weg mit dem Motorrad zurückgelegt. Dann hab ich's aber verkauft. Das hat mir fast das Herz gebrochen. War eine klasse Maschine, eine alte BMW mit Beiwagen.«

»Schade.«

»Eben. Aber ich brauchte das Geld fürs Fährenticket zurück nach Bellingham. Dort such ich mir einen Job für den Winter, und nächstes Jahr geht's weiter.«

»Wohin denn so?«

»Och, das wird sich schon finden. Meine Gitarre und

ich, wir lassen uns treiben, wie das Karma es will, ein paar neue Songs springen immer dabei raus.«

Sie winkte nach der Rechnung. So, das war jetzt ihre gute Tat des Tages. Mit einem abgedrifteten Provinzhippie zu reden, der versuchte, die wildromantische Lebensvision eines Nachkriegspoeten zu seiner eigenen zu machen.

»Na denn, alles Gute noch«, sagte Jenna und stand auf. »War nett, mit Ihnen zu plaudern.«

Sie wandte sich zur Kasse.

»Vielen Dank. Wie war gleich Ihr Name? Ich möchte immer gern wissen, mit wem ich mich unterhalten habe, als Textdichter brauch ich das für meine Songs, wissen Sie.«

»Wie originell. Ich heiße Jenna.«

»Jenna«, wiederholte er und schüttelte ihr die Hand, wobei er ihr tief in die Augen blickte. »War schön, mit Ihnen zu reden, Jenna. Ich heiße Joey.«

Jenna zahlte die Rechnung, verließ das Lokal und ging nach rechts, an den Fenstern vorbei, in Richtung Hafen und Shakes Island. Joey schaute ihr nach, zahlte dann schnell und fragte die Kellnerin, wo er die nächste Telefonzelle finden könne.

Eine schmale Holzbrücke führte zu dem Inselchen hinüber. An jedem der Pfeiler schwappte bräunlicher Schaum auf dem Wasser, und der saure Geruch von verfaulendem Fisch hing in der Luft. Jenna überquerte die Brücke, so schnell sie konnte, betrat den ausgedörrten Grasboden der Insel und mischte sich unter die Touristen, die eifrig damit beschäftigt waren, sich in immer gleichen Posen gegenseitig zu fotografieren.

Mitten auf der Insel stand Chief Shakes' Haus, gut fünfzehn Meter breit und dreißig Meter lang, von acht hohen Totempfählen umgeben. Eine Messingplatte auf einem Granitsockel tat den Besuchern kund, daß die Insel als nationales Wahrzeichen erst vor wenigen Jahren restauriert worden sei und in ihrem jetzigen gepflegten Zustand erhalten werden solle. Bei den Totempfählen handelte es sich um Duplikate, die Originale befänden sich zum Schutz vor Verwitterung im Museum in Juneau. Chief Shakes, hieß es weiter, sei der Name, den der Häuptling der früher hier ansässigen Tlingit-Indianer angenommen habe; genau wie der Papst erhalte auch ein Häuptling nach seiner Wahl einen neuen Namen.

Die Vorderfront von Chief Shakes' Haus war mit einem reich geschmückten, schwarzroten Gesicht bemalt, dessen Details aus lauter kleineren Gesichtern zusammengesetzt waren, und diese wiederum aus noch kleineren, so daß es kaum möglich war, das allerkleinste Element zu finden. Es war wie der Blick in endlos reflektierende Spiegel. Der Eingang bestand aus einem halbkreisförmigen Loch, durch das man nur auf allen vieren kriechen konnte. Innen hing eine rote Decke über der Öffnung.

Jenna schob die Decke zur Seite und richtete sich wieder auf. Im Haus war es kühl und dunkel. In jeder Ecke stand ein Totempfahl, von oben bis unten mit unzähligen eingeschnitzten Gesichtern bedeckt. Manche Gesichter waren mit Perlmuttaugen, Tierzähnen oder Menschenhaar geschmückt. Jenna gruselte es bei dem Anblick. Obwohl der Boden mit Zederholzdielen ausgelegt war, gab es in der Mitte nur einen großen Kreis aus gestampftem Lehm mit ein paar Tontöpfen darauf, die wohl zeigen sollten, daß dies die Feuerstelle war. Und das kleine Loch obendrüber im Dach diente dann als Rauchabzug.

Jenna blickte sich um in der Hoffnung, irgendwo in den Schnitzereien einen Kushtaka zu entdecken, und tatsächlich fand sie auch sehr schnell einen, unten an dem Pfahl in der nordöstlichen Hausecke. Es kam ihr vor, als hätte sie schon einen eigenen Radar für diese Art Gesicht entwickelt; obgleich es ihr förmlich ins Auge sprang, war es ganz versteckt zwischen vielen anderen angebracht, ein Fischleib mit zwei Köpfen, die sich ineinander zu verbeißen schienen. Schnell hockte sie sich vor den Totempfahl, nahm ihre Kette ab und hielt sie prüfend neben die Schnitzereien. Ja, dasselbe Motiv.

Seltsam, wie es sie ohne ihr Zutun auf Schritt und Tritt verfolgte. War der Mann im Wald womöglich hinter ihrem Amulett her gewesen? Sie blickte sich nach einem Wärter um, der über das Haus Bescheid wußte und ihr vielleicht weiterhelfen konnte. Dort, wo die meisten Blitzlichter flackerten, saß ein touristenumlagerter alter Indianer an einem Tisch mit einer Blechbüchse und einem Pappschild, auf dem »SPENDEN« zu lesen stand. Sie drängelte sich durch die Amateurfotografen und steckte einen Zehndollarschein in die Büchse. Kleine Bestechung.

Der Alte lächelte Jenna an, und sie legte ihre Silberkette auf den Tisch. Er hob sie auf und rieb sie zwischen Daumen und Zeigefinger, besah sich die eingemeißelte Figur auf dem Anhänger, legte sie wieder hin.

»Was ist das für ein Motiv?« fragte Jenna.

Der Alte sah sie ausdruckslos an. Dann zeigte er auf den Totempfahl in der Ecke.

»Sie haben's schon gefunden«, sagte er.

»Stimmt, aber was ist es?«

»Ein Kushtaka.«

Nun, das wußte sie ja schon. Aber jetzt hatte sie es sozusagen mit Brief und Siegel.

»Und was *ist* ein Kushtaka?« fragte sie weiter.

»Ein Geist der Tlingit-Indianer. Der Geist des Fischotters. Alle Tiergeister besitzen Macht, aber der Kushtaka ist der Geist, dessen Macht jeder Schamane am meisten begehrt. Ohne sie ist der Schamane nicht vollkommen.«

Schön und gut, aber das brachte Jenna auch nicht weiter. Sie wollte keine neuen Rätsel, sondern eine Erklärung.

»Aber warum ist dieser Kushtaka denn so mächtig?«

»Raven gab dem Kushtaka die Macht, seine Gestalt zu verändern, und das Land und die See zu beherrschen.«

Jenna verlor allmählich die Geduld. »Ich dachte, sie rauben Menschen«, schnaubte sie.

Der Alte lachte leise und schüttelte den Kopf.

»Die Kushtaka rauben *Seelen.* Sie verwandeln sie in Kushtaka. Sie wachen über die Wälder und die See und retten verlorene Seelen, die schwach und hilflos und dem Tode nah sind, und die verwandeln sie in Kushtaka.«

»Und das ist schlecht?«

»O ja. Die Seele eines Tlingit wird viele Male wiedergeboren. Wenn jemand stirbt, verbrennen die Tlingit seinen Leichnam, damit er ungehindert ins Land der toten Seelen übergehen kann. Von dort wird seine Seele zu seiner Familie zurückkehren. Aber wenn er von den Kushtaka vor dem Ertrinken gerettet wird, ist seine Seele für immer bei ihnen gefangen.«

Jenna starrte den Alten entgeistert an.

»Vor dem Ertrinken gerettet?«

Der Alte nickte. »Das kommt am häufigsten vor. Ein Fischer kippt mit seinem Kanu um. Er klammert sich an das Boot, aber mit der Zeit verlassen ihn die Kräfte, und dann tauchen die Kushtaka in Gestalt von Familienmitgliedern vor ihm auf und reden ihm ein, ihnen zu folgen. Schließlich kann er ihrer Macht nicht widerstehen und gibt auf.«

Er hatte um Hilfe gerufen, sank immer tiefer, bis er unter den Wellen verschwand.

Jenna spürte, daß sie von dem alten Indianer weg mußte. Er wußte, daß sie etwas zu verbergen hatte, und er durchschaute sie. Sie trat ein paar Schritte zurück, um sich wieder zu fangen.

»Der Kushtaka schlägt sein Opfer in seinen Bann. Er macht es schläfrig und willenlos, bis es sich nicht mehr rühren kann.«

Sie hatte ihre Arme nicht bewegen können. Sie hatte reglos zugesehen, wie er in der Dunkelheit versank.

»Und wenn der Kushtaka sein Opfer besiegt hat, nimmt er es mit in seine Höhle, wo die Verwandlung vollzogen wird. Dann ist das Opfer für immer zu einem Kushtaka geworden.«

Die tückische Strömung. Der sandige Meeresgrund. Der Körper, der nie aufgefunden wurde.

Jenna wich noch weiter zurück, strauchelte am Rand der Feuerstelle, knickte mit dem Fuß um und ging zu Boden.

Der Alte stand hinter seinem Tisch auf, um ihr zu helfen, aber ein paar Touristen waren ihr schon zu Hilfe geeilt. Sie rappelte sich auf die Knie auf und schaute leicht benommen zu dem Alten hoch, der besorgt über sie gebeugt stand.

»Wie kann man jemanden retten, der verwandelt worden ist?«

Der Alte blickte sie schweigend an, als sähe er in ihrer Frage keinen Sinn. Sie langte nach seinem Hemd, um die Antwort notfalls aus ihm herauszuschütteln, aber sie verfehlte ihn und fiel wieder hin, bekam gerade noch seinen Knöchel zu fassen.

»Wie kann man jemanden retten!« schrie sie.

Wie er da mit seinem zerfurchten runden Gesicht auf sie hinabblickte, verstand er wohl endlich, daß Jenna es unbedingt wissen mußte, daß ihr ganzes restliches Leben von seiner Antwort abhing.

»Nur ein Schamane kann eine Seele retten. Allein ein Schamane.«

Jenna richtete sich steifbeinig auf. Ihr verstauchter Knöchel pochte. Die Leute ringsum, die ihr alle helfen wollten, schauten ihr verblüfft nach, als sie humpelnd zum Ausgang hastete. Sie mußte dringend an die frische Luft. Als sie durch die Türöffnung kroch, rempelte sie jemanden mit dem Kopf an. Aber sie konnte jetzt keine Zeit mit Entschuldigungen vertun.

»He!« rief er.

Sie schaute zurück. Es war der junge Mann aus dem Imbißlokal. Wie hieß er noch gleich? Er sah aus wie ein Schauspieler. Um Jenna herum drehte sich alles. Ihr war übel. Mühsam schleppte sie sich mit ihrem verstauchten Knöchel zur Brücke. Aber das war es nicht, wovon ihr schlecht war. Die Wahrheit war es, die sie wie ein Faustschlag in die Magengrube getroffen hatte. Es war die Wahrheit, die in ihr zog und zerrte, die forderte, daß sie ihr Innerstes nach außen kehrte. An der Brücke angekommen, gab der faulige Fischgestank ihr den Rest. Sie lehnte sich über das Geländer und erbrach sich.

Als sie hinter sich einen ganzen Pulk wohlmeinender Zeitgenossen nahen sah, geriet sie endgültig in Panik. Sie stürzte los, zurück zu Eddies Haus. Nein, sie konnte diesen Leuten jetzt nicht standhalten. Sie konnte ihnen nicht ins Auge sehen und sagen, daß alles in Ordnung sei. Denn sie kannte die Wahrheit. Sie wußte, was passiert war.

Bobby war nicht tot. Ihr Sohn war nicht ertrunken.

Ihr Junge war bei den Kushtaka.

Vor zwanzig Jahren hatte Sheriff Larson sich noch für den Sonnenkönig von Mayberry gehalten. Mit einem einzigen alten Polizeiwagen und zwei Gefängniszellen verkörperte er Gesetz und Ordnung in einer praktisch verbrechensfreien Umgebung. Seine Hauptaufgabe bestand darin, bei Kneipenschlägereien zwischen betrunkenen Indianern einzuschreiten. Zur Strafe mußten die Raufbolde ihren Rausch dann auf dem Revier ausschlafen und die Zelle für das nächste Wochenende putzen.

Aber in Wrangell wehte dann ein anderer Wind. Die guten alten Zeiten waren endgültig vorbei. Früher hinterließen die Halbstarken nur Bierdosen in den Wäldern. Jetzt waren es Crackröhrchen. Neue Billigdrogen hatten sich mit Windeseile in Alaska verbreitet und einstmals brave Hinterwäldler in Süchtige verwandelt. Neuerdings gab es sogar Einbruchsdelikte und ähnliche Beschaffungskriminalität, die früher schlichtweg undenkbar gewesen war.

Andere Dinge hatten sich auch verändert. Sheriff Larson fuhr einen neuen Wagen, einen todschicken Mustang, von der Stadt finanziert, um potentielle Gesetzesbrecher einzuschüchtern. Was natürlich zwecklos war.

Die Stadt hatte Sheriff Larson außerdem mit drei Hilfssheriffs ausgestattet. Auch das half nicht viel. Er versuchte ihnen zu erklären, daß Verbrechen wie eine Krankheit sei: wenn man nur die Symptome behandelte, konnte man das Grundübel nie ausmerzen. Er glaubte, daß die Gesellschaft selbst krank war. Ein verkrüppelter Baum hatte eben einen Hang zum Schiefwachsen. Doch diese Auffassung war seinen Kollegen nur schwer zu vermitteln.

Sheriff Larson hatte all das von einem Mädchen gelernt, das er sehr liebte, damals im Dschungel. Ein wunderschönes vietnamesisches Mädchen, das ihn lehrte, ein Mann zu sein. Die Marines hatten ihm in nur drei Monaten beigebracht, ein Vieh zu sein. Mai brauchte zwei Jahre, damit aus ihm wieder ein Mensch wurde. Zwei Jahre, und ihr Leben. Sie mußte erst einem chemischen Entlaubungsmittel zum Opfer fallen, damit Larson wirklich verstand. Ein qualvoller Krebs, der sie langsam zerfraß. Eine Chemiebombe in einem Kanister, den er gegen seinen Willen abgeworfen hatte, wurde auch ihm zum Verhängnis, indem ihm genommen wurde, was er über alles liebte. Ironie des Schicksals? Nein. Ironie ist eine Erfindung der westlichen Welt. Es war eine Lektion, die er lernte. Er hatte begriffen, daß man für seine Überzeugung auch einstehen mußte. Danach kehrte er in seine Heimatstadt zurück, um bei der Polizei zu arbeiten, vielleicht als sein Beitrag, die marode Gesellschaft zu heilen.

Jeden Morgen fuhr Sheriff Larson in seinem schicken roten Sportwagen in die Stadt. Er wohnte draußen am Highway, ganz allein in einem Haus auf einem Felsvorsprung, ohne Nachbarn. Und jeden Morgen gönnte er sich den kleinen Luxus, seinen Rennmotor voll aufzudrehen und mit hundertsechzig Sachen den Highway entlang zu rasen.

Die Straße war immer leer. In den Kurven nahm Larson etwas Gas weg, nachdem er fast einmal ein Reh überfahren hätte, was auch ihn das Leben hätte kosten können. Aber auf gerader Strecke ließ er den Wagen richtig auf Touren kommen, bis er wie eine zufriedene Raubkatze schnurrte.

An diesem dunstigen Morgen, um genau 5 Uhr 53, als er nach einer langen Linkskurve gerade wieder beschleunigte, mußte Sheriff Larson auf einmal so hart in die Eisen steigen, daß er dachte, sein Fuß würde glatt den Wagenboden durchstoßen. Aber das automatische Kickbrake-System fing den Wagen vorbildlich ab, so daß er auf einer pfeilgeraden Linie ohne jedes Schleudern zum Stehen kam. Und kaum einen Meter vor seiner Stoßstange, stocksteif vor Schreck, sah Sheriff Larson nicht etwa ein Reh stehen, sondern ein Kind. Einen kleinen Jungen, etwa sechs Jahre alt, einszwanzig groß, mit halblangen, lockigen dunklen Haaren und dunklen, weit aufgerissenen Augen.

Der Sheriff atmete tief durch und stellte den Motor ab. Sein Herz klopfte wie wild bei dem Gedanken, was geschehen wäre, wenn er den Jungen überfahren hätte. Er stieg aus und betrachtete das Kind, das sich immer noch nicht rührte.

»Alles in Ordnung mit dir?« fragte er.

Doch das Kind antwortete nicht. Der Schreck hatte ihm die Sprache verschlagen. Es drehte den Kopf von einer Seite zur anderen, wie ein sicherndes Tier, fiel dem Sheriff auf, immer hin und her zwischen seiner Stoßstange und dem Waldsaum rechts vom Wagen. Larson folgte seinem Blick und entdeckte einen Schäferhund, der knurrend und zähnefletschend am Straßenrand kauerte. Er kannte den Hund. Es war der von der Frau aus dem Stikine Inn. Der Hund bellte plötzlich auf und lief auf die Straße. Blitzschnell flüchtete der Junge auf die andere Seite in die Büsche.

»He, Moment, warte mal.« Der Sheriff war sich nicht recht klar, was er von der Situation halten sollte, aber offensichtlich hatte der Junge panische Angst vor dem

Hund. »Hierher, bei Fuß«, rief er dem Hund zu, der den Jungen immer wütender ankläffte.

Sheriff Larson näherte sich dem Jungen. »Keine Bange, Kleiner, ich bin ja da.«

Er versuchte, zwischen den Hund und das Kind zu treten, aber der Junge zuckte vor ihm zurück, und im gleichen Augenblick schoß der Hund auf den Jungen zu und schnappte nach seinem Arm. Der Junge wich geschickt aus und schlug dem Hund mit der Faust auf den Kopf. Obwohl es nicht wie ein harter Schlag aussah, reichte es, um den Hund kurz zu stoppen, und während der Sheriff das verdatterte Tier mit einem schnellen Sprung am Halsband packte, drehte der Junge sich um und tauchte ins Unterholz ab. Der Hund jaulte und zappelte, konnte sich aber nicht losreißen. Sheriff Larson war ein kräftiger Mann, und er hob den Hund hoch, trug ihn zum Wagen, schmiß ihn auf den Rücksitz und knallte die Tür hinter ihm zu.

Er spähte in den Wald nach dem Jungen, rief ihn immer wieder, doch von dem Kleinen war nichts zu sehen. Auf dem Rücksitz gebärdete der Hund sich wie toll, warf sich gegen die Scheiben, versuchte verzweifelt, ins Freie zu kommen. Der Sheriff ging ein Stück in den Wald hinein, behielt aber stets den Wagen im Auge, um sich nicht zu verlaufen. Er wußte, wie tückisch diese Wildnis sein konnte. Die Wälder konnten einen Menschen einfangen und ihn so lange im Kreise irren lassen, bis er nie wieder hinausfand.

Der Junge war wie vom Erdboden verschluckt, und dem Sheriff wurde es langsam unheimlich. Was hatte so ein Kind hier draußen überhaupt zu suchen? Er kehrte zum Wagen zurück. Der Hund hatte sich inzwischen beruhigt, aber der Sheriff war trotzdem froh, daß es ein Drahtgitter zwischen den Vordersitzen und der Rückbank gab. Während er in die Stadt fuhr, beschloß er, zwei seiner Hilfssheriffs loszuschicken, um die Gegend noch einmal gründlich abzusuchen, aber viel versprach er sich nicht davon. Der Junge war flink und schien gänzlich unverletzt, sicher fand er allein nach Hause, und damit hatte es sich dann. Er dagegen mußte sich jetzt ernsthaft überlegen, was er wegen dieses verdammten Köters unternehmen sollte.

Jenna kehrte zu Eddies Haus zurück und machte sich einen Eisbeutel zurecht, indem sie eine Plastiktüte mit Eiswürfeln in einen Waschlappen schob. Sie wickelte sich die Wolldecke vom Sofa um die Schultern, setzte sich draußen auf die Verandabank, legte das Bein hoch und packte den Eisbeutel auf ihren pochenden Knöchel.

Das alles erledigte sie mit grimmiger Sachlichkeit, die sie sich auferlegt hatte, um der wachsenden Sorge um ihren Geisteszustand entgegenzuwirken. Jenna war verwirrt. Sie wußte nicht mehr, wie ihr geschah. So, wie sie es sah, gab es im Prinzip nur zwei Möglichkeiten: Entweder die Seele ihres Sohnes war von Tlingit-Geistern geraubt worden, oder sie selbst war im Begriff, auf direktem Wege in geistige Umnachtung abzurutschen. Die beiden Möglichkeiten schlossen sich gegenseitig aus; es gab kein ›vielleicht bin ich ein bißchen verrückt‹ und ›vielleicht gibt es doch ein paar Geister.‹ Nein. Entweder, oder. Und Jenna war finster entschlossen herauszufinden, was von beidem hier zutraf.

Jenna lächelte, als sie Eddie mit seiner Fischtüte in der Hand auf das Haus zukommen sah. Sie hatte sich vorgenommen, ihm alles zu erzählen. Sich erst einmal alles von der Seele reden. Sie schloß die Augen und hoffte, daß er ihr dann nicht so leicht würde ansehen können, was mit ihr los war; wie sehr sie sich freute, ihn zu sehen. Es war doch wirklich zu albern: Offenbar verlor sie langsam nicht nur den Verstand, jetzt hatte sie sich auch noch

Hals über Kopf in den erstbesten Mann verliebt, der ihr über den Weg gelaufen war.

Eddie trat auf die Veranda und blieb vor Jenna stehen. »Was ist denn mit deinem Fuß passiert?«

»Ich bin in die Feuerstelle gestürzt.«

»Was? Welche Feuerstelle denn?«

»Drüben auf der Insel, in Chief Shakes' Haus.«

»Aha, verstehe. Hast du Hunger?«

Sie nickte, stand aber nicht auf. Sie wollte es erst hinter sich bringen. Die Belastung loswerden.

»Können wir uns einen Moment unterhalten?«

Er zuckte die Schultern. »Klar. Ich leg nur schnell den Fisch in den Kühlschrank.«

Als er wieder aus dem Haus kam, setzte er sich ihr gegenüber auf die Verandabrüstung. »So, jetzt erzähl mal.«

Jenna räusperte sich. Ihr klopfte das Herz.

»Okay«, begann sie. »Du weißt doch, daß ich verheiratet bin, nicht?«

Eddie nickte.

»Gut. Also – das letzte Mal, daß ich in Alaska gewesen bin, war vor zwei Jahren, im Urlaub mit meiner Familie. Das heißt, mit meinem Mann und meinem Sohn.«

Eddie schaute überrascht drein. Von einem Sohn war bisher noch nicht die Rede gewesen. Warum sie wohl gerade jetzt damit herausrückte? Er konnte es sich nicht vorstellen. Alles, was Jenna betraf, war für Eddie ein Geheimnis.

»Darüber wollte ich eigentlich gar nicht reden. Aber es muß sein, damit du verstehst, worum es hier geht. Damals im Urlaub ist mein Sohn aus einem Ruderboot gefallen und ertrunken.«

»O mein Gott. Das tut mir leid.«

»Nein – darum geht's nicht. Hör zu, Eddie – es sind eine Menge seltsame Sachen passiert, seit ich hier angekommen bin. Irgendein unheimlicher Typ hat mich im Wald verfolgt. Die Kratzer an meinen Beinen siehst du ja selbst. Und ich glaube, jemand hat mich in der Dusche beobachtet. Und dann noch Rolfe mit seiner Geschichte heute…«

»Die Kushtaka?«

»Ja, die Kushtaka. Für mich hat das alles irgendwie eine eigene Logik. Und gleichzeitig ist es purer Wahnsinn. Verstehst du, was ich sagen will?«

Er nickte wieder. Wortlos.

Jenna holte tief Luft. Raus damit. »Also, ich habe das Gefühl, diese Kushtaka-Geschichte könnte etwas mit dem Tod meines Sohns zu tun haben, und ich möchte der Sache gerne nachgehen. Vielleicht ist ja etwas dran. Der Indianer in Chief Shakes' Haus hat gemeint, ich soll einen Schamanen aufsuchen. Das habe ich jetzt vor. Und ich erzähle es dir lieber gleich, weil ich ganz offen zu dir sein will. Wahrscheinlich hältst du mich jetzt für verrückt und möchtest mich rauswerfen, nicht wahr? Du hast Angst, daß ich dir mitten in der Nacht ein Fleischermesser ins Herz steche, weil ich mir in meinem Wahn einbilde, du wärst auch einer von denen. Aber du brauchst keine Angst zu haben, wirklich nicht. *Du* bist keiner von denen, und ich auch nicht, aber irgendwo laufen hier welche herum, und deswegen muß ich einen Schamanen finden.«

Außer Atem hielt sie inne. Sie wußte nicht, was sie sonst noch sagen sollte. Sie wußte nicht, ob Eddie sie überhaupt verstand.

»Das hier ist das Wichtigste, was ich je in meinem Leben unternommen habe«, setzte sie mit bebender Stimme hinzu. Sie spürte, wie aufgewühlt sie war. Sie wollte nicht die Beherrschung verlieren, aber sie wollte auch, daß Eddie die ganze Tragweite der Sache begriff. »Es geht um Bobby, meinen Sohn. Kannst du das verstehen?«

Er wartete, bis sie sich mit ein paar tiefen Atemzügen wieder gefaßt hatte. Dann nickte er bedächtig.

»Ich verstehe.«

Eine Weile saßen sie nur schweigend da.

»Danke, daß du's mir erzählt hast«, sagte Eddie schließlich.

»Ich mußte es tun.«

»Mußtest du nicht, hast du aber. Danke.«

»Ich wollte es«, sagte Jenna. Wieder trat ein längeres Schweigen ein.

»Weißt du«, fuhr sie fort. »Ich bin mir nicht mal recht sicher, wie ich hierhergekommen bin. Ich habe meinen Mann ganz spontan eines Abends verlassen und fand mich dann auf der Fähre wieder, und jetzt hier mit dir, und das ist alles von selbst passiert. Und plötzlich stoße ich auf Schritt und Tritt auf dieses Dings, diesen Kushtaka, von dem ich noch nie im Leben gehört habe. Da kann ich doch nicht einfach so tun, als ob nichts wäre. Ich weiß nicht, ob ich Zwangsvorstellungen habe oder verrückt werde, oder ob ich bloß irgendeiner Fata Morgana aufsitze … Ich weiß es einfach nicht.«

»Ich glaube kaum, daß es etwas mit Verrücktheit zu tun hat.«

»Weißt du, meistens suchen die Leute Zuflucht im Glauben, wenn sie einen geliebten Menschen verlieren. Das hab ich in zwei Jahren Therapie immer wieder gehört, von mindestens einem halben Dutzend Therapeuten. Sie sagen alle dasselbe. Die Menschen finden darin Trost. Und die Therapeuten bestärken sie sogar darin. Denn wenn man an eine höhere Macht glaubt, kann man die Verantwortung für den Tod von sich abwälzen, verstehst du? Man kann sich sagen, ›das war eben so vorbestimmt‹. Dann quält man sich wenigstens nicht länger. Aber ich konnte das nicht, ich glaube nicht daran. Ich war dabei, ich habe gesehen, wie es passiert ist. Das *war* nicht vorbestimmt. Das war einfach nur furchtbar.«

»Und jetzt auf einmal die Kushtaka.«

»Genau. Ich lande hier, mehr oder weniger aus Versehen, und schon erzählt mir jeder, den ich treffe, von den Kushtaka. Ich glaube, ich habe sogar schon einen gesehen. Vielleicht auch zwei. Ich hab's eigentlich nicht so mit dem Übernatürlichen, hab mich nie für Geistererscheinungen oder so etwas interessiert, aber ich glaube, irgend etwas geht hier vor, und um das herauszukriegen, brauche ich einen Schamanen. Das ist jetzt meine Religion. Siehst du, jetzt mache ich doch, was die Therapeuten immer von mir wollten, nur eben auf *meine* Weise.«

Sie lachte und rieb sich mit beiden Händen übers Gesicht.

»Oh, Eddie, sag mal, bin ich übergeschnappt?«

»Nein, das bist du nicht, du hast nur eine lebhafte Phantasie. Weißt du, wenn ich einen Dollar für jede Kushtaka-Geschichte bekäme, die in Wrangell kursiert, wäre ich um zweitausend Dollar reicher.«

»Wie meinst du das?«

»Wrangell hat nur zweitausend Einwohner. Und jeder von ihnen weiß eine andere Kushtaka-Geschichte zu erzählen. Hör mal, Jenna, versteh mich nicht falsch. Du hast viel durchgemacht. Dein Sohn. Das muß sehr hart für dich sein. Aber glaub mir ruhig, es gibt keine Kushtaka. Das ist bloß eine Legende. Ich hab als Kind andauernd im Wald draußen übernachtet, und trotzdem nie einen gesehen. Warum wollten sie *mich* denn nicht rauben?«

Sie vergrub das Gesicht in den Händen, sie wußte auch keine Antwort darauf. Aber hieß das denn schon, daß die Kushtaka nicht existierten?

»Ach, Eddie, du hast ja recht. Aber wenn ich nun trotzdem einen Schamanen konsultieren will? Bist du dann sauer?«

Er lachte.

»Tu, was du nicht lassen kannst. Mir ist das egal. Aber Jenna – nein, sieh mich mal an. Du weißt und ich weiß, daß es keine Kushtaka gibt. Es ist ein Mythos, weiter nichts. Eine Gespenstergeschichte für Kinder. Alles, was dir angst macht, ist Einbildung. Das ist dir doch klar, nicht?«

Sie nickte. Er war wie ihr Dad früher, wenn er versuchte, ihr die Furcht vor dem schwarzen Mann auszureden. »Ich weiß.«

»Und wenn du dir einen Schamanen suchst, was findest du dann? Irgendeinen verrückten Indianer, der um dich herumhüpft und dir für irgendwelchen Mumpitz tausend Dollar aus der Tasche zieht. Kommt mir wie rausgeschmissenes Geld vor.«

Jenna kratzte sich den Kopf. Das alles klang ja sehr vernünftig. Und wo würde sie überhaupt einen Schamanen auftreiben? In den gelben Seiten etwa? Und wenn, wäre er sicher ein Betrüger und würde sie bloß übers Ohr hauen.

»Du hast recht.«

»Na also. Geht's dir jetzt besser? Manchmal hilft es ja, die Dinge auszusprechen, allein schon um zu hören, wie lächerlich es klingt.«

»Daß es lächerlich klingt, wußte ich schon vorher.«

»Heißt das, du willst dir immer noch einen Schamanen suchen?«

Jenna seufzte.

»Nein, ich glaube nicht. Ich weiß nicht. Wo denn auch? Aber nach allem, was passiert ist, würde es mich eigentlich nicht wundern, wenn ein Schamane *mich* fände.«

Eddie lächelte und stand auf.

»Gut, für heute reicht's erst mal mit den Kushtaka. Hast du immer noch Hunger?«

»Und wie.«

Er schwenkte seinen freien Arm. »Ich kann die Bratpfanne halten, aber du mußt umrühren.«

Jenna wollte sich gerade von der Bank erheben, als vor dem Haus ein Auto hupte. Es war der Sheriff. Er bremste vor den Verandastufen und stieg aus.

»'n Abend«, sagte er knapp.

»Was gibt's, Sheriff?« fragte Eddie.

»Tja, ich hab hier diesen Hund...«

Er öffnete die Rücktür und griff nach dem Strick, der an Oscars Halsband befestigt war. Oscar sprang aus dem Wagen und rannte freudig auf Jenna zu.

»...und ich dachte mir, der gehört doch jetzt der jungen Dame aus dem Hotel.«

Jenna drückte Oscar an sich. Wie gut, daß er endlich wieder da war. Aber daß der Sheriff ihn gefunden hatte, war weniger gut. Jenna sah ihm an, daß er ärgerlich war.

»Und das hier, junge Dame, ist ein Bußgeldbescheid.« Der Sheriff hielt ihr den Zettel hin. »Dafür, daß Sie Ihren Hund ohne Leine rumlaufen lassen. Normalerweise würde ich ja ein Auge zudrücken. Aber Ihr Hund hat ein Kind angefallen, und das kann ich nun wirklich nicht dulden.«

Jenna nahm den Zettel.

»Was ist denn passiert?«

»Ich habe ihn erwischt, wie er hinter einem kleinen Jungen her war. Der Junge hatte solche Angst, daß er auch vor mir weggelaufen ist, keine Ahnung, wohin. Wenn ich den Hund noch einmal erwische, kann ich nur noch eins machen, und das will ich gar nicht gern. Verstehen Sie mich?«

Jenna nickte nur und drückte Oscar noch fester an sich. Der Sheriff wandte sich mit hochgezogenen Brauen zu Eddie um. »Ich glaube, sie folgt mir nicht ganz.«

»Doch, doch, Sheriff. Sie hat schon verstanden.«

Der Sheriff ging zu seinem Wagen zurück und öffnete die Tür.

»Ich hoffe nur, der Junge ist gut nach Hause gekommen. Falls ihm was zugestoßen ist, seht ihr mich hier bald wieder.«

»Wo ist denn das mit dem Hund passiert?« wollte Eddie wissen.

»Im Wald heute morgen, auf dem Weg in die Stadt. Beim Institut draußen.«

Das Institut. Schon wieder. In Jennas Kopf ging eine Alarmsirene los. Die Indianerschule. Rolfes Geschichte. Der Sheriff winkte kurz, stieg in den Wagen, wendete und fuhr zurück in die Stadt. Jenna blickte Eddie an.

»Das Institut? Ist das nicht da, wo dieser Bauer gewohnt hat?«

»Welcher Bauer?«

»Na, der aus der Kushtaka-Geschichte. Jorgens, oder wie er hieß.«

Eddie schnaubte gereizt und schüttelte den Kopf.

»Nun sag schon«, beharrte Jenna. »Ist da irgend etwas Wahres dran?«

»Wo dran?«

»Weißt du genau. An dieser Familientragödie.«

Eddie zuckte resigniert die Schultern. »Whitey Jorgensons Mutter war verrückt. Das wußte jeder.«

»Und was weiter?«

»Und sie hat ihren Mann erstochen, als Whitey noch ein Baby war.«

Jennas Herz raste.

»Und was war mit Whiteys Onkel?«

»Kann mich nicht erinnern«, knurrte Eddie und machte Miene, ins Haus zu gehen.

»Eddie!« rief Jenna scharf. »Was ist ihm *passiert*?«

»Er war der Bruder von Whiteys Mutter, und als er umkam, ist sie durchgedreht. Und verrückt, wie sie war, hat sie dann halt eines Tages ihren Mann umgebracht. So etwas kommt immer mal wieder vor. Ich mache jetzt Abendessen.«

Eddie versuchte wieder, sich zu entziehen, aber Jenna ließ nicht locker.

»Eddie, bitte. Wie ist er denn umgekommen?«

Eddie stöhnte genervt auf.

»Also?«

»Ertrunken ist er, okay? Bist du jetzt zufrieden?«

Eddie blickte Jenna herausfordernd an und sah Verwirrung in ihrer Miene. Nur, daß es keine Verwirrung war, sondern langsame, endgültige Erkenntnis. Die letzten Sandkörner, die durch das Stundenglas rieselten. Der letzte Puzzlestein. Auf einmal stand ihr Entschluß fest, unerschütterlich. Sie wußte, was sie zu tun hatte.

Sie mußte einen Schamanen finden, der ihr helfen konnte.

Die Zeit verging, und noch immer keine Rückmeldung von dem Detektiv. Mit jedem Drink versank Robert tiefer in Depressionen. Wozu lohnte es sich denn noch zu leben, so allein? Andere Leute gingen ihm auf die Nerven, fernsehen mochte er nicht, lesen mochte er nicht, essen mochte er nicht. Da blieb nur noch trinken. Alles, was er sich im Leben zum Ziel gesetzt hatte, schien in Bedeutungslosigkeit versunken. Die Zukunft lag hinter ihm. Nun, da alles auseinandergebrochen war, mußte man sich plötzlich fragen, wozu das Ganze; was zum Teufel war in den letzten fünfzehn Jahren eigentlich schiefgelaufen? Vielleicht machte man besser gleich Schluß.

Und während er sich noch einen Tanqueray eingoß, dämmerte ihm, daß er jetzt genau das durchmachte, was Jenna die letzten Jahre durchgemacht hatte. Womöglich hatte er seine eigenen Depressionen immer nur unterdrückt, um ihr eine starke Schulter zum Anlehnen zu bieten. Aber das hatte offenbar nicht gereicht, ja schlimmer noch, ihrer Beziehung nur geschadet. Wenn er offener gewesen wäre, wenn er es zugelassen hätte, daß sie zusammen unglücklich waren, wären sie jetzt vielleicht nicht getrennt. Und so versank er mehr und mehr in Schuldgefühlen, weil er all das nicht eher begriffen hatte. Denn nun war es zu spät.

Er schaute auf den Fernseher und fühlte sich so einsam, daß er am liebsten geheult hätte. Es war Freitag abend, und er hatte Freitagabende seit jeher gehaßt:

immer dieser Streß, ein tolles Wochenende verbringen zu müssen, dieser nagende Verdacht, daß andere mehr Spaß hatten, daß man selbst nie mit den richtig guten Leuten zusammen war.

In seiner Not rief er schließlich seinen alten Freund Steve Miller an. Der wußte immer, was angesagt war, der saß Freitag abends nie vor der Glotze. Und tatsächlich, von Steves Anrufbeantworter erklang die rettende Botschaft: »Heute abend trifft sich alles, was Beine hat, in der Garda Bar. Wer zu lahm ist, da hinzukommen, der kann mir ja eine Nachricht hinterlassen.«

Die Garda Bar. Das war genau, was Robert jetzt brauchte. Wie praktisch, einfach eine Telefonnummer zu wählen und prompt zu erfahren, wo man seinem Trübsinn entkommen konnte. Also nichts wie hin.

Das Lokal war finster, überall Samt, Räucherkerzen auf den Tischen, ein schrecklich herausgeputzter Steve Miller saß verloren in einer Ecke, von zwei jungen Frauen in schwarzen Minikleidchen umrahmt. Er hatte eine dicke Zigarre im Mund. Eins von den Mädchen hatte Riesenbrüste, die wie bei einer Galionsfigur hervorragten. Als Steve ihn am Tisch auftauchen sah, fiel ihm fast die Zigarre aus dem Mund.

»Hey, Robert, ich glaub's nicht, ewig nicht gesehen!«

Er stand auf und fiel Robert um den Hals.

»Du siehst ja furchtbar aus, Alter, was ist denn mit dir passiert. Komm, setz dich erst mal.«

Er schob ihn vor sich her auf die Bank, und die beiden Mädchen rückten zusammen.

»Das hier sind Stacy und Erin. Und das ist mein alter Kumpel Robert. Stacy und Erin studieren an der Business School.«

Robert schüttelte Hände. So warm und weich. Die hübschere, Erin, hatte den kleineren Busen, aber tolle Lippen und eine niedliche Stupsnase.

Steve winkte hektisch nach der Kellnerin.

»Elaine, Schätzchen, mein Freund hier ist am Verdursten.«

Robert bestellte einen Martini, die Mädchen noch zwei Gläser Sekt. Dann verzogen sie sich kichernd in Richtung Damentoilette. Steve legte Robert den Arm um die Schultern und drückte ihn an sich.

»Wie geht's dir denn so, erzähl mal.«

»Och, man lebt.«

»Tatsache? Also ich finde, wir beide könnten uns ruhig öfters treffen, auch wenn deine Frau kein Fan von mir ist.«

»Tja, weißt du, ich bin in letzter Zeit wenig ausgegangen.«

»Genauso siehst du auch aus. Hör zu, Bobbie, du bist und bleibst einer von meinen ältesten Freunden, und es tut mir leid, dich nach all der Zeit in so einem Zustand wiederzusehen. Darf ich dich was Persönliches fragen?«

Steve umklammerte ihn wie mit Saugnäpfen. Seine Pupillen waren so erweitert, daß man kaum noch die Iris sah. Er mußte ziemlich viel eingeworfen haben.

»Frag nur.«

»Habt ihr zwei es noch mal probiert? Ich weiß, euer Bobby war unersetzlich, aber schließlich ist es wohl doch das Beste, wenn man wieder in den Sattel steigt, du verstehst schon.«

Robert nickte bedrückt. Er hätte es ja nur zu gerne noch mal probiert, aber Jenna meinte immer, noch nicht. Bald würde es zu spät sein. Er wollte aber kein mexikanisches Kind adoptieren, er wollte ein eigenes.

»He, Mann, tut mir leid, ich wollte dich nicht noch mehr runterziehen.«

Steve klopfte ihm wohlwollend auf die Schulter. Die Drinks kamen, und Steve bedeutete der Kellnerin mit weltmännischer Geste, alles auf seine Rechnung zu setzen. Dann rückte er wieder auf Tuchfühlung an Robert heran.

»Komm mal mit, Alter, ich geb dir was zu tanken, da sind die Sorgen gleich wie weggeblasen.«

Willenlos folgte Robert ihm zur Herrentoilette. Sie quetschten sich in eine Kabine, und Steve zog eine kleine braune Phiole hervor, an deren Deckel ein winziger Löffel befestigt war. Er schaufelte ein bißchen weißes Pulver aus dem Glasröhrchen, hielt Robert das linke Nasenloch zu und den Löffel an das rechte. Robert schniefte schnell auf. Und noch mal das gleiche auf der anderen Seite. Dann bediente Steve sich selbst großzügig.

»So, mein Lieber, jetzt bist du besser drauf.«

Roberts Stirnhöhlen kribbelten. Er schüttelte den Kopf, erschauerte und lachte schließlich zufrieden.

»Gefallen dir die Mädchen?«

Robert nickte und genehmigte sich noch ein Löffelchen.

»Die eine ist ein bißchen flach, aber was für eine Schnute. Am besten, sie lutscht dir hier gleich einen, wie?«

Steve steckte seine halbvolle Phiole wieder weg, und sie gingen an den Tisch zurück. Die Mädchen waren inzwischen wieder eingetrudelt. Sie hatten sich auch etwas von dem Zeug gegönnt.

Steve schubste Robert auf die andere Tischseite, neben Erin. Er selbst klemmte sich neben sein Busenwunder. Jetzt war Robert nicht mehr deprimiert. Er fühlte sich einfach spitze, lebendig wie lange nicht. Er bestellte sich noch einen Martini, aber den spürte er gar nicht mehr. Locker wie ein Talkmaster quasselte er auf die niedliche Kleine ein, nur ein wenig besorgt, daß er Mundgeruch haben könnte. Sein Mund war trocken und wattig, und der Gin schien da auch nicht zu helfen. Steve und seine Begleiterin knutschten derweil hemmungslos. Robert schaute seine Kleine an, aber sie reizte ihn nicht sonderlich. Er war einfach nicht in der Stimmung dazu, so hübsch sie auch sein mochte. Ob sie wohl ein bißchen enttäuscht war? Auch egal. Was ihm zu schaffen machte, war seine Nase, die mittlerweile aus der Betäubung erwacht war und wie wild angefangen hatte zu laufen. Er mußte immer wieder schniefen und sehnte sich verzweifelt nach der nächsten Dosis. Aber die beiden Turteltäubchen gegenüber wagte er nicht zu stören, und außerdem war fraglich, ob Steve noch etwas herausgerückt hätte.

Doch Erin schien seine Gedanken zu lesen und fragte ihn, ob er mit ihr nach draußen gehen wollte. Also gingen sie hinaus und setzten sich in seinen Wagen. Erin schmiegte sich an seine Schulter und versorgte ihn mütterlich mit einem Löffel Pulver nach dem anderen. Wunderbar. Dann küßte sie ihn. Sobald er ihre eidechsenhafte kleine Zunge spürte, stieß er sie im Reflex von sich.

Sie schaute verwirrt. Er wußte nicht, was er sagen sollte, versuchte aber tapfer, es ihr zu erklären. Koks wirkt manchmal wie ein Wahrheitsserum. Man redet und redet. Und so erzählte Robert ihr alles, von Anfang an. Wie er Jenna getroffen hatte, wie sie ein Kind bekommen und wieder verloren hatten, wie miserabel es ihm seither ging; und daß er Erin sehr anziehend fände, aber einfach wüßte, daß es nicht richtig sei, die Situation auszunutzen.

Und sie verstand ihn.

Robert war erleichtert. Er hatte noch nie so offen mit irgend jemandem geredet. Vielleicht war das der Grund, weshalb Therapeuten solchen Zulauf hatten. Vielleicht hätte er auch mal zu einem gehen sollen, dann hätte Jenna ihn vielleicht nicht verlassen. Alles war wohl seine Schuld.

Erin meinte, sie müsse wieder in die Bar zurück. Stacy

habe sie in ihrem Wagen mitgenommen, und sie habe keine Lust, im Taxi heimzufahren. Robert erbot sich, sie nach Hause zu bringen. Sie fuhren zur University Bridge und dann die Roosevelt hinauf zur Fifty-Third Street. Vor ihrem Wohnblick fuhr Robert rechts ran. Einen Moment saßen sie schweigend da.

»Es war nett mit dir heut abend«, sagte sie schließlich.

»Tut mir leid, daß ich so viel gequatscht hab.«

»Aber nein. Das macht doch nichts.« Sie kramte ein Streichholzheftchen hervor. »Wenn du wieder mit jemandem reden willst, dann ruf mich einfach an.«

»Danke.«

Sie zögerte kurz.

»Willst du noch etwas davon?«

Noch etwas? Kitzlige Frage. Sie hielt das Glasröhrchen hoch und kniff prüfend die Augen zusammen. Viel war nicht übriggeblieben.

»Hier, nimm es mit.«

Sie drückte es ihm in die Hand und blickte ihn vielsagend an. Dann stieg sie aus und schlenderte davon.

Robert bog um die nächste Straßenecke und schniefte den Rest auf. Es würde eine lange Nacht werden. Lang, schlaflos und unerfreulich.

Gegen ein Uhr morgens schreckte Jenna aus tiefem Schlaf auf. Schon wieder Oscar. Hechelnd und knurrend rannte er zwischen Tür und Fenster hin und her. Jenna stieg aus dem Bett und schaute aus dem Fenster zum Haus ihrer Großmutter hinüber, konnte aber nichts sehen. Sie konnte sich beim besten Willen nicht erklären, was Oscar so verrückt machte.

Als sie die Schlafzimmertür öffnete, schoß Oscar zur Haustür und sprang pfotenscharrend daran hoch, genau wie in der vorigen Nacht. Aber diesmal war Jenna entschlossen, der Sache auf den Grund zu gehen. Sie fand eine Taschenlampe unter der Küchenspüle, zog sich Jeans und Sweatshirt über, nahm Oscar an die Leine und schloß die Tür auf. Oscar zog sie ungestüm auf die Veranda hinaus und riß ihr fast die Leine aus der Hand.

Draußen war alles still. Auf der Straße ließ Jenna den Strahl ihrer Taschenlampe kreisen: nichts. Aber Oscar zerrte sie dennoch knurrend weiter, in Richtung Wasser.

Dann entdeckte Jenna plötzlich eine Gestalt. Es war ein kleiner Junge, der dicht an der Uferbrüstung stand. Er schien nicht älter als fünf oder sechs, und er hatte einen wunderschönen, rabenschwarzen Lockenschopf. Vor dem Lichtstrahl ihrer Lampe wich er zurück, mit der Hand vor den Augen. Er schien drauf und dran, auf den Strand hinunterzuspringen, aber er zögerte noch.

Jenna faßte Oscars Leine kurz, damit er nicht näher an den Jungen heran konnte. Sie mußte sich mit ganzer

Kraft gegen den aufgebrachten Hund anstemmen. Oscar bellte. Der Junge kletterte über die Uferbrüstung.

»Warte«, rief Jenna ihm zu. »He, warte doch.«

Der Junge verharrte einen Moment rittlings auf der Mauer und blickte zu Jenna zurück.

»Ist es der Hund? Hast du Angst vor dem Hund?«

Der Junge rührte sich nicht.

»Er beißt nicht, er kennt dich nur nicht, darum bellt er. Schau, ich binde ihn hier an.«

Mit Mühe zerrte sie Oscar zur Veranda zurück und machte die Leine am Geländer fest. Oscar bellte wie rasend, als Jenna wieder auf den Jungen zuging.

»Ich heiße Jenna, und wie heißt du?« Sie näherte sich mit vorsichtigen Schritten, um ihn nicht zu erschrecken.

Der Junge antwortete nicht, blickte sie nur seltsam an.

»Alles o. k.? Es ist ja schon ganz schön spät, um so allein unterwegs zu sein, nicht?«

Der Junge machte noch immer keinen Mucks. Er hockte nur da und wartete ab, was Jenna als nächstes tun würde. Sie wollte ihn auf keinen Fall in die Flucht schlagen, darum richtete sie den Lichtstrahl der Lampe nicht auf sein Gesicht, sondern auf seine Füße. Trotzdem verschwand er auf einmal ohne Vorwarnung hinter der Mauer.

Jenna rannte hin und leuchtete den Strand ab. Es dauerte einen Moment, dann sah sie ihn direkt am Wasserrand stehen und zu ihr hinaufschauen.

Sie hatte das Gefühl, als wollte er, daß sie ihm folge, obwohl er es mit keinem Laut, keiner Geste angedeutet hatte. Sie kauerte sich auf die Mauer, schob langsam die Beine hinüber und hangelte sich hinab. Den letzten Meter mußte sie sich fallen lassen.

Ein stechender Schmerz flammte in ihrem rechten Fußgelenk auf. Jenna drehte sich zum Wasser um. Der Junge stand immer noch da, obwohl er weiter zurückgewichen war, so daß die auslaufenden Wellen über seine Füße schäumten. Sie hinkte ein paar Schritte auf ihn zu.

»Ist das Wasser nicht kalt?« fragte sie.

Blöde Frage, schalt sie sich im stillen. Und doch, sie konnte nicht anders. Der Junge ging weiter rückwärts in die Wellen, und Jenna folgte ihm wie hypnotisiert.

Sie konnte Oscar immer noch wie wild bellen hören, aber es war ihr egal. Er bellte so laut und anhaltend wie das erste Mal, als sie ihn im Wald gehört hatte. Doch sie war vollkommen von diesem wunderschönen kleinen Jungen bezaubert, der jetzt schon bis zum Bauch im Wasser stand.

»Du, ich weiß nicht, ob es vernünftig ist, mitten in der Nacht schwimmen zu gehen«, sagte sie. »Das ist ganz schön gefährlich, so im Dunkeln.«

Der Junge stand da und blieb stumm.

»Komm, ich bring dich nach Hause. Deine Eltern machen sich sicher schon Sorgen um dich.«

Jenna tat zwei Schritte ins Wasser vor und streckte ihm die Hand hin. Eine Welle brach sich an ihrem Schienbein, und sie geriet ein wenig ins Schwanken, während ihre Füße sich in den weichen Sand gruben. Da streckte der Junge ihr plötzlich seine Hand entgegen, das erste Mal, daß er überhaupt eine Regung zu ihr hin zeigte. Dankbar tat sie noch einen Schritt näher, bis ihre Hände sich trafen.

Die Hand des Jungen war kalt und naß, und sie fühlte sich klein und hart in Jennas Hand an. So standen sie beide einen Moment, Hand in Hand, und halfen sich gegenseitig, in den Wellen das Gleichgewicht zu halten. Das Wasser kam Jenna viel wärmer vor, als sie erwartet hatte. Sie war froh, daß sie ohne Schuhe losgelaufen war. Eine leichte Brise blies von Norden, und am wolkenlosen Himmel funkelten die Sterne. Jenna blickte auf den Jungen hinab, der stumm und geduldig zu warten schien. Er nickte ihr zu, und obgleich sie nicht wußte warum, fühlte sie sich eigenartig getröstet.

Sie wollte sich am liebsten hinsetzen, in die Wellen zurücklehnen und zu den Sternen aufschauen, einfach abschalten in dem frischen Duft von Meer und Nachtwind, allen Sinnen nachgeben, nicht mehr denken, nicht mehr sorgen, nur noch sein.

»Jenna!« ertönte leise, von weither eine Stimme, »Jenna!« Sie hielt den Jungen bei der Hand und wollte nicht loslassen, wollte nicht, daß er plötzlich wieder verschwände. »Jenna!« hörte sie jetzt drängender, näher. Dann ein Knurren. Ein Hund, der über den Sand auf sie zulief. Sie spürte, wie an ihrer Hand gezogen wurde, und öffnete die Augen. Der Junge versuchte, ihr seine Hand zu entreißen, um tiefer ins Wasser zu gehen. »Du kannst nicht einfach losschwimmen«, sagte sie und hielt ihn fest. Er zerrte jetzt geradezu an ihrer Hand. Erstaunlich stark für so einen kleinen Jungen. Jenna sah sich um. Der Hund kam mit gefletschten Zähnen durch die Wellen auf sie zugesprungen. Der Junge versuchte panisch, sich von ihr loszureißen. Oscar war nahe dran, ihn anzufallen. Er haßte den Jungen aus irgendeinem Grund, und sie mußte ihn unbedingt beschützen.

Doch nun wirkte er auf einmal ganz verändert. Sein Gesicht war nicht mehr so weich und kindlich. Es war dunkel, wild, und er riß an ihrem Arm, daß es ihr weh tat. Doch verwirrt, wie sie war, hielt sie ihn weiter fest. Der Hund sprang an ihnen hoch. Sie wußte nicht mehr, was sie tun sollte. Da riß der Junge sich mit einem Ruck los.

Der Hund setzte ihm sofort nach, aber Jenna wollte jetzt nur noch verhindern, daß er ihm etwas antat. Sie warf sich auf das tobende Tier, packte es und fiel kopfüber mit ihm zusammen ins Wasser. Oscar zappelte, um freizukommen, und Jenna ließ ihn los. Eine Welle klatschte ihr ins Gesicht. Sie schluckte Salzwasser, konnte nichts mehr sehen, bekam keine Luft mehr, rappelte sich hoch, und schon warf die nächste Welle sie wieder um. Ihre Augen brannten, ihre Lungen barsten schier vor Atemnot, und sie wollte jetzt nur noch eins, sich selber retten, den Kopf wieder hochbekommen, überleben.

Auf einmal war jemand neben ihr, jemand Großes, ein kräftiger Arm, der sie aus dem Wasser hob und auf den Strand zog. Auf Händen und Knien keuchte und spuckte sie all das bittere Meerwasser wieder heraus. Sie schniefte und schnaufte, noch immer halb benommen. Oscar stand hechelnd über ihr, ganz wie damals auf der Waldlichtung. Jemand sprang ins Wasser, tauchte in die Wellen und schwamm los. Es war Eddie.

Jenna setzte sich auf. Sie sah, daß es nur Eddie sein konnte, an der Art, wie er schwamm: nur mit einem Arm. Oscar bellte hinter ihm her. Jenna kam zitternd auf die Beine und rief nach Eddie. Er konnte sie nicht hören, oder vielleicht wollte er nur nicht. Er schwamm zielstrebig hinaus, dann hielt er einen Moment wassertretend inne, blickte sich um und tauchte ab.

Es war alles verkehrt, irgendwie. Zu ähnlich wie damals, zu unheimlich. Der Junge. Wie er sie angesehen hatte. Wie er verschwunden war. Sie schrie nach Eddie, als er wieder auftauchte. Aber er beachtete sie nicht. Was hatte er denn vor? Da gab es doch nichts mehr zu finden. Der Junge war weg, aus, Ende. Eddie mußte zurückkommen, ehe es zu spät war.

Außer sich vor Angst, ihn zu verlieren, rannte sie ins Wasser und schrie aus Leibeskräften. Schließlich drehte er sich nach ihr um. Sie sprang hoch, fuchtelte mit den Armen, kreischte immerfort seinen Namen, bis er endlich begann, ans Ufer zurückzuschwimmen.

Als er wieder stehen konnte, rief er ihr zu: »Lauf ins Haus und ruf den Sheriff!« er war außer Atem. Seine

Stimme klang heiser. »Sag ihm, wir haben den Jungen gefunden, er ist ins Meer rausgeschwommen.« Keuchend beugte er sich vornüber. »Ich such schon nach ihm, aber sie sollen schleunigst ein paar Leute schicken, sonst ist es zu spät.«

Jenna rührte sich nicht von der Stelle. Es war verkehrt. Irgend etwas lief da falsch. Eddie sah fragend hoch, weil sie nicht reagierte.

»Na los doch, beeil dich. Und nimm Oscar mit. Sperr ihn ein. Der Kleine hat wahnsinnige Angst vor ihm.«

»Eddie, schwimm da nicht wieder raus.«

Er sah sie kopfschüttelnd an. »Aber ich *muß* ihn finden. Vielleicht ist er noch am Leben.«

»Ich weiß nicht...« Jenna fehlten die Worte. Sie zitterte vor Angst und Kälte. Das alles war solch ein Alptraum. »Ich weiß nicht«, wiederholte sie hilflos.

Eddie richtete sich auf. Er funkelte Jenna zornig an. So hatte sie ihn noch nie gesehen. Schockartig spürte sie die Energie, die von ihm ausging. Doch seine Stimme blieb ruhig und beherrscht.

»Geh bitte sofort zum Haus zurück. Ruf den Sheriff an. Sperr den Hund ein. Dann komm wieder her.« Er hielt kurz inne. Jenna rührte sich noch immer nicht. »Mach schon!«

Sie tat es. Was blieb ihr anderes übrig. Sie hatte unrecht, er hatte recht. Der Junge war tatsächlich dagewesen. Wer oder was er war, das war die Frage. Aber das hatte sie nicht zu entscheiden. Sie konnte ihrem eigenen Urteil nicht vertrauen. Also war es besser, Eddie zu gehorchen. Als sie sich in Richtung Haus wandte, kehrte Eddie um und watete ins Wasser zurück. Du lieber Gott. Wenn er wirklich recht hatte? Wenn der Junge wirklich ertrank? Gut, sie würde den Sheriff rufen. Aber Oscar würde sie nicht mitnehmen. Wenn ihre heimlichen Befürchtungen zutrafen, war es vielleicht besser, wenn er

Wache hielt. Denn sie wollte auf keinen Fall, daß Eddie ebenfalls spurlos verschwand.

Die Morgendämmerung kommt zeitig in Wrangell. Gegen vier Uhr morgens beginnt es hell zu werden. Um vier Uhr zwanzig steigt die Sonne am Horizont auf, und um fünf tasten sich schon die ersten Strahlen durch das Dickicht der Wälder.

Und so waren die Männer auf den Booten draußen froh, als der Tag anbrach und die bedrückende Finsternis verdrängte. Aber sie waren auch niedergeschlagen, weil sie trotz stundenlanger Bemühungen keinen Körper in der Bucht aufgefischt hatten, weder tot noch lebendig.

Jenna hockte in eine Häkeldecke eingekuschelt auf Eddies Couch. Sie war benommen vor Übermüdung, der Magen tat ihr weh, weil sie zuviel Kaffee getrunken hatte, und ihre Augen waren verheult. Der Fernseher lief, aber sie sah nicht hin. Sie war tief in schmerzliche Erinnerungen versunken.

Es war zwei Wochen nach Bobbys Tod und ihrer Rückkehr aus Alaska gewesen. Robert machte Überstunden im Büro, und Jenna saß allein zu Hause vor dem Fernseher, als plötzlich das Telefon klingelte, gegen halb elf Uhr abends. Jenna hob ab. Die Stimme am anderen Ende war tief und etwas schleppend, wie von einem Betrunkenen. Ein gewisser Ferguson, Manager der Feriensiedlung in Thunder Bay.

Er sagte ihr, das Feriendorf sei dichtgemacht worden, ein für allemal, da die Investoren sich nach dem »Vorfall« aus der Sache zurückgezogen hätten. Er wollte ihr sein persönliches Beileid ausdrücken, da er damals in Thunder Bay gewesen sei und sich noch gut an Bobby erinnern könne.

Doch damit nicht genug. Der Alkohol hatte ihm wohl die Zunge gelöst, denn er fuhr hastig fort, es sei nicht nur

Bobbys Tod gewesen, der die Investoren zu dem Rückzieher bewogen habe. Es habe noch ein zweites Unglück gegeben. Eine Tlingit-Frau, die in dem Feriendorf gearbeitet habe, sei eines Nachts im Wald verschwunden und niemals wiederaufgetaucht.

Die Investoren, erklärte er, seien Japaner gewesen und daher geistergläubig; sie hätten ihm zur Auflage gemacht, einen Schamanen zu engagieren, der den Ort vor dem Eintreffen der ersten Gäste von bösen Geistern befreien sollte. Und dieser Schamane hätte ihn davor gewarnt, die Feriensiedlung in Betrieb zu nehmen, weil in der Gegend dort böse Geister seien, gegen die man nichts ausrichten könne.

Und nun, sagte Ferguson, müsse er ein Geständnis ablegen. Er habe solche Angst gehabt, seinen gutbezahlten Job zu verlieren, daß er die Investoren belogen habe. Er habe ihnen weisgemacht, der Schamane hätte dem Ort ein Unbedenklichkeitszeugnis ausgestellt.

Jenna brauchte einen Moment, bis sie begriff, daß hier ein Schuldgeplagter ihr seine Sünden beichtete. Er gab sich selbst die Schuld an Bobbys Tod. Schließlich begann er sogar ins Telefon zu schluchzen, er wisse nicht, wie er weiter damit leben solle, daß seine Verantwortungslosigkeit ein Kind das Leben gekostet habe. Er klang so verzweifelt, daß Jenna am Ende *ihn* tröstete, was ihr doch ziemlich absurd schien. Was passiert sei, meinte sie, sei nun mal nicht zu ändern, es habe so kommen müssen, und nutzlose Selbstzerfleischung mache auch nichts wieder gut. Sie fütterte ihn mit all den Sprüchen, die *sie* sich inzwischen hatte anhören müssen.

Er dankte ihr gerührt für ihr Verständnis, beteuerte, er wäre immer für sie da, sollte sie eines Tages wieder nach Wrangell kommen, sein Haus stünde ihr immer offen. Er sei leicht zu finden, sie bräuchte nur nach dem Iren Ferguson zu fragen.

Und jetzt, in der grauen Dämmerung zwei Jahre später, nahm Jenna sich fest vor, John Ferguson gleich am Morgen anzurufen. Sie wollte seine Gastfreundschaft nicht in Anspruch nehmen, sondern lediglich Auskunft über den Schamanen erhalten. Vielleicht würde er ihr helfen können, diese nebulösen Geistergeschichten aufzuklären.

»Sie sollten sich mal etwas Schlaf gönnen.«

Sie schreckte auf. In der Tür stand Field und schaute sie an.

»Bin gleich zurück«, sagte er und tappte mit schweren Schritten den Flur hinab.

Als Field wieder hereinkam, ließ er sich wortlos neben sie aufs Sofa fallen. Er holte Zigaretten hervor und bot Jenna eine an. Sie rauchten schweigend, die Augen auf den Fernseher geheftet, wo eine Talk-Show ohne Ton lief.

»Und? Wie halten Sie so durch?«

»Ich glaub, ich könnte jetzt einen Drink vertragen.«

Field warf ihr einen Blick zu und nickte. »Gute Idee.«

Er stand auf, ging in die Küche und kam gleich wieder mit einer Flasche Wild Turkey und zwei kleinen Gläsern zurück, die er halb voll schenkte.

Es dauerte kaum eine Minute, bis der Alkohol Jennas Zunge löste. Sobald der erste Schluck Whiskey aufgehört hatte zu brennen, fing sie rückhaltslos an zu reden, wie im Beichtstuhl, und Field hörte zu und nickte und goß ihr hin und wieder diskret nach. Sie erzählte ihm ihre ganze Geschichte, auch von ihrer Großmutter und dem Haus nebenan, von Bobbys Ertrinken und der seltsamen Ähnlichkeit der heutigen Suchaktion mit dem Unglück damals.

Als sie geendet hatte, blickte Field noch eine Weile schweigend vor sich hin. Dann schien er sich einen Ruck zu geben.

»Ich muß Sie etwas fragen. Ist hier heute nacht ein Junge ertrunken?«

Jenna biß sich auf die Lippe und schüttelte den Kopf.

»Ich bin mir nicht sicher«, sagte sie still.

Field stand auf, streckte ihr die Hand hin.

»Sie sollten jetzt besser schlafen gehen.«

Jenna ließ sich von ihm aufhelfen und zu ihrem Zimmer bringen. Sie stellte sich ans Fenster und sah zum Haus ihrer Großmutter hinüber. Während der Himmel taghell wurde und die Vögel zu zwitschern begannen, stand sie nackt vor der Welt und fragte sich, was an all dem eigentlich Wahrheit war und was Einbildung. Gab es denn nirgendwo eine höhere Weisheit, eine unbestechliche Sicht der Dinge, eine unverrückbare Perspektive, aus der heraus sich alles zu Ordnung und Klarheit fügte?

Nein, die gab es nicht. Sie schlüpfte zwischen die kalten Bettlaken und versuchte, das Gefühl der Verlorenheit in einer grausamen, unbegreiflichen Welt zurückzudrängen. Es gab nur noch einen Weg, nämlich ihrem selbstgesetzten Ziel zu folgen, koste es, was es wolle. Sie kniff die Augen zu und hoffte auf tiefen, traumlosen Schlaf.

Field gesellte sich zu Eddie und dem Sheriff draußen auf der Veranda. Die beiden stritten sich gerade, ob die Suchaktion abgebrochen werden sollte oder nicht. Es war nichts dabei herausgekommen, alle waren erschöpft, und außerdem hatte niemand ein Kind als vermißt gemeldet. Falls denn eins ertrunken sein sollte, hatte es zumindest keine Eltern, die sich Sorgen machten.

»Eddie«, sagte der Sheriff, »wenn da ein Junge ins Wasser gegangen wäre ...«

»Ich habe ihn doch selbst gesehen!«

»Ich weiß, ich weiß. Nehmen wir also an, ein Junge ist ins Wasser gegangen ...«

»Ist er.«

»Dann hätte er sich leicht von der Strömung an irgendeine andere Uferstelle treiben lassen können, verstehst du? Wir wissen ja gar nicht, ob er überhaupt ertrunken ist.«

»Mein Gott, Brent«, herrschte Eddie den Sheriff an, »wie oft soll ich's denn noch sagen, ich habe *selbst* gesehen, wie er abgetaucht ist, vor meinen Augen, und nicht wieder hochgekommen ist. Kapier das doch endlich!«

Der Sheriff knirschte mit den Zähnen. »Es war dunkel, Ed.«

»Jenna hat es auch gesehen.«

»Hat sie nicht«, mischte Field sich ein. Die beiden drehten sich verblüfft zu ihm um.

»Sie sagt, sie ist sich nicht mehr sicher, was sie gesehen hat.«

Der Sheriff blickte Eddie an und zuckte die Achseln. »Da hast du's, Ed. Ich blase die Aktion jetzt ab.«

Sheriff Larson klopfte Eddie auf die Schulter, mit einer Miene, die keine weitere Diskussion mehr zuließ. »Laß gut sein, Ed. Ist besser so.« Er ging die Verandastufen hinunter und weiter in Richtung Strand, um die Mannschaft zurückzubeordern.

Eddie lachte bitter.

»Herrje, Field, sie ist sich vielleicht nicht sicher, aber ich, ich hab's gesehen! Ich habe den kleinen Kerl ertrinken sehen, das kannst du mir glauben.«

Field nickte beschwichtigend und verabschiedete sich dann ebenfalls, froh darum, daß er nicht zu weit zu gehen hatte. Ihm schwirrte der Kopf. Es war eine lange Nacht gewesen, und er hätte nicht zu sagen gewußt, was da nun eigentlich genau passiert war. Aber so viel war ihm klar, Jenna hatte Probleme, und Eddie war in sie verliebt. Die beiden Tatsachen zusammengenommen reichten anscheinend aus, um ein Riesentamtam wegen nichts und wieder nichts zu entfachen.

In jener Nacht träumte Jenna doch, und zwar beängstigend realistisch, von Robert. Er stand vor ihr in ihrem Wohnzimmer in Seattle und sagte ihr, daß er sie jetzt verlassen werde. Sie sah ihm nach, wie er den gepflasterten Gartenweg zur Straße hinunterging und in seinen Wagen stieg. Bobby saß auf dem Beifahrersitz. Beide winkten, als sie losfuhren.

Jenna wachte mit einem Gefühl tiefster Einsamkeit und Leere auf. Ja, sie war allein, vollkommen allein, sie hatte niemanden mehr, an den sie sich halten konnte. Sie sehnte sich verzweifelt nach menschlicher Nähe und Wärme. Nicht, daß sie Angst vor dem Alleinsein hatte; aber es höhlte sie aus, es nahm ihr ihre ganze Kraft. Manche Leute sind sich selbst die beste Gesellschaft, doch zu denen gehörte Jenna nicht. Sie brauchte die Gegenwart anderer, um glücklich zu sein.

Und so stieg Jenna mit roten, verheulten Augen aus dem Bett und tappte in den Flur hinaus. Einen Moment lang stand sie vor Eddies Zimmer, die Hand auf der Türklinke, und lauschte auf die Stille im Haus. Sie wußte, daß das, was sie wollte, eine Menge Probleme nach sich ziehen konnte, doch ihr Bedürfnis war stärker als alle Zweifel. Die Tür ging leise auf, und sie schlich durch das graue Morgenlicht zu seinem Bett, sah ihn schlafen, wollte ihn nicht stören, hin- und hergerissen zwischen Furcht und Verlangen. Doch er schlief so tief, daß er sich nicht einmal rührte, als sie die Decke anhob und sich neben ihn gleiten ließ. Als sie seine Wärme spürte, fühlte sie sich gleich besser. Vorsichtig rutschte sie näher und schmiegte sich an ihn. Sie spürte seinen warmen Atem im Nacken, seinen Schenkel fast an dem ihren, und zum ersten Mal seit langem fühlte sie sich wieder geborgen, in Sicherheit. Zufrieden seufzte sie auf. Und fiel endlich in den ersehnten traumlosen Schlaf.

Lautes Pochen an der Haustür weckte sie beide zugleich. Eddie rieb sich verblüfft die Augen, als er Jenna neben sich gewahrte. Sie erwiderte seinen Blick mit einem schuldbewußten Lächeln. Aber das insistierende Klopfen verhinderte jegliche Frage.

»Verdammt«, knurrte Eddie, während er aus dem Bett stieg. »Wer kann denn das sein?«

Jenna hatte gar nicht gemerkt, daß Eddie nichts anhatte. Sonst wäre sie wohl nicht so unbefangen in sein Bett gekrochen. Er fuhr in seine Jeans, und obwohl er versuchte, ihr den Rücken zuzukehren, erhaschte sie im Spiegel doch einen Blick auf seine Erektion. Sie schmunzelte in sich hinein.

Sie hörte, wie er die Tür aufsperrte, dann undeutlich eine Stimme von draußen. Barfuß tappte sie zur Zimmertür und horchte.

»Sie hat das hier verloren, und ich wollte es ihr zurückbringen.«

»Na, da wird sie sich aber freuen. Ich geb's ihr gleich.«

»Ist sie da? Ich würd's ihr gern selber aushändigen.«

»Sie schläft noch. Geben Sie mir Ihre Telefonnummer, dann ruft sie Sie an, wenn sie auf ist.«

»Ähm, das... geht nicht. Ich hab im Moment keine Adresse, wo ich zu erreichen bin.«

»Tja, tut mir leid, aber ich kann sie jetzt wirklich nicht stören, sie war die ganze Nacht auf den Beinen und muß sich ausschlafen.«

Es war der junge Mann, den sie gestern getroffen hatte, der Schwätzer. Was wollte *der* denn hier? Jenna trat in den Flur hinaus.

»Schon gut, Eddie, ich bin wach.«

Der junge Mann winkte ihr zu.

»Hi, Jenna, ich bin Joey, erinnern Sie sich?«

Sie nickte.

»Ich hab Sie gestern bei Chief Shakes' Haus gesehen, und jemand sagte, Sie hätten das hier fallen lassen, als sie rausrannten, also hab ich's Ihnen zurückgebracht.«

Er reichte Jenna die Silberkette mit dem Kushtaka-Anhänger.

»Was war denn los gestern, war Ihnen schlecht?« fragte Joey.

»Ach, nicht der Rede wert, ich muß wohl was Verkehrtes gegessen haben.«

»Tja, wissen Sie, ich dachte, so eine Kette, die ist doch sicher recht wertvoll, vielleicht ein Andenken, oder so was?«

Joey schaute Jenna an. Eddie lehnte an der Tür und beobachtete den jungen Mann. Und Jenna stand nur da und blickte auf das Amulett hinab. Dann hob sie den Kopf.

»Danke fürs Wiederbringen. Möchten Sie einen Finderlohn?«

»Nein, nein, ich hab's ja gern getan. Vielleicht tut jemand bei Gelegenheit mal dasselbe für mich.«

»Na, ich bin Ihnen jedenfalls sehr dankbar.«

Sie lehnte sich vor und schüttelte Joey die Hand, in der Hoffnung, ihn damit zu verabschieden, um endlich wieder ins warme Bett zurück zu können und vielleicht noch ein bißchen zu schlafen.

Sie war schon im Begriff, sich abzuwenden, als Joey hastig fragte: »Und? Ist sie wertvoll? Nur so aus Neugier.«

»Nein, aber irgendwie hänge ich daran, weil ich sie

von einem Freund geschenkt bekommen habe.« Sie versuchte wieder, unauffällig zu entkommen.

Joey warf Eddie einen hilfesuchenden Blick zu, obwohl weder Eddie noch Jenna sich erklären konnten, was er eigentlich wollte. Eddie zuckte grinsend die Achseln.

»Und der ideelle Wert zählt ja doppelt, nicht wahr?«

Joey lachte dankbar. »Hey, Jenna, ist das der Freund, bei dem Sie wohnen? Ein sympathischer Mensch, ich mag ihn.«

Jenna blieb stehen und drehte sich um. Der Junge wurde ja richtig aufdringlich. Was wollte er bloß?

»Sie müssen entschuldigen, wir haben heute nacht kaum geschlafen. Es hat einen Unfall am Strand gegeben, ich weiß nicht, ob Sie vom Park aus etwas davon mitbekommen haben, aber wir sind noch sehr müde und würden gern wieder ins Bett gehen. Wenn Sie Geld wollen, gebe ich Ihnen einen Zwanziger als Finderlohn, aber wenn Sie sich unterhalten wollen, dann ist jetzt leider nicht die richtige Zeit dazu. Wenn Sie sonst noch etwas wollen, dann sagen Sie es bitte klar und deutlich.«

Joey schwieg etwas verdutzt, schien die Alternativen kurz abzuwägen und zuckte die Achseln: »Nein, ich wollte Ihnen eigentlich bloß die Kette zurückbringen, mehr nicht.«

»Na, das haben Sie jetzt ja getan. Nochmals vielen Dank.« Jenna zwang sich zu einem Lächeln.

»Bitte, gern geschehen.«

Endlich ging er. Eddie schloß die Tür hinter ihm und schnitt eine Grimasse.

»Was war denn das für ein Vogel?«

Jenna lachte. Sie hatte sich gerade die Kette wieder umgelegt.

»Ein einsamer Wandervogel, der Anschluß sucht, wie's aussieht.«

Sie tappte in ihr eigenes Schlafzimmer, Eddie auf den Fersen.

»Sag mal, was hast du eigentlich in meinem Bett gemacht?«

»Entschuldige, ich hab so gefroren allein.«

»Nicht, daß ich was dagegen hätte…«

Jenna stieg gähnend in ihr Bett. Eddie sah ihr von der Türschwelle aus zu.

»Ich bin noch so müde«, sagte sie und kuschelte sich in die Decke. Nur zu gern wäre sie in Eddies Bett zurückgegangen, aber jetzt, am hellichten Tag, war es irgendwie etwas anderes. Und einsam fühlte sie sich auch nicht mehr.

Aber sie konnte dann schließlich doch nicht wieder einschlafen. Eine halbe Stunde wälzte sie sich dösend von einer Seite auf die andere, dann setzte sie sich auf. Es war neun Uhr. Sie fühlte sich wie gerädert, doch es half ja alles nichts, sie hatte eine Aufgabe vor sich. Also stand sie auf und zog sich an.

John Ferguson stand im Telefonbuch. Jenna rief ihn aus dem Wohnzimmer an und versuchte, so leise zu sein wie möglich. Eine junge Frau meldete sich am anderen Ende. Jenna fragte nach John Ferguson, und die Frau fragte Jenna, was sie wolle. Es stellte sich heraus, daß Ferguson nach einem Schlaganfall im Krankenhaus lag und für niemanden zu sprechen war. Jenna dankte der Frau und legte auf.

Natürlich war es eine Unverschämtheit, jemandem, der im Krankenhaus lag, quasi die Tür einzutreten. Aber Jenna *mußte* die Wahrheit erfahren. Sie durfte keine Zeit mehr verschwenden, und John Ferguson schuldete ihr eine Unterredung, das stand fest.

Bis zum Kreiskrankenhaus von Wrangell war es ein viertelstündiger Spaziergang quer durch die Stadt, durch die klare, frische Morgenluft. Soviel frischer und klarer, soviel *gesünder* als in Seattle, sagte sich Jenna unterwegs, ohne jede Spur von Smog. Unverbraucht. Jungfräulich.

Das Krankenhaus war überraschend hübsch für so eine kleine Stadt, geradezu anheimelnd. Trotzdem war es Jenna beim Eintreten etwas bange. Die anonyme Atmosphäre, die Vorstellung, als Kranker der Obhut von Fremden ausgeliefert zu sein, machte ihr immer zu schaffen, mochte das Pflegepersonal auch noch so effizient und aufmerksam sein.

Sie fragte nach John Fergusons Zimmer, und dort angekommen, war sie entsetzt zu sehen, wie schlecht er aussah. Man konnte durch eine Glasscheibe vom Flur aus zu ihm hineinschauen. Die Vorhänge waren aufgezogen.

Neben seinem Bett saß eine Frau mit gesenktem Kopf, die Hände im Schoß gefaltet. Es sah aus, als hielte sie Wache bei einem Toten. Von Ferguson war nur ein regloses Profil zu sehen. Er war an ein Sauerstoffgerät angeschlossen und von unzähligen anderen Apparaten umgeben. Wozu diese dienten, wagte Jenna sich gar nicht erst zu fragen.

Jenna klopfte zaghaft an die Tür. Die Frau im Zimmer sah hoch, und als sie Jenna hinter der Scheibe erblickte, stand sie auf und kam heraus.

»Ja, bitte?«

»Mein Name ist Jenna Rosen. Sind Sie Mrs. Ferguson?«

»Ja.«

Jenna zögerte. Es war noch nicht zu spät, den Rückzug anzutreten. Sie konnte sich einfach für die Störung entschuldigen und auf dem Absatz kehrtmachen. Aber sie blieb.

»Ich bin eine Bekannte von Ihrem Mann. Das heißt, ich hab ihn vor zwei Jahren mal in Thunder Bay getroffen.«

Mrs. Ferguson blickte Jenna nur abwartend an.

»Ist er schon auf dem Weg der Besserung?«

Mrs. Ferguson deutete mit einer müden Geste auf die Fensterscheibe. »Sieht er vielleicht so aus?«

»Entschuldigen Sie. Das war wohl eine dumme Frage.«

»Ja.« Mrs. Ferguson lächelte matt. »Soll ich John etwas von Ihnen ausrichten?«

Jenna holte tief Luft. »Mrs. Ferguson«, sagte sie, »es tut mir ehrlich leid, daß ich Sie ausgerechnet jetzt mit meinem Anliegen belästigen muß.«

Dann erzählte sie ihr die ganze, mittlerweile schon so oft wiederholte Geschichte. Ihr war fast, als sei sie dazu verdammt, ihre Last immer und immer wieder auf fremden Schultern abzuladen, als sei sie in einer quälenden Endlosschleife gefangen. Aber noch war die Geschichte nicht zu Ende.

Mrs. Ferguson hörte sich alles schweigend an und nickte mitfühlend.

»Sie Ärmste«, sagte sie. »Was haben Sie durchgemacht.«

»Ich muß unbedingt herausfinden, was da passiert ist«, erwiderte Jenna. »Bitte, lassen Sie mich mit ihm sprechen.«

Mrs. Ferguson überlegte einen Moment.

»Er schläft jetzt«, sagte sie schließlich. »Am besten, Sie setzen sich ins Wartezimmer, und wenn er aufwacht, komme ich Sie holen, falls er meint, er könnte Ihnen irgendwie behilflich sein.«

Jenna dankte ihr überschwenglich und zog sich in den Warteraum im zweiten Stock zurück. In das grüne Polstersofa gelehnt, blickte sie gelangweilt aus dem Fenster. Furchtbar, diese Warterei; das war doch das Schlimmste an Krankenhäusern, immer warten zu müssen und nicht zu wissen, was auf einen zukam. Nichts gegen Ärzte und Schwestern, aber diese Ohnmacht als Patient oder angsterfüllter Angehöriger, diese lähmende Hilflosigkeit, das war es, was einen so fertigmachte.

Eine Stunde und zwei Tassen Kaffee später tauchte Mrs. Ferguson endlich im Flur auf. Jenna krampfte sich das Herz zusammen. Und wenn nun alles umsonst war? Was hatte ein Sterbender noch für ein Interesse, mit ihr zu reden? Sicher wollte er doch nur noch in Ruhe gelassen werden. Die Antwort konnte nur ein glattes Nein sein.

Mrs. Ferguson stand vor ihr. »Er möchte Sie sehen.«

»Wirklich?«

Verdattert folgte Jenna der schmalen Gestalt zurück ins Krankenzimmer.

»Ich habe ihm erklärt, warum Sie hier sind. Er will Ihnen helfen.«

»Ich danke Ihnen.«

»Aber ich muß Sie warnen. Er bekommt starke Schmerzmittel. Manchmal redet er etwas wirr.«

»Das passiert mir auch, obwohl ich keine Schmerzmittel nehme«, sagte Jenna. Mrs. Ferguson lachte höflich.

Jenna setzte sich auf den Stuhl am Bettrand. John blinzelte sie an, zu schwach, die Augenlider zu heben. Er war nur noch Haut und Knochen. Offenbar war er vor dem Schlaganfall schon lange krank gewesen.

»Sind Sie der Ire Ferguson?« fragte Jenna lächelnd.

Er lächelte zurück und nickte. Das Gerät zu Jennas Rechter, von dem ein durchsichtiger Plastikschlauch zu seiner Nase führte, rauschte monoton.

»Es tut mir sehr leid, daß ich Sie ausgerechnet jetzt belästige …«

Er unterbrach sie mit einem schwachen Abwinken. Als er die Hand senkte, lag sie auf Jennas Handrücken. Sie fühlte sich warm an. Ein gutes Zeichen.

»Ich muß wissen, was damals genau passiert ist«, sagte sie. »Ich muß mit dem Schamanen reden. Ich weiß, das klingt alles verrückt, aber ich muß mir einfach selbst ein Bild von den Dingen machen.«

»Ist nicht verrückt«, krächzte er und hielt inne, um Atem zu schöpfen. »Hab es gesehen.«

Seine Stimme war rauh und tief, das Sprechen kostete ihn große Mühe, aber er wußte genau, wovon er sprach.

»Was haben Sie gesehen?«

Ferguson versuchte, sich ein wenig aufzurichten, und seine Frau rückte ihm fürsorglich die Kissen zurecht. Es dauerte eine Weile, bis er eine halbwegs bequeme Lage gefunden hatte.

»Der Schamane war da, und wir haben zusammen gewartet, ich weiß nicht, auf was. Für mich war das alles nur Hokuspokus. Er hat sich als Medizinmann verkleidet und ist ums Feuer herumgetanzt. Hat mich ziemlich genervt, die Warterei.«

Er hielt inne, rang nach Luft.

»Wo war das?« fragte Jenna.

»In Thunder Bay. Er sollte die Geister vertreiben. Ich habe ihn dazu angeheuert.«

»Verstehe. Entschuldigung. Sprechen Sie weiter.«

»Ich bin runter zum Wasser, um nach meinem Fluzeug zu sehen, und als ich wiederkam, war er weg.«

»Weg?«

Ferguson nickte.

»Ich hab ewig gewartet, daß er wiederkommt. Ich dachte, er treibt draußen irgendwelchen indianischen Mumpitz. Ich bin die ganze Nacht am Feuer sitzen geblieben. Und in der nächsten Nacht, wie ich immer noch wartete, da hat der Wald plötzlich verrückt gespielt. Ich hab seltsame Geräusche gehört. Als ob sie draußen die Wände raufkriechen.«

»Wer?«

»Weiß nicht, es war so ein Scharren und Kratzen. Dann ein dumpfes Geräusch, als ob was umfällt, und alles war wieder still. Ich bin dann raus, um nachzusehen. Und da hab ich ihn gefunden.«

»Wen?«

»Ja, wenn ich das wüßte«, antwortete er. »So was hatte ich in meinem ganzen Leben noch nicht gesehen.«

Es dauerte eine Weile, bis Ferguson ihr die Geschichte von Livingstones Verwandlung erzählt hatte, die so vage und unklar war, als versuchte er, einen lang zurückliegenden Alptraum wiederzugeben. Und die Atempausen zwischen seinen Sätzen wurden immer länger.

»Ich stand vor diesem Ding, diesem Wesen da auf dem Boden, und blickte wie hypnotisiert in seine schwarzen Augen.«

»Schwarze Augen?«

»Kohlrabenschwarz. ›Bind mich los, John‹, sagte es. Mir blieb fast das Herz stehen. Es war nicht mehr Davids Stimme. Es war mein Vater.«

»Ihr Vater?« fragte Jenna verblüfft. Ferguson wurde mit jeder Minute schwächer. Aber sie mußte mehr wissen. Er schloß erschöpft die Augen.

»Ihr Vater?« drängte sie.

»Ich glaube, er ist zu müde ...«, mischte Mrs. Ferguson sich ein, doch er unterbrach sie. Er wollte zum Ende kommen.

Mühsam berichtete er von Davids Gutachten, und wie er es abgeändert hatte. Er habe sich nichts Böses dabei gedacht, versuchte er zu erklären. Aber als er dann Jenna nach dem Unglück damals in Thunder Bay an Land kommen sah, habe er am ganzen Leib gezittert. Und da sei ihm aufgegangen, daß er an allem schuld war.

»Als ich Sie nach Ketchikan geflogen habe, wollte ich am liebsten sterben«, sagte er.

»*Sie* waren der Pilot in dem Wasserflugzeug?«

Er nickte stumm, schloß die Augen und atmete schwer.

Mrs. Ferguson beugte sich über ihn und ergriff seine Hand.

»Von der Geschichte hab ich noch nie etwas gehört«, sagte sie. »Der Arzt meinte, er halluziniert wahrscheinlich wegen der starken Medikamente.«

»Er halluziniert nicht, er erinnert sich.«

Mrs. Ferguson lachte ungläubig und schüttelte den Kopf.

Ferguson schlug plötzlich die Augen auf. Er packte Jenna am Handgelenk.

»Warum sind Sie gekommen?«

»Um den Schamanen zu finden.«

»Ich hatte Sie erwartet.«

Jenna schaute fragend zu Mrs. Ferguson hin. »Ich fürchte, ich verstehe nicht ganz.«

»Sie sollten jetzt besser gehen«, sagte Mrs. Ferguson resolut. Sie begann, Fergusons Decke glattzuziehen. Er schob sie weg.

»Warum sind Sie gekommen?« wiederholte er.

»Ich wollte meinen Sohn finden.«

»Er hatte mich gewarnt, daß das passieren würde. Er hatte mich gewarnt.«

»Was hat er gesagt?«

»Sie hatten schon ein Baby getötet. Er sagte, sie würden noch andere holen kommen.«

»Aber *wer* denn? Und *wen* holen?« flehte Jenna. Sie verstand das alles nicht, aber sie wußte, sie mußte sich um jeden Preis Klarheit verschaffen. Doch seine Worte wurden immer undeutlicher, er wurde unruhig, versuchte aus dem Bett zu steigen. Mrs. Ferguson drückte ihn in die Kissen zurück.

»Bitte vergeben Sie mir.«

Jenna war jetzt völlig verwirrt. Sie stand auf. Ferguson blickte keuchend und mit tränennassen Augen zu ihr hoch.

»Sie müssen jetzt wirklich gehen«, zischte Mrs. Ferguson. Aber Jenna hatte die wichtigste Frage noch nicht gestellt.

»Wie hieß er mit Nachnamen?«

»Er sagte, ich soll das Projekt stoppen. Ich habe es nicht getan.«

»Wie hieß er mit Nachnamen?«

»Bitte, Sie müssen jetzt gehen. Sie sehen doch, in was für einen Zustand Sie ihn gebracht haben.«

Ferguson streckte seinen mageren Arm nach Jenna aus.

»Bitte vergeben Sie mir«, sagte er mit bebender Stimme.

»Der Schamane«, beharrte Jenna, »David. Wie heißt er weiter?«

»Verzeihen… Sie mir«, krächzte Ferguson halb erstickt.

»Um Gottes willen«, kreischte Mrs. Ferguson dazwischen. »Nun gehen Sie doch endlich!« Sie sprang von der Bettkante auf und stürzte aus dem Zimmer.

Jenna beugte sich hinab und streichelte Ferguson sanft über die Stirn. Er beruhigte sich zusehends. Aber die Leuchtanzeigen auf seinen Monitoren spielten verrückt.

»Bitte«, flehte er eindringlich.

Sie küßte ihn auf die Stirn.

»Gott segne Sie.«

Seine Miene entspannte sich. »Livingstone«, keuchte er. »Livingstone.«

»Wo wohnt er?«

»In Klawock.«

»Wo liegt das?«

Aber es war zu spät. Ärzte und Schwestern kamen ins Zimmer gerannt, dicht gefolgt von Mrs. Ferguson. Sie alle scharten sich um den Kranken und drängten Jenna von ihm weg.

Jenna trat auf Mrs. Ferguson zu. »Es tut mir leid.«

»Bitte«, schluchzte Mrs. Ferguson. »Lassen Sie uns in Ruhe.«

Jenna drehte sich um und ging hinaus. Durch die Scheibe konnte sie sehen, wie sie sich in ihren grünen und weißen Kitteln hektisch um Ferguson bemühten, um sein flackerndes bißchen Leben kämpften. Aber manche Dinge kann man nicht aufhalten.

Tief in Gedanken ging Jenna zu den Aufzügen. Sie hätte Mrs. Ferguson gern erklärt, warum ihr Besuch auch für Ferguson so notwendig war. Aber Mrs. Ferguson hätte es niemals verstanden. Sie wollte einzig und allein ihren Mann retten und nichts von Geistern und magischen Kräften aus dem Jenseits wissen.

»Mrs. Rosen«, hörte sie plötzlich jemanden hinter sich rufen. Es war Mrs. Ferguson, die ihr den Flur entlang nachgeeilt kam. »Mrs. Rosen, er hat mir gesagt, ich soll Ihnen noch etwas bestellen.«

Sie hatte Jenna eingeholt und legte ihr die Hand auf den Arm.

»Er hat mich extra hinter Ihnen her geschickt. Er will, daß Sie wissen, daß es ihm sehr, sehr leid tut.«

Jenna schluckte. Sie wußte nicht, was sie sagen sollte.

»Es war nicht seine Schuld«, murmelte sie schließlich. »Es ist halt einfach passiert.« Sie hielt inne. »Niemand kann etwas dafür. Sagen Sie ihm das.«

Mrs. Ferguson lächelte Jenna freundlich an.

»Das werde ich gerne tun.«

Jenna sah ihr nach, bis sie wieder in dem Krankenzimmer verschwunden war. Dann lief sie schnell die Treppen zur Eingangshalle hinab.

Auf dem Rückweg zu Eddies Haus fiel ihr ein, daß ja schon wieder Samstag war. Vor einer Woche hatte sie Seattle verlassen, doch es kam ihr vor, als sei es erst gestern gewesen. Und zugleich fühlte sie sich in Wrangell schon so heimisch, so vertraut. Sie hatte den weiten Weg nach Alaska auf sich genommen, um einen Schamanen zu finden, und wußte selbst nicht, warum sie dies tat. Sie konnte nur auf ihr Gefühl vertrauen. Und während Robert immer weiter wegrückte, immer mehr zu einer blassen Erinnerung wurde, kam Bobby ihr näher und näher, fast als wäre er noch am Leben.

Doch als sie die Stufen zur Veranda hochstieg und durchs Fenster sah, wie Eddie drinnen den Tisch für zwei deckte, wurde ihr weh ums Herz.

»He, da bist du ja wieder«, sagte Eddie und rückte ihr einen Stuhl zurecht. »Komm, setz dich.«

Er lief zum Herd, zündete das Gas unter einer Pfanne an, schenkte eine Tasse Kaffee ein und stellte sie Jenna hin, eilte wieder zum Herd zurück und goß Pfannkuchenteig in die heiße Pfanne.

»Du hast sicher nichts gegen Pfannkuchen, oder?«

Sie schüttelte schwach den Kopf. Das war ja alles rührend, aber sie wollte kein Frühstück, sie wollte weg. Eddie würde das natürlich nicht verstehen, ebensowenig, wie sie begriff, was diese ganze Kocherei auf einmal sollte. Er ließ einen duftenden Stapel Pfannkuchen auf ihren Teller gleiten und schob ihr eine Platte mit knusprig gebratenen Speckstreifen hin. Dann sauste er wieder zum Herd.

»Fang schon mal an, du mußt sie heiß essen. Ich hab die nächsten gleich fertig.«

Sie nahm einen Bissen, aber sie hatte keinen Appetit. Eddie setzte sich ihr gegenüber und langte tüchtig zu. Es war, als versuchte er absichtlich, einen unbekümmerten Eindruck zu machen. Und natürlich tat er des Guten zuviel, schlug einen Strandspaziergang für den Nachmittag vor, oder, falls ihr das lieber sei, einen Bootsausflug zu den heißen Quellen am Stikine River. Er aß und trank und lachte und schien so glücklich und zuversichtlich zu sein, daß sie ihn schon gar nicht mehr ansehen konnte vor lauter schlechtem Gewissen.

Es lag nicht an ihm, es lag an ihr. Sie hatte sich über Nacht verändert. Gestern noch war sie auf der Flucht gewesen, heute hatte sie ein Ziel, eine Aufgabe. Sie blickte sich im Raum um, und wieder kam sie sich gemein vor, weil ihr alles hier plötzlich ein bißchen muffig vorkam, ein bißchen verstaubt und vergilbt, von Spinnweben verhangen, und das galt auch für Eddie. Anfangs hatte sie ihn wohl noch durch die rosa Brille gesehen, in ihrem hoffnungsvollen Enthusiasmus, aber bei Licht betrachtet, war er doch ein ziemlich abgestürzter, abgekapselter, verschlossener Typ, auch wenn er sich jetzt Mühe gab, das Gegenteil zu beweisen.

»Was hast du eigentlich im Krankenhaus gemacht?« fragte er beiläufig. Zu beiläufig. Ihr war klar, daß er sich verstellte. Er fürchtete sich wahrscheinlich genau vor dem, was sie ihm gleich eröffnen würde. Besser, sie brachte es hinter sich.

»Eddie, ich gehe.«

Er hielt mitten im Kauen inne und blickte sie groß an.

»Du gehst? Jetzt?«

»Ja.«

»Warum?«

Jenna zuckte die Schultern. »Du weißt ja, Besuch und Fisch stinken am dritten Tag. Meine Zeit ist um.«

»Ich dachte, sie hat gerade erst angefangen.«

»Ach, Eddie.« Sie sah ihm an, wie enttäuscht er war.

»Sag mir wenigstens den wahren Grund.«

»Ich hab im Krankenhaus jemanden besucht, der mir sagen konnte, wo ich diesen Schamanen finde, den ich unbedingt sprechen muß. Und da fahre ich jetzt eben hin.«

»Ist das dein Ernst?«

»Absolut.«

Er winkte mit einem bitteren Lachen ab. »Du bist also doch auf diesen Quatsch hereingefallen.«

»Was für einen Quatsch?« fragte Jenna leicht gereizt.

»Ich dachte, du glaubst nicht an diese Geistermärchen.«

»Nein, *du* glaubst nicht dran. Ich habe nie gesagt, daß ich nicht daran glaube.«

»Ach, so ist das.«

»Eddie, es tut mir wirklich leid, aber ich muß weg. Ich muß der Sache nachgehen.«

Eddie stand auf und begann, den Tisch abzuräumen.

»Schon gut, schon gut, du mußt gehen, hab schon verstanden. Tu, was du nicht lassen kannst. Sollte mir sowieso egal sein. Ich hatte mich nur gerade so an dich gewöhnt. Aber das ist natürlich egoistisch von mir. Also, dann tschüß, und alles Gute für die Reise.«

Er kehrte ihr den Rücken zu, zog die Eisenpfanne in die Spüle und fing an abzuwaschen. Jenna saß noch einen Moment da und suchte nach Worten, aber es war alles gesagt. Er tat ihr so leid, wie er so in sich zusammengesunken über dem Spülbecken stand und mechanisch vor sich hin schrubbte. Aber zugleich kribbelte es in ihr vor Ungeduld, endlich loszukommen. Sie konnte sich keine Rücksicht auf anderer Leute Gefühle mehr erlauben, bis sie ihre Mission erfüllt hatte.

Still ging sie in ihr Zimmer und stopfte ihre Sachen in den Rucksack. Dann blickte sie sich nachdenklich um. Wie leer und verwaist das Zimmer auf einmal wirkte. Spontan nahm sie ihre Kette mit dem silbernen Kushtaka-Amulett ab und legte sie auf die Kommode. So würde wenigstens etwas von ihr zur Erinnerung hier zurückbleiben.

In der Küche wusch Eddie immer noch ab. Sie nahm sechzig Dollar aus ihrer Brieftasche und trat auf ihn zu.

»Danke für alles«, sagte sie. »Und das hier ist für die Miete.«

Eddie schob das Geld mit einer heftigen Armbewegung weg.

»Wir hatten eine Abmachung. Du leistest mir Gesellschaft, und dafür kriegst du das Zimmer. So war das abgemacht.«

Er sah sie nicht an, ging nicht auf sie ein. Er war trotzig wie ein Kind, voller Selbstmitleid. Jenna beugte sich vor und küßte ihn auf die Wange.

»Gute Besserung für deinen Arm.«

Er lachte kurz auf. »Danke.«

»Ich ruf dich mal an.«

»Okay.«

Jenna rief Oscar zu sich und nahm ihn an die Leine. Sofort zog er sie hechelnd zur Tür.

»Schau, Eddie, ich geh wirklich nicht gern. Aber ich muß.«

Ein letzter Blick aus traurigen blauen Augen. Er nickte.

Jenna schloß die Tür und machte sich mit Oscar auf den Weg in die Stadt.

Eddie fühlte sich auf einmal eingesperrt wie ein Tier im Käfig. Er zog sein Hemd aus und sah auf seinen bandagierten Arm hinab. Wie gefesselt fühlte er sich, wie in eine Zwangsjacke gesteckt und in einen tiefen, finsteren Kerker geworfen. Ein Verlies.

Wütend riß er sich die Schlinge ab und streckte den Arm aus, der noch ganz schwach war nach vier Wochen ohne Bewegung. Er drehte die Handfläche nach oben und schaute sich seine lange, tiefrosa Narbe an. Vor einer Woche waren ihm die Fäden gezogen worden, und es sah immer noch so aus, als könnte die Wunde bei der geringsten Anstrengung wieder aufplatzen. Er ballte die Hand zur Faust. Wenigstens tat das nicht mehr weh. Nur wenn er den Bizeps anspannte, schmerzte die Narbe so sehr, daß er sofort in Schweiß ausbrach. Er ließ den nutzlosen Arm lose herunterbaumeln, sackte auf den nächstbesten Küchenstuhl und steckte sich eine Zigarette an.

Tja, Jenna. Sie hatte an seine Tür geklopft, als er am wenigsten darauf gefaßt war. Als Fremde war sie hereingeschneit, und doch hatten sie soviel gemeinsam, weil sie beide allein waren. Eddie war es nicht gewohnt, allein zu sein, schon gar nicht im Sommer. Immer war er auf dem Boot mit anderen zusammen gewesen, hatte alles mit ihnen geteilt, ein fest verschworener Männerbund. Aber die Verletzung hatte ihn plötzlich aus alldem herausgerissen und auf sich selbst zurückgeworfen, zur Einsamkeit verdammt. Und dann kam sie.

Sie hatte ihn angelächelt wie schon lange niemand mehr. Und seit sie bei ihm war, konnte er nicht mehr aufhören zu grinsen, als hätte er auf einmal etwas unglaublich Neues entdeckt. Etwas, mit dem er vor seinen Kumpels angeben wollte. Eine Frau, die zugleich eine Freundin war, ein echter Kamerad, nicht nur irgendeine Bettgefährtin, auch wenn seine Kumpel natürlich nicht mit schlüpfrigen Anspielungen sparten. Mit ihr zusammen bekam alles neuen Glanz, sogar in dieser armseligen Hütte hier am Ende der Welt. Mit Jenna machte alles, was vorher trostlos war, plötzlich Sinn, jeder Atemzug, jede Bewegung zählte; wie sie gedankenverloren mit ihrem Ohrring spielte, oder die Zehen in ihren weißen Baumwollsöckchen krümmte, alles erfüllte ihn mit nie gekannter Zärtlichkeit. Nichts anderes war mehr wichtig gewesen, aber wie lange, oder besser wie kurz, hatte dieser wunderbare Zustand gedauert? Zwei Tage? Drei? Er erinnerte sich nicht mehr. Alles, was blieb, war dieser unglaubliche Energieschub in ihm, seit er sie kannte. Aber jetzt, da sie fort war, fiel alles wieder in sich zusammen. Er fühlte sich leer, leerer als je zuvor. Sie hatte ein Stück von ihm mitgenommen, ob sie es wußte oder nicht. Er hätte sie nicht gehen lassen dürfen.

Er drückte seine Zigarette aus, und auf einmal war ihm klar, daß sie ihn nicht gebeten hatte mitzukommen, weil sie meinte, er sei sowieso nicht daran interessiert. Was ganz und gar nicht stimmte. Er würde ihr folgen, wohin sie nur wollte, sogar zu diesem komischen Schamanen, wenn sie beide nur zusammensein konnten. Und wenn sie seine Hilfe dann immer noch ablehnte, wüßte er wenigstens, daß sie wirklich nichts weiter mit ihm zu tun haben wollte. Es gab nicht mehr viel zu überlegen: Er mußte sie finden.

Eddie schlüpfte eilig in sein Hemd und legte die Armbinde wieder an. Er rannte zu seinem Wagen. Wo konnte sie zu Fuß schon hin sein? Sicher nicht zum Flugplatz. Wohl eher zum Fischerhafen, um ein Boot zu finden. Eddie gab Gas und brauste los in Richtung Stadt.

Es war lächerlich einfach. Kaum bog er um die nächste Kurve, sah er sie schon am Stikine Inn stehen, die Lederjacke lässig um die Taille gebunden. Sie redete mit dem Kerl, der am Morgen vorbeigekommen war. Oscar saß neben ihr.

Als er auf den Parkplatz einbog, entdeckte der Hund ihn sofort und kam schweifwedelnd zu ihm gerannt.

Jenna schaute herüber, sah ihn aus dem Wagen steigen und lächelte. Dieses Lächeln. Ihm schwoll das Herz. Er hockte sich hin und kraulte Oscar ausgiebig das Fell, bis der Hund beschloß, zu Jenna zurückzulaufen. Eddie folgte ihm langsam.

»Hi, Eddie!« rief Joey. Eddie beachtete ihn nicht. Er sah nur Jenna und ihr Lächeln.

»Ich möchte dir helfen«, sagte Eddie schlicht. »Ich bring dich, wo immer du hin willst.«

Jenna war unendlich erleichtert, als sie Eddie sah. Sie wollte weiß Gott nichts lieber, als von diesem aufdringlichen Schwätzer loskommen, der sie hier nur unnötig aufhielt. Bei Eddies Worten horchte er sichtlich auf.

»Sie fahren weg?«

Jenna und Eddie wechselten einen Blick.

»Ja«, antwortete Jenna kurz.

»Wohin denn?«

Jenna wunderte sich über die Direktheit der Frage; das ging ihn schließlich nichts an. Also zuckte sie nur unverbindlich die Schultern und schwieg.

Joey schien zu merken, daß er zu weit gegangen war, und lächelte breit, um den Schnitzer wieder auszubügeln. Aber man sah ihm doch einen leichten Anflug von Ärger an, ehe er sich wieder unter Kontrolle hatte. Er hockte sich vor Oscar und streichelte ihm das Nackenfell.

Eddie lehnte sich dicht zu Jenna hin und sagte so leise, daß Joey es nicht hören konnte: »Ich weiß, du hast mich nicht zum Mitkommen aufgefordert, und vielleicht willst du mich lieber nicht dabeihaben …«

»Ich dachte, *du* wolltest nicht«, unterbrach ihn Jenna.

»Doch, doch, ehrlich.«

»Aber du glaubst doch nicht an diese Sachen.«

»Was macht das schon? Ich glaube an *dich*. Und du brauchst doch Hilfe, oder?«

Ja, sie brauchte Hilfe. Aber sie hatte ihn nicht auch noch darum bitten können. Es war ja *ihr* Kreuzzug, nicht seiner.

Jenna blickte zu Joey und Oscar hinab. Joeys spielerisches Gerangel mit dem Hund war nach und nach aggressiver geworden. Jetzt schlug er Oscar mit der flachen Hand gegen die Schnauze, immer abwechselnd rechts und links, als wollte er ihm seine Überlegenheit beweisen; und jedesmal, wenn Oscar mit gefletschten Zähnen nach der einen Hand schnappte, traf die andere unversehens von der anderen Seite. Jenna hätte Joey am liebsten gesagt, er solle damit aufhören, aber sie hoffte insgeheim, daß Oscar die Faxen irgendwann dicke hätte und den Kerl ordentlich in die Hand biß.

»Bist du dir auch wirklich sicher?« zischelte sie Eddie zu. »Du weißt doch noch nicht einmal, wo ich hin will.«

»Weißt *du* das denn so genau? Immerhin kenne ich mich einigermaßen gut in der Gegend aus.«

»Hör zu, Eddie, ich bin dir ja sehr dankbar, aber ...«

Ein Schmerzensschrei unterbrach sie. Joey war zur Seite gekippt und krümmte sich, die eine Hand mit der anderen umklammernd. Oscar stand heiser knurrend über ihm.

»Scheiße! Das verdammte Mistvieh hat mich gebissen!«

Jenna konnte sich das Lachen nicht verkneifen.

»Vielleicht hat er was gegen Ohrfeigen.«

»Aua! Mistköter! Der hat richtig fest zugebissen!«

Bei aller Schadenfreude hatte Jenna doch ein wenig Mitleid. »Zeigen Sie mal her. Blutet es?«

Joey hörte vor Empörung auf zu greinen. »Das fragen Sie noch? Sehen Sie sich das an!«

Er hielt ihr den Arm hin, und tatsächlich, es blutete leicht aus ein paar kleinen Löchern, die wie mit der Kneifzange in die Hand gezwackt schienen.

»Also gut, dann sollten wir Ihnen das mal lieber verarzten, damit es sich nicht infiziert«, sagte Jenna. »Kommen Sie, im Hotel gibt es sicher einen Verbandskasten.«

Sie half Joey auf die Beine und ging mit ihm über den Parkplatz, während Eddie mit Oscar am Wagen blieb.

Merkwürdig, Joey hatte ein Zimmer im Stikine Inn, obwohl Jenna hätte schwören können, daß er ihr erzählt hatte, er übernachte im Park. Und nun war er plötzlich Hotelgast. Komisch.

Earl quittierte Jennas Erscheinen mit einem arroganten Kopfnicken und holte wortlos den Erste-Hilfe-Kasten aus dem Hinterzimmer, als er Joeys Hand sah. Jenna nahm Joey zum Verbinden mit nach oben in sein Zimmer, hielt ihm die Hand übers Waschbecken und reinigte die Bißspuren mit warmem Wasser. Joey zuckte wehleidig zusammen, als sie ihm die Hand abtrocknete. Dann holte sie ein braunes Fläschchen aus dem Kasten.

»Das tut jetzt vielleicht ein bißchen weh.«

»Weh tut es sowieso, und nicht nur ein bißchen«, nölte er ungnädig.

Sie goß ein paar Tropfen Jodlösung auf den Handtuchzipfel und betupfte vorsichtig die Wunden. Joey jaulte auf.

»Auaah! Was ist denn das, Salzsäure?«

»Ich hab Ihnen gesagt, daß es weh tun würde.«

»Scheiße. Ich muß damit doch nicht etwa ins Krankenhaus?«

Jenna begann, die Hand mit einer Mullbinde zu umwickeln.

»Ich glaub nicht, außer, wenn es sich entzündet.«

»Und wenn das Vieh nun die Tollwut hat?«

»Na, eine Spritze kann sicher nichts schaden«, meinte sie und klebte die Mullbinde mit Heftpflaster fest. »So, fertig.«

Joey sah sich verdrossen seinen Verband an.

»Meine Gitarre kann ich wohl für eine Weile vergessen.«

»Tut mir leid, aber man sollte Hunde eben auch nicht auf die Schnauze hauen.«

Jenna nahm den Verbandskasten und wandte sich zum Gehen. Joey folgte ihr bis an die Tür.

»Das war's dann wohl, was? Ich seh Sie nie wieder?«

»Kaum. Machen Sie's gut.«

Jenna hatte schon die Hand auf der Klinke, als plötzlich das Telefon klingelte. Merkwürdig. Vor ein paar Tagen hatte es hier noch kein Telefon auf dem Zimmer gegeben.

»Warten Sie, ich muß Sie noch etwas fragen«, sagte Joey hastig, rannte auf die andere Bettseite und nahm ein Handy vom Nachttisch. Ein Tramper mit Handy? *Sehr* merkwürdig. Er stellte sich ans Fenster und sprach leise in den Hörer, während Jenna geduldig wartete. Auf der Kommode neben der Tür fiel ihr ein ledergebundenes Notizbuch auf, viel zu elegant für einen Vagabunden. Sogar mit eingravierten Initialien auf dem Deckel: JR. Vorsichtig hob sie eine Ecke an. Es war vollgestopft mit Zetteln, zusammengefalteten Faxpapieren, Visitenkarten.

»Was machen Sie da?«

»Ich hab nur… mein Mann hat genauso eins.«

»Ihr Mann?«

Er schnappte sich das Notizbuch, ehe Jenna die Hand zurückgezogen hatte, und all die losen Zettel rutschten heraus und flatterten zu Boden.

»Oh, Entschuldigung…«

Jenna und Joey gingen gleichzeitig in die Hocke, um die verstreuten Papiere aufzusammeln, und stießen prompt mit den Köpfen aneinander.

»Lassen Sie doch, ich mach das schon.«

Jenna zögerte.

»Doch, wirklich, lassen Sie, ich hab's gleich.«

Jenna stand auf und sah zu, wie Joey alles wieder ins Notizbuch zurückstopfte. Dann ließ er es in der Kommodenschublade verschwinden.

»Tut mir leid«, sagte sie noch mal.

Joey winkte ab. »Macht nichts, macht nichts, das passiert mir dauernd.«

»Ich muß jetzt gehen.«

»Nein, warten Sie. Wollen Sie nicht zum Abschied noch einen Drink mit mir nehmen? Die haben hier keine Minibar, aber ich habe vorgesorgt.«

Joey ging zum Fernseher hinüber, auf dem ein Dutzend kleiner Schnapsfläschchen aufgereiht standen.

»Ich hab von jeder Sorte zwei da, also reichlich Auswahl. Was möchten Sie?«

»Ist noch etwas früh am Tag für mich.«

»Ja, für mich auch, aber es betäubt den Schmerz, wissen Sie?« Joey hatte sich vorgebeugt und musterte mit Kennermiene seine Flaschensammlung.

Im gleichen Augenblick entdeckte Jenna einen Zettel auf dem Boden unter der Kommode. Sie bückte sich schnell, fischte ihn hervor und faltete ihn auseinander. Es war eine Personenbeschreibung, komplett mit angeheftetem Foto an der oberen Ecke. Name: Rosen, Jenna. Alter: 35. Größe: 1,70. Haarfarbe: braun. Augenfarbe: braun. Besondere Kennzeichen: Narbe an rechter Schulter und rechtem Ringfinger ... Jenna sah sich das Foto genauer an. Es war ein Bild von ihr mit Bobby und Robert, vor drei Jahren in Disneyland aufgenommen. Was ist Robert doch für ein Trottel, dachte sie. Konnte noch nicht einmal ein neueres Foto finden. Eilig faltete sie das Blatt wieder zusammen, ehe Joey ihren Fund bemerkte.

»Stolichnaya. Man gönnt sich ja sonst nichts.«

Joey schraubte sein Wodkafläschchen auf und nahm einen langen Schluck.

»Wenn ich das richtig sehe, trinken Sie also gerade auf meine Rechnung«, sagte sie ruhig.

Joey setzte mit einem Ruck die Flasche ab.

»*Wie* bitte?«

»Ich meine, Sie rechnen doch Spesen ab, oder? Und da mein Mann Sie bezahlt, und sein Geld zur Hälfte mir gehört, zahle ich Ihnen die Hälfte von diesem Wodka da.«

Joey überlegte fieberhaft. Sie konnte das Räderwerk in seinem Kopf förmlich surren hören. Das Papier in ihrer Hand hatte er noch nicht gesehen. Sonst hätte er wohl gleich aufgegeben. Aber so rechnete er sich noch eine Chance aus. Er verlegte sich aufs Bluffen.

»Keine Ahnung, wovon Sie da reden, Lady. Ich hab meine letzten Piepen für dieses Zimmer hier ausgegeben, weil ich die Schnauze voll davon hatte, immer nur im Regen zu übernachten, okay?« Er ließ sich auf die Bettkante fallen und kippte den Rest von seinem Wodka. »Da müssen Sie mich wohl mit irgendwem verwechselt haben.«

»Aha, so ist das, verstehe. Sagen Sie, sehe ich für Sie wie einssiebzig aus?«

»Was?«

»Ob ich für Sie wie einssiebzig aussehe!«

»Keine Ahnung. Kann sein.«

»Männer sind doch wirklich blöd. Wissen Sie was? Das bildet mein Mann sich bloß *ein*, daß ich einssiebzig bin.«

»Kapier ich nicht.« Aber Joey wurde zusehends unsicherer.

»Wie groß kommt Ihnen mein Mann vor? Ist er einsachtzig?«

»Lady, ich hab Ihren Mann nie gesehen. Vielleicht gehen Sie jetzt besser.«

Jenna faltete das Papier auf und tippte auf das Foto.

»Natürlich haben Sie ihn schon mal gesehen. Das ist er. Er ist gut zehn Zentimeter größer als ich, stimmt's?«

Joey sprang auf, riß ihr das Papier aus der Hand und stopfte es in seine Tasche.

»Ich mach Ihre Spielchen nicht mit.«

»Also gut, zu Ihrer Information, *er* ist einsfünfundsiebzig. Wie groß bin ich dann wohl?«

Joey packte sie am Arm und schubste sie zur Tür.

»Jetzt hören Sie *mir* mal zu«, sagte er. »Sie brauchen sich nicht einzubilden, Sie hätten gewonnen, nur weil Sie meine Tarnung aufgedeckt haben, weil ich Ihnen nämlich trotzdem weiter auf den Fersen bleibe und Sie mit Ihrem Geliebten da unten ablichte.«

»Meinem *was*?«

»Na was schon, der Typ, der Sie bumst, darum geht's doch. Ist mir eh lieber, daß Sie jetzt Bescheid wissen.«

Jenna schüttelte seine Hand von ihrem Arm.

»Eddie und ich schlafen nicht miteinander.«

Joey lachte. »Sie können mir viel erzählen, aber ich habe Aufnahmen von Ihnen beiden im Bett gemacht.«

»Wann?«

»Heute morgen. Nicht direkt in flagranti, sieht aber auch so ganz schön belastend für Sie aus.«

Mist. Robert hatte ihr einen Spion nachgeschickt. Sie konnte es nicht zulassen, daß irgendwer sie jetzt bei ihrem Vorhaben aufhielt. Doch wie sollte sie es anstellen, diesen Schnüffler loszuwerden? Vielleicht erst einmal Zeit gewinnen.

»Ich glaube, ich kann jetzt doch einen Drink gebrauchen.«

Sie schlüpfte um ihn herum, weg von der Tür, und griff sich eins der Fläschchen vom Fernseher.

Joey lachte. »Lady, ich weiß nicht, ob das ein Trick sein soll, aber ich warne Sie: Nichts wird mich davon abhalten, meinen Job zu erledigen.«

»Und wenn ich einfach verschwinde?«

Er grinste. »Sie meinen, wie letztes Mal?«

Schade, daß die Flasche zu klein war, um sie ihm über den Schädel zu ziehen, dachte sich Jenna. Wie sollte sie bloß aus dieser Zwickmühle herauskommen? Wenn Robert glaubte, daß sie einen Liebhaber hatte, würde er im Nu hier auftauchen. Irgendwie mußte sie Joey zur Einsicht bewegen. Vielleicht half es, wenn sie ganz offen mit ihm redete. Sie setzte sich auf die Bettkante.

»Und was haben Sie jetzt vor?«

»Meinen Bericht abfassen und ihn mit den Fotos rüberfaxen. Dann hat Ihr Mann das ganze Material noch heute vorliegen.«

Jenna schraubte die Verschlußkappe von der Flasche und nippte nachdenklich.

»Hören Sie, ich verlange ja nicht viel«, sagte sie. »Nur einen kleinen Vorsprung. Das ist sogar besser für uns beide. Wenn Sie Ihren Bericht erst einen Tag später abschicken, kriegen Sie auch einen Tag mehr bezahlt. Denn sonst kommt Robert sofort angereist, und Ihr Job ist zu Ende. Wär doch schade, oder?«

Joey öffnete noch ein Wodkafläschchen und kippte den Inhalt mit einem Zug. Dann ließ er sich aufs Bett fallen und verschränkte gemütlich die Arme hinter dem Kopf.

»So kann man das natürlich auch sehen.«

»Eben. Wenn Sie noch einen Tag warten, können Sie hier in Saus und Braus leben und alles aufs Spesenkonto setzen.«

»Vielleicht«, sagte er und wippte anzüglich, »vielleicht braucht es da noch etwas mehr Überzeugungsarbeit.«

Jenna hätte ihm am liebsten die Faust in sein schmieriges Grinsen geschlagen.

»Das könnte Ihnen so passen, Sie Widerling.«

Wütend sprang Joey vom Bett auf, lief zum Schrank und zerrte seinen Rucksack heraus.

»Na gut, wenn Sie so zickig sind, tu ich Ihnen den Gefallen eben nicht.«

»Netter Gefallen, mit solchen Bedingungen«, schnaubte Jenna.

Er zog einen Laptop aus dem Rucksack. »Hilfe verlangen, aber nichts dafür tun wollen, da sind Sie bei mir an der falschen Adresse.«

»Aber sehen Sie denn nicht, wie absurd das alles ist?«

»Nein.« Er stöpselte den Computer ein.

»Ich habe meinen Mann noch nie betrogen. Aber Sie berichten ihm jetzt, ich *hätte* es, obwohl es eine Lüge ist. Und damit Sie's ihm *nicht* berichten, soll ich ihn betrügen, und zwar mit *Ihnen.* Das ist doch verrückt!« Sie lachte.

Während er ungerührt zu tippen begann, stand sie hinter ihm und überlegte, was ihr jetzt noch an Möglichkeiten blieb. Den Computer zerstören würde nicht viel bringen. Also redete sie noch einmal auf ihn ein.

»Joey, ich schildere Ihnen jetzt mal die Sachlage, wie sie wirklich ist, und dann tun Sie, was Sie tun müssen, aber hören Sie mich bitte an.«

Er hielt im Tippen inne und drehte sich zu ihr um.

»Mein Sohn ist vor zwei Jahren hier in Alaska ertrunken. Ich war bei ihm, als es passierte, und konnte ihn nicht retten. Darüber bin ich die letzten zwei Jahre nicht hinweggekommen. Und jetzt will ich an den Unglücksort zurückkehren, um die Seele meines toten Sohnes zur Ruhe zu bringen. Wenn Robert dazwischenfunkt, macht er vielleicht alles zunichte. Darum wäre ich Ihnen dankbar, wenn Sie ihm keinen Grund bieten würden hierherzukommen. Ich bin durchaus bereit, Ihnen dafür alles zu geben, was zumutbar ist, aber nicht meine Würde. Das hat nichts mit Ihnen persönlich zu tun. Sie wirken recht sympathisch, und wenn ich in Ihrem Alter und unverheiratet wäre, wer weiß ...«

Er lachte. Er war jetzt nicht mehr bockig.

»... aber ich kann so etwas im Augenblick unmöglich tun.«

Sie ging langsam zur Tür.

»Ich hoffe, Ihre Hand verheilt gut. Also, telefonieren Sie ruhig in aller Welt herum, kaufen Sie Wodka, bestellen Sie Eier zum Frühstück, machen Sie, was Sie wollen.«

Sie drückte die Klinke nieder und trat auf den Flur hinaus.

»Und wenn Sie sich dazu überwinden könnten, mir etwas entgegenzukommen, wäre ich Ihnen wirklich sehr dankbar.«

Sie hatte die Tür schon fast hinter sich geschlossen, als Joey ihr nachrief:

»Mrs. Rosen?«

Sie streckte den Kopf durch die Tür.

»Sie haben bis morgen früh Zeit.«

Sie lächelte, zwinkerte ihm zu und zog leise die Tür ins Schloß.

Als Jenna unten auf die Straße trat, war ihr schon klar, daß Joey sein Versprechen nicht halten würde. Dieser Mann war ein gedungener Söldner und als solcher vollkommen skrupellos. Vermutlich hätte es auch nichts geändert, wenn sie sich mit ihm eingelassen hätte. Und sie sollte recht behalten. Joey räumte ihr nur eine klitzekleine Galgenfrist ein: Er leerte noch ein Fläschchen Wodka, ehe er seinen Bericht schrieb und ihn nach Seattle faxte.

Eddie und Oscar lagen im Gras und warteten auf Jennas Rückkehr.

»Und? Alles wieder o. k. mit ihm?« fragte Eddie, als Jenna näher kam.

»Mit seiner Hand schon, aber sonst sieht es ziemlich mies aus.«

»Wie meinst du das?«

»Erklär ich dir später. Wie komme ich am schnellsten von der Insel weg?«

»Per Boot. Wohin fahren wir?«

»Wir?« Jenna seufzte. Wie die Dinge lagen, hatte sie wirklich keine Wahl, sie mußte Eddie mit in ihre Pläne einbeziehen.

»Nach Klawock. Weißt du, wo das liegt?«

»Ja, es ist nicht sehr weit.«

»Na gut, auf geht's.«

Eddie machte keine Anstalten, sich aus dem Gras zu erheben. »Nach Klawock?« Er schüttelte den Kopf. »Mit dem Boot dauert das zu lang. Besser, wir nehmen einen Flieger.«

»Aber du sagtest doch, per Boot geht's am schnellsten.«

»Schon, von der Insel weg, aber nicht bis nach Klawock.«

»Ich kann aber kein Flugzeug nehmen.«

»Wieso nicht?«

»Weil man mich dann leicht verfolgen kann. Mein Name auf dem Ticket, und so. Los, nun steht schon auf, ich muß so schnell wie möglich von hier weg.«

Eddie rappelte sich auf, und sie kletterten alle drei in seinen Lieferwagen.

»Die Bootsreise dauert einen ganzen Tag. Mindestens zwölf Stunden, je nach den Gezeiten«, erklärte Eddie.

»Hast du nicht gesagt, es wäre nicht weit?«

»Nicht weit heißt in Alaska, weniger als drei Tage.«

Eddie ließ den Motor an und blickte zu Jenna hinüber. Sie knabberte nachdenklich an der Unterlippe. Vielleicht könnten sie die Tickets auf Eddies Namen ausstellen lassen? Würde das ihre Spur genug verwischen?

»Mit Fields Flugzeug wären wir in einer Dreiviertelstunde da«, meinte Eddie.

»Field hat ein Privatflugzeug?«

»Na klar.«

Das war natürlich die ideale Lösung. Ideal, abgesehen davon, daß sie eine Heidenangst vor diesen kleinen Rappelkisten hatte. Die meisten Flugzeugabstürze passierten mit Privatmaschinen. Keine Fallschirme. Der Motor streikte, man fiel wie ein Stein vom Himmel, und das war's dann. Aber was half's, sie mußte es riskieren.

»Ist das auch nicht zu gefährlich?«

Eddie lachte. »Keine Angst, Field ist ein alter Hase, da kann gar nichts passieren.«

»Na gut«, sagte Jenna entschlossen. »Dann fliegen wir.«

Eddie fuhr sie zu seinem Haus zurück, wo er Field anrief und ein paar Sachen packte. Als sie Am Anlegesteg ankamen, erwartete Field sie schon neben seinem Wasserflugzeug.

Samstag morgen ging Robert zur Arbeit, obwohl er sich lausig fühlte. Aber noch lausiger hätte er sich gefühlt, wenn er den ganzen Tag allein in dem leeren Haus geblieben wäre. Außerdem gab es jede Menge Arbeit zu erledigen.

Pat, seine hübsche junge Assistentin, kam ebenfalls ins Büro, ihm zuliebe jederzeit zu Überstunden bereit. Sie stellte ihm einen Becher frischen Kaffee hin, setzte sich ihm gegenüber und schlug die Beine übereinander. Robert konnte nicht umhin, einen wohlgefälligen Blick auf ihre schlanken Fesseln zu werfen. Er liebte schlanke Fesseln, besonders in halterlosen schwarzen Strümpfen, an Bettpfosten gefesselt. Früher hatte er das oft mit Jenna gemacht, als sie für solchen Spaß noch zu haben war. Aber seit Bobbys Tod war in der Hinsicht ja nicht mehr viel mit ihr los, und er hatte sich wohl oder übel darauf beschränken müssen, seine Phantasien in Momenten wie diesen auszuleben.

Er hatte schon mal daran gedacht, eine Affäre mit Pat zu beginnen, aber irgendwie war er sich immer blöd vorgekommen bei der Vorstellung: Chef vögelt Sekretärin. Das war einfach zu abgeschmackt.

Das Faxgerät piepste, und ehe Robert noch ganz aus seinen Träumereien erwacht war, hatte Pat die beiden Blätter schon in Empfang genommen und vor ihn hingelegt. Das erste enthielt einen knappen, stichwortartigen Bericht: wer, was, wo, wann. Das zweite zeigte einen körnigen, verschwommenen Computerausdruck von einem Foto, das seltsam abstrakt wirkte: zwei Huppel unter einer Decke.

Robert wurde es ganz flau. Was er die ganze Zeit als

unbegründete Furcht abtun zu können gehofft hatte, stellte sich nun als nur allzu begründet heraus. Er sackte in seinem Stuhl zurück und starrte wie versteinert vor sich hin.

»Ist dir nicht gut?«

Robert schüttelte den Kopf.

»Was ist denn?«

Er sah zu Pat auf. Am liebsten hätte er einfach losgeheult. Aber er drängte die Tränen zurück und sagte mit erstickter Stimme: »Meine Frau.«

»Ach je.« Pat legte ihm mitfühlend die Hand auf den Arm.

Wie hießen die drei Reaktionsschritte noch mal? Verdrängung, Verzweiflung, Wut. Sinnlos, an die ersten beiden Zeit zu verschwenden. Das einzig Brauchbare war die Wut, weil sie zum Handeln führte. Robert stand auf und sagte zu Pat, er müsse mal Luft schnappen gehen. Sie verstand: Sie würde hier die Stellung halten, meinte sie, und wenn er sich aussprechen wollte, sie sei immer für ihn da. Aber Robert wollte sich nicht aussprechen. Er war stinkwütend. Er wollte sich abreagieren.

Es war erst ein Uhr mittags, aber er ging schnurstracks zu Mike's Bar an der First Avenue; was jetzt not tat, war ein ordentlicher Martini. Oder auch zwei.

Über dem dritten traute er sich dann, den Barkeeper zu fragen, wo man ein Mädchen für den Nachmittag herbekäme. Er hatte inzwischen beschlossen, daß es nur eine Art und Weise für ihn gab, mit seiner Wut umzugehen. Bumsen, und zwar sofort, jawohl, jetzt mußte ein Callgirl her, Sex gegen Geld und zum Teufel mit den Prinzipien. Aber der Barkeeper war ein Flop. Er konnte nur mit dem läppischen Vorschlag dienen, sich etwas weiter die First Avenue hinunter in der Umgebung der Pornokinos umzusehen. Robert winkte angewidert ab.

Ganz plötzlich fiel ihm das Mädchen mit den tollen Lippen aus der Garda Bar wieder ein. Hatte *sie* ihm nicht zum Schluß noch ihre Nummer gegeben? Er langte in die Jackentasche. Bingo! Das Streichholzheftchen. Genau neben der leeren Koksphiole.

Er ging zum Telefon hinten in der Bar und wischte die Sprechmuschel an seinem Hemd ab. Sie hatte ihm doch angeboten, er solle sie anrufen, wenn er noch Lust zu reden hätte. Und *wie* er Lust zu reden hatte! Gerade soviel, wie nötig war, um sie ins Bett zu kriegen. Erin, richtig, so hieß die Kleine.

Er wählte die Nummer. Sie antwortete mit schläfriger Stimme. Es war fast zwei. Diese jungen Leute schliefen eben gerne lang.

»Hallo, hier ist Robert. Hab ich dich aufgeweckt?«

»Robert?«

Sie gähnte. Wahrscheinlich noch zu verpennt, um sich an ihn zu erinnern.

»Ich hab dich gestern abend heimgefahren.«

»Ach so, ja.«

»Du hast gesagt, ich könnte dich anrufen, wenn ich reden wollte. Tut mir leid, daß ich dich geweckt hab.«

»Schon gut. Warte mal eben.«

Sie legte den Hörer ab. Er hörte sie durchs Zimmer tappen. Stille. Dann eine Toilettenspülung. Charmant.

»Also, was ist?«

Gute Frage. Wie sollte er bloß damit rausrücken?

»Ähm, ich fand's wirklich sehr nett gestern abend, weißt du?« sagte er. »So was hab ich seit Jahren nicht mehr getan.«

»Was, Koks schnupfen?«

»Ja, und überhaupt, einen draufmachen.«

»Es war eh fast nur Speed. Ich war die ganze Nacht wach, konnte nicht mehr aufhören, mit den Zähnen zu knirschen.«

Robert fummelte an den Knöpfen des Zigarettenautomaten neben dem Telefon.

»Tja, hm…« Er räusperte sich. »Was hältst du davon, wenn wir uns wiedersehen? Vielleicht könnten wir irgendwo zum Essen gehen.«

»Du willst mich zum Essen einladen?«

»Ja, wie wär's mit heute abend, zum Beispiel?«

»Mann, du hast's aber eilig, was?«

Robert lachte. Sie wußte ja gar nicht, wie recht sie hatte. »Und? Hast du Zeit?«

Erin schien einen Moment zu überlegen.

»Tja… ich hatte heut abend eigentlich schon was vor.«

»Ah so. Und morgen?«

»Sonntag abends hab ich immer Arbeitsgruppe. Sag mal, Robert… Wieso willst du dich denn unbedingt mit mir verabreden?«

Robert fühlte sich ertappt. Sein Herz begann schneller zu klopfen. Mußte er sich jetzt etwa noch rechtfertigen?

»Ich weiß nicht, ich dachte einfach, es könnte nett sein.«

»Geht es um deine Frau?«

»Wie meinst du das?«

»Na ja, gestern im Auto wolltest du nicht rummachen, wegen deiner Frau, und heute willst du plötzlich mit mir ausgehen. Woher der Sinneswandel?«

»Ich… ich weiß nicht«, stammelte Robert. »Ich dachte, weil du mir doch deine Nummer gegeben hast, falls ich mit jemandem reden wollte.«

»Willst du nur reden, oder willst du dich mit mir verabreden?«

»Wo ist denn da der Unterschied?«

»Nun tu bloß nicht so naiv, Robert.« Sie hielt kurz inne. »Hör zu, mein Freund kommt heute abend für ein paar Wochen in die Stadt, also läuft zwischen uns schon mal gar nichts. Tut mir leid.«

Aha.

»Ich könnte dich höchstens heute nachmittag auf einen Kaffee treffen.«

Ein Schwätzchen beim Kaffee war nun ganz und gar nicht, was Robert sich vorgestellt hatte. Ach, warum lief es im wirklichen Leben denn nie, wie man wollte? Das gab es wohl doch nur im Kino. Für Leute wie ihn hieß es heiraten. Kinder in die Welt setzen, alles Unvorhergesehene aus seinem Leben verbannen, langweilig sein. Und dann zusehen, wie alles in sich zusammenbrach.

Er legte auf, ohne sich zu verabschieden. Hatte ja doch keinen Zweck. Dann rief er die Auskunft an, die ihn direkt mit Alaska Airlines verband, und buchte für Sonntag morgen sechs Uhr dreißig einen Flug nach Wrangell via Juneau. Damit wäre er morgen gegen halb elf zumindest schon einmal in derselben Stadt wie seine Frau.

Aber was nur in der Zwischenzeit mit sich anfangen? Er mußte sich irgendwie ablenken. Von Mike's Bar aus schlug er den Weg zum Coliseum an der Fourth Avenue ein. Dort gab es immer einen Actionfilm. Gewalt auf der Leinwand war jetzt das einzige, was noch half. Er würde sich so lange mit Geballer und Gemetzel zudröhnen, bis er Hunger bekam und sich den nächsten Schritt überlegen mußte. Doch bis dahin würde er sich und seine Probleme erst einmal vergessen.

Da sie ihr die Wahl ließen, nahm Jenna den Vordersitz. Wenn schon fliegen, dann auch richtig. Field überprüfte die Hebel und Schalter, drückte schließlich auf den roten Knopf, und der Propeller begann zu rotieren, der Motor spuckte Qualm aus allen Düsen. Ein Wink, und der Mann auf dem Steg löste das Haltetau und schob sie mit einem kräftigen Tritt gegen die Schwimmkufe an, so daß sie langsam vom Ufer fortglitten.

Field drehte den Motor voll auf, das Flugzeug schoß

schwerelos übers Wasser und hob sich dann schaukelnd in die Luft, als gehorche es nur widerwillig den Gesetzen der Aerodynamik. Jetzt war es soweit, sie stiegen auf, fünfzig Fuß, hundert Fuß, zweihundert, die Nadel des Höhenanzeigers schlug immer weiter aus, fünfhundert, sechshundert, und der U-förmige Steuerknüppel zwischen Jennas Beinen bewegte sich von selbst hin und her, genau parallel zu dem Steuer nebendran, das Field sicher und konzentriert im Griff hatte. So schlimm war es eigentlich gar nicht, sagte sich Jenna, den Blick krampfhaft aufs Armaturenbrett geheftet, nur besser nicht hinunterschauen.

Prompt tippte Eddie ihr auf die Schulter und deutete hinab. Sollte sie es wagen? Sie klammerte sich noch fester an ihre Armlehnen und riskierte einen schnellen Seitenblick. Unten lag die Elefanteninsel. Wirklich, sehr hübsch.

Sie flogen jetzt in tausend Fuß Höhe, und Jenna genoß das Panorama. Unzählige kleine Inseln wie dunkelgrüne Edelsteine in einem verschlungenen Geflecht von schwarzen Wasserarmen. Wie die Everglades in Florida, nur größer.

Field klopfte ihr lächelnd auf den Arm. »Moment, ich muß Ihnen mal was zeigen.«

Das Flugzeug legte sich plötzlich schräg, sackte ab, und Jenna ruderte panisch mit den Armen. Nach einer weiten Schleife flogen sie wieder gerade, und Jenna atmete auf. Sie folgten jetzt einem schmalen, schimmernden Fluß, der sich durch die Wälder schlängelte.

»Der Stikine River«, rief Field, um den Motorenlärm zu übertönen. »Früher, in der Goldgräberzeit, gab es hier eine Fähre bis rauf nach Kanada. Die Indianer fürchteten sich vor dem Fluß. Für sie war es der Weg, den die Seelen der Toten zum Jenseits einschlugen, und sie weigerten sich, die Weißen den Fluß hinaufzufahren. Und danach glaubten sie, die Weißen hätten eine besondere Macht, weil sie lebend zurückgekommen waren.«

Jenna nickte. »Die Indianer haben immer den kürzeren gezogen, nicht wahr?«

Field lachte. »Nun mal nicht so ernst, junge Frau!« Er langte in die Jackentasche und zog eine Flasche Whiskey heraus. »Trinken Sie einen Schluck, das ist gut für die Nerven.«

Jenna wollte schon abwehren, aber Field ließ nicht locker. Eddie beugte sich vor und flüsterte ihr ins Ohr.

»Trink nur, ich glaube, er will für dich noch über den Gletscher schrubben.«

Sie nahm einen Schluck und reichte die Flasche an Eddie weiter, der sich ebenfalls einen genehmigte und die Kappe wieder aufschraubte.

»He, und ich?« rief Field.

»Du bist der Pilot«, sagte Eddie und steckte die Flasche ein.

Die Flughöhe betrug jetzt nur noch dreihundert Fuß. Zu beiden Seiten des Flusses ragten hohe, schneebedeckte Berge auf. Jenna wurde es immer unheimlicher; hoch oben über den Inseln hatte sie sich besser gefühlt.

»Ich will nicht über den Gletscher schrubben«, sagte sie zu Field.

»Keine Bange«, schmunzelte er. »Es wird Ihnen gefallen.«

Sie drehten noch eine Kurve, und vor ihnen tauchte eine mächtige Eiswand auf. Sie füllte ein ganzes Tal, überall nur Eis, braun und blau, und Jenna spürte, wie die Kälte sie in Wellen traf, während das Flugzeug tiefer und tiefer sackte. Die Wand türmte sich fast senkrecht vor ihnen auf, und Field steuerte tollkühn darauf zu. Jenna hielt die Luft an. Und dann, als es schon aussah, als würden sie im nächsten Augenblick an dem Gletscher zerschellen, riß Field plötzlich den Steuerknüppel herum, und mit aufheulendem Motor schossen sie in einer Linkskurve empor. Jenna wurde es schwindlig, ein grauer Nebel senkte sich über sie, sie wußte nicht mehr, ob das Flugzeug schräg lag oder gerade. Der Druck von oben machte sie völlig orientierungslos. Sie fühlte, wie Eddie ihr auf die Schulter tippte und nach links zeigte. An Field vorbei schaute sie aus dem Fenster. Die Eiswand war noch da, aber sie bewegte sich. Eine riesige Eisdecke löste sich wie in Zeitlupe vom Gletscher ab und rutschte in die Tiefe. Aus der frischen Spalte in der Wand schien es zu dampfen, wirbelnde weiße Dampfwolken aus Eiskristallen. Field ließ das Flugzeug nach links kippen, und Jenna sah den Eisbrocken in den Fluß gleiten, unter hohen, tobenden Wasserfontänen wegtauchen; ein Schauspiel von erhabener Größe und Schönheit.

Field ließ das Flugzeug wieder bis auf fünfzehnhundert Fuß steigen. Er lächelte zu Jenna hinüber. »So, jetzt gibt's aber keine Überraschungen mehr.«

Jenna war noch ganz benommen von der Wucht der Naturgewalten, die sie gerade beobachtet hatte. Wie zornig das Wasser sich aufgebäumt hatte unter dem Zwang, für dieses riesige Stück gefrorene Zeit Platz zu machen; wie der Gletscher sein Jahrhunderte altes Eis unter Geburtswehen in den Ozean abgab, um eins zu werden mit seiner Zukunft. Wie einfach und doch auch beängstigend dieser Kreislauf der Natur war: Unendlich machtvoll, unendlich lange pflügte der Gletscher sich durch Berge, schaffte Täler in Jahrmillionen – und war doch so zerbrechlich.

Sie lehnte sich in ihrem Sitz zurück, zählte die Inseln, die sie unten sah, und wartete gelassen darauf, daß Klawock auftauchte.

Die Stadt war ganz anders, als Jenna erwartet hatte. Keine mittlere Kleinstadt wie Wrangell, wo immerhin einigermaßen reges Leben herrschte; nein, Klawock, das war auf den ersten Blick nicht viel mehr als ein Anlegesteg neben einem gigantischen, aufs Wasser hinausgebauten hölzernen Lagerhaus. Am Ufer entlang verlief eine Schotterstraße, die nach rechts weg über einen Hügel verschwand. Auf dem Hügelkamm, inmitten windzerzauster Wiesen, standen zwei Dutzend Totempfähle.

Eddie und Jenna wanderten den Hügel hinauf. Hinter der Kurve tauchten einige Häuser auf: ein Laden, eine Post, auf der anderen Straßenseite ein Restaurant, vielleicht auch nur eine Kneipe, das war von außen nicht zu erkennen. Sie beschlossen, zunächst einmal in dem Laden nach Livingstone zu fragen – und nach einer Übernachtungsmöglichkeit. Der Mann hinter dem Tresen, ein Indianer mittleren Alters, musterte sie mißtrauisch, ließ sich aber doch zu der Auskunft herab, das Gasthaus gegenüber habe Zimmer zu vermieten. Als Jenna fragte, wo sie Livingstone finden könnten, zögerte der Mann mit der Antwort.

»Erwartet er Sie denn?«

»Nein«, sagte Jenna. »Wir hatten nur gehofft, ihn hier vielleicht zu treffen.«

»Sind Sie von der Zeitung, oder so?«

»Nein, wir brauchen nur seine Hilfe. *Wissen* Sie, wo wir ihn finden können?«

»Erst müßte ich ein bißchen genauer wissen, *warum* Sie ihn finden wollen.«

Jenna wunderte sich. Der Mann kannte Livingstone doch offenbar. Wieso konnte er ihr nicht einfach ihre harmlose Frage beantworten?

»Es ist eigentlich eher etwas Privates«, sagte sie ausweichend.

Der Mann schüttelte skeptisch den Kopf, als hätte er den Spruch schon zu oft gehört. Sie seufzte. Es ging ihn zwar nichts an, aber was machte das schon, sie konnte ebensogut auch gleich mit der Wahrheit herausrücken.

»Schauen Sie, es geht um… also, meine Großmutter war eine Tlingit-Indianerin, und… na ja, mir sind in letzter Zeit so seltsame Sachen passiert… anscheinend sind da irgendwelche Tlingit-Geister im Spiel… und… und vor zwei Jahren ist mein Sohn in Thunder Bay verunglückt, in dieser Feriensiedlung…«

»Ja, ich weiß. Da ist ein Kind ertrunken.«

Jenna verstummte überrascht. Woher wußte *der* davon?

»Also, können Sie mir jetzt vielleicht sagen, wo ich David Livingstone finde?«

»Ich sag ihm Bescheid, daß Sie hier sind.«

Jenna sah ihn unschlüssig an. Das war ihr nicht genug. Sie wollte sichergehen, daß sie nicht umsonst gekommen war; und der Mann schien zu erraten, was in ihr vorging.

»Besorgen Sie sich drüben ein Zimmer«, sagte er. »Vor morgen früh kriegen Sie ihn sowieso nicht zu sehen. Ich hinterlasse Ihnen dann eine Nachricht an der Bar.«

Jenna nickte und wandte sich zum Gehen.

»Danke für Ihre Hilfe. Es ist wirklich sehr wichtig für mich, ich glaube, er ist der einzige, der mir in dieser Sache noch helfen kann. Und sagen Sie ihm auch, ich zahle ihm, was immer er verlangt, wenn er sich Zeit für mich nimmt.«

Der Mann sah Jenna mit unbeweglicher Miene an.

»Nehmen Sie sich ein Zimmer«, erwiderte er nur.

Mit Eddie und Oscar ging sie über die Straße auf das Lokal zu. Über der Tür stand »Motherfish« zu lesen, und auf dem Fenster daneben war eine Fischfrau mit Messer und Gabel in den Flossen aufgemalt. Drinnen war es dämmrig, und die dunkel getäfelte Gaststube erinnerte an ein Schiff; zwischen den Tischen standen dicke alte

Fässer, kleinere Fässer dienten als Barhocker. Die Decke war mit Fischernetzen ausgehängt, in denen allerlei nautischer Nippeskram stak, japanische Flößchen, Bojen, Seesterne, Muscheln und so weiter. Hinter der Bar saß ein junger Mann, der nicht von seinem Buch aufblickte, als die Türglocke Jennas und Eddies Eintreten ankündigte.

Eddie klopfte vor ihm auf den Tresen. »He, Barkeeper!«

Der Junge hob irritiert den Kopf. Er sah sehr gut aus, mit den typischen runden Wangen der Alaska-Indianer, aber zugleich auch ausgeprägten Wangenknochen, die sein Gesicht wie gemeißelt erscheinen ließen.

»Der Mann aus dem Laden drüben hat gemeint, man kann bei Ihnen Zimmer kriegen«, fuhr Eddie fort.

»Klar«, antwortete der Junge mit einem Augenaufschlag, der deutlich besagte, wie sehr er sich von Eddie genervt fühlte. Irgend etwas lief da unterschwellig zwischen den beiden ab, das Jenna nicht verstand und das ihr ganz und gar nicht behagte.

»Also dann«, sagte Eddie mürrisch, »zwei Zimmer, wenn ich bitten darf.«

»Klar«, wiederholte der Junge. »Seid ihr zum Festival da?«

»Hä? Was für ein Festival?« fragte Eddie.

»Hier gibt's nämlich keins«, grinste der Junge.

Jenna sah, wie Eddie die Zornesröte ins Gesicht stieg, und beschloß, vorsichtshalber einzugreifen. Sie hatte gesehen, daß der Junge *Fiesta* las, und deutete auf das Buch.

»Hemingway? Liest du das fürs College?«

Ein schwacher Versuch, zugegeben, aber was sollte sie tun, wenn die beiden Platzhirsche hier albernerweise die Hörner verkeilten? Und zu ihrer Überraschung wandte der Junge sich ganz freundlich zu ihr um, vielleicht, um Eddie auf die Weise die kalte Schulter zu zeigen.

»Ja, ich studiere am UAK in Anchorage. Jetzt sind noch Semesterferien.«

»Englische Literatur?«

Er nickte. »Zwanzigstes Jahrhundert.«

»Hast du schon einmal etwas von Djuna Barnes gelesen?« fragte Jenna. Sie hatte selber Literatur studiert, und das Seminar über amerikanische Autoren im Paris der dreißiger Jahre hatte viel Spaß gemacht.

Der Junge hatte noch nie was von der Dame gehört.

»Ja, weißt du«, improvisierte sie fröhlich weiter, »das ist ein guter Kontrast zu Hemingway, und der hat sie auch regelrecht gehaßt.«

»Wieso hat er Djuna Barnes gehaßt?«

»Warum wohl, er wollte mir ihr schlafen, aber sie hat ihn abblitzen lassen.«

Der Junge lachte. »Und was hat sie geschrieben?«

»Ich hab nur eins ihrer Bücher gelesen, aber ich weiß nicht mehr, wie es hieß. Am Ende verwandelt sie sich in einen Hund.«

»Ist ja witzig. Das werde ich mir einmal ansehen.« Er stand von seinem Barhocker auf und kam zu ihnen nach vorn. »Schläft Djuna auch hier?«

Jenna zog fragend die Augenbrauen hoch. Er zeigte auf Oscar, und Jenna lachte. Nie kapierte sie Witze, sie war ein hoffnungsloser Fall.

»Er ist ganz ruhig«, beteuerte Jenna eilig.

»Hauptsache, er bellt nicht in der Nacht. Kommt, ich zeig euch die Zimmer.«

Er ging ihnen voran die Treppe hoch, und Jenna drehte sich zu Eddie um, der ein finsteres Gesicht machte.

»Was soll ich sagen?« wisperte sie achselzuckend. »Mit Speck fängt man Mäuse?«

Sie stiegen zum dunklen Flur im ersten Stock hinauf. Der Junge öffnete vier Türen in einem halbherzigen Versuch, ihnen die Zimmer vorzuführen.

»Sucht euch eins aus«, sagte er. »Das hier zum Beispiel, das nennen wir unsere Flitterwochensuite.«

Alle Zimmer sahen genau gleich aus: roter Teppichboden mit undefinierbaren Flecken, zwei Einzelbetten mit durchgelegenen Matratzen und braungemusterten Überdecken, dazu das übliche Furnierholzmobiliar. Selbst der Ausblick aus den Fenstern war überall der gleiche, denn sie lagen alle zur Straße hin.

Der Junge hatte sich hingehockt und streichelte Oscar.

»Ihr könnt die Betten zusammenschieben, wenn ihr wollt«, bot er an. »Ich versuche immer wieder, meinem Vater klarzumachen, daß die Leute *Doppelzimmer* wollen, keine Mönchszellen für zwei, aber er will einfach nichts verändern.«

Jenna und Eddie sahen sich unsicher an. Sie hatten noch mit keinem Wort besprochen, ob sie ein Zimmer teilen wollten oder nicht, geschweige denn ein Bett. Jenna hatte die ganze Zeit im stillen gehofft, es würde sich vielleicht von selbst ergeben, weil nur noch ein Zimmer frei war, aber so leicht machte es ihnen der Zufall hier nicht.

»Ich glaube, wir nehmen lieber zwei Zimmer«, sagte Eddie.

Der Junge zuckte die Achseln. »Ganz wie ihr wollt.«

»Erwartet ihr nicht noch mehr Gäste? In dem Fall könnten wir ja auch eins zusammen…«, begann Jenna zögernd.

»Ja, logisch«, lachte der Junge und stand auf. »Bei dem Hochbetrieb hier, nicht wahr? Manchmal sind wir Monate im voraus ausgebucht. Aber wißt ihr was, weil ihr so nett seid, kriegt ihr die ganze Etage für euch. Da könnt ihr euch wie zu Hause fühlen.«

Er ging zur Treppe und drehte sich auf der ersten Stufe noch einmal um.

»Ach, übrigens, was dieser Luxusschuppen sonst noch

so zu bieten hat: keinen Zimmerservice, keine Minibar, keinen Fernseher, kein Telefon im Zimmer, keinen Portier, keinen Pagen, kein Schwimmbad, keinen Fitneßraum. Mit anderen Worten, alles, was man brauchen könnte, haben wir nicht. Willkommen in der Steinzeit. Aber unten kann man etwas zu essen kriegen. Mom schwingt selbst den Kochlöffel. Speisekarte gibt es auch keine, sie setzt euch vor, was sie gerade auf dem Herd hat, aber jetzt die gute Nachricht: Sie macht einen fabelhaften Blaubeerauflauf. Und den gibt es *immer* zum Dessert.«

Er lächelte ihnen über die Schulter zu und begann, die Treppe hinabzusteigen.

»Sollen wir das Zimmer gleich zahlen?« rief Jenna ihm nach.

»Das könnt ihr, wenn ihr geht. Zwanzig Dollar pro Nacht. Keine Kreditkarten, keine Schecks.«

Eddie sah auf die Uhr.

»Sollen wir vor dem Festival noch ein bißchen am Strand entlanglaufen?«

Jenna nickte. Sie stellten ihre Rucksäcke in getrennten Zimmern ab und machten, daß sie ins Freie kamen.

Der Strand war rauh und ungepflegt, voller Felsbrocken, Seetang und Treibholz. Zwischen den Felsen blinkten hier und da tiefe, glasklare Pfützen auf. Überbleibsel von der letzten Flut, in denen sich Stichlinge und Babykrabben tummelten. Jetzt bei Ebbe roch der Strand brackig, trotz der frischen Brise – als sei irgend etwas der Sonne ausgesetzt, das langsam vor sich hin faulte ohne das schützende Wasser.

Jenna zog ihre Stiefel aus, krempelte die Jeans hoch und ging zum Wasserrand vor, wo die Wellen in flachen, gischtigen Bahnen über den Sand leckten. Eddie hatte Oscar von der Leine gelassen und warf ihm Stöcke ins

Wasser. Mit dem Apportieren klappte es allerdings nicht so, denn jedesmal, wenn der Hund einen Stock erwischt hatte, stand er nur bellend davor, bis Eddie ihn aufhob und von neuem warf. Jenna sah den beiden beim Herumtollen zu, und ihr wurde fast wehmütig ums Herz. Waren sie nicht auch ein bißchen wie Treibholz, sie und ihre zufällig angeschwemmte Ersatzfamilie?

Von weitem wehten helle Kinderstimmen herüber. Jenna schirmte die Augen mit der Hand ab und spähte nach vorn. Ganz am Rand der Bucht, wo eine Felsnase ins Wasser ragte, spielten drei kleine Kinder im Sand. Oscar hatte sie auch gehört. Er ließ seinen Stock liegen und drehte sich nach ihnen um, das eine Schlappohr wie eine schräge Mütze über den Kopf zurückgeklappt. Seine Nase zuckte witternd, er schaute noch einmal kurz zu Eddie hin, und plötzlich schoß er los, den Strand hinab auf die Kinder zu, immer wieder fröhlich aufbellend, als wollte er ihnen sein Kommen ankündigen.

Eddie ging jetzt neben Jenna her; ab und zu stießen ihre Schultern sich an.

»Wahrscheinlich findet er Kinder spannender als Erwachsene«, schmunzelte er.

Jenna lächelte zu ihm auf, und sie wanderten weiter auf die Kinder zu.

»Was war denn das da zwischen euch beiden vorhin an der Bar?« fragte sie.

»Wieso?« tat Eddie verwundert. »War da was?«

»Na komm schon, raus mit der Sprache.«

»Ich weiß nicht, eigentlich ist es ja ganz schön blöd. Aber die gehen mir einfach auf den Geist, diese Kerle, die sich toll vorkommen, bloß weil sie jetzt auch noch aufs College gehen. Wetten, daß der keinen Cent von seinen Studiengebühren selber zahlt?«

»Na und?«

»Nichts, ich kann nur diese Arroganz nicht ausstehen,

die diese Typen an den Tag legen, bloß weil *sie* hier die Ureinwohner sind. Bedenk mal, vor ewigen Zeiten haben die Indianer ein paar Verträge unterschrieben, und einer davon besagt, daß ihnen die Hälfte des Fischaufkommens in Alaska zusteht. Aber wie viele Indianer gibt es denn hier? Sie kriegen die Hälfte, und wir anderen müssen uns den Rest teilen. Aber natürlich kriegen *wir* nicht die andere Hälfte, denn sonst gäb's gar keine Fische mehr. Nur die Indianer, die sahnen immer ab.«

»Und das findest du unfair.«

»Allerdings. Du etwa nicht? Diese Fischereiverträge stammen doch aus einer Zeit, als die Dinge völlig anders lagen; man hätte sie längst den veränderten Verhältnissen anpassen müssen.«

Jenna nickte bedächtig. Oscar hatte inzwischen die Kinder am Ende der Bucht erreicht und beschnüffelte sie schwanzwedelnd.

»Wo du recht hast, hast du recht«, sagte sie.

»Danke.«

»Ach, da fällt mir ein«, fuhr sie fort, »haben die Indianer nicht auch die Verfassung der Vereinigten Staaten unterschrieben? Das war doch wohl *noch* länger her. Meinst du nicht, die ist auch schon völlig überholt? Sollten wir die nicht auch gleich in den Papierkorb schmeißen?«

Eddie blickte Jenna aus den Augenwinkeln an.

»Haha, sehr clever. Ich glaub, ich kann dich nicht mehr leiden.«

Jenna hakte ihren Daumen in die hintere Gürtelschlaufe von Eddies Jeans.

»He, was machst du, laß mich los«, protestierte Eddie.

»O nein, ich denk nicht dran, so einen guten Fang wieder ziehen zu lassen«, lachte Jenna.

»Soso, jetzt bin ich auf einmal ein guter Fang, was? Aber heute morgen, da wolltest du noch die Leinen kappen und nichts mehr mit mir zu tun haben. Dann hast du mich benutzt, um dahin zu kommen, wo du hinwolltest. Und jetzt belehrst du mich hier über Verträge. Wo soll das noch hinführen?«

Jenna zuckte die Achseln und nahm die Hand weg.

»Was möchtest du denn?«

»Ich möchte, daß du mich als Mann respektierst«, sagte Eddie halb im Scherz, dann rannte er los, auf Oscar und die Kinder zu. Von weitem beobachtete sie, wie sie sich miteinander bekannt machten, mit großen Gesten da- und dorthin zeigten und schließlich alle zusammen um die Felsnase herum außer Sichtweite verschwanden.

Sie war noch immer so müde von der vorigen Nacht, daß sie sich auf den Sand fallen ließ, um ein Weilchen auszuruhen. Es war gegen sechs Uhr, die rote Sonne lugte gerade noch über die Baumwipfel, und die Schatten wurden länger. Sie schloß die Augen und lauschte den Geräuschen der Natur. Vögel, Wasser, Wind. Gleichmäßig, einlullend... bald sank ihr der Kopf zurück, und sie fiel in einen leichten Schlaf.

»Lady, Lady«, quietschte eine aufgeregte Kinderstimme. Jenna schlug die Augen auf und sah einen kleinen Indianerjungen, vielleicht sechs oder sieben Jahre alt, mit Oscar vor ihr stehen.

»Lady, Lady«, rief er immer wieder.

»Ja, was ist?« Jenna lächelte zu ihm auf, auch wenn sie nur zu gern noch ein wenig geschlafen hätte.

»Eddie hat gesagt, ich soll Sie holen. Zeit zum Essen.«

»Wo ist Eddie denn?«

Der Junge blickte sich um und deutete den Strand hinab.

»Wie heißt du?« fragte Jenna.

»Michael.«

»Hallo, Michael. Ich bin Jenna.«

»Dad will den Fisch braten, sobald Sie da sind, und Eddie sagt, er hat einen Bärenhunger, darum soll ich Sie schnell holen. Trinken Sie auch Bier wie Eddie?«

»Hat Eddie denn schon viel getrunken?«

»Drei Bier bisher.« Er hielt drei Finger hoch.

»Wenn Eddie weiter soviel trinkt, wird er bald ganz schön fett werden.« Jenna stand auf und nahm Michael an die Hand. Mit Oscar an der Seite machten sie sich auf den Weg über den Strand.

»Eddie hat mir seine Narbe gezeigt«, erzählte Michael.

»Tatsächlich? Mir noch nie.«

»Die ist riesig.

»Ja, er hat sich bös am Arm verletzt.«

»Ein Bär wollte ihn fressen, aber er hat ihm fest auf die Schnauze gehauen.«

»Ach, so ist das passiert?«

»Mhm.«

Sie waren bei der Felsnase angelangt. Dicht dahinter brannte ein Lagerfeuer, um das ein gutes Dutzend Leute versammelt war, Kinder und Erwachsene, alle ausgelassen lachend und schwatzend. Michael zog Jenna direkt zu Eddie hin, der sich biertrinkend mit zwei jungen Männern unterhielt.

»Ah, da ist sie ja endlich«, sagte er lächelnd. »Ein Glück, wir sind nämlich alle schon am Verhungern.«

Ehe Jenna überhaupt wußte, wie ihr geschah, brach allseits eine ungeheure Geschäftigkeit los. Kühltaschen wurden ausgepackt, riesige Töpfe mit Kartoffelsalat hingestellt, Hot dogs an langen Stöcken übers Feuer gehalten, ganze Fische, zwischen Holzbrettchen gepackt, auf die Glut gelegt. Die Kinder wuselten mit schrillen Rufen durcheinander, fremde Leute redeten auf sie ein, hießen sie Platz zu nehmen, reichten ihr zu essen, Chipstüten und eine Flasche Jack Daniels machten die Runde. Jenna wußte nicht mehr, ob sie wachte oder träumte. Sie kostete von dem warmen, saftigen Fisch, während die Sonne unterging und das Wasser wie Glas schimmerte. Eddie strahlte sie glücklich an. Kannte er diese Leute? Hatte er vorher gewußt, was hier ablaufen würde?

Absolut nicht, sagte er, aber als die Kinder ihn mitbrachten, hätten die Leute ihn und Jenna sofort zum Essen eingeladen. Sie fanden es lustig, daß Jenna am Strand eingeschlafen war. Jenna war gerührt von der herzlichen Gastfreundschaft dieser Großfamilie, und obwohl sie sich kaum einen der vielen Namen merken konnte, fühlte sie sich wie bei alten Freunden. Sie wollten sie sogar überreden, bei ihnen zu übernachten, aber Jenna wehrte ab; sie seien ja eigentlich nur hergekommen, um einen gewissen Livingstone zu treffen, danach würden sie gleich wieder abreisen.

»Livingstone«, spöttelte einer der Halbstarken. »Dieser alte Absahner.«

Mom, die füllige Klanmutter, gab ihm einen Klaps auf die Schulter und wies ihn zurecht. »Was redest du denn da, David ist ein sehr kluger und fähiger junger Mann.«

»Blödsinn«, murrte einer der anderen Jungen hinter ihrem Rücken.

»Wieso wollen Sie Livingstone denn treffen?« fragte der erste. »Sind Sie vom Fernsehen?«

»Nein, nein«, antwortete Jenna. Sie warteten alle darauf, daß sie ihnen sagte, was sie von Livingstone wollte.

»Ich möchte ihn als Schamanen konsultieren«, gab sie schließlich zu.

Mom fand das ganz in Ordnung. »Klar, er ist ja auch einer.«

»Sein Vater war ein Schamane. Das heißt noch lange nicht, daß er es genauso draufhat«, wandte irgend jemand ein.

»Natürlich hat er das«, verteidigte ihn Mom. »Er hat nur eine Weile gebraucht, bis er gelernt hat, daß er die ihm verliehene Macht nicht zu seiner eigenen Bereicherung verwenden kann.«

Jenna horchte auf. »Wieso, was ist denn passiert?«

Einer der jungen Männer ergriff das Wort. »Er hat immer wieder mal für irgendwelche Firmen gearbeitet, als Berater, und ihnen gesagt, wo sie fischen oder Holz fällen sollten.«

»Der Schamane hat von jeher die Aufgabe, den Leuten vom Dorf zu sagen, wo sie die Fische finden«, warf Mom ein.

»Ja, aber Livingstone hat es nur zu seinem eigenen Profit getan, nicht um den Leuten zu helfen. Dem war es doch immer egal, ob wir Indianer verhungern. Hauptsache, er fuhr einen Ford Bronco.«

»Er hat den Weißen Arbeit verschafft, aber nicht den Indianern.«

»Und was ist ihm dann passiert?« fragte Jenna.

»Tja, ob Sie's glauben oder nicht, die Geister haben ihn für seinen Machtmißbrauch bestraft.«

»Wie denn?«

»Seine Frau hatte eine Totgeburt, und er hat allen gesagt, daß es zur Strafe für seine Verfehlungen war, und daß er von jetzt an nur noch für sein Volk dasein würde.«

Bei Jenna fiel der Groschen. Hatte Ferguson nicht von *noch* einem toten Kind geredet? Er war halb im Delirium gewesen, und Jenna hatte es zu dem Zeitpunkt nicht richtig verstanden, aber nun war alles klar. Irgend etwas ging hier vor.

»Also, warum wollen *Sie* ihn finden?«

Alle blickten Jenna an. Fast hätte sie es geschafft, der Antwort auszuweichen. Aber jetzt konnte sie nicht mehr kneifen. Und lange zögern konnte sie auch nicht mehr, denn es wurde dunkel, und sie mußten noch zurück zum Hotel.

Sie räusperte sich. »Mein Sohn ist hier in Alaska ertrunken, und Livingstone weiß vielleicht etwas mehr darüber.«

Tiefes Schweigen tat sich vor ihr auf wie ein Trichter. Nur das Knistern des Feuers war zu hören. Jenna schaute ein wenig hilflos zu Eddie hinüber, aber er ließ keine Reaktion erkennen, starrte nur unbewegt in die Glut. Einer der Männer begann, neues Treibholz aufzuschichten.

»In Thunder Bay?« fragte er fast beiläufig.

Jenna nickte.

»Tja, dann«, meinte er, »kann Livingstone Ihnen sicher einiges dazu sagen.«

Mom zauberte wie aus dem Nichts eine große braune Papiertüte hervor, und die Kinder scharten sich erwartungsvoll um sie, als sie einen Beutel Marshmallows herausnahm und die weichen runden Zuckerbälle einen nach dem anderen auf Stöcke aufspießte, die die Kinder dann vorsichtig über die Flammen hielten.

»Glauben Sie das?« vernahm sie eine tiefe Stimme plötzlich aus dem Halbdunkel – es war Dad, der sich in dem ganzen Trubel bisher noch kein einziges Mal zu Wort gemeldet hatte. Offenbar die graue Eminenz in dem Familienklan.

»Ob ich *was* glaube?«

»Nun, Sie sagten, Sie sind hergekommen, um etwas mehr über das zu erfahren, was da passiert ist. Glauben Sie, er wird es Ihnen sagen?«

»Ich weiß, es hat etwas mit den Kushtaka zu tun«, antwortete Jenna leise.

Ein Junge hielt sein Marshmallow zu weit ins Feuer, und prompt wurde es zu einer kleinen, schmelzenden Fackel. Die anderen Kinder lachten, aber der mit dem flambierten Marshmallow behauptete, er habe es so gewollt.

»Die Kushtaka!« schnaubte einer der Halbstarken. »Und wie wär's mit einer Schwimmweste?«

»Samuel!« fuhr Mom ihn entrüstet an. »Etwas mehr Respekt!«

»Ach, verdammt, Mom, wir hatten da alle einen guten Job in Aussicht, bevor Livingstone die Leute mit seinem blöden Geistergerede vergrault hat!«

»Samuel!« schaltete Dad sich ein. »Reiß dich zusammen. Entweder du benimmst dich jetzt, oder du gehst.«

Der junge Mann sprang auf. »Na gut, dann geh ich eben. Ich bin der einzige, der hier die Wahrheit sagt, aber die wollt ihr ja alle nicht hören.« Er drehte sich auf dem Absatz um und stürmte in die Dunkelheit davon.

Mom spießte drei weitere Marshmallows auf und reichte den Stock an Jenna weiter, die ihn halbherzig über die Flammen hielt. Samuels Worte gingen ihr nicht aus dem Kopf. Eine Schwimmweste, und das ganze Unglück wäre nicht passiert. Ja, wenn Bobby seine nur nicht ausgezogen hätte.

»Sie sollten sich jetzt nicht mehr so sehr damit quälen, meine Liebe«, sagte Mom. »Es ist ja nun mal geschehen, und Sie müssen versuchen, damit fertig zu werden.«

»An die ganzen Jobs, die verlorengegangen sind, hatte ich noch gar nicht gedacht«, murmelte Jenna.

»Ach, wissen Sie, dieser Ort da war doch von Anfang an vom Pech verfolgt«, fuhr Mom fort. »Das konnte überhaupt nichts werden, aber die Leute hatten sich natürlich Hoffnungen gemacht und waren dann mächtig enttäuscht. Tja, so geht es halt manchmal.«

»So geht es *immer«*, verbesserte Dad sie. »Immer, wenn die Leute meinen, die Welt sei nur zu ihrem Vergnügen da, dann kommt bald das dicke Ende nach. Die Natur nimmt ihren Lauf, und wir müssen alles hinnehmen, wie's kommt, das Gute und das Schlechte, das ist alles.«

Die Dunkelheit war nun vollends hereingebrochen,

der Vollmond stieg über den Bäumen auf und erleuchtete den Himmel mit bläulichem Schein. Die Kinder hatten sich mit Marshmallows vollgestopft, bis sie nach und nach am Feuer eingeschlafen waren, und die Älteren schauten still vor sich hin in die Flammen und reichten die Whiskeyflasche herum. Jenna warf einen verstohlenen Blick auf die Uhr, aber das Licht war zu schwach. Sie wollte diese gastfreundlichen Leute nicht verlassen, doch sie wurde langsam unruhig, wenn sie an all das dachte, was sie noch vor sich hatte, nicht zuletzt den langen Weg zurück zum Hotel.

Eddie hatte ihren Blick auf die Uhr gesehen.

»Willst du los?«

Jenna nickte, und sie standen auf.

»So, wir gehen dann mal.« Eddie begann, reihum Hände zu schütteln, und rief Oscar zu sich.

Jenna trat auf Mom zu.

»Danke für das Essen, es war wunderbar.«

»Gern geschehen. Und keine Sorge, Sie werden finden, was Sie suchen, wenn Sie es wirklich wollen.«

Sie küßte Jenna auf die Wangen, und Jenna wußte, daß diese Frau recht hatte.

Dad riet ihnen, die Straße entlang zu gehen, weil der Weg kürzer war als über den Strand. Jenna schlang Eddie den Arm um den Rücken und lehnte den Kopf an seine Schulter, und er legte seinen gesunden Arm um sie. Sie war froh, daß er sie beschützte.

»Na, bereust du vielleicht, daß du mitgekommen bist?« Eddie rückte ein wenig ab und sah sie von der Seite an.

»Wieso fragst du das?«

Jenna zog ihn fester an sich.

»Nur so, ich weiß doch, daß du die ganze Unternehmung für verrückt hältst.«

»Ja, und?«

»Und du haßt mich trotzdem nicht?«

Er lachte in sich hinein.

»Und wie ich dich hasse.«

»Wirklich?«

»Quatsch, natürlich nicht. Ich *wünschte,* ich könnte dich hassen.«

Jenna blieb stehen und drehte sich zu Eddie um, doch sie konnte von seinem Gesicht nur den Umriß erkennen.

»Warum sagst du so was?«

»Ach, ich weiß auch nicht, dann wäre all das hier viel leichter für mich.«

»Armer Eddie«, sagte Jenna. Er war so süß, wie er da vor ihr stand wie ein Geist, ein dunkler Schatten im Wald, nicht als Stimme und Körper. Sie drückte sich an ihn, Beine, Hüften, Brüste, hob den Kopf und küßte ihn, lange, immer tiefer, und ihr war, als krieche sie ganz in ihn hinein, steige ihm in kleinen Samtpantoffeln die Kehle hinab und kringele sich wohlig in ihm zusammen wie in einer warmen Höhle.

Aber plötzlich ließ er die Falltür herunter. Er entzog sich ihr, trat einen Schritt in die Dunkelheit zurück.

»Das ist nicht fair«, sagte er heiser.

»Was ist nicht fair?«

»Was du hier mit mir machst. Du willst doch nur deinen Schamanen finden, und danach verschwindest du wieder dahin zurück, wo du hergekommen bist. Aber ich, ich kann nicht zurück, ich muß hierbleiben, mit leeren Händen, und das ist nicht fair.«

»Ich laß dir Oscar da«, sagte Jenna tröstend.

»Das ist nicht witzig. Ich meine es ernst. Du spielst schon die ganze Zeit mit mir, aber ich weiß nicht, was ich tun soll, weil ich dich nämlich *wirklich* mag. *Mehr* als mag. Wenn ich mir irgendeinen Menschen auf der Welt für mich aussuchen könnte, dann wärst du das. Aber du gehst ja wieder weg, und warum soll ich mich da reinziehen lassen, um am Ende doch nur enttäuscht dazustehen?«

Jenna schwieg. Sie hatte gar nicht bedacht, wie es um seine Gefühle bestellt sein könnte. Sie hatte in letzter Zeit nur noch ihr Ziel im Kopf gehabt. Aber was um Himmels willen sollte sie Eddie denn nun sagen?

»Verstehst du, wie ich das meine?« fragte er.

»Ja.«

»Und?«

»Du hast recht.«

»Ich soll mich also nicht hineinziehen lassen?«

»Mein Gott, Eddie, was willst du denn, daß ich dich heirate und bis an mein seliges Ende in Wrangell bleibe?«

Eddie knickte wie geschlagen in den Schultern ein und begann wortlos, in Richtung Stadt zu gehen. Augenblicklich verwünschte Jenna ihr loses Mundwerk. Warum hatte sie das nur gesagt? Aber wieso mußte er auch alles so kompliziert machen?

»Eddie, warte«, rief Jenna und lief mit Oscar hinter ihm her. »Ich… es tut mir leid… ich kann halt nicht… ich weiß im Moment nicht mal, wo mir der Kopf steht, wie soll ich da wissen, wie es mit *uns* weitergeht?«

»Mit uns geht es weiter die Straße lang, bis zum Hotel, und fertig.«

Den Rest des Weges legten sie schweigend zurück. Jenna hätte zwar nicht sagen können, wie sie so schnell vom heißen Küssen zu diesem eisigen Marschieren gekommen waren, aber nun war es eben passiert. Sie konnte es Eddie auch nicht verübeln, daß er in die Zukunft sehen wollte – nur, sehr romantisch war dieses Sicherheitsbedürfnis nicht gerade. Was hatte er denn gegen eine schöne, kurze Affäre? Vielleicht würden sie es auf die Dauer gar nicht miteinander aushalten, wer wußte das denn schon vorher? Mußte sie ihm etwa lebenslange Treue schwören, bevor sie überhaupt mit ihm geschlafen hatte?

Am Hotel angekommen, fanden sie den Schankraum

halb gefüllt mit munteren Zechern. Hinterm Tresen stand diesmal ein älterer Mann, wohl der Vater, und er winkte Jenna zu, als sie durch den Raum ging. Eddie blieb gar nicht erst stehen. Mit einem mürrischen, über die Schulter zurückgeworfenen »Gute Nacht« stapfte er gleich die Treppe hoch.

Jenna ging zu dem Barkeeper hinüber.

»Tom aus dem Laden läßt Ihnen ausrichten, er hat mit Livingstone gesprochen und fährt Sie morgen früh zu ihm. Sie brauchen bloß in den Laden rüberkommen.«

»Das ist alles?«

»Ja.«

»Dann danke für die Nachricht.«

»Keine Ursache. Und machen Sie sich keine Sorgen wegen dem Lärm hier. Ich setz die Brüder hier bald an die Luft.«

Jenna dankte ihm noch mal und stieg mit Oscar zu ihrem Zimmer hoch. Sie setzte sich auf die Bettkante, zog die Stiefel aus und kickte sie ärgerlich fort. Sie wußte, sie würde jetzt sowieso keinen Schlaf finden, mit all dieser Wut im Bauch; also ging sie zu Eddies Zimmer hinüber und klopfte an seine Tür.

»Was ist?« rief er von drinnen.

»Ich muß mal kurz mit dir reden.«

Jenna hörte Schritte, dann ging die Tür auf.

»Ja?« Er lehnte mit gelangweilter Miene am Türrahmen.

»Hör zu«, begann Jenna. »Wenn du glaubst, ich hätte nur mit dir gespielt, dann tut mir das wirklich leid. Aber ich hab nun mal eine Menge Probleme, die mich auf Trab halten. Ich weiß einfach nicht, wo ich morgen oder nächste Woche oder in einem halben Jahr sein werde. Ich kann mich nicht festlegen, und ich kann dir nichts versprechen. Aber ich möchte *jetzt* mit dir zusammensein, wenn du das auch möchtest. Wenn du aber meinst, es geht nicht, weil du dir das mit mir ganz anders vorgestellt hast, dann muß ich mich halt damit abfinden.«

Seine Miene blieb unbewegt, was Jenna erst recht in Rage brachte. Irgendeine Reaktion hätte er sich wohl noch abringen können.

»Alles klar«, fauchte sie. »Gute Nacht.«

Eddie machte die Tür zu.

Wieder in ihrem Schlafzimmer, lag sie gut zwanzig Minuten auf ihrem Bett und hörte die Jukebox von unten durch den Fußboden wummern. Sie hatte gedacht, er hätte es endlich begriffen, aber nein, trotz all seiner schönen Worte dachte er letztlich doch nur an sich. Ein kleinlicher Egoist war er, wie alle Männer. So was von selbstgerecht. Machten sich selber unglücklich, nur um nicht nachgeben zu müssen. Und dann auch noch zu blöd, es zu merken.

Sie zog sich bis auf das T-Shirt aus, putzte sich die Zähne und kroch unter die Decke. Die Musik hatte aufgehört, jetzt drangen nur noch vereinzelte Stimmen und Zigarettenrauch durch die Bodenritzen. Sie knipste das Licht aus und drehte sich auf die Seite, wieder einmal allein.

Plötzlich schreckte sie auf; ihr war, als hätte sie ein Geräusch gehört. Sie sah auf die Uhr. Mitternacht. Der Mond schien immer noch durchs Fenster. Dann hörte sie es wieder. Ein leises Klopfen. Sie schlüpfte aus dem Bett und ging zur Tür, öffnete sie einen Spaltbreit und sah Eddie im Flur stehen. Sie sahen sich schweigend durch den Türspalt an, zögernd, ungewiß, wer den ersten Schritt tun sollte.

Wortlos schob Eddie die Tür auf, trat in das dunkle Zimmer und schloß die Tür hinter sich. Jenna stand wie ein Kind vor ihm, barfuß und zerzaust, abwartend, während er wie schlafwandlerisch die Hand nach ihr ausstreckte und sie an sich zog. Er roch nach Zigaretten und fühlte sich sehr männlich an, kompakt in seiner dicken Kleidung, der Schutzhülle, die Männer brauchen, um den Elementen zu trotzen. Ganz langsam schob er ihr die Hand in den Nacken, unter die Haare, und als er sich vorbeugte und sie küßte, roch sie eine Alkoholfahne. Er war also unten gewesen. Hatte sich Mut angetrunken.

Jenna fühlte sich klein und ausgeliefert, und um sich ihm noch mehr auszuliefern, trat sie zurück und zog sich das Hemd über den Kopf. Sie spürte seinen Blick auf ihrem Körper und hoffte, er würde sie jetzt noch mehr mögen, da sie vollkommen ungeschützt vor ihm stand. Er war so groß und angezogen, und sie so klein und nackt. Sie küßten sich wieder, und er strich ihr mit den Händen den Rücken hinab, umfaßte ihren Hintern, drückte sie an sich. Sie zog ihm das Hemd aus der Hose und umschlang ihn. Wie warm er war. Sie fühlte seine Armschlinge unter dem Hemd und erinnerte sich, daß er verletzt war, trotz seiner Größe und seiner kratzigen Kleiderrüstung eigentlich doch nur ein kleiner Junge. Sie nahm ihn bei der Hand und drückte ihn auf die Bettkante nieder. Dann kniete sie sich vor ihn und zog ihm die Schuhe aus, die Strümpfe, und freute sich an seinen schönen Füßen. Sie langte hoch und machte ihm den Gürtel auf, zog ihm die Jeans und die gestreiften Boxershorts herunter, stand auf und zog ihm das Flanellhemd und das T-Shirt über den Kopf. So, jetzt war er fast so nackt wie sie, nur die Armbinde blieb ihm noch, die Jenna aufknüpfte und hinabschob.

Nun war Eddie nicht mehr übermächtig und fremd, sondern ebenso ausgeliefert wie sie. Sie nahm seinen Kopf in ihre Hände und zog ihn an ihre Brust, und während er zärtlich ihre Brustwarzen küßte, streichelte sie ihm übers Haar. Er wollte nach ihr greifen, zuckte aber plötzlich mit einem leisen Aufstöhnen zusammen. Es war sein Arm, der ihn für die falsche Bewegung mit einem stechenden Schmerz bis in die Halsbeuge strafte. Jenna drückte ihn aufs Bett zurück und betrachtete seine Narbe, eine schlangenhafte dunkle Linie in dem schwachen Licht. Sanft ließ sie die Fingerspitzen daran entlang gleiten.

»Geht es?« fragte sie.

Er nickte. Sie beugte sich vor und küßte die Narbe. Ein seltsames Gefühl, so dicht an der Stelle, wo einst seine offene Arterie gepocht hatte. Sie leckte mit der Zunge darüber, und er stöhnte wieder.

»Tut das weh?«

»Nein, fühlt sich gut an«, sagte er.

Sie rutschte zu seinem Mund hinauf, küßte ihn tief und preßte sich an seine Brust. Sie hatte ihn schon öfter ohne Hemd gesehen, aber trotzdem überraschte sie das Gefühl seiner haarlosen Brust, so kühl und glatt und angenehm.

»Ich hab da so ein Ding in der Jackentasche.«

»Ein Ding?«

Jenna lächelte und stieg aus dem Bett. Sie hob seine Jacke vom Boden auf und fand ein Kondom in einer der Taschen.

»Du hast das also alles genau geplant?« neckte sie ihn, während sie die Hülle aufriß.

»Reines Wunschdenken.«

Sie streifte ihm das Kondom über und setzte sich rittlings über ihn, lehnte sich tief aufatmend zurück und genoß das lange vermißte Gefühl, so erfüllt zu sein. Sie liebten sich still und ohne Hast. Eddies Augen glitzerten im Mondschein, und Jenna fühlte sich von tiefer Zärtlichkeit für ihn durchdrungen. Die ganze letzte Woche hatte sie fast andauernd an Eddie gedacht. Sie hatte sich diesen Moment ersehnt. Keine Grenzen mehr, keine Ausflüchte, nur noch Glück und Nähe. Und jetzt war es soweit. Jetzt waren sie offen füreinander, entblößt an

Körper und Seele, sie entdeckten sich gegenseitig, und es gefiel ihr, sie wollte mehr davon, viel mehr... Und in diesem Moment, als Eddie sich anspannte, den Kopf zurückbog und einen kehligen Laut ausstieß, verliebte sie sich in ihn. Nun wußte sie, daß sie bei ihm bleiben würde. Sie wußte, daß sie sich beide auf die gleiche Weise begehrten, mit der gleichen Unmittelbarkeit, ohne Vergangenheit, ohne Zukunft, nur in diesen prallen Sekunden der Gegenwart, die eine nach der anderen vorbeitickten.

Sie ließ sich auf seinen warmen Körper fallen und hielt ihn fest, wollte ihn nicht hinauslassen, wollte nicht, daß er die Tränen in ihren Augen sähe. Aber er wußte es. Er spürte es an seiner Brust, wie es in ihr bebte. Er konnte durch sie hindurchsehen.

»Geht es dir gut?« fragte er.

Sie nickte stumm, das Gesicht an seine Schulter gedrückt.

»Was ist denn?«

Sie schaffte es nicht mehr, die Tränen zurückzuhalten.

Er versuchte, ihr ins Gesicht zu sehen, aber sie ließ ihn nicht.

»Warum weinst du?«

»Ich weiß nicht.«

»Kein Grund?«

Sie schüttelte den Kopf und klammerte sich noch verzweifelter an ihn.

Er streichelte ihr übers Haar, bis sie sich an seiner Seite entspannte, tief und gleichmäßig atmend, regungslos. Und nun, da er glaubte, er sei der einzige, der im Dunkeln noch wachlag, nutzte er seine Chance und sagte ihr, daß er sie liebte. Und Jenna hörte es, aber sie versank bereits in ihren Traum, wo sie durch ein strahlendes Sonnenblumenfeld lief und Eddie zurief, daß sie ihn auch liebte, daß sie ihn immer lieben würde, doch Eddie konnte Jennas Traum nicht hören; er konnte nur an die Decke starren und sich fragen, wie es möglich war, zugleich so glücklich und so unglücklich zu sein.

Den ganzen Vormittag saß Robert nur wie gelähmt an seinem Schreibtisch. Ein schmerzhafter Knoten im Nakken machte es ihm unmöglich, sich zu konzentrieren, zumal noch so ein lästiger Dauerton im Ohr dazukam, der sich einfach nicht abstellen ließ. So blickte er dann stumpf auf die vorbeigleitenden Autos auf dem Freeway unter dem Fenster und brütete vor sich hin.

Bobbys Begräbnis war zwei Wochen her, und meistens kam er ganz gut mit der Situation zurecht. In der Arbeit war es wie immer, langweilig und freudlos ging alles seinen eingespielten Trott. Zu Hause hatten er und Jenna zu einer halbwegs erträglichen Balance zurückgefunden. Sie verhielten sich abwartend und vorsichtig, immer darauf bedacht, nicht unversehens aneinanderzustoßen, als bewegten sie sich auf einer spiegelglatten Eisfläche. Robert hoffte immer noch, daß sich alles bald wieder einrenken würde, und fürchtete zugleich, diese Stimmung zwischen ihnen sei bereits zur neuen Norm geworden. Man kann den Uhrzeiger nicht zurückdrehen. Das Normale ist immer das, was sich ganz von selbst einstellt.

Es klopfte, und Robert wandte sich in seinem Drehstuhl um. Steve Miller stand im Türrahmen.

»Hast du einen Moment Zeit?« fragte Steve.

Robert nickte und versuchte, seine Benommenheit abzuschütteln. Steve trat in den Raum und zog die Tür hinter sich zu. Das war ungewöhnlich. Robert machte seine Bürotür sonst nur zu, wenn er jemanden feuern mußte.

»Sind deine Schwiegereltern wieder weg?«

»Mhm«, antwortete Robert, »letztes Wochenende.«

»Da bist du aber erleichtert, was?«

»Na ja, wie man's nimmt. Als sie noch da waren, hatten wir wenigstens einen gemeinsamen Feind, gegen den wir Front machen konnten. Jetzt kämpft jeder wieder für sich.«

Steve nahm gegenüber vom Schreibtisch Platz.

»Ich hab gerade bei Chuck Phillips wegen diesem Deal mit der First Bank reingeschaut. Wie läuft's hier so in der Firma?«

»Wie gewohnt. Die Erde dreht sich weiter, egal, ob einer durchhängt oder nicht.«

Robert wandte sich wieder dem Fenster zu. Auf Kondolenzbesuche konnte er wirklich verzichten.

»Alle in der Investorengruppe sind wirklich sehr betroffen von dem Unglück.«

»Ach was.«

»Doch, glaub mir, es tut ihnen schrecklich leid, was euch passiert ist.«

»Ja, okay, nett von ihnen.«

Robert hoffte, Steve würde es damit gut sein lassen und endlich verschwinden. Aber Steve dachte gar nicht dran.

»Du, Robert, ich muß was mit dir besprechen.«

»Kann das nicht warten? Ich bin jetzt gerade nicht so …«

»Nein, es ist wichtig.«

Seufzend drehte sich Robert wieder zu ihm herum. Steve hatte eine ernsthafte Miene aufgesetzt, sein »Geschäftsgesicht«, das Robert von unzähligen Konferenzen her kannte, wenn Steve bis ins kleinste irgendwelche Vertragsklauseln zerpflückte, die für die Kunden völlig irrelevant, für Steve aber von höchster Bedeutung waren.

»Also, um was geht's?«

»Sie wollen das Thunder-Bay-Projekt auf Eis legen.«

Robert seufzte. Um so besser. Nur weg damit.

»Die Japaner haben sich schon verabschiedet, und damit ist die Sache so gut wie erledigt. Vielleicht sieht's in ein paar Jahren wieder ganz anders aus. Aber vorerst...« Er hielt inne. »Ich dachte, das geht dich ja schließlich auch was an, zumal wir alle einen ziemlichen Verlust davontragen.«

»Ja, und?«

»Angesichts der Tatsache, daß euer persönlicher Verlust unvergleichlich schwerer wiegt, hat unsere Investorengruppe beschlossen, euch einen Scheck über zweiundsiebzigtausend Dollar zukommen zu lassen, als Schmerzensgeld sozusagen.«

Robert sah ihn verwirrt an. Was sollte diese verdächtige Großzügigkeit? Irgend etwas mußte doch faul daran sein.

»Versteh ich nicht«, sagte er schulterzuckend.

»Da gibt's gar nichts groß zu verstehen, Robert. Die Leute nehmen sich einfach dein Unglück zu Herzen und möchten dir ihre Anteilnahme zeigen, mehr nicht.«

Steve klappte seinen Aktenkoffer auf und zog einen länglichen Umschlag hervor, den er Robert über den Tisch zuschob. Robert nahm ihn und drehte ihn zwischen den Fingern hin und her. Es war teures, cremefarbenes Briefpapier, dick und seidenglatt, mit dem Monogramm der RGB Group versehen. Und drinnen, diskret raschelnd, der angekündigte Verrechnungsscheck.

»Das ist sehr nett von euch, Steve. Ich weiß gar nicht, was ich sagen soll.«

»Du mußt auch gar nichts sagen, Robert, wirklich.«

Steve und Robert saßen sich einen Moment lang schweigend gegenüber, wie zwei Schachspieler, die den nächsten Zug ausknobeln. Irgend etwas war da im

Busch, soviel war Robert klar. Warum sonst rührte Steve sich nicht von der Stelle, statt einfach aufzustehen und zu gehen?

»Nur eins noch«, sagte Steve und hob den Finger. »Eine reine Formalität, um den Fall Thunder Bay auch in juristischer Hinsicht ein für allemal abzuschließen.« Steve zog noch einen Umschlag aus der Mappe, faltete mehrere eng betippte Papierbögen auseinander und reichte sie Robert hinüber.

»Was ist das?«

»Eine Erklärung, die nur noch deiner Unterschrift bedarf, um RGB von jeglicher Verantwortung für den Vorfall loszusprechen.«

Robert starrte auf die Papiere. Seiten um Seiten voller vertracktem juristischem Kauderwelsch. Unmöglich, sich mit diesen Nackenschmerzen auf so ein staubtrockenes Zeug zu konzentrieren.

»Ich kann das jetzt nicht alles durchlesen. Aber wie's aussieht, heißt das ja wohl, ich soll damit auf jegliche Schadenersatzansprüche verzichten?«

»Hör zu, Bob, das ist lediglich eine rein formaljuristische Absicherung, daß du uns nicht irgendwann noch einen Gerichtsprozeß anhängst. Aber du hattest ja sowieso nicht vor, in dieser Sache Klage einzureichen, oder?«

»Nein, eigentlich nicht.«

Robert lehnte sich zurück und versuchte nachzudenken. Auf die Idee mit der Klage war er bisher noch gar nicht gekommen. Im Moment war ihm einfach alles zu anstrengend.

»Na komm, unterschreib schon, dann ist es vom Tisch.«

Robert wiegte zweifelnd den Kopf. »Ich glaub, ich leg das erst mal meinem Anwalt vor.«

Steve seufzte genervt auf.

»Genau diese Art von unnötigem Hickhack wollten wir ja gerade vermeiden, Robert. Ist doch viel besser, das unter vier Augen zu regeln. Die Investoren haben dir und deiner Frau eine großzügige Spende zukommen lassen, und dafür solltest du dich erkenntlich zeigen. Dein Anwalt wird dir natürlich von der Unterschrift abraten, aber seien wir doch ehrlich, *wenn* du einen Prozeß anstrengst, verlierst du ihn auf jeden Fall. Dann wird nämlich alles ans Licht gezerrt: daß Jenna nicht mit einem Boot umgehen konnte, daß der Kleine seine Schwimmweste nicht anhatte, Vernachlässigung elterlicher Aufsichtspflicht und so weiter. Ich meine, ich will hier weiß Gott niemandem eine Schuld zusprechen, aber wie sollte denn ausgerechnet die Investorengruppe dafür verantwortlich gewesen sein? Nein, also ein Prozeß bringt dir bloß einen Haufen Kosten, aber keine Klärung. Und obendrein würde Jenna nur darunter leiden, wenn das alles noch mal in allen Einzelheiten aufgerollt wird.«

Nachdem er seinen letzten Pfeil geschickt plaziert hatte, holte Steve tief Atem, lehnte sich zurück und wartete auf die Wirkung.

Robert vergrub den Kopf in den Händen. Steve hatte recht. Er konnte nichts tun, und wenn er etwas tat, würde er verlieren. Aber trotzdem blieb das ungute Gefühl, als würde er sich mit dem Scheck kaufen lassen.

»Steve, ich weiß wirklich nicht, was Jenna dazu sagen wird.«

»Dann erzähl's ihr doch einfach vorerst mal nicht.«

Robert schüttelte den Kopf. Dieser Kerl hatte tatsächlich auf alles eine fix und fertige Antwort parat.

»Warte noch ein bißchen ab. Sie trauert, also laß sie bloß mit diesen pragmatischen Erwägungen in Ruhe. Nimm das Geld, leg es vernünftig an, und wenn die Zeit reif ist, überrasch sie damit, du wirst schon sehen, das wirkt dann wie ein warmer Regen. Glaub mir, Robert, es ist wirklich zu eurem Besten, das meine ich als dein Freund.«

Robert seufzte. Er wollte nur noch nach Hause und sich hinlegen. Genug geredet. Er zog die Papiere heran und unterschrieb. Ein Exemplar behielt er für sich, das andere steckte Steve ein, der dann auch prompt aufstand und sich zur Tür wandte.

»Na siehst du«, schmunzelte er zufrieden. »Das ging doch schnell und schmerzlos. Gut gemacht, Robert.«

Wieder allein in seinem Büro, wurde Robert den Eindruck nicht los, daß er sich da etwas hatte aufzwingen lassen, das er eigentlich nicht wollte; aber letzten Endes war ihm auch das egal, wie alles andere. Denn er war einfach fertig mit der Welt, erledigt, ausgepumpt, ein luftleerer Ballon. Was kümmerten ihn da schon irgendwelche juristischen Schriftstücke, mit oder ohne Scheck. Wo doch ohnehin alles hohl und nichtig war, und alles Trachten und Streben einem unter den Händen zu nichts zerrann.

Die quietschenden Scheibenwischer hinterließen bei jedem Zurückschwenken halbkreisförmige Regenspuren. Es hatte die ganze Nacht geschüttet, und die Straße war zu einer aufgeweichten, pfützenübersäten Schlammtrasse geworden. Jenna kam es vor, als kurvten sie schon stundenlang auf dieser platschenden Buckelpiste durch den Wald, obwohl sie gerade mal eine halbe Stunde unterwegs waren. Ab und zu warf sie einen Blick durchs Rückfenster. Eddie und Oscar hockten unter einer grünen Segeltuchplane auf der Ladefläche und wirkten recht trostlos, so naßkalt und durchgeschüttelt.

Tom, der Mann aus dem Laden, saß schweigend am Steuer, fluchte nur hin und wieder, wenn die Kupplung nicht einrasten wollte. Er war groß und breit und offenbar ziemlich humorlos, mit einer steinernen Miene, als hegte er einen geheimen Groll gegen seine Fahrgäste. Vielleicht ärgerte er sich auch nur über die miserable Straße. Jenna hatte extra angeboten, ein Taxi zu nehmen, aber er war nur wortlos in seinen Pick-up geklettert und hatte den Motor angelassen.

Sie bogen um eine Kurve und hielten vor einer rostigen Kette, die über die Straße gespannt war. Tom stieg aus, ließ die Kette zu Boden rasseln, stieg wieder ein und folgte der zugewachsenen Räderspur, zu der die Straße sich von der Kette an verengte, immer weiter zwischen hohen Bäumen hindurch. Der Regen schien nachzulassen. Am Himmel konnte Jenna allmählich schon etwas Blau zwischen den Wolken sehen.

»Es scheint ja langsam aufzuklaren«, wandte sie sich an Tom, um ihn endlich aus der Reserve zu locken.

Er schüttelte nur griesgrämig den Kopf.

Noch etwa eine Meile fuhren sie den kurvigen Waldweg entlang, dann ging es plötzlich einen steilen Hügel hoch, wo ein atemberaubender Blick auf eine Bucht sich auftat, mit einer fernen Insel am Horizont. Jenna stockte der Atem angesichts all dieser Farbenpracht – dem fast phosphoreszierenden Grün der jungen Zweigspitzen an Büschen und Bäumen, der nachtdunklen Fülle der buschigen Kiefern, dem Rotbraun der Stämme und der Schlammpfützen, dem schimmernden Schwarz des Wassers. Wie ein Bündel gleißender Speere brachen die Sonnenstrahlen durch ein Wolkenloch, und für Jenna war es wie ein Fingerzeig Gottes, ein Zeichen, daß sie auf dem richtigen Weg war. Denn am Fuß des Hügels, mitten im Lichtschein, stand David Livingstones Haus.

»Wenn wir da runterfahren, schaffen wir's nicht wieder hoch«, sagte Tom, zog die Handbremse an und stieg aus dem Pick-up.

Jenna stieg an ihrer Seite aus und wartete, bis Eddie und Oscar von der Ladefläche geklettert waren. Sie sah sich um. Der Hügel war tatsächlich viel steiler, als es vom Wagenfenster aus den Anschein gehabt hatte. Tom band ein Seil an die vordere Stoßstange, warf das andere Ende hügelabwärts und begann, sich wie ein Bergsteiger daran hinabzulassen. Jenna schaute zu Eddie hinüber, der bloß die Achseln zuckte.

»Warum ist der Boden hier so rot?« fragte sie.

»Tonerde«, antwortete Eddie. »Schön glitschig, das macht die Sache spannender. Als ob man versuchen würde, auf Eiswürfeln zu laufen.«

»Kannst du das überhaupt mit deinem Arm?«

»Wenn nicht, rutsch ich halt auf dem Hosenboden hinunter.«

Vorsichtig machte er sich hinter Tom her an den Abstieg, das Seil um den gesunden Arm geschlungen.

Jenna warf einen Blick auf den Steilhang, dann auf Oscar, der ebenso zögernd dastand wie sie. Wieso mußten Schamanen denn so abgelegen wohnen? Hätte es eine nette Doppelhaushälfte mit geheiztem Schwimmbad im Garten nicht auch getan?

»Du bist als nächster dran, Alter«, sagte sie und versuchte, Oscar in Richtung Hang zu schieben. Aber Oscar dachte gar nicht dran, sich in Bewegung zu setzen. Er machte sich steif und blieb stur. Schließlich gab Jenna es auf.

»Na gut, dann wartest du eben hier.«

Sie begann, sich wie Tom und Eddie an dem Seil hinabzuhangeln. So furchtbar steil, wie sie gedacht hatte, war es eigentlich doch nicht. Nur der schlüpfrige Boden machte den Abstieg so schwierig. Als sie ein Drittel des Weges hinter sich gebracht hatte, blickte sie hoch und rief nach Oscar, der ihr mit besorgt gespitzten Ohren von oben nachschaute. Da er wohl nicht allein zurückbleiben wollte, wagte er sich nun auch Schritt für Schritt in den Abgrund vor, verlor aber gleich den Halt und schoß jaulend auf den Hinterpfoten hinab, und Jenna, die ihn aufhalten wollte, rutschte ebenfalls aus und folgte ihm rücklings, alle viere in der Luft, an Eddie vorbei, der sich vor Lachen bog, genau wie Tom, als sie endlich unten am Hügel vor seinen Füßen landete.

»Na, sehen Sie«, sagte Jenna, »ich wußte doch, daß ich Sie noch zum Lachen bringen würde.«

David machte ihnen die Tür auf und schaute etwas verwundert, seine Gäste von Kopf bis Fuß eingedreckt und albern kichernd dastehen zu sehen.

»Der Hügel ist manchmal etwas glatt«, sagte er, was prompt eine neue Lachsalve auslöste.

»Am besten, Sie gehen nach hinten zur Küchentür, und ich versuche inzwischen, ein paar trockene Sachen für Sie zu finden.«

Sie stapften ums Haus herum und traten in eine Art Waschküche mit weiß getünchten Wänden und hellbraun gefliestem Boden, wo sie ihre Stiefel auszogen.

»Praktisch, nicht wahr, so ein Empfangsraum für verdreckte Gäste«, meinte Tom.

David kam mit einem Stapel Sweatshirts und Hosen herein. Die Männer wechselten die Kleider und ließen Jenna dann allein, damit sie sich ungestört umziehen konnte. Als sie fertig war, spülte David ihre Sachen in heißem Wasser aus und hängte sie draußen auf die Wäscheleine. Jenna meinte, er solle sich doch nicht soviel Umstände machen, aber David winkte lächelnd ab, das sei keine Mühe, und sie wollten doch nachher wohl nicht in Kleidern zurückfahren, die steif von getrocknetem Matsch waren.

Schließlich bekamen sie alle einen Becher Kaffee eingeschenkt und setzten sich zusammen ins Wohnzimmer, einem riesigen Raum mit hoher Decke und einer Glasfront zum Wasser hin. Wände und Boden waren aus naturbelassenem Holz, und in jeder Ecke stand ein mächtiger geschnitzter Holzpfahl. Bunte indianische Decken gaben dem Ganzen eine warme Note, und im Kamin flackerte ein anheimelndes Feuer.

Sie saßen da und plauderten entspannt übers Wetter, ob der Regen anhalten würde oder nicht, bis Oscar, der draußen vor der Fensterfront hockte und hereinschaute, sie mit seinem Gebell unterbrach.

»Ist das Ihr Hund?« fragte David.

»Ja«, nickte Jenna. »Er war zu schmutzig, deswegen hab ich ihn draußen gelassen, das macht ihm nichts aus.«

David stand auf, trat ans Fenster und kniete sich vor den Hund, der ihn durch die Glasscheibe anbellte.

»Wie heißt er?«

»Oscar.«

»Wie lange haben Sie ihn schon?«

Jenna zuckte die Schultern.

»Erst eine knappe Woche. Ich hab ihn im Wald gefunden. Oder er mich. Ich hatte mich verlaufen, und er hat mich in die Stadt zurück geführt.«

»Tatsächlich?« David stand auf und wandte sich zu ihr um. »War das hier in Alaska?«

»In Wrangell.«

David nickte und sah sich wieder nach Oscar um. »Und Sie hatten gar keine Angst vor einem Hund, den Sie im Wald aufgelesen haben?«

»Na ja, ich kam gar nicht erst dazu, mich vor ihm zu fürchten, weil ich mich ohnehin schon von etwas Unheimlichem verfolgt fühlte, und Oscar hat mich sozusagen davor gerettet. Auf die Weise waren wir gleich von Anfang an Freunde.«

»Und wer oder was, glauben Sie, hat Sie da im Wald verfolgt?«

»Ich weiß nicht.« Jenna griff nach ihrem Kaffeebecher, als wollte sie sich dahinter verstecken. »Es klingt vielleicht komisch, aber ich glaube, es war ein Kushtaka.«

Jenna lachte verlegen, aber David verzog keine Miene. Eddie und Tom wechselten einen kurzen Blick.

»Wie kommen Sie darauf, daß es ein Kushtaka war?«

»Tja, also, manchmal sah es wie ein Bär aus, und dann wieder wie ein Eichhörnchen. Es war unheimlich schnell. Und dann war da auf einmal ein Mann mit schwarzen Augen und so seltsam spitzen Zähnen, wie sie diese Kushtaka haben sollen. Und irgendwie ging so was Bösartiges von ihm aus.«

»Und der Hund hat ihn verjagt?«

»Ja, zum Glück.«

David schob die Glaswand zur Seite, trat hinaus und zog sie wieder hinter sich zu. Er hockte sich vor Oscar hin und streichelte ihm über den Kopf. Hund und Mann, Auge in Auge. Dann stand er auf und verschwand mit Oscar ums Haus herum.

»Was sollte denn das nun?« wunderte sich Eddie.

Jenna zuckte die Schultern. Beide schauten fragend zu Tom hin, der hilflos die Hände hob.

»Keine Ahnung. Ich bin hier bloß der Fahrer.«

Sie hörten die Tür zur Waschküche ins Schloß fallen, dann Wassergepritschel, und kurz darauf tauchte Oscar frisch gesäubert in der Wohnzimmertür auf und schüttelte sich herzhaft. Er schnüffelte rings um den Raum an der Bodenleiste entlang, und just in dem Moment, als David wieder hereinkam, hob er an einem der Eckpfähle kurz das Bein.

»Oh, pfui, Oscar, neiiin!« schrie Jenna und sprang auf.

»Lassen Sie nur, das macht nichts«, lächelte David.

Oscar trottete weiter, benetzte ebenso die anderen drei Pfähle und ließ sich schließlich vor dem nieder, der dem Fenster am nächsten war.

»So, das ist seine Ecke«, stellte David fest. Er hielt die Kanne hoch, die er mitgebracht hatte. »Noch jemand Kaffee?«

Jenna, Eddie und Tom starrten ihn alle drei verblüfft an. Nicht nur, daß er nichts gegen Oscars Verhalten hatte, er schien es auch nicht für nötig zu halten, sie in seine Gedanken einzuweihen.

»Dürften wir vielleicht erfahren, was hier eigentlich vorgeht?« fragte Jenna, bereute ihren ironischen Tonfall aber sofort, denn sie war ja nun wirklich nicht hergekommen, um David gleich zu verprellen.

»Aber gern«, antwortete er freundlich, während er von einem zum anderen ging und ihre Tassen auffüllte. »Dieser Raum ist so gebaut, wie es bei den alten Tlingit Brauch war, mit diesen vier Eckpfählen, die das Haus nicht nur in statischer, sondern auch in spiritueller Hinsicht abstützen. Jeder Pfeiler repräsentiert mit seinen Schnitzereien verschiedene Geister, die angerufen werden, die Familie oder Familien in dem Haus zu beschützen.«

Er schenkte sich seine Tasse voll und nahm neben Jenna auf der Couch Platz.

»Es gibt viele Geister, die man um Schutz bitten kann, den Wolf, den Bär, den Killerwal und so weiter. Jede Familie hat von alters her eine spezielle Verbindung zu bestimmten Geistern, so daß die Schnitzereien der Pfähle auch eine Art Familiengeschichte darstellen.«

»Sehr interessant«, sagte Jenna. »Aber wieso mußte Oscar denn ausgerechnet da an Ihren Eckpfählen das Bein heben?«

David lachte. »Oscar hat nur sein Revier markiert. Er ist jetzt der gute Geist dieses Hauses.«

»Was, was, Oscar ein Geist?«

»Aber ja. Was Sie da sehen, ist nicht nur ein Hund. Es ist Ihr *Yek,* Ihr spiritueller Helfer, der gekommen ist, Sie zu beschützen.«

Jenna sank gegen die Sofalehne zurück und schloß die Augen. Es war ein bißchen viel verlangt, das alles zu glauben. Erst sollte ihr Sohn angeblich von indianischen Geistern verschleppt worden sein, und jetzt entpuppte ihr braver Oscar sich plötzlich als ein Geist in Hundegestalt? Sie kratzte sich verwirrt den Kopf.

»Jeder hat so einen spirituellen Helfer, aber die meisten nehmen ihren gar nicht wahr«, erklärte David. »Oder sie benehmen sich auf eine Weise, die ihren Helfer vertreibt. Wenn Sie von den Kushtaka verfolgt werden, ist es nur logisch, daß Ihr Helfer ein Hund ist. Hunde sind die natürlichen Feinde der Kushtaka, weil sie domestizierte Rudeltiere sind. Die Kushtaka sind völlige Einzelgänger, sie pirschen allein durch den Wald und suchen nach verirrten Menschen, und sie nähern sich ihren Opfern dann, wenn sie von anderen isoliert sind. Alles, was mit Zivilisation zu tun hat, schadet den Kushtaka. Metall verbrennt ihre Haut, weil Metall verarbeitetes Erz ist. Sie können nichts Gegartes essen, nur rohes Fleisch. Menschliches Blut aber bricht den Bann der Kushtaka …«

»Also hat Oscar mich die ganze Zeit beschützt?«

David nickte. »Genau. Sagen Sie, hatten Sie noch andere Begegnungen mit einem Kushtaka?«

»Ich weiß nicht.«

»Gab es nicht irgendwas, das Ihnen sonst noch unheimlich oder eigenartig vorkam?«

»Da war ein kleiner Junge.«

Sie warf Eddie einen Blick zu.

»Ein Junge?«

»Ja, mitten in der Nacht. Er kam zu unserem Haus, und dann ist er ins Meer gelaufen. Ich wollte ihn noch davon abhalten, weiter ins Tiefe zu gehen, aber …«

»Aber was?«

»Da kam Oscar auf einmal hinterher und versuchte, ihn anzugreifen.«

David nickte. »Das war Ihr Glück.«

»Und Sie meinen, der Junge war ein Kushtaka?«

»Vermutlich, ja.«

»Er sah aus wie Bobby.«

Das war ihr ganz unversehens rausgerutscht. Bisher hatte sie es sich noch gar nicht bewußt gemacht. Er sah aus wie Bobby. Schwarze Locken. Große Augen. Warum war sie bloß nicht eher darauf gekommen?

»Ihr Sohn?«

Jenna nickte.

»Die Kushtaka nehmen oft die Gestalt von Familienmitgliedern an, um einen hinter sich her zu locken.«

»Sie können also wirklich jede Gestalt annehmen?«

»Ja, bis auf die Augen und Zähne. Aber meistens bleiben sie im Hintergrund, lauern unerkannt. Man denkt, man hätte was gesehen, schaut noch mal hin, und dann ist da nichts. Oder man hört Schritte und denkt, man bildet es sich nur ein. Das könnte dann auch ein Kushtaka gewesen sein.«

Jenna lief es kalt über den Rücken. Seit sie in Alaska war, hatte sie dauernd Schatten huschen sehen und Schritte gehört. David legte ihr beruhigend die Hand auf die Schulter.

»Keine Sorge, hier sind Sie in Sicherheit.«

»Gut, aber draußen in der Wildnis?«

David stand auf und bot an, ihnen allen einen Imbiß zurechtzumachen. Und alle willigten schnell ein, froh, etwas zu essen zu kriegen und für eine Weile das Thema zu wechseln.

David entschuldigte sich für das improvisierte Mahl aus trockenem Vollkornbrot, kaltem Braten und Kartoffelsuppe aus der Dose; aber seine Frau halte gerade ein Seminar in Vancouver, und wenn sie nicht da sei, scherzte er, regrediere er eben wieder zum Junggesellen. Doch alle waren zufrieden, zumal David sich in ihrer Gesellschaft richtig wohl zu fühlen schien. Er erzählte von seiner neuen Stellung an der Universität von British Columbia und wie angenehm es sei, regelmäßig zwischen der Großstadt und seinem kleinen Dorf hin und her zu pendeln. So genieße man die Vorzüge von beidem, ohne des einen oder anderen jemals überdrüssig zu werden. Er erkundigte sich auch nach Eddies verletztem Arm und schüttelte den Kopf, als Eddie ihm den Unfall schilderte. »Der gefährlichste Job überhaupt«, meinte er. Doch all diese ungezwungene Plauderei fand ein jähes Ende, sobald Jenna sich einschaltete.

»Ich habe Ihren Namen von John Ferguson. Erinnern Sie sich an ihn?«

David sah sie an, als habe es ihm die Sprache verschlagen. Tom ließ die Gabel fallen und rückte seinen Stuhl vom Tisch ab.

»Und wie ich mich an den Kerl erinnere«, knurrte er.

»Tom …«, versuchte David, ihn zu unterbrechen.

»So ein geldgieriger, gewissenloser …«

»Tom, bitte.«

Tom schnaufte grimmig, sagte aber nichts mehr.

»Mrs. Rosen«, begann David. »Es tut mir sehr leid, was mit Ihrem Sohn geschehen ist. Aber glauben Sie mir, ich habe alles versucht, um genau so ein Unglück zu verhindern. Ich habe ihnen gesagt, daß es zu einem Desaster führen würde, wenn sie die Feriensiedlung in Betrieb nehmen.«

»Ich will ja auch niemanden zur Rechenschaft ziehen. Was passiert ist, ist nun mal passiert. Ich will nur wissen, was ich tun soll. Können Sie mir helfen?«

David blickte auf seinen Suppenteller nieder und schüttelte den Kopf.

»Ich fürchte, nein.«

»Aber Sie sind doch Schamane«, wandte Jenna ein. »Können Sie die Geister denn nicht beschwören, damit sie Bobby freilassen?«

David warf gereizt die Hände hoch.

»Warum bilden sich nur immer alle ein, wir müßten über eine geheime Magie verfügen? Ständig wird von mir verlangt, daß ich mit irgendwelchen Beschwörungsformeln alles wiedergutmachen soll. Aber so geht das nicht. Ein Schamane ist auch nichts anderes als ein Priester. Wenn Ihr Sohn vom Teufel in die Hölle geholt worden wäre, würde ein Priester ihn dann wieder herausholen können? Wohl kaum, oder?«

»Heißt das, mein Sohn ist in der indianischen Hölle?«

»Nein, nein.« David vergrub den Kopf in den Händen. »Natürlich ist es nicht dasselbe. Das sollte nur ein Beispiel sein. Die Kushtaka sind keine Teufel. Es sind Geister. Sehen Sie, wenn Sie sterben, wird Ihre Seele in anderer Form wiedergeboren. Aber dafür muß sie erst am richtigen Ort sein. Im Land der toten Seelen. Ist sie das nicht, können Sie nicht reinkarniert werden. Dann sind Sie einer der Untoten. Ein ruheloser Geist, der nie zu den Lebenden zurückkehren kann.«

»Und wie kommt man denn als Untoter ins Land der toten Seelen?« fragte Jenna.

»Gar nicht. Das ist unmöglich.«

»Aber der alte Indianer auf Shakes' Island hat gesagt, ein Schamane könnte das schaffen.«

David lehnte sich zurück und rieb sich die Augen. Er seufzte.

»Also gut. *Theoretisch* besteht die Möglichkeit. Wenn jemand sein ganzes Leben lang durch strenge Übung eine solche spirituelle Kraft entwickelt hat, daß er den Kushtaka standhalten kann, dann könnte er es versuchen. Aber es ist sehr schwer, die Macht der Kushtaka zu brechen. Glauben Sie mir, ich hab's erlebt.«

David griff nach seinem Wasserglas und nahm einen tiefen Schluck. So, jetzt wußten sie es, daß er aus eigener Erfahrung sprach. Er würde die Kushtaka nie wieder herausfordern. Es war ihn zu teuer zu stehen gekommen.

Aber Jenna verstand immer noch nicht. Wenn es so unmöglich war, warum schienen die Kushtaka dann nicht aus ihrem Leben zu verschwinden. Nein, sie konnte David nicht glauben.

»Diese Geister wissen, daß ich hier bin«, beharrte sie. »Sie hören nicht auf, mich zu verfolgen, seit ich in Alaska bin. Warum?«

»Sie wollen, daß Sie zu ihnen kommen.«

Jenna schwieg erwartungsvoll.

»Der kleine Junge, der sich da gezeigt hat, der sah doch aus wie Ihr Sohn, nicht wahr?«

Jenna nickte.

»Ihr Sohn ist jetzt einer von denen. Und er will Sie bei sich haben.«

Jenna senkte den Kopf. »Und ich will auch bei ihm sein«, sagte sie leise.

»Aber nicht so.«

»Wenn es nicht anders geht, dann auch so.«

David stand auf und begann, den Tisch abzudecken.

»Das entzieht sich Ihrer Kontrolle«, erklärte er. »Sie selbst können nichts tun. Solange Sie hier sind, werden die Geister versuchen, Sie zu erreichen. Am besten, Sie reisen einfach ab und vergessen die ganze Sache.«

Jenna schlug mit der Faust auf den Tisch. Alle zuckten verdutzt zusammen. David fiel fast der Tellerstapel aus der Hand.

»Verdammt, jetzt reicht's mir aber! Krieg ich denn nie etwas anderes zu hören!« Ihre Stimme zitterte vor Zorn. »Immer soll ich es vergessen, immer soll ich darüber hinwegkommen. Ich *will* aber keinen Schlußstrich unter die Sache ziehen. Er ist schließlich mein Sohn! Und jetzt soll er plötzlich eine Art Monster sein. Wie soll ich mit dieser Vorstellung leben? Also, wenn ich keine andere Wahl habe, dann werde ich eben auch ein Monster. Wenigstens können wir dann gemeinsam leiden.«

Sie schob mit einem heftigen Scharren ihre Stuhlbeine zurück und sprang auf.

»Ich werde ihn nie vergessen! Niemals!«

Sie fixierte David mit kämpferischer Miene. Er begegnete kurz ihrem Blick und sah gleich wieder weg. Wie geschlagen setzte er sich wieder, fummelte an den Fransen der Tischdecke, flocht einige zu einem kleinen Zopf. Jenna fühlte, daß er etwas vor ihr verbarg. Zeit für ihre Trumpfkarte. Sie mußte ihn zum Reden bringen.

»Erzählen Sie mir von Ihrem Baby«, sagte sie.

Er blickte ertappt auf. Zu spät. Er hatte den Köder geschnappt. Alle hatten seine Reaktion gesehen. Jetzt konnte er nicht mehr zurück.

»Woher wissen Sie davon?«

»John Ferguson hat es mir gesagt.«

Er senkte die Augen, schüttelte den Kopf.

»Sie müssen es mir erzählen.« Jenna setzte sich wieder und beugte sich über den Tisch vor. »Ich habe ein Recht, es zu wissen.«

Ihre Blicke trafen sich, bohrten sich ineinander. Da war etwas zwischen ihnen, eine unausgesprochene Verbindung, die Jenna beunruhigte. Fast war ihr, als könnte David ihre Gedanken lesen, doch sie spürte, daß er sich ebenso davor fürchtete wie sie.

David räusperte sich. »Sie hatten mich damals nach Thunder Bay gerufen, um die bösen Geister zu vertreiben. Zugegeben, ich habe den Auftrag des Geldes wegen angenommen. Obwohl die Tlingit gar keine ausschließlich bösen Geister haben, nur Geister, die stets Gut *und* Böse in sich tragen. Wie Raven, der unserem Glauben nach die Welt erfunden hat. Er brachte uns die Sterne und den Mond und die Sonne, das Wasser und das Land. Aber wie ist *er* zu all diesen Dingen gekommen? Nun, er hat sie gestohlen. Raven stahl den Mond, um ihn uns zu geben. Böse und gut zugleich, wenn man so will.«

David blickte aus dem Fenster. Der Regen hatte wieder eingesetzt.

»Na ja, ich bin also in dieses Feriendorf gekommen und erwartete nicht, da irgendwas Besonderes zu finden. Ich vollzog meine Rituale, und nach einem Tag spürte ich überraschenderweise die Anwesenheit der Geister. Es waren Kushtaka. Ich hätte eigentlich klug genug sein müssen, die Sache sofort abzubrechen, aber ich hielt mich für mächtiger, als ich war, und wollte tatsächlich versuchen, mit ihnen in Kontakt zu kommen, sie dazu zu bringen, daß sie die Leute in der Siedlung in Ruhe ließen. Aber statt dessen haben sie mich geschnappt und mich in ihr Geisterdorf verschleppt. Meine Macht als Schamane war nur noch ein Witz. Ich war gelähmt und hilflos, und mußte die scheußlichsten Demütigungen über mich ergehen lassen. Sie haben mich in ein Tierwesen mit Fell und Klauen verwandelt, gequält und besudelt... ich hab nur noch gewünscht, sie würden mich töten, damit es endlich vorbei wäre. Doch dann ist der Schamane der Kushtaka auf mich zugekommen und hat mir gesagt, sie ließen mich gehen, damit ich zur Welt zurückkehrte und die Menschen davon abhielte, ihre Siedlung zu bauen.«

David schloß die Augen und atmete tief. Im Raum war es totenstill. Eddie und Tom schienen völlig gebannt von der Geschichte.

»Und dann haben sie Sie freigelassen«, brach Eddie schließlich das Schweigen.

»Nicht direkt«, antwortete David und öffnete die Augen. »Er hat mir auch gesagt, er würde mich bestrafen, indem er meinem noch ungeborenen Sohn das Leben nahm.« Er hielt inne. »Und zwei Tage später verlor meine Frau unser Baby.«

David und Jenna sahen sich an; ja, sie hatten etwas gemeinsam. Sie waren beide beraubt worden. Von den Kushtaka.

»Ich muß meinen Sohn retten«, sagte Jenna ruhig.

»Ich weiß nicht, wie«, antwortete David. »So leid es mir tut. Ich kann wirklich nichts tun, um Ihnen zu helfen.«

Dem war nichts mehr hinzuzufügen. Sie zogen ihre feuchten Sachen wieder an, kraxelten mit Oscar im Schlepptau den schlammigen Hang vor David Livingstones Haus hoch und fuhren zurück zur Welt der Menschen, wo vier Totempfähle keinen Schutz vor Geistern boten, die in den Schatten lauerten und die stärksten Männer in die Knie zwangen.

Joey lehnte sich unter dem Vordach des Flughafenterminals an die Mauer, um so wenig wie möglich von dem nadelfeinen, sturmgepeitschten Regenguß abzubekommen. Er spähte zu den Bergen hin, von wo er den letzten Flieger aus den Wolken heraus zur Landung hatte ansetzen sehen, und tatsächlich tauchte schon bald wieder eine Maschine der Alaska Airlines am tiefhängenden grauen Himmel auf, näherte sich unter stetig zunehmendem Motorengebrumm, bis sie schließlich vor ihm auf dem Rollfeld aufsetzte und zum Stehen kam. Zwei Männer schoben eine Räderrampe zu der vorderen Tür, und vier Passagiere stiegen aus, als letzter Robert.

Auf der Fahrt zur Stadt wechselten die beiden kein Wort. Robert fühlte sich noch ziemlich benommen von dem holprigen Flug und wußte nicht recht, wie er sich Joey gegenüber verhalten sollte. Vielleicht brannte dieser Hilfsdetektiv ja darauf, ihm seine Ermittlungsergebnisse vorzutragen, aber Robert interessierte sich im Moment nicht für peinliche Details. Er fürchtete sich insgeheim vor der bevorstehenden Begegnung mit Jenna, und für irgendwelche Höflichkeitsfloskeln hatte er jetzt einfach keinen Nerv. Wenn der kleine Schnüffler hier sein gutes Geld einstrich, konnte er dafür auch den Mund halten. Also lehnte Robert sich mit geschlossenen Augen in seinem Sitz zurück, ohne sich um seinen Begleiter zu kümmern.

In der Stadtmitte setzte das Taxi sie vor einem typisch

gesichtslosen Verwaltungsgebäude ab. Joey bezahlte den Fahrer, steckte die Quittung ein und führte Robert durch grün gestrichene, mit einem grauen Teppich ausgelegte Flure bis zu einer Glastür, auf die ein Sheriffstern gemalt war.

»Wohin gehen wir?« fragte Robert.

»Zum Sheriff.«

»Wozu?«

»Na, Sie wollen doch Ihre Frau finden, nicht wahr?«

Robert wunderte sich. War Jenna denn nicht hier in der Stadt? Hatten sie etwa ihre Spur verloren? Widerwillig folgte er Joey in das Büro.

Joey marschierte auf die grauhaarige Empfangssekretärin zu und hielt ihr seine bandagierte Hand unter die Nase.

»Hier, ich bin von einem bissigen Schäferhund angefallen worden, und jetzt ist seine Besitzerin mit ihm verschwunden. Ich muß den Hund aber unbedingt wiederfinden, damit er auf Tollwut getestet werden kann.«

Die Frau blickte skeptisch auf den Verband. »Gibt's das hierzulande überhaupt noch?«

»Also, mir kam er jedenfalls tollwütig vor, wie der mich gebissen hat, als ich ihn nur streicheln wollte, und dann hatte er auch noch Schaum vorm Maul.« Joey drehte sich zu Robert um. »Und das ist der Ehemann der Hundebesitzerin. Er ist zu Recht besorgt, das Vieh könnte seine Frau anfallen. Es ist wirklich wichtig, daß wir sie finden.«

Die Frau runzelte nachdenklich die Stirn, entschuldigte sich dann und ging zu der Tür hinter dem Empfangstresen, auf der »Sheriff Larson« stand. Sie klopfte und trat ein.

Joey lehnte sich zu Robert hin. »Spielen Sie hier einfach mit«, wisperte er. »Sie beide sind im Urlaub. Ihre Frau ist vorausgefahren, und Sie wollten sich hier treffen, aber jetzt ist sie fort, und Sie machen sich Sorgen.«

Robert nickte. Von drinnen konnten sie zwei gedämpfte Stimmen das Problem besprechen hören. Schließlich tauchte Sheriff Larson in der Tür auf.

»War es ein Schäferhund?«

»Jawohl, Sir«, antwortete Joey beflissen. »Er sah erst ganz freundlich aus, aber er hat mir fast den Daumen abgebissen.«

»Waren Sie beim Arzt?«

Joey senkte den Blick und trat verlegen von einem Fuß auf den anderen.

»Jawohl, Sir, aber ich bin nicht krankenversichert, und der Doktor hat gesagt, daß Tollwutimpfungen teuer sind, wogegen ein Tierarzt den Hund für fünfundzwanzig Dollar testen könnte.«

»Und wer sind Sie?« wandte der Sheriff sich an Robert, der sich vor Schreck gleich verhaspelte.

»Ich … äh … Jennas Mann.«

»Jenna?«

»Die Frau mit dem Hund«, erklärte Joey hastig.

»Ist das die, die bei Eddie Fleming wohnt?«

»Ja, genau, so heißt er, Eddie.«

»Und wo liegt da das Problem? Holen Sie halt den Hund und testen Sie ihn«, meinte der Sheriff achselzuckend. »Auf Ihre Kosten natürlich«, setzte er mit einem Blick auf Robert hinzu.

»Aber das ist es ja gerade, sie sind fort, gestern, mit einem Privatflieger.«

»Und wo wollten sie hin?«

»Das wissen wir eben nicht. Ich habe noch gesehen, wie ein älterer Typ sie in seinem Wasserflugzeug mitgenommen hat, und dann ist er allein zurückgekommen, also müßte er eigentlich wissen, wo sie sind. Aber mir wollte er es nicht sagen, ›top secret‹, mehr hab ich nicht aus ihm rausgebracht.«

»Das klingt nach Field«, schmunzelte der Sheriff.

»Wir dachten, vielleicht können Sie ihn fragen. Ich meine, mit Ihrer Autorität, vielleicht packt er dann aus. Meine Hand tut echt weh, und wenn der Hund gefährlich ist…«

Der Sheriff fuhr sich mit der Hand über die Bartstoppeln und unterdrückte ein Gähnen.

»Dieses Hundevieh stiftet die ganze Zeit schon nichts als Ärger.« Er seufzte. »Also gut, ich werde mir Field mal vorknöpfen.«

Jenna hatte Probleme, die sich nicht so einfach mit einem Teller Käsenudeln aus der Welt schaffen ließen. Ihre Probleme waren grundsätzlicher Natur. Gab es eine spirituelle Welt, die neben der sichtbaren Alltagswelt existierte? Was war an dem ganzen Geisterglauben dran? Konnte man als vernünftiger Mensch wirklich glauben, daß Otterwesen Seelen rauben?

Eddie mümmelte ungerührt seine Makkaroni.

»Glaubst *du* eigentlich irgendwas von alldem?« fragte Jenna.

Eddie blickte von seinem Teller auf und zuckte nur die Achseln.

»Gar nichts? Für dich ist das alles immer noch Mumpitz?«

Eddie sah zweifelnd drein. »Ich weiß nicht mehr, was ich glauben oder nicht glauben soll. Und du?«

»Für mich hat das nichts mehr mit Glauben zu tun. Glauben ist eine bewußte Entscheidung. Ich aber hab gar keine Wahl mehr. Ich glaube nicht, ich *weiß,* daß es so ist.«

Eddie nickte und beugte sich wieder über den Teller. Aber so leicht wollte Jenna ihn nicht um eine Antwort herumkommen lassen.

»Du bist also der Meinung, David hat uns mit seiner Geschichte bloß einen Bären aufgebunden?«

»Ach, komm schon, Jenna, du redest da von einem alten Stammesglauben, der praktisch ausgestorben ist. Wenn ich dir erzählen würde, Zeus hätte deinen Sohn geraubt, würdest du das etwa glauben?«

»Vielleicht. Wenn der Kontext stimmt.«

»Na bitte. Ich nicht. Aber das ist schon okay, ob Gott oder Geister, wir haben hier schließlich Glaubensfreiheit.«

»Na gut, du Schlauberger, wenn du an gar nichts glaubst, wieso bist du dann überhaupt mitgekommen?«

Eddie lächelte und legte seine Gabel hin.

»Das weißt du nicht?«

»Nein, weiß ich nicht.«

Er sah ihr einen Moment in die Augen. »Dann denk mal drüber nach, du kommst sicher von allein drauf.«

Jenna musterte ihn kopfschüttelnd. Es war so seltsam. Er war ihr so vertraut, sie hätte sein Gesicht mit geschlossenen Augen nachzeichnen können, und doch wußte sie nichts von ihm. Woher kam nur diese Anziehung zwischen zwei Menschen, die sich dermaßen fremd waren? Lag es am Ende nur an den Hormonen?

»Wer bist du?« fragte sie ihn plötzlich.

»Ich? Bloß ein ganz normaler Typ.«

»Gib mir mal ein paar Details zur Person.«

»Geboren und aufgewachsen in Alaska. Ich hab noch einen Bruder, der in Tacoma lebt. Meinen Lebensunterhalt hab ich immer als Fischer bestritten.«

»Und deine Eltern?«

»Beide tot.«

»Das tut mir leid.«

»Keine Ursache. Ich hab sie sowieso nicht gemocht.«

»Das ist aber nicht sehr nett.« Jenna war überrascht, wie kalt seine Stimme geklungen hatte.

»Mag sein«, sagte er ruhig. »Aber wenn sie netter zu mir gewesen wären, könnte ich jetzt auch netter von ihnen reden.«

»Was tust du in deiner Freizeit?«

»Nichts. Ich hab keine Freunde, keine Familie, keine Hobbys, gar nichts.«

»Du bist also ein unbeschriebenes Blatt.«

»Könnte man so sagen.«

»Klingt irgendwie langweilig.«

»Ist es aber nicht. Es ist gut, keine unnötigen Verkettungen zu haben, keine Fußangeln. Ich lebe zurückgezogen, und damit hat sich's.«

»Wie ein Mönch.«

»Genau. Manchmal sing ich meine Litaneien, ansonsten entsage ich der Welt.«

Jenna sah Eddie lange an. Seine Miene war neutral, aber aus seinen Augen blitzte der Schalk, und sie wußte, er machte sich nur über ihre Ernsthaftigkeit lustig.

»Ich glaub dir kein Wort.«

»Ach nein?«

Er faltete seine Serviette zusammen und legte sie ordentlich neben seinen leergegessenen Teller.

»Also, was ist jetzt der nächste Schritt?«

Jenna schüttelte müde den Kopf. »Keine Ahnung.«

Sie blickte aus dem Fenster. Durch den aufgemalten blauen Fisch beobachtete sie einen alten Indianer, der die schlammige Straße entlangstapfte, die Haare vom Wind ins Gesicht geblasen, und sie beneidete ihn. Er wußte, wohin er wollte, das war allein schon an der Art zu erkennen, wie er die Füße setzte. So sicher hätte Jenna sich auch gern gefühlt. Sie hatte die ganze Zeit gedacht, ihr Ziel wäre, David Livingstone zu finden, aber er hatte sie hängenlassen. Und jetzt war sie wieder am Anfang, und dazu noch ängstlich und verwirrt, weil sie nicht mehr wußte, wohin sie sich wenden sollte.

»Wenn wir heute abend noch zurück wollen, sollten wir los, bevor der Regen kommt«, unterbrach Eddie ihre Grübelei.

»Und wenn der Regen nicht kommt?«

»Ich hab nichts dagegen, noch dazubleiben. Aber ich merk schon, du bist in Gedanken woanders, du fragst dich wahrscheinlich, wo in aller Welt du den nächsten Schamanen auftreiben kannst. Also sag mir, was wir machen sollen. Field kann in einer Dreiviertelstunde hier sein und uns abholen, oder wir können auch einfach in unser Zimmer raufgehen und es uns gemütlich machen.«

»So gern ich's mir mit dir gemütlich machen würde, ich kann einfach nicht abschalten ...«

»Hab ich's doch gewußt.«

»Also fliegen wir wohl besser zurück.«

»Ich geh telefonieren.« Eddie stand auf. »Wenn Motherfish vorbeikommt, bestell mir was von dem Blaubeerauflauf, okay?«

Es war fünf Uhr und noch lange nicht dunkel. Das endlose Tageslicht fing an, Jenna auf die Nerven zu gehen. Sie sehnte sich nach herbstlicher Dämmerung, dem würzigen Duft von frisch gefallenem Laub in belebender Frostluft, den reifen, leuchtenden Früchten und Farben. Aber all das lag noch in weiter Ferne. Es blieb eine Menge zu tun, ehe sie ins herbstliche Seattle zurückkehren konnte.

Eddie kam mit bedrückter Miene an den Tisch zurück.

»Sieht ganz so aus, als müßtest du umdisponieren. Dein Mann ist in Wrangell, und er ist mit dem Sheriff und diesem kleinen Schnüffler bei Field gewesen, um dich und den Hund zu finden.«

»O Gott.«

»Field hat dichtgehalten. Aber der Sheriff war ziemlich sauer, und dein Mann läßt Fields Haus von diesem verdammten Schnüffler bewachen.«

»O nein.«

Jenna saß eine Minute lang völlig verdutzt da. Robert

war ihr nachgereist. Das war ja auch nicht anders zu erwarten gewesen. Er wollte sie wieder nach Hause holen. Ihr seine Liebe beweisen. Aber davon konnte jetzt gar keine Rede mehr sein. Er war nur noch ein Hindernis.

»Ach, Eddie, am liebsten würde ich einfach verschwinden. Ich bin so müde und so enttäuscht von diesem Schamanen. Was soll ich bloß machen? Aufgeben?«

»Was *willst* du machen?«

»Bobby finden. Das ist alles, was ich jemals wollte.«

»Alles klar. Dann kehren wir nach Wrangell zurück, sagen deinem Mann, er soll dich in Ruhe lassen, und suchen uns einen anderen Schamanen, der dir helfen kann. Glaub mir, Schamanen gibt's genug in der Gegend. Wir müssen nur einen finden, der etwas von seinem Fach versteht.«

»Du meinst wirklich, wir sollen nach Wrangell zurück?«

»Na ja, du willst doch nicht hierbleiben, oder?«

»Nein.«

»Und du willst auch nicht woanders hin, nach Ketchikan, oder Juneau, oder so?«

»Ich glaub nicht.«

»Dann pack den Stier bei den Hörnern. Man muß sich dem Problem stellen, wenn man es loswerden will.«

»Ich weiß nicht, ob ich Robert so einfach loswerde. Er ist ja gerade erst angekommen.«

»Dann rede *ich* mit ihm.«

»Oh, das wird ihm aber Eindruck machen. ›Robert, mein Liebhaber will mit dir reden.‹«

»Das bin ich also für dich? Dein Liebhaber?«

Jenna errötete. Das Wort klang so seltsam aus Eddies Mund. Liebhaber.

»Vielleicht«, sagte sie.

Eddie lächelte. »Na wunderbar.«

Er langte über den Tisch und ergriff ihre Hand. Sie lächelte ihn an.

»Also gut, packen wir den Stier bei den Hörnern.«

Eddie lehnte sich vor und küßte sie. Dann stand er auf und ging noch einmal Field anrufen. Jenna war froh, daß er da war. Seine Entschlossenheit half ihr, ihr Zaudern zu überwinden. Obwohl sie sich absolut nicht darauf freute, Robert wiederzusehen, war es doch nur eine Frage der Zeit, bis es einmal passieren mußte, also warum dann nicht lieber gleich.

Die ganze Sache stand und fiel damit, daß man sie glauben machte, man sei noch im Haus. So mußte der Fernseher angeschaltet bleiben, und das Gerät so plaziert werden, daß sie das Flimmern von der Straße aus sehen konnten. Dann noch ein bißchen davor sitzenbleiben, ganz langsam im Sessel tieferrutschen, damit es so aussähe, als wäre man vor dem Bildschirm eingeschlafen, vorsichtig auf allen vieren zur Hintertür kriechen und schnell raus aus dem Haus.

Hinter den Brombeersträuchern geduckt an der Garage vorbei schleichen, den kleinen Weg hinter den Gartenzäunen entlang zur Church Street, und von da geradewegs zum Anlegesteg, wo das Wasserflugzeug wartete.

Bis sie merkten, daß der Vogel ausgeflogen war, würde es auf jeden Fall zu spät sein. Und was konnten sie einem denn schon tun? Daß sie einen zusammenschlugen war sehr unwahrscheinlich.

Alles lief glatt, der Flieger hob sanft ab, nur war es dunkler als sonst zu dieser Jahreszeit durch die Wolken. Noch war das kein Problem, aber im Finstern fliegen war weniger angenehm wegen der altersbedingten Nachtsichtschwäche, wie der Doktor es genannt hatte. Doch Field machte sich darüber keine Sorgen; man würde ja früh genug wieder zurück sein.

Um die Blödmänner da unten ein bißchen zu ärgern, drehte er eine elegante Schleife über der Stadt, bevor er Kurs auf Klawock nahm. Die beiden hockten tatsächlich in ihrem Mietwagen, direkt vor Fields Haustür. Jetzt stieg einer von ihnen aus. Der Junge. Ein widerlicher Kerl, der sich doch glatt mit seiner lächerlichen Knarre wichtig gemacht hatte. Wenn der wüßte, daß er mehr Schießeisen im Hause hatte als dieser Grünschnabel je in seinem Leben gesehen hatte. Vielleicht funktionierten solche Einschüchterungsversuche ja in einer Stadt, wo keiner seine verfassungsgemäßen Rechte wahrnahm. Aber nicht hier in Alaska, Bürschchen. Das hier war noch echtes Pionierland.

Der Kerl sah hoch, zeigte auf das Flugzeug und schüttelte die Faust.

Field drehte nach Südwesten ab und flog übers Wasser. Es sah nach schlechtem Wetter aus, aber sie würden sicher zurück sein, bevor der Regen einsetzte. Als junger Mann war er diese Strecke sogar mitten im Schneesturm geflogen. Aber das war lange her. Und jetzt konnte er kaum unterscheiden, ob das, was da vorne auftauchte, eine Wolkenwand oder ein Berg war. Es sah alles so grau in grau aus. Na, wenn man schon runter mußte, dann doch besser mit Bravour. Wie Daddy schon immer sagte, niemand hatte je einen Preis für Langlebigkeit bekommen.

Joey war außer sich vor Wut, als er das Wasserflugzeug über sich sah. Er verfluchte sich selbst. Wie hatte er nur so nachlässig sein können? Wieso hatte er nicht daran gedacht, daß der Alte versuchen würde, sich aus dem Staub zu machen? Den Sheriff hatte er auch abblitzen lassen. Aber irgendwann würde er ja wieder nach Hause kommen müssen. Und dann, das schwor Joey sich zähneknirschend, würde er es ihm heimzahlen, aber wie. Er stieg wieder in den Wagen und schlug die Tür zu.

»War das dieser Field?« fragte Robert.

Joey nickte. »Er bringt sie wahrscheinlich woanders hin. Aber wenn er zurückkommt, wenden wir uns nicht wieder an den Sheriff. Dann knöpfen wir ihn uns mal selber vor.«

Robert sah starr geradeaus durch die Windschutzscheibe. Er verstand nicht ganz, wieso Joey das alles so persönlich nahm. Ein bißchen labil für einen Detektiv, der Kleine. Wie er sich geärgert hatte, daß der Sheriff nach ein paar Fragen einfach wieder gegangen war. Joeys Meinung nach hätte man die Antwort wohl aus Field herausprügeln sollen. Ziemlich abstoßend, dieses brutale Getue. Aber das war in der Branche anscheinend so üblich.

Joey warf einen prüfenden Seitenblick auf Robert, öffnete wieder die Fahrertür und spähte die Straße auf und ab, ehe er ausstieg und auf Fields Haus zuging. Ohne besondere Anstrengung drückte er die Tür mit der Schulter auf und schlüpfte hinein.

Angesichts der zunehmenden Dunkelheit und der drohenden Regenwolken war es Jenna etwas mulmig vor dem Rückflug nach Wrangell. Sie stand mit Eddie auf dem Anlegesteg und wartete auf Field, und um sich Mut zu machen, schlang sie den Arm um seinen Rükken und lehnte sich an ihn. Er drückte sie schützend an sich.

»Er wird bald da sein, wenn es keinen Ärger gegeben hat.«

»Ärger?«

»Mit deinem Mann, Robert.«

»Warum hat Field ihm nicht einfach gesagt, daß er uns holen kommt?«

»Keine Ahnung. Er wollte ihnen wohl ein Schnippchen schlagen. Hat eben einen Sinn fürs Dramatische.«

»Kann man wohl sagen, beim Gletscher wurde mir auch ganz anders.«

In der Ferne war jetzt ein Flugzeugbrummen zu hören, das näher und näher kam. Die Maschine setzte auf dem Wasser auf und glitt auf den Landesteg zu, hielt mit laufendem Motor, während Jenna, Eddie und Oscar eilig an Bord sprangen, und legte in schwungvollem Bogen wieder ab, um sie wie auf Adlerschwingen in die Lüfte zu entführen.

Der Rückflug verlief schnell und problemlos, ohne Wetterturbulenzen oder aeronautische Kunststücke. In Wrangell angekommen, waren sie etwas überrascht, das Detektivchen, wie Field ihren Widersacher nannte, nicht schon am Steg vorzufinden. Jenna und Eddie stiegen in ihren Pick-up und boten Field an, ihn nach Hause zu fahren, aber er lehnte ab. Er wolle lieber inkognito heimkehren, sagte er, und sich durch die Hintertür wieder hineinschleichen, um seinen Triumph über die beiden ahnungslosen Bewacher, wie er meinte, so richtig auszukosten.

Während Robert im Wagen wartete, postierte Joey sich mit einem Handtuch, das er aus dem Badezimmer geholt hatte, in der Küche. Er konnte sich denken, daß Field auf dieselbe Weise, wie er sich davongemacht hatte, auch wieder zurückkommen würde. Nach dem Motto, wenn es einmal geklappt hatte, würde es auch beim nächsten Mal klappen. Die typische Amateurlogik. Als abgebrühter Profi wußte Joey natürlich, daß so etwas nie ein zweites Mal gutging. Und das würde er dem alten Fuchs jetzt beweisen.

Eher als gedacht hörte er Schritte draußen im Garten. Field war nur anderthalb Stunden fort gewesen. Die Klinke bewegte sich mit leisem Quietschen nach unten, und Joey sah, wie Fields Hand durch den Türspalt nach dem Lichtschalter tastete. Aber er hatte vorsorglich die Birne herausgeschraubt, also blieb es dunkel. Gezwungen, im Dunkeln einzutreten, blieb Field nach dem ersten Schritt mißtrauisch stehen, als spürte er, daß da jemand auf ihn lauerte.

Aber dieser Jemand war zu schnell für ihn. Joey sprang vor und schlug zu. Er hörte es knirschen und sah Field auf die Knie fallen. Er hoffte, daß er den alten Mann nicht zu hart getroffen hatte. Ein schneller Hieb mit der Handwurzel, genau wie geplant, hatte Field das Nasenbein gebrochen.

Field hielt sich aufstöhnend das Gesicht und spähte in hilfloser Verblüffung zu seinem Angreifer hoch. Joey lächelte ihn freundlich an.

»Das ist dafür, daß Sie dachten, Sie könnten mich austricksen.« Er hielt ihm das Handtuch hin. »Und das hier, damit Sie den Boden nicht vollbluten.«

Joey stieg auf einen Stuhl und schraubte die Birne wieder in die Fassung. Plötzlich war es hell im Raum. Zu hell für Field, der durch den Tränenschleier kaum etwas erkennen konnte. Das beige Handtuch, das Joey ihm gegeben hatte, war schon vollgesogen. Field schaute fragend zu der Gestalt hoch, die sich wie ein Killer vor ihm aufgebaut hatte. Was würde diesem Wahnsinnigen als nächstes einfallen? Fast hoffte er, besinnungslos geschlagen zu werden, damit sein Geheimnis ihm erhalten blieb. Er fühlte sich viel zu alt und schwach, um solcher Brutalität lange standzuhalten.

Joey half ihm auf die Beine und stützte ihn bis zu dem Küchenstuhl.

»Ich will Ihnen nicht noch mehr weh tun, Alter, also sagen Sie mir lieber gleich, wo sie sind, dann haben Sie's hinter sich.«

Field nahm das Handtuch vom Gesicht. Das Blut floß immer noch in Strömen. Er grinste zu Joey hoch.

»Wenn ich nicht mal dich austricksen kann, Junge, dann muß ich aber ganz schön blöd sein.«

»Tja, sieht ganz so aus, was?«

Joey nahm ihm das Handtuch ab und warf es auf den Tisch. Dann zog er ein Paar Handschellen aus der Hüfttasche und fesselte Fields Hände hinter der Stuhllehne. Er ballte die Faust und zielte auf Fields Magengrube.

»Das könnte jetzt *wirklich* weh tun.«

»Ich sage kein Wort.«

»Na, das wollen wir doch mal sehen.«

Der Schlag traf Field direkt unter dem Rippenbogen, und Field ächzte, kippte vornüber und rang nach Luft. Das Blut aus seiner Nase tropfte auf sein Hemd.

»Aua«, griente Joey. »Na? Reicht das immer noch nicht?«

Field richtete sich mühsam wieder auf.

»Okay, okay, sie sind hier, ich hab sie nach Hause gebracht, du Idiot, was dachtest du denn?«

Der Alte hatte nicht gelogen. Da waren sie, alle drei friedlich vereint, Mann, Frau und Hund. Robert und Joey standen eine Weile draußen vor dem Fenster und beobachteten die Szene im Wohnzimmer. Jenna saß auf der Couch und sah starr vor sich hin, während der Liebhaber im Unterhemd hin und her ging. Was hatte das zu bedeuten? Was heckten die beiden, unhörbar für die Voyeure im Dunkeln, schon wieder aus?

Außer sich vor Wut, unfähig, die demütigende Zuschauerrolle noch länger zu ertragen, stürmte Robert auf die Haustür zu. Das Herz klopfte ihm im Hals, als er an die Glasscheibe klopfte und die beiden drinnen ruckartig aufschauen sah. Am liebsten hätte er einfach die Tür eingeschlagen. Aber Eddie kam ihm zuvor und öffnete ihm, um sich dann schnell hinter den Tisch zurückzuziehen, als er den lodernden Haß in Roberts Augen sah.

Beide blickten sie ihn an, als hätten sie schon von Anfang an auf diesen Moment gewartet.

»Warum?« sagte er nur.

Jenna konnte es nicht fassen, wie Robert aussah. Das Hemd verknittert, die Haare wirr durcheinander, total verschwitzt, schnaufend. Beinah hätte sie ihn gar nicht wiedererkannt, so aufgedunsen, so kaputt wirkte er neben Eddies hagerer, jungenhafter Gestalt. Aber irgendwie tat er ihr auch leid. Er war hier eingedrungen, als wollte er sie umbringen, und dann diese hilflose, fast flehende Frage. Warum.

»Warum hast du mir nicht gleich den Gnadenstoß gegeben?« fragte er Jenna. »Warum mußte ich es erst von jemand anderem erfahren?«

Er faltete ein Faxpapier auseinander und ließ es auf den Küchentisch flattern. O Gott, wie peinlich. Dabei war das Foto aufgenommen worden, als noch gar nichts zwischen ihr und Eddie vorgefallen war. Sie wußte nicht, was sie sagen sollte. Hatten sie sich damals nicht Treue geschworen und falls das irgendwann fraglich würde, wenigstens Ehrlichkeit? Und nun hatte sie sich doch nicht daran gehalten. Sie fühlte sich schuldig, nein, schlimmer noch, schäbig.

Hilfesuchend blickte sie zu Eddie hin. Er hatte inzwischen sein Hemd übergezogen, als wollte er dem Ernst der Situation damit Rechnung tragen.

Robert folgte ihrem Blick. »Warum?« fragte er noch mal, an Eddie gewandt. »Haben Sie denn gar kein Ehrgefühl, Mensch?«

Eddie zuckte die Schultern. »Was soll denn das?«

»Das frag ich mich auch!« schrie Robert. »Was soll das, daß Sie hier meine Frau ficken!«

»Wie können Sie so etwas behaupten?« entgegnete Eddie mit unschuldigem blauen Augenaufschlag.

Robert stand da wie vor den Kopf geschlagen. Alles

hatte er erwartet, offene Feindseligkeit, Wut, Tränen, Handgreiflichkeiten – nur kein eiskaltes Leugnen der offensichtlichen Tatsachen. Er griff sich das Foto vom Tisch und hielt es Eddie hin.

»Und was ist das dann, Ihrer Meinung nach?«

»Ein ganz mieser Schnappschuß. Wer hat denn den verbrochen?«

»Wollen Sie etwa abstreiten, daß Sie und meine Frau da zusammen im Bett liegen? Das ist doch wohl Beweis genug!«

Eddie lachte.

»Soll ich Ihnen mal sagen, wie das zustande kam? Ein Kind war in der Nacht direkt vor diesem Haus ertrunken, und das hat Jenna so aufgewühlt, daß sie nicht allein in ihrem Zimmer schlafen konnte. Ich weiß nicht, ob man es auf dem Foto erkennen kann, aber wir waren beide voll bekleidet.«

Robert riß ihm das Foto aus der Hand und musterte es wie mit Röntgenaugen.

»Ich glaub Ihnen kein Wort.«

»Jetzt hören Sie mal, Freundchen, ich weiß von Jenna, daß Sie beide gerade eine schwierige Phase durchmachen, und das respektiere ich. Ich vermiete einfach bloß mein Gästezimmer, und sie ist hier eingezogen, weil sie woanders nicht mit dem Hund unterkam. Ich kann das Geld brauchen, weil ich mit diesem kaputten Arm im Augenblick nicht arbeiten kann. Aber wenn Sie glauben, nur weil wir unter einem Dach wohnen, schlafen wir auch miteinander, dann irren Sie sich gewaltig. Die Dame interessiert mich kein bißchen. Nicht mein Typ. Wenn ich ehrlich sein soll, Sie beide sind für mich nichts weiter als komplett verdrehte Stadtneurotiker.«

Eddies Worte trafen Jenna wie ein Hagelschauer. Was log er denn da bloß zusammen? Sie wußte doch, daß er sie liebte. Warum tat er ihr das an?

Aber dann begriff sie seine Taktik. Denn Robert sackte merklich in sich zusammen und zerknautschte das Foto zwischen den Fingern. Schwer atmend sah er zu Boden. Eddie ließ ihn nicht aus den Augen, als traute er sich nicht mehr, Jennas Blick zu begegnen; als traute er sich sonst nicht zu, die Scharade bis zum Ende durchzuhalten.

Eddie kannte die Wahrheit. Deswegen hatte er gelogen. Er wußte, daß es nicht darum ging, ob er und Jenna zusammen schliefen oder nicht. Hier stand weit mehr auf dem Spiel.

Eddie klopfte Robert auf die Schulter.

»Wissen Sie was, ich dreh jetzt mal eine Runde mit dem Hund, inzwischen können Sie beide sich aussprechen, aber ich versichere Ihnen, *ich* hab an Ihrer Frau nicht das geringste Interesse.«

Er nahm Oscar an die Leine und ging mit ihm zur Tür, ohne sich noch einmal nach Jenna umzusehen.

Kaum standen sie sich allein gegenüber, hob Robert wie flehend die Hände.

»Ich weiß nicht, was passiert ist«, sagte er leise. »Ich weiß nicht, was wir falsch gemacht haben.«

Jenna konnte ihm nicht in die Augen sehen; sie blickte auf seine Hände. Und seine Geste machte ihr die Kluft zwischen ihnen nur noch deutlicher.

Sie wußte, wann ihre Ehe auf Grund gelaufen war.

Es war von A bis Z ein schlechter Tag gewesen. Als Jenna aufstand, war Robert schon ins Büro gefahren, und das Haus kam ihr riesig und leer vor. Ein Lastwagen war auf dem Glatteis draußen ins Schleudern geraten und hatte einen Baum umgefahren, der auf ein Leitungskabel gestützt war, so daß Jenna ohne Frühstücksfernsehen auskommen mußte. Dann hatte Mrs. Osborne vom Kindertheater-Workshop angerufen und gefragt, ob Bobby im

Frühjahr wieder mitmachen würde, da es ihm beim letzten Mal so gut gefallen habe. Jenna hatte ihr geantwortet, daß Bobby tot sei und nie wieder Theater spielen werde.

Sie war zu deprimiert, um ihren Termin bei der Therapeutin einzuhalten, also hatte sie angerufen und eine Migräne vorgeschützt. Sie hatte den ganzen Tag im Pyjama vertrödelt, bis sie sich schließlich aufraffte, ein Bad zu nehmen, um sich wenigstens für Roberts Rückkehr aus dem Büro ein bißchen herzurichten; vielleicht, hoffte sie, würden sie dann am Abend zum Essen ausgehen können.

Zur Entspannung hatte sie sich ein kleines Glas Wein und ein Valium gegönnt, und tatsächlich fühlte sie sich danach soviel besser, daß sie es sogar schaffte, ihre Nägel frisch zu lackieren, an Händen und Füßen, was immer eine langwierige Angelegenheit war. Und zur Belohnung genehmigte sie sich noch ein Glas, vor dem Fernsehen, das inzwischen wieder funktionierte. Das Nachmittagsprogramm war zwar nicht so gut, aber es half immerhin, die bleiernen Stunden herumzubringen. Und dann hatte sie sich richtig in Schale geworfen, um Robert zu überraschen, wenn er heimkam, ihn vielleicht sogar wieder einmal nach allen Regeln der Kunst zu verführen, da sie wußte, wie sehr ihm der Sex fehlte, den sie ihm schon seit langen Monaten versagte.

Sie zog schwarze Unterwäsche an, komplett mit Wonderbra, Straps und Nahtstrümpfen, und ihr enges schwarzes Kleid mit dem tiefen Ausschnitt. Als sie vor dem Spiegel die Haare hochsteckte, gefiel sie sich ausgesprochen gut in dem Outfit. Nun ja, ein bißchen zu mollig war sie geworden, kein Wunder, sie bewegte sich kaum noch, höchstens, daß sie hin und wieder allein vor dem Fernseher herumtanzte. Es wurde wirklich Zeit, sagte sie sich, mal wieder etwas in Form zu kommen. Sie trug einen knallroten Lippenstift auf, den sie seit Jahren nicht mehr benutzt hatte, und genoß es, ihre fahlen Lippen in neuem Glanz erstrahlen zu sehen. Fehlten nur noch die Schuhe. Natürlich mußten es die unbequemen mit den hohen Absätzen sein, die Robert am besten gefielen. Wo in aller Welt hatte sie die bloß hingeräumt?

Sie entdeckte sie schließlich in ihrem Karton ganz oben im Wandschrank und stieg auf einen Stuhl, um sie herunterzuangeln. Direkt dahinter lagen Papiere gestapelt, an die sie sich gar nicht erinnern konnte. Sie zog sie hervor, um sie später in Ruhe durchzusehen, und schlüpfte in die Stöckelschuhe.

So, da stand sie nun, kurz vor sechs Uhr, fix und fertig herausgeputzt, und richtig froh, daß sie sich die Mühe gemacht hatte. Endlich hatte sie das Gefühl, den dumpfen Kokon abzuschütteln, der sie die letzten sieben Monate wie grauer Filz umgeben hatte, sieben Monate in der Hölle, doch damit sollte jetzt Schluß sein, jetzt wollte sie wieder sie selbst werden. Vielleicht noch ein Gläschen zur Feier des Tages, obwohl Robert sie nicht dabei erwischen durfte, er nörgelte ja ständig an ihr herum wegen ihrer Trinkerei untertags, lächerlich, das bißchen Wein, wo es ihr doch so guttat, es war ja weiß Gott nichts Hochprozentiges, nur dieses sanfte goldene Lebenselixier, vollkommen harmlos.

Sie ging mit ihrem Glas in die Küche, nahm auch gleich den Stapel Papiere mit und blätterte ihn auf dem Tisch auf. Die meisten waren von der Interstate Bank, merkwürdig, sie wußte gar nicht, daß sie dort ein Konto hatten. Zuunterst lag ein Umschlag, der nur ein Firmenlogo trug, RGB.

Der erste Kontoauszug war für den Monat August und belief sich auf zweiundsiebzigtausend Dollar. Jeden Monat wurde der Betrag etwas höher, wegen der Zinsen, bis er zuletzt, im Januar, ganze 73512,55 Dollar betrug. Ein nettes Sümmchen. Die Frage war nur, wieso hatte Robert soviel Geld auf der Bank liegen, ohne ihr etwas davon zu sagen?

In dem RGB-Umschlag fand sich die Antwort. Es war eine Abfindung. Daher hatte Robert das ganze Geld. Er hatte sich von diesen Geschäftsleuten dafür bezahlen lassen, daß er auf alle weiteren Rechtsansprüche verzichtete. Wann war der Schrieb unterzeichnet worden? Am 30. Juli. Genau zwei Wochen nach Bobbys Tod. Viel zu früh, um einen solchen Verlust mit einem schnöden Schweigegeld auszugleichen.

Nun, auf den Schock mußte erst mal noch ein Glas Wein her. Die Flasche war eh schon mehr als halb leer, da konnte man sie ebensogut auch gleich austrinken. Hauptsache, man ließ sie anschließend geschickt verschwinden, nicht so halbherzig wie Robert mit seinen Schandpapieren. Wieso hatte er sich eigentlich kein besseres Versteck ausgedacht? Hatte er es vielleicht unbewußt darauf angelegt, daß sie sie eines Tages finden sollte, wenn er sich schon nicht traute, ihr die Wahrheit zu sagen?

Als Robert hereinkam, fand er zuerst die Papiere und die leere Weinflasche auf dem Küchentisch, dann Jenna in ihrem netten schwarzen Kleid, wie sie in der dunkelsten Ecke auf dem Boden saß und dabei war, methodisch die zweite Flasche zu leeren.

»Was tust du denn da?«

Jenna lehnte den Kopf an die Wand und blickte mit glasigen Augen zu ihm auf.

»Ich sauf mir einen an.«

»Und wieso das?«

Er langte hinunter und packte sie am Arm. Sie riß sich so heftig los, daß sie die Flasche umstieß. Der Wein lief auf dem Boden aus. Robert bückte sich und stellte die Flasche wieder aufrecht.

»Komm, reiß dich zusammen.« Er griff wieder nach ihrem Arm. Jenna stieß ihn von sich.

»Rühr mich nicht an!« schrie sie. »Wag es ja nicht!«

Robert fuhr erschrocken zurück. Er sah auf sie nieder, wie sie sturzbetrunken dahockte, aufgeputzt wie eine Nutte, den Rock bis zu den Strumpfhaltern hochgerutscht, und am liebsten wäre er auf der Stelle über sie hergefallen, um seinen Zorn an ihr auszutoben.

»Was ist bloß los mit dir? Ich bring dich sofort in die Klinik...«

»Sieben drei fünf eins zwei fünf fünf.«

»...zum Ausnüchtern, du weißt ja offenbar nicht mehr, was du tust, du brauchst dringend Hilfe.«

»Sieben drei fünf eins zwei fünf fünf.«

»Was zum Teufel soll das heißen?«

Sie sah ihn haßerfüllt an und zischte mit zusammengebissenen Zähnen: »Das ist es, was dein Sohn dir wert ist.«

Das saß. Er zuckte wie unter einem Peitschenhieb zusammen, wandte sich ab, taumelte ein paar Schritte zurück.

»Ich wollte es dir sagen, sobald es dir bessergegangen wäre.«

»Es geht mit gut. Sag's mir.«

Er wich ihrem herausfordernden Blick aus.

»Jetzt weißt du's ja sowieso schon, was gibt's da noch zu sagen?«

»Sag mir, wie du dich gefühlt hast, als du diesen Schrieb nur zwei Wochen nach dem Tod deines Sohnes unterschrieben hast. Warst du da stolz auf dich, hm?«

Er konnte sie noch immer nicht ansehen. Er rieb sich mit beiden Händen übers Gesicht und lockerte seinen Schlips.

»Natürlich nicht.«

»Und warum hast du das Geld dann genommen?«

»Was hätte ich denn sonst tun sollen?« Er breitete hilflos die Hände aus. »Sie haben mir Geld geboten, und da ich wußte, daß wir sie ja nicht vor Gericht zerren konnten…«

»Warum nicht?«

»Es war nicht ihre Schuld. Wofür hätten wir sie denn belangen sollen? Und du hättest aussagen müssen, alles noch mal bis ins kleinste Detail durchmachen müssen, das wär dir doch unerträglich gewesen…«

»Warum? Weil es *meine* Schuld war, daß er ertrunken ist?«

»Nein. Niemand war schuld, das ist es ja gerade. Es ist halt so passiert und fertig.«

»Und darum hast du dich von ihnen kaufen lassen?«

»Es war ein Unfall, versteh das doch, nur für den *Unfall* wollten sie Schadenersatz leisten, nicht für den Verlust.«

»Tatsache ist, du hast das Geld genommen.«

»Weil ich nicht wußte, was ich sonst tun sollte.«

»Weil du letzten Endes auch dachtest, *ich* hätte Bobby getötet.«

Schweigen breitete sich zwischen ihnen aus, endlich, tiefe Stille, nur von Jennas erstickten Schluchzern im Dunkeln unterbrochen. Robert sank neben ihr auf die Knie, streichelte ihr sanft über den Nacken. Wie gut es sich anfühlte, sie zu berühren. Wie sehr er sich nach ihrer Wärme sehnte, wie sehr er danach verlangte, ein wenig Zärtlichkeit zu spüren, zu lieben und geliebt zu werden. Denn die Liebe war weg, unendlich weit weg, irgendwo am Horizont verschwunden.

»Du hast Bobby nicht getötet. Ich weiß es, du weißt es. Schicksal, es war einfach Schicksal.«

Er half ihr auf die Beine und hielt sie fest.

»Komm, ich bring dich ins Bett, schlaf dich erst mal aus, ich laß uns nachher was zu essen kommen.«

Er stützte sie die Treppe hinauf bis ins Schlafzimmer, zog sie aus und packte sie fürsorglich in die Daunendecke wie ein Kind. Er setzte sich auf die Bettkante und streichelte ihr über die Stirn, sah zu, wie sie entspannt einschlief, und erinnerte sich, wie er sie einst geliebt hatte, aber seit Bobbys Tod war sie so kalt und unnahbar geworden, daß er ihr wahres Selbst aus den Augen verloren hatte. Vorbei, vorbei. Er küßte sie zart, stand auf und ging nach unten, um sich am Telefon irgendwas vom Chinarestaurant zu bestellen.

Die frisch geöffnete Weinflasche leerte er leise fluchend in die Spüle aus. Es war einfach nicht fair, daß er diese Last nun auch noch tragen mußte. Ihr Leben war so düster, so freudlos geworden, und alles, was sie noch teilten, waren Kummer und Trostlosigkeit, die sie immer noch weiter herunterzogen.

Als das Essen geliefert wurde, richtete Robert ein Tablett mit Ingwerhühnchen und gebratenen Nudeln her und brachte es ihr hinauf. Aber Jenna lag nicht mehr im Bett, sondern bewußtlos auf dem Boden im Badezimmer, wo sie eine Überdosis Schlaftabletten genommen hatte. Sie war schon halb tot, aber wie durch ein Wunder wurde sie noch einmal gerettet, um sich dem Leben, das ihr so zur Last geworden war, ob sie wollte oder nicht, von neuem zu stellen.

Als er Joey drüben auf der Kaimauer sitzen sah, hätte Eddie ihm am liebsten seine miese kleine Visage eingeschlagen; wenigstens aber wollte er die Gelegenheit nicht verstreichen lassen, ihm einmal unmißverständlich zu sagen, was er von ihm hielt. Mit schnellen Schritten überquerte er die Straße und blieb vor Joey stehen, der frech zu ihm aufgrinste.

»Du bist ein richtiges Arschloch«, fuhr Eddie ihn an.

Joey lachte.

»Hey, Mann, das ist mein Job. Ich bin nicht aus freien Stücken hier. Ich hab einen Auftrag, vergiß das nicht.«

»Und was sollte der Blödsinn mit dem Foto? Wir haben doch gar nicht zusammen geschlafen.«

»Eine reine Frage der Optik«, entgegnete Joey lässig und steckte sich eine Zigarette an.

»Zusammen im Bett liegen bedeutet noch gar nichts.«

»Haha, Alter, mir kannst du kein X für ein U vormachen. Ich weiß, ihr habt's miteinander getrieben, auch wenn ich euch vielleicht nicht direkt in flagranti vor die Linse gekriegt hab.«

»Wie kannst du dir da so sicher sein?«

»Hör zu, ich bin schon lange im Geschäft, da entwickelt man einen Riecher. Außerdem müßtest du schon schwul sein, um nicht auf *die* Dame zu stehen. Scheiße, Mann, wenn ich die ins Bett kriegen könnte, würde ich sie durchbumsen, bis sie um Gnade winselt.«

Eddie verdrehte bloß die Augen und wandte sich ab.

Joey lachte wieder.

»Nichts für ungut, ich wollte dich nicht kränken.«

»Du kannst mich gar nicht kränken, du armseliger Wicht.«

»Armselig? Ich? Wer hat euch Turteltäubchen denn hier aufgespürt? Schau dich doch mal an, was bist du denn schon, ein ungeschliffener Hinterwäldler, der sich in eine feine Dame aus der Stadt verliebt hat und verzweifelt hofft, daß sie bei ihm bleibt, obwohl ihr Mann alles tut, um sie zurückzugewinnen. Deine Chancen stehen schlecht, Alter, und ich werd dir auch sagen, warum.«

Joey schnippte seine Zigarettenkippe zum Wasser hin.

»So Typen wie du dürfen mal eine Weile den Liebhaber spielen, aber am Ende bleiben sie immer draußen im Regen stehen. Das ist ein Naturgesetz, mein Freund, am besten, du gewöhnst dich schon mal an den Gedanken.«

»Ah ja? Aber vielleicht gelten diese Naturgesetze nicht in Alaska.«

Joey schüttelte grinsend den Kopf.

»Na, dann wart's mal ab.«

Eddie hob einen Stock auf, brach ihn übers Knie, und dann in immer kleinere Stücke.

»Und wie geht's jetzt mit dir weiter?« fragte er.

»Och, ich löse meinen Scheck ein, fahr nach Seattle zurück und besorg mir 'ne nette Mieze, und dann auf ins nächste Abenteuer, wieder irgendwem auf die Spur kommen, der versucht, sich vor seinen Problemen davonzumogeln.«

»Für dich ist also alles klar, oder?«

»Na und? Ich kann auch nichts dafür, daß im wirklichen Leben nur eine einzige Regel gilt: Jeder zieht jeden über den Tisch, sobald sich die Gelegenheit dazu ergibt.«

»Das ist ja eine sehr pragmatische Sicht der Dinge.«

»Hey, so kommt man über die Runden.«

Eddie wandte sich zum Haus um und sah Jenna und Robert immer noch drinnen im Wohnzimmer diskutieren. Sie saß mit niedergeschlagener Miene auf dem Sofa, er marschierte gestikulierend auf und ab.

»Meine Hand tut mir so verdammt weh«, jammerte Joey und wickelte mitleidheischend seinen Verband auf. »Der Köter muß unbedingt auf Tollwut getestet werden.«

»Er hat keine Tollwut«, sagte Eddie, ohne sich umzusehen. Er beobachtete angespannt das stumme Drama hinter seinen Fenstern. Was hatten die da so lange zu bereden? Dauerte es denn so lange, einen Schlußstrich unter eine Ehe zu ziehen?

»Weißt du, wie man feststellt, ob ein Hund Tollwut hat? Man schneidet ihm den Kopf ab«, bemerkte Joey.

Eddie sah zu Oscar hinab, der sich friedlich an der Kaimauer ausgestreckt hatte. »Der *hat* keine Tollwut, das kannst du mir ruhig glauben.«

»Und woher weißt du das?«

»Weil er gar kein Hund ist, sondern ein Helfer aus der Geisterwelt.«

Joey zog ein verblüfftes Gesicht. Das war ja mal ganz was Neues. »Ach nee? Was für eine Sorte Helfer denn?«

»Ich weiß nicht. Raven hat ihn geschickt, um Jenna vor den Kushtaka zu beschützen.«

»Was? Raven? Kushtaka? Erzähl mir mehr davon. Ich bin ganz Ohr.«

Doch Eddie hatte jetzt keine Lust, sich auf das Thema einzulassen. Er war viel zu sehr mit seinen eigenen Sorgen beschäftigt. Wie würde Jenna sich entscheiden? Wahrscheinlich hatte Joey ja recht, und sie würde ihn verlassen. Aber hing sie nicht auch an ihm? Und an ihrer Mission?

»Los, sag schon, was ist das für eine Geisterwelt?« bohrte Joey nach. »Was für ein Helfer?«

»Ach, was weiß denn ich«, blaffte Eddie gereizt. »Der

Schamane sagt, er ist ein Geist. *Ich* sage, er ist ein Hund. Was würdest *du* sagen? Hund oder Geist?«

»Das kann man doch leicht rauskriegen«, meinte Joey. »Soll ich's versuchen?«

»Mir egal«, wollte Eddie gerade ungeduldig abwinken, als der Schuß fiel, gefolgt von einem hallenden Echo über dem Wasser, und einem Aufjaulen von Oscar. Eddie fuhr herum und sah Joey mit einer Pistole in der Hand, und Oscar, eine Kugel in der Flanke, wie er zappelnd versuchte, auf die Beine zu kommen. Entsetzt sah Eddie das Blut aus der Wunde strömen.

Jenna und Robert kamen auf den Pistolenknall hin aus dem Haus gerannt.

»Was hast du getan?« schrie Jenna.

»Er ist kein Geist«, stellte Joey zufrieden fest und steckte die Pistole weg. »Sonst würde er jetzt nicht draufgehen.«

»Was hast du getan?« schrie sie wieder, außer sich vor Verzweiflung. Sie fiel vor dem sterbenden Hund auf die Knie und versuchte naiv wie ein Kind, die Blutung mit der Hand zu stillen. »O Gott, was hast du getan?«

»Bist du wahnsinnig, Mann?« brüllte Eddie und wollte sich auf Joey stürzen, doch Robert hielt ihn zurück. Joey drohte ihm neckisch mit dem Finger.

»He, paß auf, ich bin bewaffnet.«

Eddie fuhrt zu Robert herum.

»Lassen Sie mich los! Was fällt Ihnen überhaupt ein, uns diesen Psychopathen auf den Hals zu hetzen? Scheren Sie sich doch zum Teufel!«

Jenna hielt Oscar fest an sich gedrückt und versuchte, ihn hochzuheben. Oscar sah leise winselnd mit schmerzlich flehendem Blick zu ihr auf.

»So helft mir doch«, schluchzte sie. »Wir müssen ihn zum Arzt bringen!«

Robert konnte den Anblick nicht ertragen, wie sie sich

da sinnlos abmühte, das Kleid schon getränkt von Oscars Blut. Konnte sie denn nicht sehen, daß der Hund so gut wie tot war? Vorsichtig legte er ihr die Hand auf die Schulter.

»Jenna, bitte. Hör auf.«

»Laß mich in Ruhe!« schrie sie ihn an. »Geh weg! Was willst du hier überhaupt? Ich komm nicht mit dir mit, nie mehr! Hau endlich ab!«

Sie weinte laut, über Oscar gebeugt, der kaum noch atmete, die letzten Züge vor dem Verenden. Robert sah sich verwirrt um. Eddie war ins Haus verschwunden. Was war eigentlich passiert? Hatte Joey den Hund erschossen?

Eddie kam mit einer Decke zurück, die er auf dem Boden ausbreitete. »Wir bringen ihn zum Doktor«, sagte er ruhig.

Jenna und Eddie hoben Oscar an und betteten ihn auf die Decke. Zusammen trugen sie seinen schlaffen Körper zum Auto, während Robert hilflos zusah. Eddie startete den Wagen und winkte Joey im Anfahren noch ans Seitenfenster.

»Mach, daß du aus der Stadt wegkommst, wenn ich dich morgen hier noch sehe, mach ich dich fertig.«

Joey duckte sich spöttisch. »Oho, der große böse Wolf.«

»Ich nehme dich aus wie einen Fisch, du Mistkerl.«

»Aye, aye, Sir«, salutierte Joey ironisch. »Ich werde das gebührend in Betracht ziehen, wenn ich meine Entscheidung treffe.«

Eddie wollte gerade Gas geben, als Joey mit seinem üblichen »He!« einen kleinen silbernen Schlüssel aus der Tasche zog.

»Hier, der gehört deinem Freund, dem alten Flieger, sicher fragt er sich schon, wo der abgeblieben ist.«

Eddie nahm den Schlüssel und funkelte Joey so haßerfüllt an, daß es dem kleinen Detektiv tatsächlich angst und bange wurde; und so beschloß er auf der Stelle, mit dem nächsten Flugzeug heimwärts zu starten, auch wenn er nur zu gerne vor Ort geblieben wäre, um noch ein bißchen herumzustänkern.

Eddie ließ den Motor aufheulen und raste in Richtung Stadt los, obwohl er wußte, daß Oscar schon tot war, aber er war es Jenna schuldig, wenigstens einen Versuch zu machen. Mochte es auch vergebens sein, hätten sie diesen tragischen Moment auf jeden Fall gemeinsam durchgestanden.

Eddie drückte so lange auf die Klingel, bis im Haus das Licht anging. Dann holten sie Oscars leblosen Körper aus dem Wagen und trugen ihn zur Haustür. Dr. Lombardi, der immer sehr früh ins Bett zu gehen pflegte, öffnete ihnen in einer gestreiften Pyjamajacke und Jeans. Er schien keineswegs verdrossen darüber, so unsanft aus dem Schlaf gerissen worden zu sein.

In Wrangell gab es keinen Tierarzt. Wenn einer benötigt wurde, rief man den aus Ketchikan, der ohnehin jede zweite Woche mal in Wrangell Station machte, aber in dringenden Fällen war Dr. Lombardi als praktischer Arzt immer bereit, jede erdenkliche Hilfe zu leisten.

»Was haben wir denn hier?« fragte er besorgt, als er Jenna und Eddie mit der blutgetränkten Decke ankommen sah, in die sie Oscar gewickelt hatten.

»Unser Hund ist angeschossen worden«, erklärte Eddie. »Vielleicht ist es schon zu spät.«

Dr. Lombardi führte sie durch das Wartezimmer in seine Praxis, wo sie Oscar auf den Untersuchungstisch betteten. Er schlug die Decke zurück.

»Oje«, sagte der kopfschüttelnd, als er die Schußwunde sah. Er beugte sich über den Hund und leuchtete ihm mit einer kleinen Taschenlampe ins Auge.

»Er lebt noch, aber ...«

»Können Sie ihn nicht retten?« fragte Jenna ängstlich.

»Ich fürchte, es sieht schlecht aus.« Er betastete die Wunde, und als er die Hand zurückzog, war sie voller Blut.

»Nein, da ist nichts mehr zu machen, wir sollten ihn wohl besser einschläfern, damit er nicht länger leiden muß.« Er streichelte sanft über Oscars Flanke.

Eddie sah Jenna an; sie schloß kurz die Augen und nickte stumm.

Nachdem es geschehen war, fühlte sie sich so taub und benommen wie damals nach Bobbys Tod. Eddie führte sie ins Wartezimmer, während Dr. Lombardi ihnen die Rechnung ausstellte.

»Wollen Sie ihn begraben?«

»Aber wo denn?«

»Es gibt einen Tierfriedhof draußen beim Flughafen. Er wird von den Pfadfindern instand gehalten. Ein Grab kostet zwanzig Dollar.«

»Gut«, sagte Jenna tonlos. »Das wird dann wohl das Beste sein.«

»Und was soll auf seinem Grabstein eingraviert werden?«

Jenna zuckte hilflos die Schultern.

»Einfach ›Oscar‹, würde ich sagen.«

Dr. Lombardi nickte und füllte das Formular zu Ende aus.

»Also, eigentlich ist es ja kein Grabstein in dem Sinn, sondern bloß ein kleines Holzkreuz, auf dem dann der Name geschrieben steht. Keine Sorge, das machen die Pfadfinder immer sehr zuverlässig.«

Er schob ihnen die Rechnung hin.

»Sie können mit Kreditkarte, Scheck oder bar bezahlen.«

Wie glatt und geschäftsmäßig so ein Hundetod doch abgehakt wurde, sagte sich Jenna, und eigentlich war sie erleichtert, daß alles so ohne großes Aufhebens vonstatten gegangen war. Vielleicht sollte man es mit Menschen genauso machen. Man starb, kam unter die Erde, obendrauf ein Holzkreuz mit dem Namen, und fertig. Es war nicht herzlos, nur natürlich.

Als er mit Jenna davonfuhr, fiel Eddie der Schlüssel wieder ein, und er schlug vor, kurz noch bei Field vorbeizuschauen, ob dort alles in Ordnung sei. Als sie vor dem dunklen Haus hielten, wunderten sie sich, daß die Tür nur angelehnt war. Sie stiegen aus, traten in den Flur, und Eddie knipste das Licht an.

»Hey«, rief eine Stimme aus der Küche. Kaum hatten sie auch dort Licht gemacht, sahen sie Field, immer noch mit Handschellen an den Küchenstuhl gefesselt. Er grinste ihnen erleichtert entgegen, ein wahrhaft jammervoller Anblick mit seiner geschwollenen Nase und dem blutverkrusteten Hemd.

»Ich dachte, ihr zwei habt mich schon völlig vergessen.«

Eddie befreite ihn wortlos von den Handschellen und half ihm, sich die Blutspuren vom Gesicht zu waschen. Field dagegen schwatzte die ganze Zeit aufgedreht auf sie ein und fragte Jenna, ob sie ihn mit der gebrochenen Nase nicht noch attraktiver fände.

»Vorher hat's mir eigentlich besser gefallen«, sagte sie.

»Och, wenn die Schwellung erst weggeht, wirst du schon sehen, wie mich das zu meinem Vorteil verändert.«

Eddie bestand darauf, ihn zur Ambulanz zu fahren, und obwohl Field sich mannhaft sträubte, ließ er sich schließlich doch zu einer Kontrolluntersuchung überreden. Erst, als sie ihn bandagiert und mit Schmerzmitteln vollgepumpt wieder nach Hause gebracht hatten, berichtete Eddie ihm von Oscars tragischem Ende. Field ließ erschüttert den Kopf hängen.

»So eine Gemeinheit.«

»Ich werd den Sheriff anrufen und den kleinen Scheißer festnehmen lassen«, sagte Eddie.

Sie brachten Field zu Bett und fuhren nach Hause. Es war fast Mitternacht, und inzwischen regnete es in Strömen. Allein im Wagen, nach allem, was sie an dem Abend durchgemacht hatten, wurde ihnen unvermittelt bewußt, daß ihre Beziehung einen Grad der Vertrautheit erreicht hatte, der vorher noch nicht dagewesen war. Und obwohl ihm im Moment nichts ferner lag als der Gedanke an seinen Status, stellte Eddie doch mit stiller Befriedigung fest, daß Jenna bei ihm geblieben war, und nicht bei Robert.

Aus Gewohnheit gingen sie jeder in sein eigenes Schlafzimmer; wenngleich Jenna sehr wohl wußte, daß sie die Nacht in Eddies Bett verbringen würde, weil sie es jetzt noch weniger denn je ertragen konnte, allein zu sein. Während der Sturm draußen ums Haus heulte, zog sie die Stiefel aus und begann, sich zu entkleiden.

Es klopfte an der Haustür. Eddie ging aufmachen, und Jenna streckte den Kopf aus ihrem Zimmer, um zu sehen, wer da so spät noch Einlaß begehrte. Es war David Livingstone. Jenna knöpfte schnell ihre Jeans wieder zu und trat zu den Männern in den Flur.

»Wollen Sie nicht hereinkommen?« bot Eddie dem unerwarteten Gast an.

David schüttelte den Kopf. »Keine Zeit.«

»Was ist denn los?« mischte Jenna sich ein.

»Ich glaube, ich kann Ihnen helfen.«

David wirkte mager und abgehärmt, wie von schweren Sorgen zermürbt. Er sah immer wieder über die Schulter in den Regen hinaus.

»Was? Wie denn?«

»Ich kann Ihnen helfen, aber Sie müssen sofort mitkommen.«

Jenna und Eddie wechselten einen Blick. Vielleicht

wendete sich jetzt doch alles zum Besseren. Man mußte erst ganz unten angekommen sein, ehe es wieder aufwärts ging. Offenbar hatte David sich noch einmal besonnen und war nun doch bereit, das Risiko einzugehen, vor dem er sie so gewarnt hatte.

»Ich zieh nur schnell meine Stiefel an«, sagte Jenna und rannte in ihr Zimmer zurück.

»Und ich hol meine Jacke«, sagte Eddie, aber David hielt ihn mit einer Handbewegung zurück.

»Nein, nur sie. Sie muß alleine mitkommen.«

Eddie schaute überrascht, fügte sich jedoch mit einem Schulterzucken.

»Wollen Sie sich nicht doch einen Moment ins Wohnzimmer setzen?«

»Nein, ich bin ganz durchnäßt, und wir haben wirklich keine Zeit zu verlieren.«

Eddie nickte. Als Jenna dann aufbruchbereit aus ihrem Zimmer wiederkam, hängte er ihr noch fürsorglich einen Nylonanorak über, um sie vor dem Regen zu schützen.

»Fertig?« drängte David.

Jenna sah Eddie in die Augen. »Fertig.«

Eddie schüttelte unglücklich den Kopf. »Ganz schön verrückt, bei diesem Unwetter rauszugehen. Paß gut auf dich auf, hörst du?«

»Keine Angst, mir passiert schon nichts.«

Sie küßte Eddie hastig auf die Wange und eilte hinter David in die sturmgepeitschte Dunkelheit hinaus.

Kaum eine halbe Stunde später stand Robert vor Eddies Tür und hämmerte mit der Faust gegen die Glasscheibe. Eddie stöhnte entnervt auf. Nicht der schon wieder. Aber was blieb ihm übrig, er machte trotzdem auf.

»Wo ist sie?« stürmte Robert grußlos herein. »Ich muß mit ihr reden.«

Eddie schnaubte.

»Haben Sie heute nicht schon genug Schaden angerichtet?«

»Ich will doch bloß mit ihr reden!«

»Tja, sie ist nicht da.«

Robert starrte Eddie ungläubig an.

»Was soll der Quatsch? Wo ist sie?«

»Weggegangen.«

Robert überlegte einen Moment. Wo sollte sie denn so spät noch hin sein? Die beiden wollten ihn doch nur wieder loswerden. Wütend rannte er den Flur hinab und riß eine Tür nach der anderen auf, um einen Blick in jedes Zimmer zu werfen. Eddie ließ sich inzwischen am Küchentisch nieder und wartete ab, bis Robert seine Hausdurchsuchung beendet hatte. Nach einer Minute war Robert wieder zurück.

»Wo zum Teufel ist sie denn hin?«

»Mit einem Schamanen los, um ihren Sohn zu finden. Na, glauben Sie mir das?«

Robert funkelte ihn an. »Hören Sie, Freundchen, ich mag Sie nicht, und Sie wären mir immer noch unsympathisch, wenn ich Sie besser kennen würde. Also versuchen Sie nicht, Katz und Maus mit mir zu spielen, ich spiele nämlich nicht mit. Zum letzten Mal, *wo ist sie*?«

Eddie preßte die Zähne zusammen, um nicht die Beherrschung zu verlieren. Es juckte ihn maßlos in den Fingern, diesem aufgeblasenen Widerling die Luft rauszulassen; aber er versuchte, wenn auch mühsam, die Ruhe zu bewahren.

»Sie haben vielleicht Nerven«, sagte er. »Kreuzen hier mit einem psychotischen Schnüffler auf, der meinen Freund zusammenschlägt und Jennas Hund erschießt, und dann beschimpfen Sie mich auch noch in meinem eigenen Haus, als legten Sie's geradezu darauf an, sich mit mir zu prügeln. Aus Achtung vor Jenna will ich's noch mal gut sein lassen, aber ich rate Ihnen, machen Sie, daß Sie rauskommen, bevor ich's mir anders überlege.«

Robert stand da und blickte finster zu Boden.

»Tut mir leid wegen Ihrem Freund«, murmelte er.

»Was?«

»Ich sagte, tut mir leid, das mit Ihrem Freund. Den Detektiv hab ich gefeuert. Ich hatte nicht damit gerechnet, daß er gewalttätig wird.«

»Das sind die ersten vernünftigen Worte, die ich von Ihnen höre.«

»Jaja, okay, aber wo ist Jenna?«

»Ich hab's Ihnen doch gesagt, sie ist mit dem Schamanen weg.«

Robert seufzte und kratzte sich den Kopf.

»Und wann kommt sie wieder?«

»Weiß ich nicht.«

Robert schloß resigniert die Augen. Und was jetzt? Eins war sicher, wenn sie wiederkam, würde sie nicht bei ihm im Hotel auftauchen, sondern hier, wo sie sich offenbar zu Hause fühlte. Also mußte er hier warten. Als er die Augen wieder öffnete, stand Eddie an der Tür und drückte schon die Klinke herunter, als könnte er es nicht erwarten, ihn wieder los zu sein.

»Ich bleibe«, sagte Robert.

»Ich hab Sie nicht eingeladen.«

»Weiß ich.« Robert ließ sich auf das Sofa fallen. »Aber ich bleibe trotzdem.«

Eddie lachte und zog die Tür wieder zu.

»Nein, also, Sie haben vielleicht Nerven, was Sie sich alles rausnehmen.«

»Ja, ich weiß, ich bin unmöglich, aber ich hab auch eine Menge zu verlieren.«

Eddie schüttelte den Kopf und verzog sich wortlos in Richtung Schlafzimmer. Robert zog seinen Anorak aus und wickelte sich in die Wolldecke, die zusammengefaltet über der Sofalehne lag. Wenn es sein mußte, würde er hier eben die ganze Nacht auf Jennas Rückkehr warten.

David führte Jenna über den Strand zu einem breiten hölzernen Kanu, das knapp vor dem Wellensaum an Land lag. Er bedeutete ihr mit einem Wink, das Boot anzuschieben, während er ins Wasser watete und es an der Bugspitze aus dem feuchten Sandbett hievte.

»Wohin fahren wir?« fragte Jenna. Sie mußte schreien, um Regen, Wind und Wellen zu übertönen.

»Wir fahren zu ihm«, antwortete David.

Als das Boot flott war, sprang David hinein und langte nach dem Paddel. Jenna gab ihm noch einen letzten Schubs, platschte bis zu den Knien ins Wasser und kletterte ebenfalls an Bord. Sie fragte David, ob sie ihm paddeln helfen sollte, doch er schüttelte nur den Kopf, während er das schwere, schwankende Kanu mit scheinbar mühelosen Paddelschlägen in die Bucht hinaus steuerte.

Trotz der stürmischen See verlief die Überfahrt erstaunlich glatt. Das Kanu schnitt leicht und sicher durch die Wellen, und Jenna genoß es, bei Nacht draußen auf dem Wasser zu sein; nur der Regen störte, der ihr schräg von vorn ins Gesicht klatschte. Zum Glück hielt der Anorak das meiste ab, auch wenn die Jeans ihr durchweicht an den Beinen klebte. David paddelte in stetigem Rhythmus, links, links, links, rechts, rechts, rechts.

Bald schon waren sie so weit draußen, daß Jenna sich zu fürchten begann. Weit hinter ihr versank Wrangell in einem diffusen Lichtschein, doch rings umher war alles schwarz. Wie konnte David in solcher Finsternis überhaupt noch Kurs halten? Und, was das betraf – Kurs worauf? Beklommen sah sie zu, wie der Boden des Kanus sich immer mehr mit Wasser füllte. War es nur Regen, oder – Gott bewahre – etwa ein Leck? Als ob er ihre Unruhe spürte, wandte David sich zu ihr um. Sie konnte seine Silhouette vorne am Bug gerade noch erkennen.

»Der Regen wird bald aufhören«, sagte er.

Nun, da zum ersten Mal das Paddel ruhte, war nur noch das gleichmäßige Plätschern der Regentropfen auf dem Wasser zu hören. Das Geräusch war einschläfernd, und Jenna merkte plötzlich, wie müde sie war. Es war ein langer Tag voller Anspannung gewesen. Sie gähnte herzhaft.

»Die Reise dauert noch eine ganze Weile«, sagte David. »Sie sollten sich etwas ausruhen.«

Wie man sich in diesem nassen Kanu ausruhen sollte, konnte Jenna sich zwar nicht vorstellen, aber sie streckte gehorsam die Beine aus und rutschte tiefer auf ihrer Bank, bis sie mit den Schultern am Kielrand lehnte. Der Regen prickelte ihr jetzt angenehm auf dem Gesicht. Sie gähnte wieder.

»Ich bin so müde ...«

»Ich weiß. Schlafen Sie ruhig.«

Sie fühlte sich wie früher, wenn sie im Wein- und Tablettenrausch abgedriftet war. Diese Dumpfheit im Kopf, diese Schwere in den Gliedern, obwohl sie alles um sich her mit fast schmerzhafter Klarheit wahrnahm, nur, daß ihr Körper nicht mehr in der Lage war zu reagieren. Genau wie damals in dem Boot mit Bobby. Wie unter einer unvollständigen Anästhesie, lahmgelegt, aber dennoch bei vollem Bewußtsein. Als träumte man, noch ehe man schlief. Sie schloß die Augen, fühlte die kalten Tropfen nadelfein auf die Lider fallen, öffnete halb den Mund, um sie aufzufangen, und war im Nu eingeschlafen.

Sheriff Larson legte im Prinzip keinen Wert darauf, jemanden zu verhaften. Die Aggressionen, die dabei naturgemäß frei wurden, konnten der Gesundheit auf keinen Fall zuträglich sein. Und so brachte er Ed Fleming schließlich auch dazu, von einer Anzeige abzusehen, unter der Bedingung, daß er jenes zwielichtige Subjekt kraft seines Amtes umgehend aus der Stadt entfernen werde.

Bei Tagesanbruch fuhr er zum Stikine Inn, weckte den Kerl auf, zwang ihn, in Windeseile zu packen, und nahm ihn mit aufs Revier, wo er ihm die Fingerabdrücke abnahm und eine Fotokopie von seinem Führerschein machte. Dann zeigte er dem Detektiv einen Haftbefehl, der auf seinen Namen ausgestellt war, und erklärte, er werde von einer Vollstreckung absehen, wenn Joey die Maschine um neun Uhr dreißig nach Ketchikan nehme und nie mehr einen Fuß nach Wrangell setze. Er brachte ihn sogar zum Abfluggebäude und wartete, bis der Flug aufgerufen wurde. Der Junge wirkte ziemlich verbiestert, ließ die ganze Prozedur aber resigniert über sich ergehen.

»Danke, daß Sie mir die Taxikosten erspart haben«, sagte er, als er seinen Rucksack schulterte, um an Bord zu gehen.

Sheriff Larson legte eine wuchtige Hand auf seine Schulter.

»Ich laß dich nur laufen, Bürschchen, weil ich in unserer Stadt hier Typen von deiner Sorte nicht sehen will. Da, wo du herkommst, wirst du sowieso wieder Ärger machen, und dann können *die* sich mit dir herumschlagen.«

»Clever, clever, Captain«, grinste Joey und machte sich auf den Weg zum Flugzeug.

»Wenn ich dich hier noch einmal sehe, dann wirst du mich von der ungemütlichen Seite kennenlernen, ist das klar?« rief Sheriff Larson hinter ihm her, worauf Joey ihm, ohne zurückzublicken, den Finger zeigte, ehe er die Treppe hinauf verschwand.

Sheriff Larson schmunzelte nur. Der kleine Wichtigtuer würde sich eines Tages sowieso umlegen lassen, wenn er so weitermachte, und es würde ihm nur recht geschehen. Aber leider, sagte er sich kopfschüttelnd, als er sich wieder in seinen Wagen setzte, bekam man es immer wieder mit solchen Exemplaren zu tun, auch wenn er sich dieses hier noch einigermaßen elegant vom Hals geschafft hatte.

Jenna wachte früh am Morgen auf, durch und durch klamm und steifgefroren. Der Himmel strahlte in glasklarem Blau, und die See war glatt und ruhig. David paddelte immer noch zielstrebig vor sich hin, auf einen Küstenstreifen zu, der sich im Näherkommen als eine verwunschene kleine Bucht erwies.

»Sind wir da?« fragte sie und streckte sich.

»Beinah«, antwortete David.

Der Waldrand dicht am Wasser wirkte vollkommen still. Es gab keinen Strand im eigentlichen Sinne, nur Felsklippen, über denen hohe Fichten aufragten, so grün, so lautlos, daß der Anblick fast irreal wirkte. Kein noch so verhaltener Vogelgesang unterbrach das Schweigen. Jenna wurde es ein wenig unheimlich, als ob sie in einer leblosen Welt aufgewacht wäre, einer stummen Traumszenerie wie nach der Apokalypse.

Als sie noch näher herankamen, sah Jenna auf einmal Bewegung im Wald – eine Gestalt, die geduckt durch das Unterholz huschte und gleich wieder im Gewirr der Zweige abgetaucht war. Im seichteren Wasser der Bucht hörte sie rings um das Boot ab und zu ein Platschen, aber sobald sie hinschaute, waren nur noch kleine, schnell verebbende Wellenringe zu sehen.

»Was ist denn das?« fragte sie ängstlich, doch David antwortete nicht.

»Wo sind wir?«

David sagte noch immer nichts. Er hob nur das tropfende Paddel aus dem Wasser und legte es vor sich im Boot ab. Dann wandte er sich zu Jenna um, und als sie sein Gesicht sah, schrak sie entsetzt zusammen. Seine Augen waren schwarz und ausdruckslos wie Glasmurmeln, und seine Zähne spitz und scharf wie Raubtierfänge.

»Wir sind da«, sagte er lächelnd, und vor Jennas Augen wurde sein Gesicht seltsam breit und flach, die Nase kaum noch sichtbar, die Ohren spitz und eng am Kopf anliegend. Schnell und geschmeidig schlüpfte er über den Bootsrand und glitt in die dunklen Fluten hinab.

Als er ein paar Meter weiter wieder auftauchte, war er nicht mehr wiederzuerkennen. Sein Kopf war jetzt der eines kleinen Fischotters, der augenblicklich wieder unter der Oberfläche verschwand.

Eddie fühlte sich alles andere als behaglich an diesem schönen, sonnigen Morgen, mit dem fremden Mann dort auf seinem Sofa. Er kam sich unentwegt beobachtet vor, obwohl sein ungebetener Gast doch gar nichts tat, was alles nur noch schlimmer machte. Ihm war, als ob ihn alles, woran er hing, auf einmal verlassen hätte. Alle fehlten ihm, die Frau, die er liebte, der Hund, sogar Field, und statt dessen blieb ihm nur dieser Robert, der mit steinerner Miene aus dem Fenster starrte. So saß er denn bedrückt am Küchentisch und wartete auf ein Lebenszeichen von Jenna.

Gegen elf klingelte endlich das Telefon. Robert und Eddie fuhren beide auf, aber als Eddie den Hörer abhob, meldete sich nur eine Männerstimme, die ihm vage bekannt vorkam.

»Ist Jenna da?«

»Ähm, nein, im Moment nicht. Wer spricht denn da?«

»David Livingstone. Und Sie sind Eddie?«

»Jawohl«, sagte Eddie erleichtert. Jetzt erkannte er die Stimme wieder. »Wie ist es denn letzte Nacht gegangen?«

»Wie bitte?«

»Na, mit Jenna, meine ich. Sie wird doch wohl schon auf dem Heimweg sein?«

»Wieso? Von woher denn?«

»Moment mal.« Was war denn das für ein seltsames Mißverständnis? »Haben Sie sie letzte Nacht irgendwo abgesetzt?«

»Entschuldigung, Eddie, ich weiß gar nicht, wovon Sie überhaupt reden.«

»Okay, dann fangen wir noch mal von vorn ab. Sie haben Jenna doch letzte Nacht hier abgeholt?«

»Nein.«

Eddie stöhnte auf. Er war gestern nacht ziemlich fertig gewesen, aber doch nicht so, daß er im Stehen träumte. Robert rückte dicht an den Hörer heran, um möglichst viel von dem Gespräch aufzuschnappen.

»Also, versteh ich Sie richtig, Sie waren letzte Nacht *nicht* hier?«

»Aber nein, ich war die ganze Zeit zu Hause.«

»Und mit wem ist Jenna dann weg, der genauso aussah wie Sie?«

Kaum hatte Eddie die Frage gestellt, war ihm die Antwort auch schon klar, und er bekam es ernstlich mit der Angst zu tun.

»Eddie, haben Sie seit gestern abend nichts mehr von Jenna gehört?« Davids Stimme klang gepreßt.

»Nein.«

»Hatte sie wenigstens Oscar dabei?«

»Oscar ist tot.«

Schweigen am anderen Ende. Eddie spürte, wie sein Zwerchfell sich in banger Vorahnung zusammenzog. Im Hintergrund tigerte Robert außer sich vor panischer Besorgnis zwischen Tisch und Fenster hin und her.

»Was ist denn passiert, um Himmels willen?« fragte er ungeduldig. Eddie winkte nur ab.

»Ich hab eigentlich angerufen, weil ich dachte, ich könnte ihr vielleicht doch helfen«, sagte David.

»Dasselbe haben Sie gestern abend auch gesagt.«

»Aber das war nicht ich, Eddie.«

Eddie seufzte verzweifelt auf.

»Was? Was?« drängelte Robert an seiner Seite.

»Hören Sie, Eddie, Sie müssen sofort hierherkommen. Geht das, oder ist das irgendwie ein Problem?«

»Nein, nein, kein Problem.«

»Gut, dann lassen Sie sich am besten wieder von Tom zu mir rausfahren. Ich werde Ihre Hilfe brauchen.«

»Okay, aber was ist mit ihrem Mann?«

»Jennas Mann?«

»Ja, der ist nämlich inzwischen auch hier.«

»Bringen Sie ihn mit.«

Eddie legte auf, und Robert fuhr ihm vor angstvoller Ungewißheit fast an die Gurgel.

»Was zum Teufel war denn das jetzt?«

»Sag ich Ihnen gleich.« Eddie hatte den Hörer schon wieder in der Hand und wählte mit zitternder Hand eine Nummer. Er konnte es nicht fassen. Es war tatsächlich wahr geworden. Wenn er David und Jenna vorher schon geglaubt hätte, wäre ihm vielleicht rechtzeitig aufgefallen, was an dem Typ gestern faul war. Hatte er sich nicht ständig nach dem Regen draußen umgesehen, wie um sein Gesicht zu verbergen? Kaum war Oscar nicht mehr da, hatte der sich hergetraut. Warum war es ihm nicht verdächtig vorgekommen, daß er Jenna unbedingt allein mitnehmen wollte? Natürlich mußte er sie von allen isolieren, wenn es darum ging, sie zu verhexen. Es gab diese Geister also doch. Und jetzt hatten sie Jenna in ihrer Gewalt.

Field meldete sich mit schwerer Zunge. Er hatte die schmerzstillenden Vorzüge des Alkohols entdeckt und sich entsprechend großzügig verarztet.

»Field, paß auf«, sagte Eddie hastig. »Klatsch dir eine Ladung kaltes Wasser ins Gesicht, trink eine Tasse starken Kaffee und erwarte uns unten am Flugzeug.«

»Aye, aye, Captain«, kicherte Field.

Na fabelhaft, dachte Eddie, zu allem Überfluß war jetzt auch noch der Pilot betrunken. Das konnte ja heiter werden.

»Auf geht's«, sagte er zu Robert.

»He, he, Moment mal, wohin denn?«

»Ist zu kompliziert, ich erklär Ihnen alles im Flieger, jetzt müssen wir erst mal los.« Eddie schnappte sich seine Jacke von der Stuhllehne und schob Robert unsanft vor sich her zur Tür.

»Wieso im Flieger?«

»Wir müssen nach Klawock.«

»Klawock? Wo ist denn das?«

Eddie schubste ihn auf die Veranda hinaus.

»Wenn Sie Jenna finden wollen, dann kommen Sie jetzt besser mit und hören mit der blöden Fragerei auf. Wenn Sie meinen, daß das erst alles einen Sinn ergeben muß, dann sind Sie hier am falschen Ort.«

Robert fügte sich mit einem mürrischen Achselzucken und stieg ohne ein weiteres Wort auf den Beifahrersitz des Pick-up. Während er den Motor anließ, schmunzelte

Eddie unwillkürlich in sich hinein. Nichts war einfach, wenn es um Jenna ging, soviel hatte er inzwischen begriffen. Die Frau konnte einen ganz schön in Atem halten.

Jenna hockte mit heftigem Herzklopfen im Kanu, blickte auf die spiegelglatte Wasserfläche und wartete, daß irgend etwas den Bann dieser unheimlichen Stille brechen würde. Als nach langen, schier endlosen Minuten noch immer nichts geschah, entschloß sie sich, das Boot selber ans Ufer zu paddeln. Doch kaum war sie schwankend nach vorne zum Bug balanciert, um nach dem Paddel zu greifen, gab es hinten einen sachten Stoß, ohne daß auf dem Wasser das geringste zu sehen war, und das Boot setzte sich ganz von selbst in Bewegung.

Jenna war aufgeregt, erwartungsvoll, aber nicht mehr ängstlich. Vielleicht hatte die lange Fahrt durch die Nacht sie in eine andere Dimension entführt, aber sie hoffte zuversichtlich, daß es das gelobte Land war, wo sie Bobby wiederfinden würde. Nichts anderes zählte jetzt mehr.

Als sie auf das steinige Ufer der Bucht zuglitt, sah sie im flachen, klaren Wasser ein paar kleine, hurtig schwimmende Wesen, die das Boot zu beiden Seiten geleiteten, bis es sanft auf dem schmalen Kieselstrand auflief.

Doch dann tat sich immer noch nichts. Ihre Begleiter waren von einem Moment zum nächsten wieder verschwunden, der Wald stand immer noch in wattige Stille gehüllt, ohne jedes Blätterrauschen oder Vogelzwitschern, nicht mal das Wasser plätscherte, während sie steifbeinig aus dem Boot stieg. Ihr Magen knurrte, der Hintern tat ihr vom langen Sitzen auf der Holzbank weh, und zum ersten Mal seit ihrem nächtlichen Aufbruch fühlte sie sich wieder als lebendiger Mensch, der sich nach menschlicher Nähe sehnte.

Sie reckte und streckte sich und begann, den schmalen Uferstreifen nach irgendeiner Form von Leben abzusuchen.

»Hallo?« rief sie in den Wald hinein. Kein Echo, keine Antwort. Nur die schweren, dunklen Äste, das undurchdringliche Dickicht, eine geheimnisvolle Welt für sich, die sie ausschloß. Jenna wagte sich nicht weiter vor. Wenn die Geister etwas von ihr wollten, dann sollten sie sie auch holen kommen. Sie würde hier ruhig und ergeben auf sie warten.

Das erste Rascheln sträubte ihr die Nackenhaare. Wie die Schritte damals am Mount Dewey klang es irgendwie absichtsvoll, wie eine Ankündigung. Sie drehte sich schnell um und sah die Zweige leise schwanken, erst nur an einer Stelle, dann mehr und mehr, rings um sie herum, aber so schnell sie sich auch jedesmal umwandte, nie gelang es ihr zu sehen, wer oder was die Bewegung ausgelöst hatte.

»Hallo?« rief sie noch mal. Wieder keine Antwort. Sie hatten alle Zeit der Welt, sie lauerten im Verborgenen, stellten sie, den Eindringling, vielleicht auf die Probe, warteten womöglich darauf, daß sie den ersten Schritt tat.

Schließlich hielt sie es nicht mehr aus, die Spannung wurde unerträglich, und sie rannte in heller Panik zum Kanu, fing an, es ins Wasser zu schieben. Doch als sie dann einen letzten Blick über die Schulter zurückwarf, sah sie ihn plötzlich. Es war derselbe Junge wie damals vor Eddies Haus, der dort am Waldrand stand und sie unverwandt anblickte.

»Bobby?« rief sie, aber er antwortete nicht.

Sie ließ das Kanu los und tat ein paar zögernde Schritte auf ihn zu. Die Bewegungen im Unterholz hatten aufgehört, oder vielleicht nahm Jenna sie auch nur nicht mehr wahr. Für sie gab es jetzt nur noch diesen Jungen dort, und sie trat näher und kniete sich vor ihn hin. Seine Augen waren schwarz wie glänzende Kiesel, und aus ihrer Sicht machten sie sein Knabenantlitz nur noch schöner. Sanft gerundete Wangen, tief gebräunte Haut, lange dunkle Locken. Jenna schwoll das Herz vor Sehnsucht.

»Bobby?« fragte sie noch einmal.

Der Junge nickte.

»Hi, Mommy«, sagte er.

Jennas Reaktion verblüffte sie selbst. Sie weinte nicht, sie lachte vor Glück. Sie streckte die Arme aus, zog ihn an sich und hielt ihn fest. Er war wirklich da, ganz und gar lebendig, keine Halluzination. Er atmete und redete und fühlte sich genauso an wie eh und je in ihrer Umarmung. Sie drückte ihn an sich, als wollte sie ihn nie wieder loslassen.

»Du bist zu mir zurückgekommen«, sagte Bobby.

»Ja, mein Liebling, endlich hab ich dich wieder.«

Sie stemmte ihn ein wenig von sich ab, um ihn besser zu betrachten. Sie traute ihren Augen kaum. Wie gut er aussah, wie gut er sich anfühlte. Er war wieder bei ihr, ihr kleiner Junge, ihr Baby. Nach all der langen Zeit. Sie hatte ihren Sohn zurückgewonnen.

Er nahm sie bei der Hand und führte sie in den dunklen Wald hinein.

»Wo gehen wir hin?«

»Nach Hause«, sagte er und schob die Zweige vor ihr zur Seite. Und Jenna folgte ihm, zutiefst gewiß, daß sie ihn nie, nie wieder fortlassen würde.

Im Flugzeug war es zu laut gewesen zum Reden, und auf dem Weg zu Livingstones Haus saß Eddie wieder hinten auf der Ladefläche von Toms Pick-up. Robert dagegen drinnen auf dem Beifahrersitz, so daß er, endlich vor Davids Haus angekommen, immer noch nicht mehr wußte als bei der Abfahrt aus Wrangell. Und dementsprechend sauer war er auch.

David empfing sie an der Tür. Zu seinen Bluejeans trug er ein Waschlederhemd mit Fransenborten, und eine leuchtendrote Decke über die Schulter geworfen. Im Wohnzimmer loderte ein helles Feuer im Kamin. Draußen tanzten die Herbstblätter im Wind.

»Ich versteh nicht, wie ich so blind sein konnte«, sagte Eddie zu David. »Jetzt im nachhinein ist es mir alles so klar. Wie er immer den Blick abgewandt hielt, damit ich seine Augen nicht sehe.«

»Tja, die sind schon sehr gerissen. Benebeln einem geradezu die Sinne, ehe man überhaupt was merkt.«

»Ich hätte es trotzdem verhindern sollen, daß Jenna mit ihm mitgeht. Aber ich war irgendwie so willenlos.«

»Sagen Sie mir jetzt vielleicht endlich, wo meine Frau ist!« fuhr Robert dazwischen. Er hatte es gründlich satt, dieselbe Frage immer wieder zu stellen.

David sah Eddie verwundert an. »Weiß er etwa nicht, was hier los ist?«

»Also erstens mal steh ich in eigener Person da, also können Sie mich auch direkt ansprechen«, raunzte

Robert ihn ungehalten an. »Zweitens tappe ich seit gestern abend völlig im dunkeln. Kein Mensch hält es für nötig, mich in die Geschehnisse einzuweihen. Und drittens, wer sind Sie denn überhaupt, und was haben Sie mit meiner Frau zu tun?«

»Im Prinzip rein gar nichts, Mr. Rosen. Das Problem ist nur, Ihre Frau ist gestern nacht von den Kushtaka entführt worden.«

»Und wer oder was sind diese Kushtaka?«

»Indianische Geister. Sie haben sich vor zwei Jahren Ihren Sohn geholt.«

Robert warf entnervt die Arme hoch.

»Verdammte Ammenmärchen! Wer glaubt denn heutzutage noch an so ein Zeug! Gut, wenn wir in der Karibik wären, Voodoozauber und all so was, aber doch nicht hier in Amerika! Wir sind ein aufgeklärtes Land, da ist dieser alte Schamenenglaube doch nur noch Folklore!«

»Robert«, warf Eddie beschwichtigend ein, »ich schwör's Ihnen, ich hab's mit eigenen Augen gesehen. Jemand, der wie David hier aussah, ist gestern zu uns ins Haus gekommen und hat Jenna mitgenommen.«

»He, Sie Schlauberger, ist Ihnen nicht auch schon eingefallen, daß es vielleicht *wirklich* David gewesen sein könnte und daß er uns jetzt allen nur einen Bären aufbindet?«

»Nein, Robert«, sagte David ruhig, »ich war die ganze Zeit hier. Die Kushtaka können jede beliebige Gestalt annehmen. Sie lesen Ihre Gedanken und erscheinen Ihnen als jemand, dem Sie vertrauen. Meistens ist es ein Verwandter, manchmal ein Freund. Und wenn Sie niemandem vertrauen, dann erscheinen sie Ihnen als Fremder.«

»Ausgemachter Blödsinn!« fauchte Robert.

David nahm die Decke von seiner Schulter und stopfte sie in seinen schon vollgepackten Rucksack.

»Ich verlange ja gar nicht, daß Sie mir glauben, Mr. Rosen«, sagte er. »Tatsache ist aber, Ihre Frau und Ihr Sohn befinden sich im gegenwärtigen Moment in der Gewalt der Kushtaka. Und ich werde jetzt versuchen, sie zurückzuholen. Wenn ich Glück habe, komme ich wieder. Wenn ich *sehr viel* Glück habe, bringe ich Jenna mit. Aber versprechen kann ich Ihnen nichts.«

Er wandte sich zu Eddie um.

»Sie beide bleiben bitte hier und sorgen auf jeden Fall dafür, daß das Kaminfeuer nicht ausgeht. Das Feuer ist mein Leuchtzeichen, damit ich den Weg zurück finde. Wenn es ausgeht, bin ich verloren.«

Eddie nickte.

»Hier in meinem Haus sind Sie in Sicherheit. Sie sollten aber auch drinbleiben, bis ich wiederkomme. Wenn ich in acht Tagen nicht zurück bin, rufen Sie meine Frau in Vancouver an. Die Nummer finden Sie neben dem Telefon. Sie wird dann schon wissen, was zu tun ist.«

David schulterte den Rucksack und machte sich auf den Weg über die Lichtung zum fernen Waldsaum.

Acht Tage? hallte es in Roberts Kopf wider. Er konnte sich einfach nicht vorstellen, was David so lange in der Wildnis treiben würde, gesetzt den Fall, er bliebe wirklich so lange weg. Und wie, bitteschön, sollte er, Robert, es die ganze Zeit mit Eddie in einem Raum aushalten?

Zunächst hockten sie beide einfach nur da und schwiegen sich an. Aber schon nach einer Stunde störte Eddies Anwesenheit Robert so sehr, daß er hätte schreien mögen. Alles machte ihn verrückt, die Art, wie er mit dem Schürhaken im Feuer stocherte, wie er neue Scheite auflegte, wie er fürsorglich in die Glut blies, als gäbe es nichts Wichtigeres auf der Welt.

Was fand Jenna nur an dem Kerl, fragte er sich unentwegt. Wahrscheinlich war es gerade dieses Primitive, Hinterwäldlerische, das sie anzog. Dieses Getue mit dem

Feuer zum Beispiel. Robert hatte den Kamin zu Hause schon seit Jahren nicht mehr angemacht. Unnötiger Aufwand, sagte er immer, und dann dieser ganze Ruß und Dreck. Aber Mister Eddie hier schien sich ja geradezu damit zu identifizieren. Wenn er noch eine ganze Woche mit diesem Naturburschen zusammen eingesperrt verbringen mußte, würde er garantiert wahnsinnig werden.

»Gibt's denn hier keinen Fernseher?« knurrte Robert schließlich.

»Glaub ich kaum«, meinte Eddie. »Wir sind doch hier ganz schön weit weg von der Zivilisation, nicht wahr?«

Robert nickte verdrossen. Da es sonst nichts zu sehen gab, beäugte er Eddie, so sehr dessen Art ihm auch mißfiel.

»Was ist denn mit Ihrem Arm passiert?«

»Ein Unfall auf dem Fischkutter.«

»Soso. Sie sind also Fischer?«

»Ja.«

»Stimmt es, daß alle Fischer Alkoholiker sind?«

Eddie warf Robert einen kurzen Blick zu, um zu sehen, ob er die Frage ernst meinte oder nur Streit suchte.

»Nein«, sagte er und wandte sich wieder dem Feuer zu.

Robert ließ sich seufzend auf das Sofa vor dem Kamin fallen.

»Entschuldigung, ich wollte Sie nicht beleidigen.«

»Haben Sie auch nicht«, entgegnete Eddie ruhig und stocherte weiter im Feuer.

Während er ihm so zusah, mußte Robert daran denken, daß dieser Mann da vor ihm, auch wenn er es standhaft leugnete, sehr wohl der Liebhaber seiner Frau sein könnte. Wer weiß, sagte er sich, vielleicht war das alles hier nur ein Komplott, um ihn in die Wildnis hinauszulocken und ihn umzubringen. Weg mit dem störenden Ehegatten. Vielleicht heizte Eddie den Schürhaken nur an, um ihn zu guter Letzt damit aufzuspießen. Wie auch immer, sagte er sich, es hatte keinen Sinn, um den heißen Brei herumzureden, wenn man sich nun mal auf Gedeih und Verderb gegenseitig ausgeliefert war.

»Sagen Sie mal ehrlich, Eddie, hatten Sie was mit meiner Frau?«

Eddie zog überrascht die Brauen hoch. »Wie?«

»Mein Gott, sind Sie taub? Ob Sie was mit meiner Frau hatten!«

Eddie stand auf und strich sich die Ascheflocken von den Jeans.

»Ich glaube kaum, daß das was zur Sache tut.«

»Oho, und wie, mein Bester. Zuerst hab ich Ihnen ja noch geglaubt, als Sie sagten, Jenna wollte sich in Ihrem Haus nur eine Art Verschnaufpause gönnen…«

»Was auch vollkommen der Wahrheit entspricht.«

»Gut und schön, aber seitdem hab ich Gelegenheit gehabt, Sie beide zusammen zu beobachten, und da ist mir aufgefallen, daß da ganz klar was zwischen Ihnen läuft, ich bin ja schließlich nicht blind, auch wenn Sie das vielleicht gerne hätten.«

Robert fummelte hektisch an dem Reißverschluß seines Anoraks, um seinen Ärger irgendwie unter Kontrolle zu bekommen.

»Also sagen Sie es mir jetzt gefälligst geradeheraus, von Mann zu Mann, was da zwischen Ihnen läuft.«

Eddie schwieg verstockt. Er hatte keine Lust, seine Liebe zu Jenna der wütenden Rivalität eines gehörnten Ehemanns preiszugeben.

»Warum denn so stumm?« fragte Robert mit einem gezwungenen Lachen. »Wissen Sie nicht, daß Schweigen auch eine Art Eingeständnis ist?«

Eddie sah Robert in die Augen und begriff, daß er sich seinem Zorn früher oder später ohnehin würde stellen müssen.

»Also gut, wir haben einmal zusammen geschlafen.«

Robert verzog keine Miene. Aber innerlich kochte er so, daß es ihm fast die Stimme verschlug.

»Und?« sagte er rauh. »Hat's Ihnen gefallen?«

Eddie seufzte und schüttelte den Kopf.

»Darum geht's doch nun wirklich nicht.«

»Waren Sie jemals verheiratet?«

»Nein.«

»Woher wollen Sie dann wissen, worum es geht?«

O Mann, was für ein Fehler, daß er sich überhaupt in die Konfrontation hatte hineinziehen lassen, dachte Eddie unglücklich. Das konnte doch nur zu immer größeren Mißverständnissen führen.

»Mr. Rosen …«

»Sagen Sie ruhig Robert. Schließlich sitzen wir ja doch im selben Boot.«

»Okay, Robert. Ich verstehe sehr gut, daß Sie wütend auf mich sind. Aber Sie müssen auch verstehen, daß nicht ich hier das Problem bin, sondern Jenna. Sie fühlte sich so allein gelassen in ihrer Not …«

»Ich wäre Ihnen sehr verbunden, wenn Sie es unterließen, mich über den Seelenzustand meiner Frau zu belehren«, sagte Robert steif. So sehr er sich zusammennahm, konnte er doch nicht ganz verhindern, daß seine Stimme zitterte. »Ich meine, Ed, wie lange kennen Sie sie denn überhaupt? Geht diese Geschichte vielleicht schon seit Jahren hinter meinem Rücken vor sich?«

»Wir haben uns gerade erst kennengelernt.«

»Aha. Dann erzählen Sie mir auch nichts von Jennas Problemen. *Ich* kenne Sie nämlich zufällig schon zehn Jahre länger als Sie, okay? Da dürfte mir die Psyche meiner Frau ja wohl einigermaßen vertraut sein.«

Eddie zuckte wortlos die Schultern und wandte sich wieder dem Kaminfeuer zu. Robert atmete tief durch. Er hatte sich nicht so aufregen wollen, aber was zuviel war,

war zuviel. Versuchte dieser dahergelaufene unverschämte Bursche doch glatt, ihm zu erklären, was mit seiner Frau los war, *ihm*, der zehn Jahre lang jeden Tag mit ihr gelebt, jede Nacht neben ihr geschlafen hatte! Da konnte einem doch wirklich die Galle überlaufen.

Robert sprang von der Couch auf und stürmte zur Hintertür hinaus in den Garten. Er brauchte frische Luft und vor allem mal eine Weile keinen Eddie um sich, wenn er diese erzwungene Zweisamkeit über die nächsten Tage irgendwie aushalten sollte. Und so machte er sich auf den Weg zum Wasser hinunter, um sich von der langen, frustrierenden Warterei abzulenken, in die sein Spontantrip nach Alaska ganz gegen seinen Willen ausgeartet war.

David wanderte durch den Wald und konzentrierte sich Schritt für Schritt darauf, seinen Kopf frei zu halten, möglichst an gar nichts zu denken. Er durfte sich nicht mehr von seiner Umgebung abheben als ein Blatt, das vom Baum geweht wurde. So und nicht anders hatte ein Schamane sich durch die Natur zu bewegen, mit offenen Sinnen, ohne wertenden Kommentar. In der Welt des Schamanen gab es keinen Raum für Interpretation. Die Dinge waren da, und das war schon alles. Nichts überraschte, nichts erschreckte einen Schamanen. Ein Bär konnte ebenso selbstverständlich zu ihm sprechen, wie ein Zweig vom Baum fiel, wenn die Natur es so wollte.

Aber die Natur hatte es nicht eilig, sich einem Schamanen zu offenbaren. Ein Schamane mußte warten können, und er mußte fasten, um seine spirituelle Energie zu bündeln. Nur so konnte er hoffen, sich sensorisch auf die subtilen Zeichen einzustellen, die die Natur vielleicht auszusenden gewillt war.

Es konnte einen Tag dauern, es konnte acht Tage dauern. Wenn nach acht Tagen nichts geschehen war, mußte der Schamane sich damit abfinden, daß die Geisterwelt ihn nicht für würdig erachtete, ihn einzulassen. Manche Schamanen fasteten dann hartnäckig weiter, bis sie starben, weil sie sich ihr demütigendes Versagen nicht eingestehen konnten. Andere kehrten zu ihren Stammesbrüdern zurück und taten so, als hätten sie die spirituelle Macht erlangt, die ihnen versagt worden war, und meistens rächte sich die Geisterwelt dann an ihnen und bereitete ihrem Leben ein unwürdiges Ende.

Davids erste Fastenerfahrung, damals als Achtzehnjähriger, hatte acht Tage gedauert. Am sechsten Tag hätte er beinahe aufgegeben. Er lag auf dem Boden, zu geschwächt zum Weitergehen, und die Sonne stach gnadenlos auf ihn hinunter. Doch als er gerade beschlossen hatte, sich unverrichteter Dinge wieder heimzuschleppen, näherte sich ihm auf einmal ein Geist. Es war ein Ottergeist, ein Kushtaka. Der mächtigste Geist des Waldes, den zu beherrschen sich jeder Schamane am meisten ersehnte.

Sie saßen sich gegenüber, David und der Otter, und starrten sich zwei Tage lang unverwandt an. Der Otter eröffnete ihm geheimes Wissen, was für Wurzeln ihm Kraft geben würden, in welchen Buchten es massenweise Fisch gab, wie man Wild mit Leichtigkeit fangen und schmerzlos töten konnte, wie man die Zukunft aus den Gestirnen las. All diese Dinge wurden David von dem Geist ins Ohr geflüstert, der ihn in seinem Reich willkommen hieß. Und dann, am achten Fastentag, war David so stark wie nie zuvor. Der Otter, der ihm dies alles zum Geschenk gemacht hatte, verließ seine irdische Hülle und fiel tot um. David schnitt ihm die Zunge heraus, wickelte sie in ein Stück Wildleder, das er mit einer Schnur aus Bärendarm zusammenband. In diesem kleinen Bündel war seine Macht enthalten, mit den Geistern zu sprechen, und seitdem trug er es immer um den Hals.

Es vermittelte den Geistern, daß sie ihn kraft seiner rechtmäßig verliehenen Macht zu respektieren hatten.

Doch ein Schamane muß seine Macht regelmäßig erneuern, wenn er sie nicht wieder verlieren will. Jedes Jahr mußte er sich wieder einer Fastenzeit unterziehen, um der Geisterwelt zu beweisen, daß er ihrer noch würdig war. Und als David dann begonnen hatte, seine Macht zu niederen Zwecken zu mißbrauchen, hatte der Kushtaka-Schamane ihn in Thunder Bay für sein Fehlverhalten so bestraft, daß David es nie wieder vergessen hatte.

Jetzt war er wieder stark. Die letzte Fastenzeit im Frühling hatte ihn auf diese Begegnung vorbereitet. Anders als beim letzten Mal wußte er nun, was er zu erwarten hatte. Sicher, die Angst von damals steckte ihm noch in den Knochen; deshalb hatte er Jenna auch seine Hilfe verweigert. Aber nach reiflicher Überlegung war ihm klargeworden, daß es seine Pflicht war, ihr zu helfen. Nicht ihretwegen, nein, er war es sich selbst schuldig. Er mußte die Chance wahrnehmen, den Tod seines Kindes zu sühnen.

Und so wanderte er offenen Sinnes durch den Wald, wohl wissend, daß sich ihm beizeiten der richtige Weg auftun würde. Er mußte nur Geduld und guten Willen bewahren.

Robert saß am Strand, blickte auf das Wasser und ließ die Erfolge und Mißerfolge seines Lebens vor seinem inneren Auge Revue passieren. Wobei die Mißerfolge, so kam es ihm vor, eindeutig überwogen, und zwar aus seiner Unfähigkeit heraus, Situationen adäquat einzuschätzen, die Dinge aus verschiedenen Perspektiven zu betrachten. So gut es ihm beruflich auch gelang, einen kühlen, abwägenden Kopf zu bewahren, so wenig wollte ihm das anscheinend in seinem Privatleben gelingen. Und diese

Schwäche, sobald Gefühle im Spiel waren, ärgerte ihn gewaltig.

Der Geruch von Holzrauch hing in der Luft, und von seinem Platz am Ufer aus konnte er Eddie drinnen im Haus immer noch am Kamin herumwerkeln sehen. Robert hatte inzwischen schon ziemlichen Hunger, aber lieber ertrug er sein Magenknurren, als daß er ins Haus zurückging, um sich mit diesem Ehebrecher an einen Tisch zu setzen. Er wollte hier draußen darauf warten, daß der Schamane von seiner Pirsch durch den Wald zurückkehrte, und hoffte inständig, daß er sich vor Einbruch der Nacht wieder bei ihnen einfinden würde.

Doch gegen Abend wurde es kalt. Robert fror in seinem Anorak und konnte es kaum noch erwarten, Livingstone endlich auftauchen zu sehen, am besten mit Jenna zusammen. Ohne die Anwesenheit seines Nebenbuhlers würde es ihm vielleicht doch noch gelingen, ihr klarzumachen, daß er sie liebte und bei sich behalten wollte.

Aus der Ferne sah er mit großer Erleichterung eine Gestalt nahen. Er stand auf und klopfte sich den Sand von den Jeans. Doch als er wieder hochblickte, sah er, daß es nicht Livingstone war, der da auf ihn zukam, sondern irgendein unbekannter Typ in einer karierten Holzfällerjacke.

»Hallo, Nachbar«, rief der Mann ihm freundlich winkend zu.

Robert winkte zurück. »'n Abend.«

In etwa fünf Metern Entfernung blieb der andere stehen und wandte sich zum Wasser hin.

»Schöner Abend heute«, sagte er tief einatmend.

»Ja, sehr schön«, nickte Robert höflich.

»Herrlich, diese Ruhe. Bis auf die Moskitos.«

Robert lachte. Die Moskitos hier waren ganz schön fette Exemplare, aber aus irgendeinem Grund ließen sie

Robert eher unbehelligt. Vielleicht lag es an dem vielen Vitamin B, das er immer einnahm.

»Sehen Sie den dunklen Fleck da hinten?« Der Mann zeigte aufs Wasser hinaus. »Da tummelt sich ein ganzer Schwarm. Tja, wenn ich jetzt mein Boot hier hätte …«

»Sind Sie Fischer?« fragte Robert.

»Könnte man sagen«, grinste der andere.

Eine Weile blickten sie schweigend aufs Meer. Von den fernen Hügeln her tönte ein schriller Vogelruf.

»Warten Sie hier auf David?« fragte der Mann, ohne ihm den Blick zuzuwenden. Robert sah ihn überrascht an.

»Woher wissen Sie das?«

Der Mann lachte.

»Er hat mich zu Ihnen geschickt, daher. Ich soll Sie holen kommen, hat er gesagt.«

»Ach, das wundert mich aber.« Robert musterte sein Gegenüber von Kopf bis Fuß. »Warten Sie, ich geh schnell zum Haus hoch, Eddie Bescheid sagen.«

»Nicht nötig. Wir sind eh bald zurück.«

Robert sah sich den Mann noch einmal genauer an. Die rote Baseballkappe tief über die Augen gezogen, hörte er nicht auf, wie hypnotisiert aufs Meer hinauszustarren. Irgendwie seltsam, sagte sich Robert, diese Scheu vor einem Blickkontakt.

»Ich sollte es ihm aber doch besser sagen. Sonst macht er sich am Ende noch Sorgen. Es dauert ja nicht lange.« Robert drehte sich um und ging mit schnellen Schritten aufs Haus zu. Der andere folgte ihm zögernd, in einigem Abstand.

»Wie weit ist es denn?« rief Robert über die Schulter zurück.

»Gar nicht weit. Gleich um die Ecke der Bucht da vorn.«

Sie gingen noch ein paar Schritte.

»Wissen Sie«, fing der Mann wieder an, »Ihre Frau und Ihr Sohn warten dort. Wenn wir uns nicht beeilen, werden wir sie verpassen.«

Robert blieb stehen und drehte sich um.

»Bobby?«

»Ein lieber Junge. So gut erzogen.«

Robert starrte den Fremden an. Was redete er denn da? Jenna, die mit Bobby auf ihn wartete? Plötzlich merkte er, was an dem Mann dort so seltsam war. Er hatte ganz schwarze Augen.

»Bobby ist tot.«

»Nun ja«, meinte der andere schmunzelnd, »das hängt wohl ganz davon ab, was man unter ›tot‹ versteht, nicht wahr?«

Er lächelte Robert mit schiefen, häßlich verfärbten Zähnen an. Trotzdem, sagte sich Robert, war es doch nett von ihm, Livingstone auszuhelfen. Er wußte selbst nicht, wieso er sich diesem freundlichen Unbekannten gegenüber so ablehnend verhielt. Es war ja schließlich kein großer Aufwand, mal eben kurz zur nächsten Bucht rüberzuschauen, auch wenn er sich nicht recht vorstellen konnte, wieso Jenna dort wartete, und schon gar nicht, was das mit Bobby sollte. Der andere streckte ihm aufmunternd die Hand hin.

»Kommen Sie mit mir, Robert. Sie werden sich wundern, wie groß Bobby geworden ist.«

»Aber Bobby ist doch tot!«

»Ist er das wirklich?«

Robert fühlte sich eigenartig verwirrt. Er konnte sich plötzlich nicht mehr erinnern, ob Bobby nun tot war oder nicht. Es war alles schon so lange her. Er hätte schwören können, daß damals irgendwas passiert war. Aber was genau? Es war alles so unklar, so verschwommen. Warum nicht einfach mit dem Alten mitgehen, dann würde er ja schon sehen, was es mit der Geschichte auf sich hatte. Und so ergriff er die ausgestreckte Hand und ließ sich willenlos den Strand hinabführen.

Eddie hatte die Szene vom Fenster aus beobachtet. Erst hatte er sich nichts weiter dabei gedacht, aber als der Fremde nach Roberts Hand faßte, warf er einen schnellen Blick zum Haus hin, und Eddie erkannte, daß es ein Kushtaka war.

Er schnappte sich den Schürhaken und rannte den beiden nach. Hatte David nicht gesagt, daß die Kushtaka kein Metall ertragen könnten? Hoffentlich stimmte das, dann hatte er vielleicht eine wirksame Waffe in Händen.

Als er herangeschnauft kam, drehten die beiden sich überrascht um. Robert schien beinahe etwas schuldbewußt, wie ein ertappter Deserteur.

»Oh, ähm, Eddie, ich wollte nur schnell Jenna und Bobby abholen gehen.«

Der Fremde lächelte Eddie an. »Sie können gern mitkommen, Eddie.«

Eddie packte Robert fest am Arm.

»Nein danke, kein Bedarf. Und Sie bleiben auch hier, Robert.«

Auf der anderen Seite zog der Fremde an Roberts Hand.

»Robert kommt mit mir. Und Sie auch, Eddie, was wollen Sie denn hier noch so allein. Na, komm schon, sei kein Spielverderber, Eddie.«

Eddie fühlte sich auf einmal seltsam schläfrig, und ihm war, als hätte er zuletzt ganz deutlich Jennas Stimme vernommen.

Aber er kämpfte dagegen an. Je stärker der innere Drang wurde, dem anderen zu folgen, desto mehr zwang er sich, ausschließlich an Davids Auftrag zu denken. Im Haus bleiben und das Feuer hüten, das war es, was er zu tun hatte, und wenn die Geister ihn mit ihren hinterhältigen Tricks fortzulocken versuchten, mußte er sich eben gegen sie wehren. Er hob den Schürhaken, sehr langsam, denn sein Arm war plötzlich bleischwer, aber es gelang ihm gerade noch mit letzter Kraft, dem anderen einen Hieb auf die Schulter zu versetzen.

Der Schrei war fürchterlich, ein markerschütterndes Tiergeheul. Der Fremde ließ Robert los und taumelte zur Seite. Und während Robert und Eddie, vom Bann befreit, ihren Augen kaum zu trauen wagten, verwandelte sich der Mann vor ihnen auf grauenhafte Weise, sein Gesicht überzog sich mit dunklem Pelz, Arme und Beine schrumpften, der Hals verschwand im Körper, und das ganze Wesen, jetzt kaum noch einen Meter hoch, stand auf dem Häuflein Kleider, die es vorher getragen hatte, und fauchte sie mit riesigen, kohlschwarzen Teufelsaugen aus einem Raubtiermaul voller spitzer Reißzähne an.

Eddie schlug noch einmal mit dem Schürhaken zu, aber das Wesen duckte sich wieselflink, flitzte um sie herum und wich mühelos jedem Schlag aus. Es war so schnell, daß Eddie mit seinem Schürhaken gar nicht nachkam, und es schien sich geradezu einen Spaß daraus zu machen, ihn immer weiter zu reizen.

»Laufen Sie!« rief er Robert zu, und beide versuchten sie, Hals über Kopf davonstürzend, das rettende Haus zu erreichen. Doch das Wesen war auch diesmal schneller. Es überholte sie, fuhr wie der Blitz herum und sprang Eddie mit ausgestreckten Klauen an. Eddie hieb ihm den Schürhaken in die Seite, aber ehe es zu Boden ging, hatte es sich schon in seinem Schenkel verbissen.

Eddie fiel schreiend hin und verlor den Schürhaken, der außer Reichweite rollte.

»Helfen Sie mir!« flehte er Robert an. »Bitte!«

Robert zögerte. Das Haus war nur noch wenige Meter entfernt, und er hätte sich leicht in Sicherheit bringen können, ohne seinem Nebenbuhler beizustehen.

Schließlich war immer noch jeder sich selbst der Nächste, sagte er sich, und dieser Gedanke lähmte ihn einen Moment. Aber als er den Kushtaka dann seine scharfen Fänge aus Eddies Bein ziehen und blutgierig zu ihm aufblecken sah, sprang er im Reflex nach dem Schürhaken und zog ihn der Kreatur wie einen Golfschläger über den Schädel, so daß sie aufkreischend zur Seite kugelte. Hastig hievte er Eddie auf die Beine, schleifte ihn ins Haus und schlug die Tür hinter ihnen zu.

Erschöpft keuchend sackten sie zu Boden, und Robert half Eddie, seine Jeans abzustreifen, damit er sich um die Wunde kümmern konnte. Es war ein tiefer Biß, aber sicher nicht lebensgefährlich. Robert riß sich sein Hemd herunter und preßte es zusammengeknüllt gegen Eddies Wunde, um die Blutung zu stoppen. Dann holte er eine Schüssel warmes Wasser aus der Küche.

Als er zurück ins Wohnzimmer kam, stockte ihm vor Schreck der Atem. Der alte Mann war wieder da, direkt draußen vor dem Fenster, und schaute zu ihnen herein. Er war nackt, sein Kleiderbündel unter den Arm geklemmt, und die andere Hand hielt er an eine lange, klaffende Platzwunde auf seiner Stirn. Die Wunde, die Robert ihm zugefügt hatte. Mit bittendem Lächeln blickte er zu Robert auf.

»Komm mit mir, Robert«, rief er durch das Glas. »Es ist gar nicht weit. Jenna und Bobby sind da und warten.«

Robert half Eddie auf einen Stuhl, und während er den Waschlappen ins Wasser tauchte, merkte er, daß seine Hände zitterten. Eddie sah es auch.

»David hat gesagt, wir sind hier drin sicher«, versuchte er ihm Mut zuzusprechen.

Robert nickte stumm, äugte aber immer wieder zum Fenster hin. Der Alte zog sich ganz langsam wieder an, bis er, von der Stirnwunde abgesehen, genauso aussah wie vorher. Robert drehte ihm den Rücken zu und konzentrierte sich verbissen darauf, Eddies Wunde zu reinigen. Sein Herz klopfte wie wild, und seine Hände flatterten; so sehr er sich auch zusammennahm, es wollte ihm doch nicht gelingen, die grausige Erscheinung dort draußen auszublenden.

Nachdem die Wunde sauber war, holte er Mullbinden aus dem Badezimmer und legte einen Verband an. Und schließlich saßen sie dann beide zusammen am Kaminfeuer und beobachteten den alten Mann in der Flanelljacke, der dort regungslos vor dem Fenster stand und sie unentwegt anlächelte.

In der Nacht machte David sich ein Lagerfeuer und trank einen Sud aus Teufelskralle, einer Wurzel, die es nur in den Wäldern von Alaska gab und dort seit jeher von den Ureinwohnern als Kraftquelle in Fastenzeiten verwendet wurde. Danach nahm er ein Bad in einem eiskalten Wildbach, ein weiteres Ritual, das dem Schamanen zur Stärkung diente, ehe er sich am Feuer zum Schlafen niederlegte.

In seinen Träumen kam ein Wildhund zu ihm und führte ihn einen schmalen Pfad durchs Dickicht hinab zu einer Flußmündung. Am Ufer entdeckte David eine grasüberwachsene Höhle knapp über dem Wasserspiegel. Er wußte sofort, was der Fund zu bedeuten hatte. Sein Begleiter verschwand, und David wachte auf.

Er dankte dem Hundegeist für die nächtliche Vision und tanzte um die letzte Glut des Lagerfeuers herum, um dem Geist zu zeigen, daß er seine Hilfe zu schätzen wußte. Er schwor, dem Hundegeist nach Beendigung der Reise in gebührender Form zu huldigen. Dann setzte er seinen Weg durch den Wald fort.

Tatsächlich, da war der Pfad durch das Dickicht, genau, wie er ihn im Traum gesehen hatte. Und bald gelangte er zu der Höhle am Flußufer, wo die Kushtaka wohnten.

David war sich ganz sicher, daß die Kushtaka wußten, worauf er aus war. Das Feuer, das seit Tagen in seinem Haus brannte, um seinen Weg in die andere Welt zu erhellen, mußte sie bereits gewarnt haben. Doch vermutlich wußten sie noch nicht, daß er sie schon gefunden hatte. Denn er hatte sich unsichtbar gemacht, indem er sich jeglicher Gedanken und Werturteile über seine Umgebung enthielt. Die Kushtaka konnten wie mit feinsten Antennen spüren, was in einem vorging, aber wenn es einem gelang, sich den Kopf völlig frei zu halten, merkten sie nichts davon, daß man sich ihnen näherte, bis sie einen unmittelbar vor sich sahen.

David watete in den Fluß und schob die Gräser beiseite, die den Höhleneingang verdeckten. Die Öffnung war sehr eng, nur ein kleines Loch im Erdreich, und David schaffte es mit Müh und Not, auf Knien und Ellbogen hineinzurobben. Er hielt ein Messer in der einen Hand und eine Taschenlampe in der anderen, und seinen Rucksack hatte er sich an den Knöchel gebunden. So arbeitete er sich mit dem Kopf voran in die dunkle Höhle vor.

Die feuchte Erde um ihn herum roch so faulig, daß ihm fast schlecht wurde. In dem engen Tunnel konnte er, der so viel größer als ein Otter war, kaum noch atmen. Er mußte seine ganze Willenskraft aufbringen, um nicht aus Angst vor dem Ersticken in Panik zu geraten.

Nach vielleicht sieben Metern, die ihm schier endlos vorkamen, weitete der Tunnel sich schließlich zu einem geräumigeren Gang, wo David auf allen vieren kriechend schon sehr viel schneller vorwärtskam. Die Luft war dick und dampfig und roch irgendwie seltsam chemisch. Nach weiteren zehn Metern schien der Tunnel plötzlich aufzuhören. David leuchtete die Wände mit seiner Taschenlampe ab. Verdammt, eine Sackgasse. Er hatte absolut keine Lust, den ganzen Weg noch mal im Rückwärtsgang zurückzulegen.

Dann gewahrte er auf einmal ein Loch im Boden. Der Tunnel war also doch nicht zu Ende, er setzte sich nur senkrecht nach unten fort. David quetschte sich mit Mühe durch den Spalt, und landete kopfüber hinabtauchend in einem großen, unterirdischen Raum.

Er war erleichtert, sich endlich wieder aufrichten zu können. Der Raum war gut zwei Meter hoch, und so breit, daß die Wände im Dunkeln nicht zu erkennen waren. Im Schein der Taschenlampe konnte David nur auf gut Glück verteilt ein paar alte Sofas und niedrige Tische herumstehen sehen. Sicherlich hatten die Kushtaka sie aus irgendwelchen Hinterhöfen oder Sperrmülldeponien zusammengeklaut. Aber wo Möbel hineingingen, mußte es auch noch größere Ausgänge geben. David rückte einen Stuhl an die Wand unterhalb des Tunnels und leuchtete die Decke aus, bis er weiter oben eine Öffnung fand, die nach draußen führte.

Von Jenna nach wie vor keine Spur, aber irgendwer, das fühlte er, war da außer ihm noch im Raum, wenn auch nur als schattenhafte Gestalt. So hektisch er auch um sich her leuchtete, im Strahl der Taschenlampe war jedenfalls nichts auszumachen. Also beschloß er am Ende, sich seinem unsichtbaren Gegner zu stellen.

»Ich bin hergekommen, um dem Schamanen der Kushtaka meinen Respekt zu erweisen«, sagte er laut, während er die Taschenlampe wie einen Scheinwerfer hin und her schwenkte.

Keine Antwort, nur das leise Geräusch einer huschenden Bewegung, und dazu ein fast unmerklicher Luftzug im Raum.

»Ich bin wegen der Frau hier, die ihr gerade bei euch aufgenommen habt. Ich muß sie wieder mit heim nehmen.«

Noch immer keine Reaktion. David versuchte, so gut er konnte, seine wachsende Angst niederzukämpfen. Im kreisenden Lichtstrahl der Taschenlampe sah er plötzlich eine Gestalt an der Wand kauern. Er trat ein paar Schritte näher heran. Es war eine nackte Frau, aber wie ein Tier von dunklem Pelz bedeckt. Auch ihr Gesicht war tierhaft, aber er erkannte sie dennoch.

»Jenna?«

»Bist du zu mir gekommen?« Ihre Stimme war tief und melodisch. David fühlte sich unwiderstehlich zu ihr hingezogen.

»Ich will dich zurückholen.«

»Ich will aber nicht zurück.«

Sie sah so stark, so sicher aus, fand David. Der schimmernde Pelz auf ihrem geschmeidigen Körper ließ sie noch sinnlicher erscheinen. David sehnte sich danach, sie zu berühren.

»Wir müssen uns beeilen, hier rauszukommen«, sagte er, »bevor sie uns hier finden.«

»Ich will nicht weg. Ich find's schön hier«, gurrte sie. Wie sanft ihre Stimme war, weich wie der Pelz auf ihren schönen schlanken Gliedern. David trat noch einen Schritt auf sie zu. Sie lächelte. »Dir wird es auch gefallen.« Er fühlte, wie sie ihn berührte. Ihre samtweichen Hände auf seiner Brust.

Er mußte sie zu fassen kriegen, sie mitnehmen. Aber als er die Hand nach ihr ausstreckte, entschlüpfte sie ihm mit katzenhafter Behendigkeit ins Dunkel.

David blickte sich verwirrt um. Wo war sie nur hin? Da spürte er, wie sie sich von hinten an ihn drückte, ihn mit zartem Griff umschlang. So warm, ach, so wunderbar weich. »Ja, so ist es gut«, schnurrte sie an seinem Ohr. Er fühlte sich so wohlig entspannt, daß er ihr am liebsten in die Arme gesunken und eingeschlafen wäre. Aber ihre Hände streichelten ihn so wissend, so aufreizend, sie wand sich um ihn, und er begehrte sie, er wollte, er konnte sie nicht mehr loslassen. »Ja, ja«, flüsterte sie,

»komm, Lieber, ja, so ist es gut.« Er fühlte ihren warmen, samtigen Pelz, ihre lange, flinke Zunge, die sich in seinen Mund schlängelte, und es war wunderbar, so sehr begehrt, so innig erkundet zu werden. Er preßte sie ungestüm an sich, doch da schrie sie plötzlich auf, ein hoher, tierischer Klagelaut, stemmte sich von ihm ab, wand sich und zappelte, um freizukommen. Erschrocken ließ er sie los, und sie fiel vor ihm zu Boden, wirklich nichts als ein Tier, ein großes, pelziges, hilflos jaulendes Tier. Aber was hatte sie so von ihm abgestoßen? David mühte sich verzweifelt, die warme Benommenheit von sich abzuschütteln.

Es war sein Messer. Das Messer in seiner Hand, mit dem er sie unabsichtlich berührt und dadurch den Bann gebrochen hatte. Jetzt hatte er sich wieder unter Kontrolle und erinnerte sich zugleich, weshalb er eigentlich dort war. Er mußte sie mitnehmen, um sie zu retten. Und es gab nur einen Weg, den Zauber, der sie gefangen hielt, zunichte zu machen. Sie mußte menschliches Blut trinken.

Er packte das Messer mit entschlossenem Griff und schnitt sich damit in die Hand. Dann kniete er sich vor Jenna hin, die sich immer noch röchelnd am Boden wand, und drückte ihr die blutende Wunde auf den Mund. Sie wehrte sich heftig, aber als ihr das Blut in die Kehle rann, wurde ihr Widerstand schwächer und schwächer, bis sie endlich freiwillig, ja geradezu gierig den Lebenssaft aufsog, den David ihr mit der Hand auf den Lippen einflößte.

Eddie und Robert verbrachten eine ungemütliche Nacht am Kamin. Der Kushtaka draußen grinste sie die ganze Zeit durch die Fensterscheibe an, bis er im Morgengrauen dann endlich aufgab, obwohl weder Robert noch Eddie sein Verschwinden mitbekamen.

Als die ersten Sonnenstrahlen des neuen Tages ins Zimmer fielen, blickte Robert in den stillen Wald hinaus und fühlte sich zum ersten Mal sicher und geborgen in ihrem Zufluchtsraum.

»Es sieht alles so friedlich aus«, sagte er gähnend zu Eddie, der schon wieder neues Feuerholz aufschichtete. »Als ob dieser ganze Horror niemals passiert wäre.«

»Ist aber doch passiert«, entgegnete Eddie trocken.

»Es war also kein Alptraum, oder so was?«

»Alpträume haben keine Zähne.«

Robert warf einen Blick auf Eddies verbundenes Bein.

»Ach ja, richtig.«

Eddie machte Spiegeleier mit Schinken und Toast zum Frühstück, und Robert deckte den Tisch. Er mußte lachen, als er daran dachte, wie es ihm Sonntag morgens immer mit Jenna ging. Sie hatte so gern Eier zum Frühstück, mochte sie aber nicht zubereiten, und er war darin so untalentiert, daß sie ihm immer wieder mißlangen, so sehr er sich auch bemühte. Also gingen sie meist lieber gleich ins Restaurant.

»Ich krieg sie einfach nie so hin«, sagte Robert, während er zusah, wie das perfekt gegarte Eigelb zwischen seinen Gabelzinken hervorquoll.

»Was denn?«

»Die Spiegeleier. Sie sind immer zu weich oder zu hart oder zu fettig, oder das Eigelb verläuft mir beim Aufschlagen.«

Eddie zuckte die Achseln und aß ungerührt weiter. Robert schob seufzend die krossen Schinkenscheiben auf seinem Teller hin und her.

»Früher konnte ich die miserabelsten Eier auf der Welt machen, und Jenna fand sie klasse, oder tat wenigstens so. Wenn man sich gerade erst kennengelernt hat, sieht man alles durch eine rosa Brille. Aber wenn man dann mal ein paar Jahre zusammen ist, fangen genau diese Kleinigkeiten an, einen an dem anderen zu nerven.«

Robert brach ein Stück Toast ab und wischte das letzte Eigelb damit auf, aß es aber nicht. Er hatte plötzlich keinen Appetit mehr.

»Wird sie zurückkommen?« fragte er Eddie.

»Keine Ahnung.«

»Die Frage stelle ich mir jetzt schon seit zwei Jahren.«

Eddie blickte überrascht auf. »Hä? Wieso?«

»Wir hätten uns fast getrennt, als Bobby starb.«

»Tatsächlich?«

»Mhm. Wir haben's beide sehr schwergenommen, aber Jenna konnte sich überhaupt nicht damit abfinden. Und seitdem war schon öfter zwischen uns von Scheidung die Rede.«

»Warum sind Sie zusammengeblieben?«

»Ich weiß nicht. Wir haben wohl immer gedacht, wenn wir nur Geduld haben, wird es wieder wie vorher. Außerdem hätte Jenna eine Scheidung vielleicht gar nicht überlebt. Sie trank damals sehr viel, nahm Tabletten und so, und dann hat sie auch noch einen Selbstmordversuch gemacht.«

Eddie hatte seine Gabel hingelegt und sah Robert stirnrunzelnd an.

»Davon hat sie mir nie etwas erzählt.«

»Ich glaube, Sie kennen eine ganz andere Jenna als ich«, meinte Robert.

»Inwiefern anders?«

»Na ja, von der Schokoladenseite, sozusagen. Heiter, dynamisch, gesprächig… halt jemand, den man gerne um sich hat, nicht wahr?«

Eddie nickte lächelnd.

»Da haben Sie Glück. Ich hab sie seit zwei Jahren nicht mehr so erlebt.«

Eine Weile saßen sie sich schweigend gegenüber,

während die Reste auf den Tellern und der Kaffee in den Tassen kalt wurden.

»Wieso hat sie denn versucht, sich umzubringen?«

»Tja, wer weiß?« Robert schüttelte den Kopf. »Ich denke, sie fühlte sich schuldig an Bobbys Tod.«

Eddie sah bedrückt vor sich hin, und Robert hatte plötzlich ein schlechtes Gewissen. Er wußte doch genau, daß Jennas Selbstmordversuch nichts mit ihren Schuldgefühlen zu tun hatte, und es war nur fair, Eddie die Wahrheit zu sagen, damit er Jenna nicht aus falschen Gründen bemitleidete. Wenn er etwas für Jenna empfand, hatte er auch ein Recht, Bescheid zu wissen.

»Nein, das stimmt nicht ganz«, korrigierte sich Robert. »Sie hat es nicht getan, weil sie sich schuldig fühlte, sondern weil *ich* ihr die Schuld gab. Und wir sind zusammengeblieben, weil ich ihr beweisen wollte, daß dem nicht so war.«

»Haben Sie ihr das je gesagt?« wollte Eddie wissen.

»Nein.«

»Das sollten Sie aber.«

Robert blickte mit traurigen Augen auf.

»Das Problem bei einem solchen Verlust ist, daß man ja nie aufhört, sich zu fragen, was man anders hätte machen müssen, damit es nicht passiert wäre. Natürlich kamen ein paar ungünstige Umstände zusammen, und jeder hat seinen Teil daran zu verantworten...«

»Und doch ist niemand schuld«, warf Eddie ein.

»Jaja, das sagen sie alle. Und wissen Sie was? Das sind dieselben Leute, die behaupten, ertrinken wäre ein friedlicher Tod, obwohl keiner von denen je ertrunken ist.«

Nach einem weiteren Moment des Schweigens stand Robert auf.

»Sind Sie fertig?«

Eddie nickte, und Robert fing an abzuräumen. In der

Küche stellte er die Teller in die Spüle und drehte den Wasserhahn auf. Eddie war ihm gefolgt und lehnte sich an den Türrahmen.

»Na, wie auch immer«, sagte Robert, griff nach der Spülbürste und fing energisch an zu schrubben, »nun ist sie weg, vielleicht sogar für immer. Und wem soll ich dann die Schuld geben?«

»Wie wär's mit mir?« fragte Eddie halb im Scherz.

Robert lachte, doch es klang resigniert.

»Keine Angst, Robert, sie kommt zurück, dafür wird David schon sorgen.«

Robert nickte und spülte sich den Seifenschaum von den Händen.

»Ihr Wort in Gottes Ohr.«

Nach einigen Minuten sank Jenna wie betäubt zu Boden zurück. Ihr Körper schwankte verwirrt zwischen zwei Stadien, halb Mensch, halb Tier, und David wußte, daß ihm nicht viel Zeit blieb, um sie hinauszuschaffen, ehe der Einfluß der Kushtaka wieder die Oberhand gewann.

Er blickte sich hastig im Raum um. Dies konnte nicht die eigentliche Wohnhöhle der Kushtaka sein, dafür standen hier zu viele Möbel herum, die den neu geraubten Opfern ein heimisches Gefühl geben sollten, bis die Umwandlung vollständig war. David zog eine Kommodenschublade auf. Drinnen lagen Kleider, die die Kushtaka benutzten, wenn sie menschliche Gestalt annahmen.

Auf einmal erstarrte er mitten in der Bewegung. Er hatte etwas gehört, ein Scharren, ein Trappeln, nicht hier im Raum, aber irgendwo nahebei in dem Höhlensystem. Sie waren zurück. Jetzt hieß es keine Zeit mehr verlieren. Er schnappte sich ein Paar Jeans und ein Flanellhemd und zog ihr die Sachen über, ehe sie noch ganz wieder bei Bewußtsein war. Dann richtete er sie auf, schüttelte sie, versetzte ihr ein, zwei leichte Ohrfeigen. Sie öffnete die Augen.

»Jenna, wir müssen gehen.«

Sie taumelte, ließ müde den Kopf hängen, und er schlug noch einmal etwas beherzter zu. Sie zuckte wieder auf.

»Jenna, hörst du? Wir müssen fort.«

Sie nickte. David packte sie um die Schultern.

»Du mußt mir folgen. Schaffst du das?«

Sie nickte wieder. Sie fühlte sich so schwach, als hätte jemand ihr alle Knochen aus dem Körper genommen. David merkte, daß er nicht zu ihr durchdrang. Er griff nach ihrer Hand und drückte so fest zu, daß der Schmerz sie aus der Betäubung riß.

»Jenna, hör mir gut zu. Wir haben *eine* Chance, hier wegzukommen, und zwar jetzt. Du mußt dich zusammenreißen und mir folgen. Verstehst du das?«

»Ja.« Endlich, ein Wort, ein menschlicher Laut. Erleichtert spürte David, daß er sie diesmal erreicht hatte. Er sah sich nach dem Stuhl um, den er unter die Tunnelöffnung geschoben hatte. Der Stuhl war nicht mehr da. Nun wußte er nicht mehr, welcher Tunnel zur Oberfläche zurückführte.

Die Geräusche der Kushtaka kamen immer näher. Noch war nicht klar, ob sie sein Eindringen bemerkt hatten, doch es konnte nicht mehr lange dauern, bis sie ihn entdeckten. So wählte er aufs Geratewohl eine Öffnung, schob einen Stuhl darunter und stemmte sich hinauf, mit einem kurzen Stoßgebet an alle guten Geister, daß es Jenna ebenfalls gelingen möge.

Er arbeitete sich durch den engen Gang vor, hielt nur einmal kurz an, um zu horchen, ob Jenna auch nachkam.

»Bist du da?« rief er.

»Ich bin da.«

Der Tunnel wurde immer enger, je weiter sie vorankrochen. Es fühlte sich fast an, als würde man durch eine Zahnpastatube gequetscht. David bekam es immer mehr mit der Angst zu tun, im falschen Tunnel zu stecken. War dieser hier nicht noch viel enger als der erste? Was tun, wenn es eine Falle war, eine Sackgasse? Sie würden hinter ihm her kommen und ihn langsam, ganz langsam von den Füßen her auffressen, sich durch seine Innereien nagen und ihn aussaugen, bis nichts mehr in dem Tunnel übrig war als seine leere Hülle. Zitternd, schweißgebadet legte er wieder eine kurze Pause ein.

»Bist du noch da?«

Keine Antwort. Was, wenn sie zu schwach war, um mit ihm mitzuhalten?

»Hier«, hörte er ihre Stimme leise von weit hinten. Es half nichts, er mußte auf sie Rücksicht nehmen, das Tempo verringern.

Der Gang schien überhaupt kein Ende mehr zu nehmen. In der feuchten, stickigen Luft kämpfte David immer mehr mit klaustrophobischer Atemnot. Aber er mußte seine ganze Konzentration bewahren, sich mit aller Macht zur Ruhe zwingen, sonst würden sie hier niemals mehr herauskommen.

Schließlich erreichte er die Mündung des Tunnels, doch als er sich durch das Loch zwängte, führte es nicht, wie er gehofft hatte, zum Flußufer hinaus, sondern nur in eine andere, kleinere Kammer des Höhlensystems. Er wagte gar nicht daran zu denken, was ihm bevorstand, wenn es dort keine weitere Öffnung gab.

Jenna war immer noch nicht aufgetaucht. Wie konnte sie nur so weit zurückgefallen sein? War sie vor lauter Erschöpfung auf halbem Wege hängengeblieben? David beugte sich in den Tunnel zurück und rief noch einmal nach ihr.

»Ich bin da«, hörte er sie zu seiner Erleichterung ganz leise antworten, und nach einer Weile zeichnete sich ihr

Kopf im Dunkel ab, dann tauchten ihre Hände an der Tunnelkante auf, und sie stemmte sich mühsam hindurch, sackte kraftlos auf den Boden der Kammer nieder.

»Geht's noch?« fragte er besorgt.

Jenna stand auf und klopfte sich die Erde von den Jeans.

»Ich hab's geschafft«, schnaufte sie. »Endlich.«

David leuchtete ihr mit der Taschenlampe ins Gesicht, um zu sehen, ob alles in Ordnung war, aber ihr Anblick ließ ihm das Blut in den Adern gefrieren. Kleine spitze Zähne grinsten zu ihm auf, kohlschwarze Augen funkelten ihn an. Vor Schreck leerte sich seine Blase, und er fühlte es feuchtwarm an den Beinen hinabrinnen. Was da hinter ihm her gekommen war, hatte keine Ähnlichkeit mehr mit Jenna.

Und während er noch in hilfloser Erstarrung dastand, unfähig, seinen Augen zu trauen, traf ihn ein blitzschneller Tatzenhieb am Kopf, er schlug der Länge nach hin, in einem letzten, verzweifelten Reflex die Taschenlampe umklammernd, und dann sah er nichts mehr, fühlte nichts mehr, wußte nicht mehr, wie ihm geschah.

Als David wieder zu sich kam, merkte er sofort, daß er sich nicht mehr rühren konnte, und bot alle seine Kräfte auf, um wenigstens sein Herzrasen unter Kontrolle zu bringen. Jetzt war nicht der Moment, in Panik zu geraten. Jetzt mußte seine gesamte schamanische Selbstdisziplin zum Einsatz kommen. Er atmete tief durch, zwang seine Gedanken in eine ruhige Bahn. Nur eins zählte hier, sein Ziel, seine Mission, die Kushtaka zu übertrumpfen, die ihm seinen Sohn bei der Geburt geraubt hatten. Daran konnte er nichts mehr ändern, aber er konnte veranlassen, daß Bobbys Seele den Weg zur Reinkarnation antrat, und daß Jenna der Macht der Kushtaka entrissen wurde, um in ihr gegenwärtiges Leben zurückzukehren. Er mußte die Kushtaka berauben, wie sie ihn beraubt hatten, um das gerechte Gleichgewicht der Kräfte wiederherzustellen.

Seine Finger und Zehen ließen sich bewegen, also war er nicht gelähmt, er steckte nur wie ein Keil in einem sehr engen, steilen Tunnel, zum Glück immerhin aufrecht, denn er spürte keinen Druck im Nacken. Die Frage war nur, wie sich aus dieser mißlichen Lage befreien?

Er versuchte zu meditieren. Wieso hatte er Jenna nicht vorangehen lassen? Das war ein dummer Fehler gewesen. Er tastete nach seinem Gürtel. Das Messer war noch da. Wie hätten sie es ihm auch abnehmen können? Es war ja aus Metall. Und die Taschenlampe? Hatte er sie nicht ganz zuletzt noch umklammert? Er tastete weiter, an seinem Bein entlang, und tatsächlich dauerte es nicht lange, bis seine Finger sich um einen zylindrischen Stab schlossen. Zentimeter um Zentimeter rollte er die Lampe höher, bis es ihm gelang, sie in die Hosentasche zu schieben. Dann preßte er die Hände an seinem Körper entlang nach oben und stemmte sich ab. Über ihm war nichts als Erde, also mußte der Gang nach unten weitergehen. Er begann, sich zu winden und so gut es ging mit den Händen nachzudrücken, und ganz allmählich spürte er, wie er in Bewegung kam. Langsam, mühevoll ging es vorwärts, Ruck um Ruck durch die atembeklemmende Erdröhre, bis er nach schier endloser Anstrengung mit den Füßen voran durch eine Öffnung in die Freiheit rutschte.

Nun, die Freiheit war es nicht gerade, nur wieder eine kleine Höhle, aber wenigstens eine, in der man stehen konnte. Er knipste die Taschenlampe an und wartete einen Moment, bis er sich halbwegs erholt hatte. Er spürte etwas in der Nähe, aber ein Kushtaka war es nicht, dazu waren die Energiewellen zu schwach, zu passiv.

Jenna. Es konnte nur Jenna sein. Er tastete die Wände ab. Und bald schon fand er sie, in einen ebenso engen Gang geklemmt wie den, aus dem er sich gerade hervorgearbeitet hatte. Er konnte sie atmen hören. Er beugte sich hinein.

»Jenna?« wisperte er.

Ein gedämpftes Aufstöhnen.

»Jenna, ich bin's. David. Was ist mit dir?«

Ihr Atem ging schneller.

»Ich kann mich nicht bewegen«, keuchte sie.

Wie weit weg mochte sie wohl sein? Er konnte es unmöglich im Dunkeln abschätzen, aber er hörte sie. Es klang wie ein Schluchzen.

»Ruhig, Jenna, ganz ruhig«, sagte David. »Ich bin ja da. Ich bring dich hier raus. Versuch mal, dich mit den Händen abzustemmen.«

»Ich kann mich nicht bewegen«, keuchte sie wieder.

»Doch, du mußt die Hände nur über den Kopf kriegen und dann ganz fest schieben. Du schaffst es, bestimmt.«

»Aber ich steck hier völlig fest, ich kann nicht…«

»Doch, du kannst es, versuch erst mal den einen Arm hochzuschieben, dann den anderen.«

Er hörte sie krampfhaft zappeln.

»Es geht nicht!« Sie fing an zu weinen.

»Aber ja, Jenna, es geht, ich hab es doch auch geschafft. Wenn du dich nur ein bißchen abstemmst, kann ich deine Füße packen und dich rausziehen. Also los, nimm deine ganze Kraft zusammen und zwing dich nach unten, komm, ich bin hier, ich bin der Beweis, daß es möglich ist.«

David schloß die Augen und versuchte, seine ganze Energie auf sie hin zu bündeln, sie mit seinem Willen, ihr zu helfen, wie ein Magnet zu sich hin zu ziehen.

Nach einigen Minuten hörte er sie wieder.

»Okay, ich fang an.«

»Gut, jetzt feste drücken, komm, komm.«

Er langte so weit es ging in den Tunnel, griff aber nur ins Leere.

»Jenna, du mußt fester drücken, los jetzt.«

»Ich kann nicht.«

»Doch, du kannst, noch einmal, komm, ich hol dich.«

Er kroch tiefer in den Tunnel vor, bis er einen ihrer Füße zu fassen bekam. Dann den anderen. Er zog sie zu sich hin, robbte etwas zurück, zog wieder, bis er sie schließlich, am ganzen Leibe zitternd vor Entkräftung, aus dem Tunnel befreit hatte.

Er nahm seine Taschenlampe und leuchtete ihr in die Augen.

»Entschuldige, Jenna, ich muß mich vergewissern, ob du es wirklich bist.«

Ihre Augen, ihre Zähne wirkten normal. Aber er mußte ganz sicher gehen. Er zog das Messer aus dem Gürtel.

»Nimm das hier.«

Sie faßte nach dem Messer, und es verbrannte sie nicht. Sie zuckte nicht zurück. Alles in Ordnung. Sie war die echte Jenna. Er steckte das Messer wieder ein.

»Wo sind wir?« fragte Jenna.

David leuchtete mit der Taschenlampe durch die Höhle.

»Ich weiß nicht genau, aber auf jeden Fall müssen wir uns beeilen, daß wir hier rauskommen.«

Er ließ den Strahl der Taschenlampe über die Wände spielen. In einer der Tunnelöffnungen konnte er Wasser rauschen hören. Und huschende, scharrende Bewegungen. Tiere.

»Ich hör sie. Nichts wie los.«

Jenna zögerte.

»Aber wenn sie da sind, sollten wir dann nicht lieber einen anderen Weg einschlagen?«

»Wir müssen Bobby finden«, sagte David nur.

Jenna rührte sich noch immer nicht. David richtete den Strahl der Lampe auf sie, doch sie hob nicht mal den Kopf.

»Jenna?«

»Ich hab Angst«, wisperte sie.

»Ich auch. Aber das darf uns nicht aufhalten.«

Sie sah zu ihm auf und spürte wohl etwas von seiner Kraft, denn sie gab sich einen Ruck, tat ein paar Schritte auf ihn zu. Und auch er wurde sich auf einmal seiner Kraft bewußt. Er war stark und entschlossen. Er ließ sich nicht davon aufhalten, daß man ihn in einem Tunnel vergraben hatte. Er mußte seine Mission erfüllen.

Diesmal ließ er Jenna vorgehen. Der Tunnel war relativ breit, und sie kamen schnell voran. Das Wasserrauschen wurde immer lauter, bis sie schließlich in eine Höhle kamen, durch die ein unterirdischer Bach floß.

Vom hinteren Ende her fiel etwas Licht in die Höhle, so daß sie sich jetzt wenigstens in Umrissen sehen konnten. Dort hinten stieg die Höhle etwas an, offenbar in Richtung Ausgang, zur Erdoberfläche hin.

Die Höhlenwände bestanden aus silbrig gestreiftem Schiefer, unterhalb einer Granatader im Fels, der als schützendes Bollwerk jedes unbefugte Eindringen von oben verhinderte. Der Boden war mit dicken Gesteinsbrocken übersät, und der Raum hatte mindestens dreißig Meter Durchmesser auf gut fünf Meter Höhe. Wo man nur hinschaute, wimmelte es von kleinen Ottern. Kushtaka-Babys.

»Immer schön mit der Ruhe, Jenna«, sagte David leise, um einer Panikattacke vorzubeugen. Die Babys konnten ihnen ja nichts anhaben. Aber wo so viele Jungtiere herumkrabbelten, mußte es auch irgendeine Aufsicht geben, und David wollte nach Möglichkeit jede Konfrontation vermeiden. Er wußte, daß die Kushtaka nicht böse oder blutgierig waren, nur von diesem manischen Bekehrungseifer besessen, wenn sie auf Menschen trafen; ansonsten blieben sie friedlich für sich. Und David hatte den Plan, sich ihrem Bekehrungswahn zu opfern, ihre Aufmerksamkeit ganz auf sich zu ziehen, denn sicher wäre ihnen die Seele eines Schamanen besonders viel wert, so daß sie Jenna und Bobby laufenlassen würden, um seiner habhaft zu werden. Nur mußten sie Bobby erst einmal finden.

Plötzlich blieb Jenna aufjapsend stehen; fast hätte er sie angerempelt. Er folgte ihrem Blick und sah, was sie so überrascht hatte: ein Kushtaka-Weibchen, das am Boden kauerte und seine Jungen säugte, halb Mensch, halb Otter, mit flossenähnlichen Armen und acht Zitzen auf dem Bauch, an denen fünf kleine Pelzknäuel eifrig saugten. Sie standen starr und beobachteten die Szene, Jenna voller Grausen, David voller Ehrfurcht.

Doch David schubste Jenna leise an, damit das Kushtaka-Weibchen sie nicht am Ende noch bemerkte. Sie tasteten sich weiter an der Wand entlang, um einen dicken Felsbrocken herum, und prompt blieb Jenna wieder wie angewurzelt stehen.

»Mommy?«

Ein kleiner Junge stand direkt vor ihnen. Bobby.

Er war nackt, aber ganz und gar in seiner menschlichen Form. Jenna wollte auf ihn zustürzen, aber in ihrer Angst und Verwirrung wagte sie nicht, ihrem mütterlichen Instinkt zu folgen.

»Hallo, Bobby, ich bin David.«

Bobby beäugte ihn mißtrauisch und wich einen zögernden Schritt vor ihm zurück.

»Geh nicht weg, Bobby. Wir sind hier, um dir zu helfen.«

Bobby blickte fragend zu seiner Mutter hin.

»Bobby, komm mit uns, wir können dir helfen.« David trat behutsam vor und streckte ihm die Hand hin. Bobbys dunkler Blick flirrte nervös zwischen ihm und Jenna hin und her.

»Sag ihm, daß alles in Ordnung ist«, flüsterte David ihr zu.

Aber sie brachte keinen Laut heraus, schüttelte nur entsetzt den Kopf. Was war aus ihrem Sohn geworden? Wer war er?

»Jenna!«

Keine Reaktion. Also blieb ihm keine Wahl, er mußte Bobby mit Gewalt packen. Doch Bobby war viel zu schnell für ihn, entschlüpfte behende seinem Griff und verschwand im Dunkel der Höhle.

David richtete sich wieder auf und drehte sich zu Jenna um.

»Jenna, du mußt mir helfen, du mußt ihn wieder herbringen, sonst kriegen wir ihn hier nie raus.«

Sie stand unter Schock, ihr Blick war glasig, sie rührte sich nicht.

»Jenna, bitte, wir sind doch schon so weit gekommen, wir können es schaffen, aber du mußt mithelfen.«

Sie nickte langsam.

»Jetzt ruf ihn.«

Leise rief sie seinen Namen. Sie warteten. Nichts. Dann vernahmen sie hinter sich eine verschreckte Kinderstimme.

»Wer ist der Mann?«

Sie drehten sich um. Hinter ihnen stand Bobby.

»Sag ihm, wer ich bin«, befahl David ihr.

Sie holte tief Luft.

»Das ist David. Er ist hier, um uns zu helfen.«

»Sag ihm, er soll zu dir kommen«, wies David sie an.

Jenna kniete nieder und streckte die Arme aus.

»Komm her, Bobby.«

Nach kurzem Zögern erlaubte ihr Bobby, ihn zu umarmen. David trat näher.

»Beruhige ihn, Jenna. Sag ihm, daß alles gut wird.«

Sie tat, wie ihr geheißen und drückte ihn an sich. David legte die Hand auf Bobbys Arm. Und plötzlich schoß Bobby wie ein Aal vor ihnen davon.

»Er ist zu mißtrauisch«, sagte David. »Er wird niemals freiwillig mitkommen.«

»Und was sollen wir jetzt machen?« fragte Jenna.

David wußte, was sie tun mußten, er wußte nur nicht, ob Jenna sich dazu überwinden konnte. Irgendwie mußten sie Bobby hier herausbringen, ob gewaltsam oder nicht, tot oder lebendig; letztlich spielte es keine Rolle, denn Bobby war ja schon tot.

»Jenna, wir müssen ihm weh tun.«

»Was?«

»Er ist zu schnell für uns. Wir müssen ihn überwältigen. Ruf ihn zu dir, und dann schlag ihn bewußtlos, mit diesem Stein hier.« David hob einen handlichen Felsbrocken auf und hielt ihn ihr hin.

Sie ließ den Kopf hängen. Sie wollte ihrem Sohn nicht weh tun. Aber sie wollte ihn auch nicht hier bei diesen pelzigen Monstern lassen. Also rief sie ihn wieder.

»Komm her, Bobby, komm zu mir, mein Schatz.«

Und wieder tauchte er vor ihr auf, ließ sich in die Arme nehmen. Wie nah, wie vertraut er sich anfühlte. Er durfte ihr nicht wieder entgleiten. Seit zwei Jahren, seit er weg war, lief alles verkehrt, und nun war der Moment gekommen, es wieder in Ordnung zu bringen. Es gab keinen anderen Weg.

Sie nahm den Stein, stemmte Bobby ein wenig von sich ab und schlug ihm fest gegen die Schläfe. Ein Schlag genügte. Der Junge brach ohne einen Laut zusammen, und Jenna blickte fassungslos auf ihn nieder.

Doch David war sofort zur Stelle, riß sich das Hemd herunter, wickelte Bobby darin ein und hob den schlaffen Kinderkörper hoch.

»Gehen wir«, sagte er und steuerte zielstrebig auf das hintere Ende der Höhle zu. Aber Jenna blieb, wo sie war, auf den Knien, ihren Stein in der Hand. David blickte sich nach ihr um. Sie rührte sich nicht. Er ging ein paar Schritte zu ihr zurück.

»Jenna, du mußtest es tun.«

Jenna sah zu David auf. Der kleine Mann mit den langen Haaren ließ sie einfach nicht aufgeben. Sie mußte sich ihm anschließen, seinem Instinkt vertrauen.

Schnell und leise durchquerten sie die Höhle, immer den Bachlauf entlang. An einem Punkt weitete der Bach sich zu einer Art Gumpe, stilles, klares Wasser auf dunklem Grund, so daß es wie ein Spiegel wirkte. Man konnte nicht erkennen, wie tief es war, oder was sich unter der glatten Oberfläche verbarg.

Ganz am Ende mündete die Höhle in zwei Gänge. Der eine verlief sich mit dem Bach in unauslotbare Dunkelheit, der andere stieg steil nach oben zum Licht an. Vor dem äußeren Höhleneingang konnten sie zwei ausgewachsene Kushtaka Wache halten sehen.

»Wie sollen wir denn an denen vorbeikommen?« fragte Jenna.

»Zu Fuß«, antwortete David lakonisch. »Hör zu, Jenna, du mußt jetzt deinen Kopf von jeglichen Gedanken frei halten. Nichts denken, nichts fürchten, nichts sagen. Sonst ertappen sie uns sofort. Wir müssen völlig selbstverständlich an ihnen vorbeigehen, als ob wir Kushtaka wären, die in ihrer menschlichen Form ein bißchen Luft schnappen gehen.«

»Und das funktioniert?«

»Ich weiß es nicht. Versuchen wir's.«

Sie gingen auf den Höhleneingang zu. So deutlich sichtbar ohne den Schutz der Dunkelheit, fühlten sie sich nackt und ausgeliefert, besonders David, weil er Bobby auf den Armen trug. Die Kushtaka ließen sie ruhig herankommen. So weit, so gut. Niemand schlug Alarm; die Wächter schienen sie gar nicht zu bemerken. Sie redeten miteinander in seltsamen, unverständlichen Lauten, zwei große, furchteinflößende Kerle – aber David beeilte sich, diesen wertenden Eindruck sofort aus seinem Kopf zu verbannen. Er hoffte, daß Jenna es schaffen würde, die nötige innere Gelassenheit zu bewahren, aber dann löschte er auch diesen Gedanken aus. Einfach leeren Sinnes bleiben, ohne alles Wähnen, Wünschen und Wollen. Durchlässig sein, unbelastet und dadurch unsichtbar.

Als sie an den Wächtern vorbeigingen, blickte einer von ihnen auf, direkt zu ihnen hin. Und tat gar nichts. David und Jenna setzten unbehelligt ihren Weg fort.

Kaum waren sie an den Kushtaka vorbei, beschleunigte David den Schritt. Draußen konnten sie schon die Blätter an den Bäumen im hellen Tageslicht flirren sehen. Sie waren fast schon in Sicherheit.

»Warum haben sie uns nicht aufgehalten?« flüsterte Jenna David zu.

David riß den Kopf zu ihr herum und funkelte sie an. Sie begriff sofort, was sie getan hatte. Sie warfen beide einen Blick zurück und sahen die Wächter aufstehen und zu ihnen hinüberspähen. Dann wandte sich der eine zum Inneren der Höhle und stieß ein paar schrille Schreie aus. Der andere kam sehr schnell auf sie zu.

»Lauf!« rief David. Sie rannten Hals über Kopf los, und am Höhleneingang angekommen, drückte David ihr Bobbys schlaffen Körper in die Arme.

»Nimm du ihn. Renn weg!«

»Wohin?«

»Denk an nichts und konzentrier dich. Du wirst einen Weg durch den Wald finden. Wenn du ihn siehst, wirst du wissen, daß es der richtige ist.«

Der Kushtaka-Wächter näherte sich zusehends.

»Wo führt der Weg hin?«

»Ins Land der toten Seelen, wo Bobby hingehört.«

»Nein.«

»Jenna ...«

»Ich will ihn bei mir behalten.«

David blickte zurück. Der Kushtaka hatte sie jetzt fast erreicht.

»Jenna, du wolltest Bobby doch retten. Seinen Körper kannst du nicht mehr retten, aber seine Seele. Geh. Bitte.«

»Und du?«

David antwortete nicht. Er drehte sich um und lief wieder in die Höhle hinein, dem Kushtaka geradewegs in die Arme. Sie rangen kurz miteinander, bis David zu Boden ging und das grausige Wesen über ihm hockte, die Klaue zum Schlag erhoben. Da griff David nach seinem Messer und rammte es dem Kushtaka in die Achsel. Aufbrüllend vor Schmerz kippte er zur Seite, wand sich im Staub, und David rappelte sich hastig auf.

»Vertrau dem Wald, Jenna, und jetzt lauf, lauf!«

Sie drehte sich um und rannte so schnell, wie sie es mit ihrer Last konnte, von der Höhle fort, ohne zurückzusehen, ohne zu denken, und tatsächlich, ihr Körper schien den Weg durch das Dickicht ganz von selbst zu finden. Sie rannte, bis sie erschöpft war und stehenbleiben mußte, um Atem zu holen. Sie legte Bobby neben einem umgestürzten Baumstamm ab und setzte sich zu ihm. Sie mußte sich ausruhen. David würde die Verfolger gewiß aufhalten, wenigstens für eine Weile, bis sie wieder bei Kräften war. Dauernd schossen ihr Fragen durch den Kopf. Warum? Wohin? Aber sie drängte sie zurück. Jetzt war nicht die Zeit für Fragen. Sie zog die Knie an die Brust und blickte auf Bobbys friedliches Gesicht hinab. In welcher Welt befand sie sich gerade, und würde sie dort jemals wieder herauskommen? Es kam ihr alles wie ein endloser Alptraum vor. Aber sie konnte nichts weiter tun. Alles nahm seinen eigenen Lauf.

David rannte tiefer in die Höhle hinein. Von überall her kamen erwachsene Kushtaka angelaufen, kletterten aus Löchern in den Wänden, schnappten sich ihre Jungen und brachten sie in Sicherheit. Sie wirkten erstaunlich verwirrt und unkoordiniert, genau wie Menschen in einer Paniksituation. Keine Spur von einer gedrillten, einheitlichen Kampftruppe.

Bis dann der Kushtaka-Schamane auf den Plan trat, groß und mächtig, fast wie ein Bär, und sein Völkchen um sich scharte. Mit ihrem Anführer an der Spitze rückte die ganze Horde, zwei Dutzend mannshohe Kushtaka, auf David zu.

»Wo sind die Frau und der Junge?« rief der Schamane mit tiefer, dröhnender Stimme. David kam sich plötzlich sehr klein und hilflos vor.

»Laßt sie gehen, dann bleibe ich bei euch«, antwortete David.

Der Kushtaka-Schamane lächelte.

Dann bellte er den anderen einen Befehl zu. Ein paar von ihnen versuchten, an David vorbeizukommen, aber er reckte ihnen sein Messer entgegen und versperrte den Weg. Sie wollten Jenna und Bobby nachjagen, und er mußte alles tun, um sie aufzuhalten.

Die Kushtaka zögerten, aber auf ein neuerliches, noch schärferes Bellen von dem Schamanen schrumpften sie plötzlich auf Ottergröße zusammen und flitzten so schnell an ihm vorbei, daß er sie nicht mehr zu stoppen vermochte.

»Mist«, knurrte David. Und mit dem Mut der Verzweiflung, nun, da ohnehin alles verloren war, fiel er laut aufschreiend den Kushtaka-Schamanen mit seinem Messer an.

Mühelos schlug ihn sein Gegner zu Boden. Mit nackter Gewalt war hier nichts auszurichten. Nein, überlisten mußte man sie, sagte sich David, indem man ihnen eben *keine* Angriffsfläche bot, sich zu einem Nichts machte, das für ihren Radar nicht zu orten war. Er sprang auf und schwenkte das Messer im Kreis herum, so daß die Nächststehenden gezwungen waren zurückzuweichen. Wenn sie ihn festhalten wollten, mußten sie ihn erst einmal fangen.

David schlüpfte durch die Lücke, die im Ring der Kushtaka entstanden war, und lief noch weiter in die Höhle. Und im Laufen kam ihm eine Idee. Wenn er seinen Schamanenbeutel abnahm, der die Kushtaka magisch anzog, würde er gänzlich unsichtbar für sie werden, zwar unter Verlust seiner eigenen Schamanenkraft, aber gerade dadurch in der Lage, seine Energiewellen auf den Nullpunkt zu reduzieren.

Er riß sich den Beutel vom Hals und hielt ihn noch einen Moment fest umklammert, um ihn mit konzentrierter Energie zu füllen. An der unterirdischen Gumpe angelangt, warf er den Beutel so weit er konnte ins Wasser und tauchte mit einem Satz hinterdrein.

Das Wasser war eiskalt. David tauchte bis zur anderen Seite, wo die Felskante schräg über den Rand hinausragte. Immer noch unter Wasser, nahm David seine Taschenlampe, schraubte sie an beiden Enden auf und leerte sie aus. Es war jetzt keine Lampe mehr, sondern ein Schnorchel, den er vorsichtig über den Wasserspiegel hinausschob, um Luft zu holen.

Er versuchte, an nichts zu denken, während er wartete. Würden sie ihn finden? Unter Wasser konnte er nichts sehen, nichts hören. Er hatte keine Ahnung, was um ihn her geschah. Er konnte sich nur in Geduld fassen.

Wie lange würde er es in dem eisigen Wasser aushalten, ohne zu erfrieren? Seine Körpertemperatur sank schon fühlbar ab. Und prompt, wie von seinen unbotmäßigen Gedanken angezogen, tauchte ein Kushtaka am Wasserrand auf und spähte zu ihm hinab. Hatte er ihn entdeckt? David stockte das Herz. Aber nein, es war nur der Rand der Taschenlampe über dem Wasser, der den Blick des Kushtaka angezogen hatte. Mist. Und es war natürlich zu spät, um das Ding jetzt noch zurückzuziehen.

Der Kushtaka beugte sich über die Kante, reckte sich nach der Lampe, und im gleichen Moment packte David ihn blitzschnell am Nacken, zog ihn ins Wasser hinab und stieß ihm sein Messer ins Herz.

Was nun? Die Taschenlampe war verschwunden, sicher schon auf den Grund des Felsbeckens gesunken. David streckte den Kopf aus dem Wasser und blickte sich um. Sie hatten das Platschen eben offenbar nicht gehört. Niemand kam auf ihn zugerannt, obwohl viele der Kushtaka sich immer noch suchend durch den Raum bewegten. Hinten am Höhleneingang zeichnete sich breit und drohend die Silhouette des Kushtaka-Schamanen ab.

Entschlossen, die Gunst des Augenblicks zu nutzen, hievte David den toten Kushtaka auf den Beckenrand. Zum Glück war es ein großes Exemplar, vielleicht gerade groß genug für seine Zwecke. Er begann, dem Kushtaka die Haut abzuziehen.

Es dauerte nicht lange. Das Fellkleid ließ sich leicht von dem Fleisch darunter lösen. Es floß noch eine Menge Blut, aber wer konnte das in der Dunkelheit schon sehen?

Den gehäuteten Körper ließ David ins Becken zurückgleiten, wo er gleich in der Tiefe versank, seiner öligen, wasserdichten Schutzschicht beraubt. David streifte die Jeans und die Stiefel ab und wickelte sich schnell in die blutige Pelzhülle, die er so gut es ging über den Kopf und die Arme drapierte. Dann machte er sich geduckt auf den Weg zum Höhleneingang.

Sorgsam jeden Gedanken ausblendend, gelang es ihm glücklich, zusammen mit ein paar von den Kushtaka, die gerade die Höhle verließen, an dem Schamanen vorbei in die Freiheit draußen zu entwischen. Niemand schien es zu bemerken, wie er sich von der Gruppe absetzte und in Richtung Strand weiterlief. Die Nacht brach herein, im Wald war es schon fast dunkel, aber das Fell behielt er trotzdem an, weniger zur Tarnung als zum Wärmen, denn außer dem Kushtaka-Fell hatte er nichts anzuziehen.

Während er den Strand entlangtrabte, sehnte er sich auf einmal heftig nach seinem Haus, seinem behaglichen Platz am Kamin, einer warmen Mahlzeit und dampfendem Kaffee, und das schönste war, er durfte seinen Wünschen und Gedanken wieder freien Lauf lassen; mochte er auch seine schamanischen Kräfte eingebüßt haben, wenigstens war er immer noch ein Mensch.

Jenna konnte den Blick nicht von Bobby wenden, wie er da in Davids Hemd gehüllt am Boden lag. So niedlich sah er aus. Ein feiner, seidiger Pelz bedeckte sein Gesicht und seine Glieder, und mit leichtem Schauder bemerkte sie nun auch die zarten Härchen auf ihren eigenen Armen. Diese schrecklichen Tiere in dem Tunnel dort unten hatten ihr versichert, daß sie sich bald an ihr Fellkleid gewöhnen und dann die kahle Haut der Menschen als häßlich empfinden würde. Bloß das nicht, dachte sie, Gott bewahre.

Sie spähte durch das Dickicht nach irgendeinem Pfad, den sie einschlagen könnte, und was sie dort im Halbdunkel sah, ließ ihr das Blut in den Adern gefrieren. Eine schattenhafte Gestalt beobachtete sie von den Büschen aus und verdrückte sich dann hurtig hinter einen Baumstamm.

O nein. Sie waren wieder da. Vielleicht war sie schon wieder umzingelt. Sie hatte die Pause zu lange ausgedehnt. Was sollte sie nur machen? Am liebsten hätte sie einfach aufgegeben und die Kushtaka um Gnade angefleht.

Aber sie mußte es doch wenigstens noch einmal versuchen, sich nochmals aufrappeln, um Bobbys willen. Davids Worte fielen ihr wieder ein. Nichts denken. Dem Wald vertrauen. Sie holte tief Luft, stand auf und hob Bobby hoch. Nichts denken, nur nichts denken. Mit einem Satz rannte sie los ins Unterholz, fort, nur fort von der unheimlichen Gestalt. Sie konnte ihre Verfolger rings um sich her in den Büschen und Bäumen rascheln hören, aber sie hielt keine Sekunde mehr inne; wenn sie ihnen einmal entkommen war, konnte sie es wieder schaffen. Sie hatte keine Ahnung, wo sie war, und so blieb ihr nichts anderes übrig, als David zu vertrauen. Hatte er nicht gesagt, sie würde den richtigen Weg ganz automatisch finden?

Aber so leicht war es nun auch wieder nicht. Der Wald wurde mit jedem Schritt dichter, das Vorankommen mit der Last auf den Armen immer schwieriger. Sie war todmüde, und doch mußte sie weiter und weiter laufen, so lange durchhalten, bis sie den Ort fand, von dem David gesprochen hatte.

Sie lief und lief, obwohl der Wald immer undurchdringlicher wurde und die Sträucher ihr über Arme und Beine peitschten. Sie sah jetzt fast gar nichts mehr, auch keine Verfolger, hörte nur noch ihren eigenen, keuchenden Atem. Schließlich blieb sie wieder stehen, um sich in dem wirren Gestrüpp zu orientieren, und setzte Bobby am Fuß eines Baumes ab. Sie konnte nicht begreifen, wieso die Verfolger, die doch überall ringsumher zu spüren waren, sie nicht schon längst gestellt hatten.

Da vernahm sie auf einmal Gebell in der Ferne.

Sie horchte auf. Tatsächlich, ein Hund. Vielleicht war das ein Zeichen. Sie schloß die Augen und versuchte, das zu tun, was David ihr geraten hatte. Den Kopf freihalten. Dem Wald vertrauen. Sich selbst vertrauen.

Als sie die Augen wieder öffnete, schien es ihr, als habe sich eine schmale Schneise in den Büschen vor ihr aufgetan. Nicht direkt ein Weg, aber der Wald schien hier deutlich gelichtet. Und als sie Bobby aufhob und begann, sich zwischen den Zweigen hindurchzuschieben, gaben sie geradezu einladend vor ihr nach, um ihr einen Durchgang zu bahnen.

Das Hundegebell wurde lauter, es kam genau von vorn, zeigte ihr die Richtung an, die sie einhalten mußte. Je weiter sie vorankam, desto breiter wurde der Pfad, und die Zweige zu beiden Seiten streiften ihr nun nicht mehr über Arme und Beine. Sonnenstrahlen strömten durch das Blattwerk und sprenkelten den Pfad vor ihr mit mattgoldenen Lichtflecken. Zum ersten Mal fielen Jenna die winzigen Veilchenbüschel auf, die im Unterholz wuchsen – und wie wunderbar würzig die Waldluft roch, nach Zedern und Zimt…

Das Bellen war jetzt schon ganz nah. Sie hatte den Waldsaum erreicht, und als sie hinaus ins hohe Gras trat, fand sie sich an einem Flußufer wieder, und drüben auf der anderen Seite stand er, der Hund, stand da und bellte sie an.

Jenna legte Bobby am Wasserrand nieder. Sie wußte nicht, was sie als nächstes tun sollte. Die Strömung war so stark, daß sie den Fluß unmöglich überqueren konnte. Er war viel zu tief. Aber auf der anderen Seite sah sie ein Kanu. Und dann ein, zwei, immer mehr Leute, die aus dem Wald am jenseitigen Ufer hervorkamen und zu ihr hinüberblickten. Sie winkten. Eine alte Frau gab zwei Männern ein Zeichen, worauf sie das Kanu ins Wasser schoben. Die Alte und die beiden Männer paddelten hinüber und landeten mit ihrem Boot vor Jenna und Bobby.

Jenna hatte sofort das Gefühl, dieses rundliche alte Gesicht mit den weißen Haaren und den grauen Augen von irgendwoher zu kennen. Es sah so unendlich vertraut aus.

»Grandma?« staunte sie.

Die Alte lächelte Jenna zu. Sie kniete sich vor Bobby hin und berührte sein Gesicht. Er schlug die Augen auf.

»Komm jetzt«, sagte die Alte. »Steh auf.«

Jenna beobachtete verblüfft, wie Bobby ins Sonnenlicht blinzelte und langsam aufstand, noch etwas wackelig auf den Beinen. Er war jetzt wieder nackt und haarlos, denn unter der Berührung der Alten war sein dünner Pelz mit einemmal verschwunden. Und als er ihr den Blick zuwandte, waren seine Augen so blau wie früher. Die Alte nahm ihn bei der Hand und führte ihn zum Kanu.

»Komm mit uns, Mommy«, sagte Bobby.

Jenna tat einen Schritt auf ihn zu, aber die Alte gebot ihr mit einer Handbewegung Einhalt.

»Darf ich nicht mit?« fragte Jenna, obwohl sie die Antwort schon wußte.

Die Alte schüttelte den Kopf und sah Bobby an.

»Jetzt nicht. Sie kommt später nach.«

Ungläubige Bestürzung zeichnete sich in Bobbys Miene ab. Er riß sich von der Alten los und rannte zu Jenna.

»Mommy, Mommy, bitte, komm mit.«

Jenna nahm Bobby in die Arme. Sie wollte ihn nicht mehr loslassen, aber sie hatte keine Wahl. Sie bückte sich nach Davids Hemd und half Bobby, es anzuziehen, krempelte ihm die Ärmel auf, bis seine kleinen Hände daraus hervorschauten. Wie süß er in dem viel zu großen Männerhemd aussah. Es brach ihr das Herz, ihn gehenzulassen.

»Ich kann jetzt nicht mitkommen, Bobby«, sagte sie leise und streichelte ihm durch die verworrenen Locken. »Sei lieb, geh mit Grandma, sie wird gut auf dich aufpassen. Ich komm dann auch bald nach.«

Bobby schaute zum Fluß hin. Die alte Frau streckte lächelnd die Hand nach ihm aus. Jenna schubste ihn sanft auf sie zu.

Die Alte fing ihn auf, setzte ihn ins Kanu und stieg hinter ihm ein. Die beiden Männer schoben das Boot in den Fluß, und bevor sie es in die Richtung wendeten, aus der sie gekommen waren, winkte Bobby Jenna zu.

»Wiedersehen, Mommy, bis bald.«

Sie winkte zurück, während ihr die Tränen über die Wangen liefen. Wiedersehen, Bobby, halt dich tapfer, mein kleiner Mann.

Auf der anderen Seite angekommen, kletterten die vier aus dem Boot und verschwanden winkend im Wald. Jenna sah ihnen noch lange nach, allein und verlassen am Fluß der Tränen, der unpassierbaren Grenze zum Land der toten Seelen.

Eddie stand am Fenster und starrte gedankenverloren in den Wald hinaus, als er plötzlich Jenna mit schwerem, müdem Schritt vom Strand hochkommen sah. Sie wirkte völlig erschöpft. Eddie sah ihr mit gemischten Gefühlen entgegen. Einerseits war er froh, daß sie heil zurückgekommen war, aber er fragte sich auch beklommen, wie das Dreiecksverhältnis zwischen ihnen sich nun wohl auflösen würde.

Es war am späten Nachmittag, und Robert machte in der Küche gerade eine Dosensuppe warm. Eddie dachte kurz daran, seinen Vorteil zu nutzen und zu Jenna hinauszurennen, um mit ihr zu verschwinden. Dann würde sie nur noch ihm gehören, Eddie, und keinem anderen.

Aber was würde ihm das schon nutzen, falls sie sich doch anders entschied? Und woher nahm er eigentlich die Überzeugung, daß sie ihn verlassen würde? Vielleicht wollte sie ja bei ihm in Wrangell bleiben und bis an ihr seliges Ende mit ihm zusammenleben. Eine Familie mit ihm gründen und den Kindern beibringen, sich vor den Kushtaka in acht zu nehmen.

Robert kam aus der Küche, eine Suppenkelle in der Hand.

»Alles klar zum Essen fassen«, rief er munter.

Als er keine Antwort bekam, folgte er Eddies Blick aus dem Fenster, gewahrte Jenna und stürzte zur Tür.

»Warte!« Eddie kriegte ihn gerade noch beim Hemdzipfel zu fassen. »Vielleicht ist es ja gar nicht sie.«

Robert zögerte kurz.

»Quatsch, natürlich ist sie es«, sagte er, riß die Tür auf und rannte Jenna entgegen.

Eddie sah zu, wie Jenna ihm in die Arme sank, wie er sie hochhob und ins Haus trug. Als er sie so zusammen hereinkommen sah, war ihm auf einmal sonnenklar, wie die Geschichte ausgehen würde. Nämlich genauso, wie dieser verfluchte Joey vorausgesagt hatte. Jenna würde nicht bei ihm bleiben. So lief das im wirklichen Leben einfach nicht. Still verzog er sich in die hinterste Ecke des Zimmers, bedrückt und verwundert, daß er, der ausgebuffte Einzelgänger, solch kitschigen Träumen aufgesessen war.

Derweil wuselte Robert hektisch herum, rückte für Jenna einen Sessel an den Kamin, holte eine Decke, um sie darin einzuwickeln. Jenna war viel zu erschöpft, um sich seiner Fürsorglichkeit zu erwehren. Als sie schließlich schön warm eingepackt am Feuer saß, blieb Robert vor ihr stehen wie ein Hündchen, das auf ein Kommando wartet. »Habt ihr irgendwas zu essen da?« fragte Jenna.

Essen. Aber sicher. Glücklich eilte Robert in die Küche.

Jenna starrte ins Feuer. Sie konnte Eddies Augen in ihrem Rücken spüren, aber sie wußte nicht, was sie sagen sollte. Eddie auch nicht. Nach einer Weile schlug sie die Decke zurück und stand auf.

»Ich glaub, ich werd erst mal eine Dusche nehmen.«

Eddie nickte und sah ihr nach, als sie ohne einen Blick zurück aus dem Zimmer ging.

Robert wußte, daß Jenna die Suppe nicht sofort brauchte. Unter der Dusche konnte sie ja schließlich nicht essen. Aber er konnte nicht länger warten. Er hatte ihr soviel zu sagen. Also trug er die dampfende Schüssel ins Bad, stellte sie auf dem Waschbecken ab und nahm auf dem Klodeckel Platz.

Hinter dem weißen Plastikvorhang rauschte das Wasser, Spiegel und Kacheln beschlugen allmählich. Hatte sie ihn überhaupt hereinkommen hören? Sie gab keinen Laut von sich. Er räusperte sich verlegen.

»Jenna? Ich hab dir schon mal etwas Suppe gebracht, sie war gerade heiß.«

Nach einer längeren Pause vernahm er ihre Stimme durch den Vorhang, kein Wort zwar, aber immerhin ein zustimmendes »Mhm«.

»Ich weiß, du bist müde, Jenna, ich will dich auch nicht nerven, aber ich muß dir einfach sagen, was in mir vorgeht.«

Keine Antwort. Kein Widerspruch. Er redete weiter.

»Ich hab viel nachgedacht, seit du weg warst, vor allem in den letzten Tagen, als ich hier auf dich gewartet habe, und ich muß dir sagen, alleine werd ich's niemals schaffen. Ich brauch dich bei mir. Und nicht nur, weil du mir in der letzten Woche so gefehlt hast. Seit Bobbys Tod haben wir nur noch nebeneinander her gelebt, und ich möchte wieder mit dir zusammensein.«

Er verstummte. Warum war es nur so schwer, seine Gefühle in Worte zu fassen?

»Ach, verflixt, das kommt ja alles ganz verkehrt raus. Als würd's mir nur darum gehen, was *ich* will und brauche. Ich weiß, so klinge ich immer, so selbstbezogen, aber ich will mich ändern, ich will mich auf *dich* einstellen, ich bin bereit umzulernen.«

Robert stand auf und tat einen Schritt auf den Duschvorhang zu.

»Jenna, du bist das Wichtigste, was es in meinem Leben gibt. Ich hab dir das all die Jahre viel zu wenig gezeigt, weil ich ein Vollidiot bin. Und Bobby war auch das Wichtigste in meinem Leben. Als wir ihn verloren, hab ich mich falsch verhalten, ich hab dich weggeschoben, dabei hätte ich dich um so fester halten sollen, weil ich doch nur noch dich hatte. Zusammen wären wir da durchgekommen. Aber ich hab's nicht geschafft, und ich weiß, jetzt ist es zu spät. Ich kann's nicht mehr ändern. Aber es tut mir leid.«

Er war jetzt am Duschvorhang. Sie stand dahinter, doch er konnte sie nicht sehen, durch ein weißes Stück Plastik von ihr getrennt.

»Ich wollte dir nur sagen, daß ich das jetzt eingesehen habe. Und wenn es wirklich zu spät ist, wenn ich dich so weit von mir weggeschoben habe, daß du nicht mehr zurückkommst, kann ich dir keinen Vorwurf machen. Denn jetzt hab ich endlich verstanden, was passiert ist.«

Er wartete auf irgendein Zeichen. Daß er dableiben oder gehen sollte. Doch sie sagte noch immer nichts. Er zuckte hilflos die Achseln und wandte sich zur Tür. Die Hand auf der Klinke, drehte er sich noch einmal um. Warum reagierte sie denn nicht? Warum gönnte sie ihm nicht mal einen letzten Blick?

Da hörte er sie plötzlich leise aufschluchzen. Mit zwei Schritten war er wieder beim Vorhang, zog ihn behutsam zurück und sah Jenna wie ein Häuflein Elend an der Wand lehnen, vornübergekrümmt, das Gesicht in den Händen verborgen. Ihm schwoll das Herz vor Sehnsucht und Rührung, als er sie so weinen sah, und sie mußte es gespürt haben, denn sie richtete sich auf und streckte die Arme nach ihm aus. Er schlüpfte in die Dusche und drückte sie an sich, und das Wasser rauschte über sie beide hinweg. Und wie er sie da unter den heißen Wasserstrahlen festhielt, löste sich etwas in ihm, er brach in Tränen aus und preßte sie weinend an die Brust, fester als jemals in all den Jahren, so fest wie ganz früher, als sie sich gerade erst kennengelernt hatten, als er zum ersten Mal gewahr wurde, daß er sie liebte, vor so langer

Zeit. Alles andere schien einfach wegzufallen. Kein Schmerz mehr, keine Zerquältheit, nur unendliche Erleichterung und das Gefühl, sich endlich wiedergefunden zu haben.

Es war gegen zehn Uhr abends, und Jenna war schon zu Bett gegangen. Robert und Eddie saßen noch am Kamin. Sie machten sich Sorgen um David. Wenn er bis zum Morgen nicht zurück war, würden sie seine Frau benachrichtigen müssen. Aber dann hörten sie die Hintertür ins Schloß fallen und den Wasserhahn laufen, und sie sprangen auf, um nachzusehen, ob er es war.

David stand vor dem Spülbecken in der Waschküche, völlig nackt, und wusch sich die blutverkrustete Schmutzschicht vom Körper. Er blickte auf, als Eddie und Robert in den Raum hineinplatzten.

»Ist Jenna zurück?«

»Seit drei Stunden«, sagte Robert. »Und Sie? Alles in Ordnung?«

»Mir geht's gut. Ist Jenna wohlauf?«

»Ja, Gott sei Dank. Sie ist schon zu Bett.«

»Gut. Hat sie was darüber gesagt, wie's gelaufen ist?«

»Sie hat nur gesagt, sie hat's getan, was immer das heißen soll.«

David schmunzelte zufrieden, während er sich mit dem Handtuch abrubbelte.

»Eines Tages wird sie Ihnen sicher alles erzählen.«

Er wickelte sich das Handtuch um die Hüften, ging in die Küche und holte ein Glas Erdnußbutter und eine Packung Salzkekse aus dem Schrank.

»Ich sterbe vor Hunger.«

»Soll ich etwas zum Anziehen holen?« bot Eddie an.

David nickte mit vollem Mund.

»Wissen Sie denn, wo meine Sachen sind?«

»Na klar, was meinen Sie, wie gut wir uns hier inzwischen auskennen«, grinste Eddie und verschwand in Richtung Treppe.

Robert sah David beim Essen zu. Er verschlang die Kekse, als hätte er seit Tagen nichts mehr bekommen.

»Und was ist da draußen so alles passiert?«

David schüttelte den Kopf. »Sie würden's mir gar nicht glauben.«

»O doch. Hier ist inzwischen nämlich auch was passiert.«

David sah Robert einen Moment lang in die Augen und nickte bedächtig. Dann ging er in die Knie und holte eine Flasche Brandy aus dem unteren Schrankfach.

»Nur für besondere Gelegenheiten«, sagte er und hielt die Flasche gegen das Licht.

»Und das hier ist so eine Gelegenheit?«

»Jawohl«, sagte David und lächelte. »Das möchte ich doch meinen.«

Jenna schlief die ganze Nacht ungestört durch, und als Robert sie am Morgen weckte, war Tom schon mit seinem Wagen da und trieb sie zur Eile an. Nach einem schnellen Abschied von David brachte Tom sie alle drei zurück in die Stadt, wo Field schon zur Stelle war, um sie nach Wrangell zu fliegen.

Während sie den Anlegesteg zur Uferstraße hinaufgingen, wurde es Jenna auf einmal sehr mulmig zumute. Sie hatte noch gar keine Chance gehabt, sich mit Eddie auszusprechen, und es gab doch so viel zu erklären, so viel, was sie ihm noch sagen mußte.

Eddies Pick-up stand noch vorne am Steg geparkt, und Jenna war erleichtert, daß er sich erbot, sie und Robert zum Flugplatz zu fahren. Bald würde eine Maschine nach Juneau gehen, und von dort aus die nächste nach Seattle, so daß sie bis zum Abend zu Hause sein könnten.

Die Fahrt zum Flugplatz legten sie schweigend zurück, und als sie durch die menschenleere Einkaufszeile fuhren, die grau und trist war unter dem wolkenverhangenen Himmel, fühlte Jenna sich elend, das Herz krampfte sich ihr zusammen bei dem Gedanken, daß sie vielleicht nie mehr hierher zurückkommen würde. Es war ein Abschluß, aber nicht der, den sie sich erhofft hatte. Als schließe man die Tür zu einem leeren Raum, der einst voller Leben gewesen war, nun aber nicht länger gebraucht wurde.

Das Flugzeug wartete schon auf der Rollbahn, als Eddie am Terminal vorfuhr.

»Wir haben noch eine halbe Stunde bis zum Abflug«, sagte Robert. »Ich geh dann mal die Tickets holen.«

Aber er rührte sich nicht von der Stelle. Eine Minute verharrten sie alle regungslos, wie erdrückt vom Gewicht des Moments. Dann streckte Robert Eddie die Hand hin. Eddie schlug beherzt ein, und mit einem Kopfnicken stieg Robert aus dem Wagen und trabte zum Flughafengebäude hinüber.

Eddie stellte den Motor ab und blickte eine Weile schweigend vor sich hin.

»Der Typ ist o. k.«, sagte er schließlich, »wenn man ihn erst mal besser kennt.«

Jenna lachte befreit auf. »Du bist mir also nicht böse?«

»Aber nein. Wir haben's schön gehabt miteinander, und wir wußten beide, worauf's am Ende hinausläuft.«

»Schon, aber ...«

»Besser, die Geliebte zu verlieren, als niemals geliebt zu haben.«

Er lächelte sie ein bißchen zu breit an, und sie konnte sehen, daß er sich tapfer bemühte, die Fassung zu wahren. So zwang sie sich ebenfalls zu einem Lächeln, auch wenn ihr eher zum Heulen war.

»Ich werd dich vermissen.«

Eddie langte in die Tasche und zog eine Silberkette hervor. Er ließ den Kushtaka-Anhänger hin und her baumeln.

»Du hast das hier vergessen. Ich hab's auf der Kommode in deinem Zimmer gefunden.«

Jenna nahm die Kette und betrachtete sie wehmütig. Sie hätte sie gern behalten, aber sie wußte, daß es nicht ging. Sie gehörte ihr nicht mehr.

»Ich hab sie extra dagelassen«, sagte sie und gab Eddie die Kette zurück. »Zur Erinnerung.«

Eddie steckte die Kette wieder ein. »Als ob ich dich je vergessen könnte.«

Schweigen. Es war einfach nicht der Moment für lange Erklärungen. Worte hätten nur dazu gedient, die Wahrheit des unvermeidlichen Abschieds zu vernebeln. So entschieden sie sich lieber dafür, ihren letzten Augenblick miteinander in vertrautem Schweigen zu verbringen.

»Du mußt jetzt wohl gehen«, sagte Eddie mit einer Handbewegung zum Terminal hin, wo Robert eben den Kopf zur Tür hinausstreckte.

Wortlos beugte Jenna sich vor und küßte Eddie auf die Wange. Dann öffnete sie die Wagentür und war gleich darauf für immer und alle Zeit verschwunden, vom Flughafengebäude verschluckt.

Eddie fuhr bis zum Ende der Rollbahn vor. Er legte die Kette an, die Jenna ihm geschenkt hatte, drehte das Amulett zwischen den Fingern und versuchte sich ins Gedächtnis zu rufen, wie Jenna sich in seinen Armen angefühlt hatte. Er hockte sich auf den Kotflügel des Pickup und wartete. Er wollte sie fortfliegen sehen, fort aus seinem Leben, so schnell und schicksalhaft, wie sie hineingeweht war.

Er sah zu, wie die Treppe von dem Alaska-Airlines-Jet weggerollt wurde. Das Flugzeug setzte sich in Bewegung, vollführte eine Kurve und kam dann schneller und schneller die Rollbahn entlang auf ihn zugerast, bis es sich lärmend in die Lüfte erhob und weit über seinem Kopf in die graue Wolkendecke eintauchte.

Sie traten ins Haus und knipsten das Licht an. Alles war anders, aber nichts hatte sich verändert.

Es war neun Uhr, und sie beschlossen, einen Bissen essen zu gehen. Während Robert noch kurz duschte und sich umzog, wanderte Jenna durch das Haus und versuchte, sich mit den Räumen und den Dingen darin wieder vertraut zu machen.

In der Küche holte sie sich ein Glas Wasser. Als sie den Hahn aufdrehte, sah sie das leere Gläschen der Gedächtniskerze auf einem Teller neben der Spüle stehen. Eine ganze Ewigkeit schien das nun her zu sein. Doch erst jetzt war es wirklich vergangen.

Sie setzte sich an den Küchentisch, blätterte durch einen Stapel ungeöffneter Post und wurde das Gefühl nicht los, irgendwo in die falsche Richtung abgebogen zu sein. Sie wußte, sie hätte sich gar nicht anders entscheiden können. Sie war es sich und Robert schuldig herauszufinden, ob ihre Beziehung noch einmal zu retten war – ob der Abstand, der sich zwischen ihnen eingeschlichen hatte, wieder verschwinden würde. Außerdem konnte man doch sein altes Leben nicht einfach so wegwerfen. Aber irgendwas war trotzdem verkehrt, irgendwas fehlte, hinterließ eine schmerzliche Leere in ihr.

Sie wußte, was es war. Es war kein Geheimnis. Mit der Zeit würde es von selbst verblassen. Sie hatte ihre Wahl getroffen, und es hatte keinen Sinn zurückzublicken.

Aber etwas war da gewesen, und es würde eine Weile dauern, bis es verging.

Seine Telefonnummer stand auf einem Papierfetzen, den sie hastig in ihr Portemonnaie gestopft hatte. Sie entknitterte ihn, strich ihn nachdenklich mit dem Zeigefinger glatt. Sie sollte ihn besser gleich wegwerfen. Was konnte es denn jetzt noch bringen, wenn sie ihn aufhob wie eine Reliquie? Oder wenn sie ihn gar anrief? Die Vorstellung, seine Stimme zu hören, seine warme und lebensfrohe Stimme, ließ sie fast schon zum Hörer greifen. Robert war noch unter der Dusche, sie konnte das Wasser rauschen hören. Er würde es nie erfahren. Vielleicht sollte sie doch schnell anrufen und versuchen, ihm all das zu sagen, was sie am Ende in seinem Wagen nicht über die Lippen gebracht hatte. Ihm erklären, wer sie war und was sie bewogen hatte, ihn so scheinbar kühl zu verlassen. Sie hatte ihm viel zu verdanken. Er hatte sie gerettet, und sie liebte ihn dafür. Aber würde ihm das helfen? Würde es ihm die Einsamkeit erträglicher machen? Wie auch immer, er hatte ein Recht, es zu wissen. Sie hatte sich ja noch nicht einmal richtig verabschiedet, aus Angst vor der Endgültigkeit, dem grausamen Schlußpunkt eines solchen Lebewohls. Aber jetzt konnte sie es nachholen, ihm sagen, daß sie gut nach Hause gekommen war und ihn schon sehr vermißte.

Sie wählte die Nummer. Es klingelte dreimal. Sie sah ihn direkt vor sich, wie er in seinen zerfransten Jeans und seinem weiten T-Shirt durch den Flur lief und die Hand nach dem alten schwarzen Telefon im Wohnzimmer ausstreckte.

Keine Antwort. Vier, fünf.

…wie er in der Küche stand, das Gas unter der Bratpfanne abdrehte, die Hände an einem Geschirrtuch abwischte, die Pfannkuchen noch schnell auf einen Teller schichtete, ehe er den Hörer abhob.

Sieben, acht.

… wie er sich unter der Dusche eilig die Wassertropfen von dem hageren Körper rubbelte, frisch und rosig vom eiskalten Abbrausen, und splitternackt durch den Flur hetzte, das Handtuch an die Brust gedrückt.

Elf, zwölf.

Ein leeres, lebloses Haus, eine hohle Schale, die Stille vom Dauerklingeln eines kleinen schwarzen Kastens zerfetzt, in sehnsüchtiger Hoffnung, irgend jemand, egal wer, möge endlich abheben.

Fünfzehn, sechzehn, siebzehn.

Danksagung

Ich danke Tina Bennett (der besten Freundin, die sich ein Schriftsteller nur wünschen kann), Mort Janklow und all den wunderbaren Leuten bei Janklow & Nesbit Associates. Ich danke auch allen bei Pocket Books, besonders Greer Kessel, Julie Rubenstein, Pete Wolverton, Tom Spain, Jeff Theis und Emily Bestler.

Ich möchte meinen Eltern für ihr unendliches Vertrauen und ihre ständige Ermutigung danken, Sandy und Steve dafür, daß sie mich in ihrer Familie aufgenommen haben, und all meinen Tanten, Onkel, Vettern und Kusinen, die mich als Kind mit ihren Kushtaka-Geschichten ängstigten.

Vor allem danke ich meiner Frau Andrea, die diesem Buch und mir soviel gegeben hat.